Bolo de limão
com sementes de papoula

CRISTINA CAMPOS

Bolo de limão
com sementes de papoula

TRADUÇÃO
Carol Aquino

COPYRIGHT © FARO EDITORIAL, 2022 © CRISTINA CAMPOS, 2016
© EDITORIAL PLANETA, S. A., 2016

Todos os direitos reservados.
Nenhuma parte deste livro pode ser reproduzida sob quaisquer meios existentes sem autorização por escrito do editor.

Diretor editorial **PEDRO ALMEIDA**
Coordenação editorial **CARLA SACRATO**
Preparação **ARIADNE MARTINS**
Revisão **BÁRBARA PARENTE e THAÍS ENTRIEL**
Capa, projeto gráfico e diagramação: **VANESSA S. MARINE**
Imagens de capa e miolo ©**FREEPIK**

DADOS INTERNACIONAIS DE CATALOGAÇÃO NA PUBLICAÇÃO (CIP)
JÉSSICA DE OLIVEIRA MOLINARI CRB-8/9852

Campos, Cristina
  Bolo de limão com sementes de papoula / Cristina Campos ; tradução de Carol Aquino. -- São Paulo : Faro Editorial, 2022.
  288 p.

  ISBN 978-65-5957-208-3
  Título original: Pan de limón con semillas de amapola

  1. Literatura espanhola 2. Drama I. Título II. Aquino, Caro

  22-3042   CDD 860

ÍNDICES PARA CATÁLOGO SISTEMÁTICO:
1. LITERATURA ESPANHOLA

1ª edição brasileira: 2022
Direitos de edição em língua portuguesa, para o Brasil, adquiridos por FARO EDITORIAL
Avenida Andrômeda, 885 - Sala 310
Alphaville — Barueri — SP — Brasil
CEP: 06473-000
www.faroeditorial.com.br

Anna planejou seu funeral cuidadosamente. Foi o amante que, ao acariciar seu seio, encontrou o pedacinho da morte que a levaria para sempre um ano mais tarde. E, no último ano de sua existência, Anna finalmente assumiu o controle de sua vida.

Deixou tudo por escrito em uma carta que enviou à irmã, Marina, dias antes de morrer. Participariam de seu funeral apenas sua filha, seu ex-marido e um pequeno grupo de amigas. Iriam para um penhasco da serra de Tramuntana, na ilha de Maiorca, onde leriam as palavras que deixou escritas para todos eles, e depois jogariam suas cinzas ao mar.

Nenhum dos presentes nessa íntima cerimônia sabia por que Anna os havia reunido naquele lugar afastado do mundo. Mas todos estavam lá, realizando seu último desejo, no penhasco da ilha. Parecia que até o vento a havia escutado e soprava de forma suave, como ela gostaria. O mar estava calmo como um imenso lago.

Sua filha pegou a urna das mãos do pai e andou sozinha por alguns metros, procurando mantê-la ao seu lado por mais alguns segundos. Sentou-se à beira do penhasco e abraçou a urna. Fechou os olhos e permitiu que as lágrimas caíssem, pouco a pouco, sobre as cinzas da mãe.

Marina deu alguns passos em direção à sobrinha, mas não seguiu em frente. Baixou o olhar e continuou lendo as palavras que sua irmã lhe deixou antes de morrer.

> Querida irmã, querida amiga:
>
> Gostaria que, a cada vez que pensasse em mim, em nós, você apagasse os últimos trinta anos de nossa vida e voltasse no tempo até o dia em que nos separaram. Porque foi assim que me senti. Você era minha irmã caçula, minha amiga, minha confidente, e achei que iria morrer de tristeza quando partiu, quase para sempre. Você tinha acabado de completar catorze anos. Nunca entendi por que a mandaram embora.
>
> Quando você se foi, passei a recordar dos passeios no barco do papai com nostalgia. Você se lem-

bra do amor que ele sentia por aquele velho barco de madeira? Parecia que o amava mais do que a nós.

Ela olhou para o mar, o mesmo mar que as acolheu e as viu crescer. Deixou que a memória navegasse devagar até as lembranças de sua infância nesse velho barco entre as enseadas do norte da ilha. Sempre em busca das menores enseadas resguardadas pelo vento. Viu Anna sentada na proa do barco, jovem, frágil, a pele clara, usando um vestido de linho branco amarrado por alças fininhas formando um decote, marcando sua delicada figura. Seu cabelo loiro bagunçado pelo vento suave dos meses de verão na ilha. Ela gostava de esticar os braços e brincar com as pequenas ondas que colidiam com o casco do barco. Pegava água fazendo uma concha com a mão, para que pudesse abri-la lentamente e deixar que escorresse por entre os dedos. Várias vezes seguidas.

Naquele velho barco de madeira, falavam sobre a vida, riam, brigavam, se reconciliavam ou simplesmente deixavam as horas passarem em silêncio, embaladas pela brisa marinha, até que o pai voltasse com algum "tesouro" — como ele dizia.

Marina colocou a carta dentro do envelope e se lembrou do último passeio de barco que fizeram. Não teve nada de especial, nada memorável ou único. Simplesmente disseram as palavras que não costumam ser ditas entre duas irmãs. Foram os primeiros a tirar o barco do porto de Valldemossa. Navegaram procurando pela enseada mais vazia, alguma onde os turistas ainda não haviam chegado. Ancoraram em Deià, uma belíssima praia cercada por montanhas. Nestor lançou a âncora ao mar e levou segundos para mergulhar. As duas, juntas, estenderam a lona branca para se protegerem do sol.

— Faz uma trança no meu cabelo?

Marina se sentou no convés da proa. Tirou o elástico que prendia sua cabeleira preta e selvagem. Anna penteou o cabelo dela com os dedos. Dividiu os fios em três partes e os umedeceu com gotas do mar. Trançou devagarzinho. Estava se divertindo com cada movimento ao trançar o cabelo da irmã e, então, do nada, sentiu que nunca mais lhe faria um penteado, que nunca mais sairiam para navegar juntas. Temeu que nunca mais a visse. E as gotas do mar se fundiram com suas lágrimas no cabelo da irmã. Se olharam com tristeza, com os olhinhos cor de avelã que ambas herdaram do pai, um olhar que guardariam para sempre. E, finalmente, Anna falou as três palavras que não costumam ser ditas entre irmãs. Sentou-se ao seu lado, apoiou a cabeça no ombro de Marina e disse:

— Eu te amo.

―――

Marina colocou a carta no bolso da jaqueta. Observou a garotinha assustada que continuava abraçando as cinzas da mãe, chorando todas as suas lágrimas.

"Cuide de minha filha, eu lhe peço", dizia a carta. "Ela está tentando se encontrar. Guie-a, por favor, nessa adolescência tão estranha."

Caminhou até a sobrinha e sentou-se ao seu lado na beira do penhasco.

— Vamos nos despedir? — disse Marina, com voz suave.

A sobrinha concordou, acariciando devagarinho a urna, pela última vez.

O barulho de uma moto de muitas cilindradas rompeu o silêncio. O sujeito parou o veículo, tirou as chaves do contato e desceu. Tirou o capacete e o apoiou no banco. Marina o observou. Parecia inseguro sobre como deveria agir. Pelo visto, ninguém o conhecia.

No mesmo instante, Marina soube quem era esse homem, aquele que ninguém esperava, o único que sabia o motivo. O motivo pelo qual Anna havia escolhido este lugar para se despedir das pessoas que amava. Do mundo. E dele.

A MATERNIDADE OU O *PÃO ETÍOPE*

PÃO ETÍOPE
INGREDIENTES
- 300 g de farinha de teff
- 250 ml de água
- Uma pitada de sal

PREPARO EM PANELA DE CERÂMICA

Misture a farinha de teff com a água e o sal. Deixe descansar em uma vasilha coberta com um pano de um a três dias até a massa crescer.

Acrescente um pouco de óleo na panela e leve ao fogo médio. Em seguida, despeje a massa e deixe dourar apenas de um lado.

Anoitecia. Um vento forte soprava no lugar mais quente e longínquo do planeta, o deserto de Danakil, no nordeste da Etiópia. Havia somente sal, areia e enxofre nesse espaço infinito do continente africano, onde as temperaturas chegam aos sessenta graus e ninguém acredita que seja possível viver. E, ali, no meio do silêncio e do nada, resguardada em uma pequena casa de concreto, Marina era acariciada por Mathias depois de fazerem amor.

— *Bäckerei* — sussurrou Mathias.

— Não paro de pensar nisso — disse Marina, entrelaçando suas mãos com as dele. — Por que nós? Por que Anna e eu? Ninguém deixa sua casa e seu negócio para duas desconhecidas.

— Ela não deixou nenhuma carta com o testamento?

— Parece que não. Minha irmã continua investigando os sobrenomes, mas até agora nada nos relaciona a essa mulher.

— E o moinho está funcionando? — perguntou Mathias.

— Está caindo aos pedaços. Mas a padaria, sim. Era a única que havia em Valldemossa.

Marina ficou pensativa por uns segundos.

— María Dolores Molí... Por mais que eu pronuncie seu nome, ele não significa nada.

— Dolores em alemão é... *Schmerzen*, certo? — perguntou Mathias.

Marina concordou.

— Que estranho dar o nome de Dolores a uma filha, é como chamá-la de Angústia ou Melancolia — comentou ele.

— Dolores é um nome muito comum na Espanha — esclareceu Marina.

— Eu adoraria acompanhar você. Devo ser o único alemão que não conhece Maórca — disse Mathias, bocejando.

— Maiorca. — Sorriu, carinhosa ao corrigi-lo.

O fonema não existia no alfabeto alemão e, por mais aulas de espanhol que fizesse, Mathias sempre cometia o mesmo erro. Assim como Marina, que continuava sendo incapaz de pronunciar os sons de "Ä" e "Ö". Comunicavam-se sempre em inglês e de vez em quando ensinavam um ao outro suas respectivas línguas maternas. Dois anos atrás, em uma livraria do aeroporto de Madri, compraram um pequeno caderno de capa preta que transformaram em seu próprio dicionário. Nele, anotavam as palavras que consideravam importantes nos dois idiomas. Na coluna da esquerda, as palavras em espanhol; na coluna da direita, a tradução em alemão.

Marina esticou a mão e pegou o caderno na mesa de cabeceira. Abriu o estojo e pegou uma caneta preta.

— Tem trema?

— Na letra A.

Marina escreveu *panadería* e, ao lado, *bäckerei*.

Colocou o caderno de volta na mesinha e suspirou.

— Faz mais de dez anos que não vou à Maiorca — disse ela, com certa tristeza.

Mathias desligou a lâmpada que pendia do teto.

— Boa noite, herdeira, não pense mais nisso. Daqui você não vai poder resolver nada.

Marina virou de costas e ele a abraçou.

Mathias dormiu em poucos minutos. Marina sempre demorava para conciliar o sono. Vagando pelos seus pensamentos, relembrando os problemas do dia no trabalho e buscando soluções para o dia seguinte. Tinha consciência de que à noite não era possível consertar o mundo e ficou irritada ao perceber que já passava de uma da manhã, mas ainda estava acordada. E nessa noite, assim como em todas, pensou em sua vida. Mas não no trabalho, como costumava fazer, e sim nessa viagem que não queria, mas devia empreender à Maiorca. Lembrou-se das últimas palavras do e-mail que Anna havia lhe enviado.

>Pelo menos, essa herança misteriosa vai nos unir outra vez.
>Finalmente, você vai voltar para casa.

Essa última frase incomodou Marina. "Maiorca não é minha casa", disse a si mesma quando leu. "É o lugar onde nasci e passei parte da minha infância. Onde meus pais moraram, e agora só Anna mora lá. Não, não é mais a minha casa. Nada me une a essa ilha."

Marina não tinha nada que lhe pertencesse, não tinha um lugar para voltar no Natal. Um lugar onde ficar nas festividades marcadas no calendário pelas famílias normais. Tinha dinheiro para comprar uma casa, é verdade. Mas nunca teve vontade de ser dona de quatro paredes. Sua psicóloga, parafraseando um escritor cujo nome não lembrava, lhe disse uma vez: "Uma casa é o lugar onde alguém é esperado." E essa frase ficou em sua mente durante dias e noites. Seus pais haviam falecido. Tinha parentes distantes, com os quais mal tinha contato. Bem, é claro, havia sua irmã mais velha, Anna. Anna e os motivos pelos quais haviam se afastado durante muito tempo.

O desapego de Marina teve início na adolescência. Começou a seguir seu rumo aos catorze anos e assim continuou, ao longo de seus quarenta e cinco. Seu trabalho a obrigava a viajar. Mas por que ela optou por essa vida nômade? Sempre de um lugar para outro? Sem querer criar raízes. Onde está seu lar, Marina? Quem a espera? Não encontrar uma resposta para perguntas tão simples a angustiava. E ela passou anos procurando uma resposta sincera. Depois de tanto refletir, concluiu que sua casa, seu verdadeiro lar, era o mundo inteiro ao lado de Mathias. Essa foi a resposta que deu a si mesma. Uma resposta que a acalmou, e era verdade, porque para todos os lugares do mundo a que iam, por menores, mais afastados e escondidos que fossem, seus habitantes sempre os esperavam de braços abertos.

Mesmo sendo uma resposta sólida, às vezes era difícil não ter esse lugar físico como tinham seus amigos, seus companheiros de trabalho e Mathias, que podia voltar para o apartamento dos pais em Berlim.

Claro que Marina poderia ter escolhido uma vida mais convencional. Uma vida mais segura. Mais estável. Poderia ter ficado nesse pedaço de terra cercado de mar com cem quilômetros de norte a sul e setenta e oito de leste a oeste. Se tivesse voltado para Maiorca, talvez estivesse casada, como sua irmã, com um dos rapazes do Clube Náutico de Palma, como sua mãe sugeriu. Ou talvez, como era da vontade de seu pai, estaria exercendo sua profissão no andar de obstetrícia e ginecologia do Hospital Universitário Son Dureta, localizado no distrito de Poniente, no município de Palma.

Mas não. Estava ali, no deserto de Danakil, a exatos sete mil oitocentos e quarenta e três quilômetros de onde nasceu, abraçada ao homem que amava.

Continuava sem conseguir pregar os olhos. Virou em direção a Mathias e o observou dormir tranquilamente. Eram tão diferentes, ele tão caucasiano, tão alto, grande, tão alemão. Ela, morena, com o cabelo preto que lhe caía pelas costas, baixinha, forte, tão espanhola. Acariciou sua bochecha coberta por uma barba castanha sempre descuidada. Tirou o cabelo que caía em seu rosto e seus dedos tocaram suavemente sua pele macia e jovem ao redor dos olhos. Enquanto repetia o movimento, pensou nas tímidas ruguinhas que começavam a aparecer em volta dos seus próprios olhos. Ele estava com trinta e cinco anos. Ela faria quarenta e seis em agosto. Esse pensamento a inquietou por alguns segundos. Mas em seguida o afastou da mente. Ela o abraçou pela cintura e se sentiu tranquila e feliz por estar com esse homem, extremamente bondoso, dez anos mais novo que ela, que a amava e a admirava. Marina fechou os olhos e, finalmente, adormeceu. E ele, mesmo dormindo, a apertou contra seu corpo. Seu lar. Sua casa.

UMA FORTE BATIDA. FAZIA APENAS UMA hora que Marina tinha conseguido dormir. Abriu os olhos, sentou-se, assustada. Ouviu de novo uma batida. Silenciosa, saiu da cama e andou até a porta do dormitório. As batidas vinham do lado de fora da casa. Continuou andando pela sala de jantar até uma pequena janela. Olhou para o lado de fora. Estava muito escuro. Não viu ninguém. Bateram de novo, dessa vez com mais força.

Ela foi até a porta e a abriu. Deitada no chão estava uma jovem etíope grávida e inconsciente.

— Mathias! — gritou Marina.

Ela se agachou ao lado da jovem, que não tinha mais de quinze anos.

— Fique tranquila — disse Marina em inglês.

Colocou a ponta dos dedos no pulso da jovem. Pressionou. A frequência cardíaca era muito alta.

Mathias saiu correndo do quarto e carregou a jovem em seus braços. Um círculo de sangue manchava a terra árida sob seu corpo. Correram até a casa ao lado e Mathias colocou a jovem na maca que havia lá dentro. Marina pegou o estetoscópio sobre uma mesa metálica que continha material cirúrgico e de ausculta. Mathias cortou o véu azul-marinho que cobria o corpo da gestante. Agiram rápido e sem conversa. Cada um sabia o que devia fazer. A jovem etíope, também em silêncio, fechou os olhos, permitindo que a ajudassem.

Marina aproximou o estetoscópio da barriga da jovem e pôde ouvir o batimento cardíaco fetal. O bebê ainda estava vivo. Marina colocou luvas de látex. Abriu as pernas da jovem e sentou-se em uma pequena banqueta de madeira para examinar sua vagina. Como todas as mulheres da tribo Afar, ela possuía a genitália mutilada e o pequeno orifício que haviam deixado ao praticar a infibulação dificultava a saída do feto.

Colocou os dedos na vagina e a apalpou. Encontrou o colo do útero apagado e uma dilatação de sete centímetros. O feto não estava encaixado. O trabalho de parto tinha começado, provavelmente, havia mais de doze horas e o feto já não fazia mais força.

Poderia fazer uma desfibulação, seccionando as cicatrizes, permitindo assim que os tecidos vaginais se dilatassem e cumprissem a função que deveriam ter cumprido se a jovem não tivesse sido mutilada. Tinha que decidir. Apalpou novamente. O feto estava muito alto e a jovem tinha perdido muito sangue.

— Cesárea, rápido. Não temos tempo — disse a Mathias.

Mathias pegou o braço da jovem, procurou pelas veias e introduziu um acesso venoso.

— Sëmëwot man nô? — perguntou Mathias em kushita para a jovem.

Ela não respondeu.

— Sëme Mathias nô.

— Sëme Marina nô.

A jovem fechou os olhos. Parecia exausta.

— Ela deve permanecer acordada.

Mathias a segurou. Marina foi para trás dela com a injeção de novocaína. Curvou suas costas. Pressionou nos últimos ossos da coluna vertebral. Injetou a anestesia no bulbo raquidiano e, com cuidado, juntos, deitaram-na de novo na maca. Deviam esperar vinte longos minutos para que a anestesia fizesse efeito. Não pararam de falar em inglês ou em kushita para mantê-la acordada, colocaram alguns panos sobre o ventre e o cobriram com iodo. Prepararam um bisturi, pinças de dissecação, pinças hemostáticas, agulhas e fios de sutura.

Gotas de suor caíam sem parar da testa da jovem. Devia estar fazendo uns trinta e cinco graus. Marina molhou um pano, passou em sua testa, levantou sua cabeça e a hidratou. Perguntou novamente seu nome, se morava no povoado mais próximo, se tinha marido... Ela não respondeu.

— Como vai se chamar? —perguntou Marina, fazendo gestos para que entendesse.

A jovem continuou sem responder, mal conseguia manter os olhos assustados abertos.

— Está perdendo muito sangue — disse Mathias, preocupado.

Dez minutos para que a anestesia fizesse efeito. Marina passou a mão devagarinho pelas quarenta trancinhas azeviches que cobriam a cabeça da paciente. Parou em sua frente para que pudesse vê-la, gesticulando com ambas as mãos, como se estivesse fazendo uma trança, dando a entender que quando o bebê nascesse, deveria trançar seu cabelo da mesma forma. A jovem etíope, entendendo os gestos carinhosos da mulher branca, abriu um sorriso fraco.

O bisturi foi introduzido sob o umbigo. Marina, pressionando o lado de dentro, abriu os tecidos subcutâneos e praticou uma incisão vertical até a ponta do púbis. Tesouras. Com extremo cuidado, cortou sua fáscia. Introduziu os dedos e separou os tecidos até chegar aos músculos. Pinças. Com um corte preciso, rompeu o peritônio. Perfurou a parede uterina até alcançar a bolsa do líquido amniótico. O líquido se misturou com o sangue, que brotava em excesso. Com habilidade, introduziu a mão dentro do útero e informou que a placenta estava inserida próxima ao colo do útero. Tocou o corpo do feto e o colocou na posição correta, puxando-o pelos pés. Em um movimento rápido, tirou-o da cavidade uterina. O feto, imóvel, saiu do ventre. Mathias cortou o cordão umbilical. Ainda assim, continuou sem reação alguma.

Marina colocou o feto de bruços. Deu várias batidas nas nádegas. Silêncio. Ela tentou mais uma vez. Segurou-o pelo pescoço, levantou-o e abaixou-o novamente. Ele permaneceu imóvel, em silêncio. Ela tirou as luvas. Colocou o feto na mesa e inclinou, levemente, a cabeça dele para trás. Com a outra mão, levantou seu queixo. Aproximou-se do coração. Colocou os dedos médio e anular de uma mão no esterno do bebê e, de forma suave e rítmica, fez cinco compressões rápidas. Pensou que ele poderia ter aspirado o mecônio de dentro do útero e suas vias respiratórias estariam obstruídas.

Ela olhou para Mathias com preocupação. Ele já tinha tirado a placenta da cavidade uterina e suturava o corpo da jovem etíope, que mantinha os olhos abertos em absoluto silêncio e observava sua bebê. A primeira filha que tinha trazido ao mundo.

Com a bebê imóvel em seus braços, Marina se aproximou da jovem. Sentou-se ao seu lado. Colocou a bebê em seu colo, pegou a mão da mãe e juntas tentaram a massagem cardíaca.

Fazia mais de um minuto que estava fora do ventre, sem oxigênio. Não aguentaria muito tempo. Marina sabia. Mathias olhou para Marina. Marina olhou de volta, e ele baixou o olhar. Seriam duas mortes das tantas que tentaram evitar nesses cinco anos trabalhando juntos como voluntários da ONG. Independentemente do número de óbitos que tivessem presenciado, era impossível ficarem indiferentes ao impacto da morte de alguém pelas próprias mãos. Marina pressionou a palma da mulher etíope sobre o corpo da criança, apertou de novo, com mais força.

Inesperadamente, a jovem etíope, utilizando suas últimas forças, pegou sua filha do colo de Marina e a colocou em seu peito. Sobre o peito da mãe, a bebê escutou as batidas de seu coração, como fazia havia nove meses. A jovem respirou fundo. Disse umas palavras em sua língua e envolveu a filha em seus braços. E como se a menina tivesse entendido as súplicas da mãe, finalmente começou a chorar a plenos pulmões.

A jovem etíope ouviu o choro da criança e sorriu em paz. Olhou com imensa gratidão para a mulher branca que tinha trazido sua filha ao mundo, fechou os olhos e morreu.

COOPERAÇÃO INTERNACIONAL. FORAM OS TERMOS QUE o doutor Sherman utilizou na última aula de obstetrícia que dava para seus alunos de medicina da Faculdade de Perelman. Passou alguns slides nos quais médicos uniformizados com colete branco e logotipo com as iniciais MSF em vermelho atendiam pacientes em situação de emergência no continente africano. Até aí, Marina só sabia o que a maioria dos estudantes da Universidade da Pensilvânia sabem: que o mundo é injusto e que a medicina é um privilégio para poucos.

Dezenove anos se passaram desde essa aula magistral em uma das mais prestigiosas universidades do mundo, e, nesse dia, com a menina africana em seus braços, ela entendeu mais do que nunca as palavras do doutor Sherman quando afirmou que era a generosidade de poucas pessoas, capazes de renunciar às comodidades do mundo ocidental, que salvaria vidas nos lugares mais remotos e inóspitos do planeta.

Mathias tirou o corpo inerte da jovem do centro hospitalar beneficente, coberto por um lençol verde. Marina ficou sozinha com a bebê. Parou de observar o feto para ver o ser humano e se deu conta da menininha que estava diante de seus olhos. A bebê negra, pegajosa e muito pequena que acabava de ficar órfã.

Assistiu inúmeros partos durante os dez anos que trabalhava como voluntária, mas era a primeira vez que uma mãe falecia em um parto na sua frente. Essa situação a abalou e, enquanto observava a bebê, sentiu a imensa solidão dessa menina no deserto africano. Com um pano molhado, limpou os restos de sangue, líquido amniótico e placenta que cobriam o seu corpo. Envolveu-a com um lençol verde, igual ao que cobria o corpo da mãe, e a segurou nos braços. A bebê abriu a boquinha buscando o peito da mãe. Marina abriu a geladeira. Pegou uma caixa de papelão com o logotipo dos Médicos Sem Fronteiras, e, dentro dela, uma mamadeira preparada com água e leite em pó. Colocou-a na janela, para que os primeiros raios de sol a aquecessem.

A bebê brincou alguns segundos com o bico, como se o fizesse desde o ventre de sua mãe, mamando com uma rapidez nada comum para uma recém-nascida. Continuava movendo os lábios e pedindo mais. Mas Marina considerou que já tinha mamado o suficiente. Suavemente, a envolveu em seus braços e colocou a cabecinha perto de seu peito para que pudesse ouvir as batidas do coração. Como as batidas que escutou durante nove meses dentro do ventre. A menina parecia inquieta, e Marina saiu com ela do centro hospitalar.

Amanheceu fazendo um calor de quarenta e oito graus. O céu estava laranja e rosa, a mesma paisagem linda de todas as manhãs. Marina acariciou a bebê e, enquanto isso, cantou:

> *Nana, neném, nana, neném,*
> *Minha menina está com sono, abençoada seja.*
> *Fonte que corre clara e sonora,*
> *O rouxinol cantando na selva, chora*
> *Ele se cala enquanto o berço balança.*
> *Nana, neném, nana, neném.*

A mesma canção de ninar que sua avó cantava nas noites de Maiorca.

A bebê dormiu. E as duas ficaram sozinhas, diante do deserto de Danakil, entre areia, sal e enxofre.

———

JÁ FAZIA TEMPO QUE ELA NÃO CRITICAVA o mundo. Como uma mulher que, em seu primeiro ano de casada, critica o marido por não cumprir suas promessas, Marina, em seus primeiros anos como voluntária, criticava o mundo por não cumprir as suas.

Pouco depois dos vinte anos, com a maravilhosa ingenuidade própria da idade, achou que a humanidade mudaria. Aos trinta, era uma ativista apaixonada pela luta dos direitos humanos, combinando o trabalho de médica com a luta ativa contra a injustiça global. Lutava principalmente pelos direitos das mulheres. Mulheres como a que acabava de morrer em suas mãos e a que continuava viva ali, em seus braços.

Mas a ingenuidade dos vinte e a força dos trinta foram diminuindo com o passar dos anos, dando lugar à tranquilidade e à calma. Agora Marina era uma mulher madura, uma profissional comprometida que atendia com carinho cada paciente. Sua pretensão era melhorar a vida deles. E tinha consciência de que cuidar dessa bebê etíope que acabava de nascer era muito mais importante do que qualquer luta, reivindicação, petição ou súplica às organizações supranacionais que governavam o mundo.

Seu relógio de pulso marcava sete e vinte da manhã. A temperatura se tornava asfixiante, e ela voltou para o centro hospitalar com a bebê dormindo em seu colo. Observou-a e viu que ela era linda, negra, magricela e careca. Dormia tranquila. Sentou-se olhando para ela e sentiu a paz que os bebês recém-nascidos transmitem quando dormem. Apoiou a cabeça na parede, cansada, em busca de sossego.

Pôde observar pela porta algumas mulheres surgindo em meio a uma névoa de terra avermelhada. Certamente eram familiares da menina, pensou aliviada. Acariciou a bochecha dela. E imaginou que a entregaria para outra mulher, que trocaria o lençol verde que a envolvia por aquelas roupas tão bonitas, com cores vivas, que as mulheres africanas usam. Pensou na vida que a esperava. Sabia que não lhe faltaria amor. As pessoas da tribo Afar eram gentis, bondosas e adoravam seus filhos. Apesar de ser órfã de mãe, ela teria o carinho do restante do seu povo, de seu pai, de suas tias, de suas inúmeras primas, de suas avós, das amigas de sua mãe. Porque na África o cuidado dos filhos era compartilhado com todas as mulheres que formavam o clã. Elas se ajudavam mutuamente.

Apesar de não ser mãe, Marina refletiu muito sobre a maternidade das mulheres europeias, isoladas em suas casas na cidade, fazendo da criação de uma criança sinônimo de solidão. Como sua irmã Anna e a filha, naquela mansão de quinhentos metros quadrados, coberta de mármore branco, com uma piscina e de frente para o mar. Marina tinha aprendido a não julgar, mas tinha consciência de que as europeias e as africanas tinham muito o que aprender umas com as outras.

Ao acariciar a bochecha da menina negra que estava em seus braços, considerou que ela também teria uma vida difícil. Uma vida nômade. Essa terra árida seria a única paisagem que seus olhos veriam. Mais nenhuma. Sempre fazendo mais de quarenta graus. Como o vento, passaria a vida toda em busca de água. Carregando as esteiras que montariam seu lar em qualquer pedaço de terra. Provavelmente não aprenderia a ler nem escrever, ordenharia cabras, buscaria lenha, moeria grãos, amassaria pão e, mais importante que todas essas tarefas domésticas, ao completar dois anos cumpriria a tradição milenar. Durante o amanhecer, quatro mulheres a deitariam sob uma árvore. Duas delas a segurariam pelos ombros, as outras duas abririam suas perninhas e a segurariam com força, para que a parteira da tribo arrancasse seu clitóris com uma faca. Fechou os olhos ao pensar nisso. Apertou o corpinho da bebê contra o seu, querendo protegê-la.

— Ela está dormindo? — perguntou Mathias na porta.

Marina concordou.

— A Samala chegou. Eu fico com ela.

Com muito cuidado, entregou-lhe a bebê. Foi em direção à porta e ouviu Mathias pronunciar umas palavras em alemão, bem baixinho, para que não a acordasse.

— *Wilkomen zum leben, meine lieblich Mädchen.*

Marina observou-os. E essa imagem tão bonita a comoveu de novo. Mathias, tão forte e tão europeu, segurando e olhando aquela bebê negra com seus enormes olhos verdes.

— Acho que algumas dessas palavras estão anotadas no caderno — disse Marina à porta.

Mathias esperou a tradução de sua mulher:

— Seja bem-vinda, minha menina bonita.

※

— Elas devem ter um gps no hipotálamo — disse Marina, vendo as mulheres africanas se aproximarem pelo deserto.

Toda manhã pensava nisso. Como era possível se orientarem por quilômetros nesse extenso mar de areia?

As clínicas móveis da ong eram itinerantes e se instalavam perto dos povoados da tribo Afar. Porém, mulheres de tribos distantes caminhavam durante horas até chegar a essas instalações e diziam ser orientadas pelas estrelas do amanhecer e pelas ondulações da areia.

Marina as observou caminharem lentamente em sua direção, carregando seus bebês nas costas e um grupo de crianças de dois a oito anos caminhando ao lado delas. As mulheres da tribo Afar eram esbeltas, possuíam uma elegância inata e cobriam o corpo com tecidos estampados com cores vivas que contrastavam com a cor negra da pele. Marina aproximou-se delas e disse:

— *Ëndemën aderu.*

As mulheres riram quando Marina as cumprimentou em kushita. Eram pessoas muito ingênuas e sempre gratas. Alguns bebês moviam a cabecinha entre os tecidos e choravam. Provavelmente, era a primeira vez que viam uma mulher branca. Nenhuma delas perguntou pela mulher grávida, sendo assim, Marina gesticulou e contou em inglês, utilizando palavras bem básicas, o que tinha acontecido naquela noite.

— Vocês sabem quem é ela? Vocês a conhecem? — perguntou.

Elas não sabiam nada sobre a jovem. Nenhuma mulher da aldeia onde moravam havia desaparecido. Mesmo assim, pediu que fossem nos fundos da casa de concreto, onde Mathias havia deixado a maca com o corpo da jovem coberto pelo lençol verde. Poderiam tê-la visto alguma vez.

Antes de atender essas mulheres e os vários pacientes que chegariam durante o dia, Marina precisava comer, tomar banho e, principalmente, beber água.

Entrou na casa. Samala preparava o pão etíope que comiam todas as manhãs. Ela fazia parte dos funcionários contratados pelos Médicos Sem Fronteiras e era responsável por limpar os dormitórios, lavar a roupa, comprar comida e cozinhar para os voluntários. Seus filhos já eram grandes e ela ficou viúva havia cinco anos. Morava em um dos bairros mais humildes de Addis Abeba, onde se comentava de tudo, e foi assim que ficou sabendo que médicos europeus estavam contratando pessoas da região para trabalhar com eles. Procuravam principalmente operadores logísticos, homens com habilitação para dirigir e que entendiam de construção, eletricidade e encanamento para montar as clínicas móveis pelo país. Mas ela foi mesmo assim, sabia cozinhar e limpar, foi o que fez a vida inteira. Durante dois meses ficou sentada na porta do escritório esperando que algum dia os médicos brancos precisassem dela. E, numa segunda-feira, uma das mulheres contratadas pela organização simplesmente não deu mais as caras, e Samala passou a fazer parte da grande família dos Médicos Sem Fronteiras. Isso já fazia um ano. Ela e Kaleb, o operador logístico, acompanhavam Marina e Mathias no projeto de nutrição materno-infantil da tribo Afar.

Marina deduziu que Mathias já tivesse contado o ocorrido a Samala, então não perguntou nada e, depois de cumprimentá-la carinhosamente e agradecer pelo café da manhã, bebeu um gole de água e foi para o seu quarto.

Saía um fiozinho de água da ducha. Apenas por dois minutos. Mas esses dois minutos eram tão prazerosos que às vezes Marina contava mentalmente cento e vinte segundos, obrigando-se a não pensar em mais nada, além desse tesouro escasso do deserto que escorria por seu corpo. Mas a mente é inquieta e, infelizmente, ela se lembrou do voo LH2039 da Lufthansa Airlines, que a levaria de Addis Abeba de volta *para casa* em três dias.

Sentadas no chão, apoiando-se na parede do centro hospitalar, as mulheres etíopes e seus filhos esperavam para ser atendidos pelos médicos. Uma explicava para outra o que tinha acontecido e iam juntas até a maca onde estava o corpo da jovem morta. Mais de sessenta mulheres foram reconhecer o cadáver. Ninguém sabia quem era.

Ao anoitecer, o fedor de morte era insuportável.

Enquanto dava mamadeira à bebê, Marina viu pela janela da cozinha Kaleb colocar o corpo inerte da mulher no banco traseiro do jipe da ONG.

O operador logístico fechou a porta, ligou o motor e se afastou pelo deserto. Cavaria um buraco a poucos quilômetros dali e dentro dele posicionaria o corpo da mulher voltado em direção à Meca. Iria cobri-lo formando uma pequena montanha de pedras, como indicava o ritual Afar, e oraria a Alá.

A poeira que o jipe levantou sumiu totalmente. E esse fato tão insignificante inquietou Marina. Sentiu que o coração acelerava e teve a sensação de que a temperatura tinha subido vários graus. Durante essas doze horas que o cadáver esteve na casa, esse pequeno ser humano que estava em seus braços pertencia a uma mulher morta. É o que tinha sido comunicado a todas as pessoas que foram ao centro hospitalar.

Agora, sem esse corpo, a bebê não era de mais ninguém. Ninguém se importava. Se ela chorava, se sentia sede, fome, se estava suja, se queria colo, nenhum outro ser humano além de Marina, a ajudaria. Então, sentiu uma onda de tristeza pela profunda solidão dessa menina sem nome. Envergonhada, passou do sentimento de tristeza à culpa. Agiu como qualquer outro médico. Mas não era isso que a preocupava, e sim uma pergunta que já havia sido feita em outras intervenções médicas durante sua vida profissional com os Médicos Sem Fronteiras: "Viver era a melhor opção para esse ser humano?".

Sentiu-se orgulhosa por ser uma médica ocidental salvando vidas em um país tão pobre do terceiro mundo. Mas talvez tudo não passasse de um equívoco, e a lei da natureza deveria ser a responsável por decidir quem viveria ou não. E talvez a bebê que estava em seus braços devesse estar abraçadinha à mãe, debaixo da terra, sepultada em paz.

Marina passou a mão na testa e tentou apagar esse pensamento da mente.

— É estranho que ninguém a tenha procurado. Certamente, é uma menina não desejada, fruto de um estupro — disse Kaleb.

Marina e Mathias não esperavam esse comentário desagradável.

— Posso levá-la para o orfanato de Addis Abeba — continuou Kaleb.

— Vamos esperar mais uns dias, talvez alguém apareça para buscá-la — disse Marina. — Se ninguém vier, antes de ir para o aeroporto nós a deixamos no orfanato.

O vento soprava forte enquanto Marina, Mathias e a bebê dormiam. Como todos os bebês recém-nascidos, ela chorou desesperadamente quando sentiu fome.

— Isso não pode ser normal — disse Mathias, abrindo os olhos desorientado. — Está dizendo que ela não tem nada?

Era a terceira vez que a menina acordava naquela noite. Marina a segurou novamente em seus braços.

Mathias levantou e foi buscar a mamadeira.

— Agora entendo por que meu irmão mais velho se separou um ano depois do nascimento do filho.

— Minha sobrinha chorava dia e noite sem parar — disse Marina. — Um dia estávamos desesperadas e saímos de carro às quatro da manhã para que ela dormisse.

— E ela dormiu? — perguntou Mathias.

— Dormiu, sim. Até estacionarmos o carro e tirar a chave da ignição.

E assim se passaram mais dois dias e duas noites. Mal puderam dormir. Alternando-se entre os cuidados de várias mulheres e crianças que foram ao centro hospitalar e os cuidados dessa menina que ninguém procurou.

Sua velha mochila preta estava cheia. Cinco camisetas brancas, três calças cáquis com bolsos laterais, roupas íntimas, jaqueta impermeável, um *nécessaire* e uma colcha estampada verde, amarela e lilás, que comprou com Mathias no Congo e que levava para todos os lados. Colocou a passagem e o passaporte dentro do caderninho preto e o guardou no bolso lateral da mochila. Pegou o estetoscópio de seu pai no armário. Viajou com ele para mais de trinta países, nos quais tinha exercido sua profissão. Sempre o mesmo. Nunca quis outro. Não fazia sentido levá-lo para Maiorca porque estaria de volta em menos de uma semana, mas Marina não ia a nenhum lugar sem esse estetoscópio. Com cuidado, guardou seu amuleto na mochila e a fechou.

A bebê estava deitada na cama e, apesar de ter só dois dias de vida, seguia os movimentos de Marina com seus olhinhos. O cheiro de pão se espalhou pelo cômodo. Marina foi até a porta buscar seu café da manhã. A bebê emitiu um som. Marina a observou por uns segundos. A menina gemeu outra vez. Marina sorriu ao perceber que a estava chamando. Foi até ela. Sentiu que a criança já os reconhecia. Estava com os dois fazia três dias. Ela ouvia suas vozes. Suas risadas. Suas discussões cotidianas. Marina se sentou ao seu lado e tocou sua mãozinha. A bebê segurou seu dedo indicador e gemeu como se quisesse dizer algo... *Fique aqui comigo.*

— Vou buscar café e um pedacinho de pão com manteiga e já volto — disse em castelhano.

A bebê gemeu.

— Eu não demoro... vou trazer sua mamadeira também.

A menina gemeu de novo.

Marina acariciou a bebê, que em seguida pegou seu dedo indicador com a mãozinha e o apertou com mais força. E esse gesto tão sutil, tão simples, de todos os bebês, a fez estremecer.

O JIPE CORRIA PELO DESERTO A CENTO e cinquenta quilômetros por hora. Kaleb conhecia essa estrada como a palma da mão, dirigia falando com orgulho sobre sua origem da região de Caffa, de onde vinha o café. Falava olhando sem parar para Mathias, que, sentado no banco do carona, concordava com tudo que ele dizia. Estava inquieto pela velocidade, segurando o painel com uma das mãos e a alça do teto com a outra.

No banco traseiro, Marina carregava a bebê dormindo em seus braços, sem prestar atenção na conversa, olhava os quilômetros de areia pela janela. Um pouco distante, uma fila de camelos carregados com blocos de sal caminhava em paralelo rumo ao horizonte.

Passaram por um povoado onde mulheres nômades construíam suas cabanas. Umas colocavam pedras no chão formando um rodapé, outras seguravam os galhos que formariam a estrutura, enquanto seus bebês estavam sentados nas esteiras que cobririam o teto.

O jipe atravessou o povoado. As crianças correram até ele e o seguiram, e o carro diminuiu a velocidade.

— *Hello, hello!* — gritavam, sorrindo. — *Doctor, doctor!*

Marina sorriu para eles. Gostava de ser reconhecida.

Após percorrer vários quilômetros de areia, o jipe passou por uma área vasta, quente. Marina viu um monte de pedras formando um círculo, indicando que ali havia um corpo enterrado, e Kaleb confirmou: embaixo daquelas pedras estava o cadáver da mãe da menina que dormia em seus braços.

Marina olhou para a bebê. Ela tinha acordado cinco vezes durante a noite, e agora, devido ao balanço do carro, dormia tranquilamente. Seriam quase sete horas de viagem. Passaram por montanhas de sal, lagos de enxofre, pela encosta do vulcão Ertale, até chegarem a uma região próxima à fronteira com a Somália, onde havia um grupo de etíopes vestidos com farda militar e segurando fuzis.

Um deles levantou a mão. Kaleb parou o jipe e abriu o vidro. O militar se aproximou observando as portas laterais do carro, onde havia um enorme logotipo escrito *Médecins Sans Frontières*. Conversaram algumas palavras em amárico e Kaleb lhe deu uma nota de dez birres etíopes. O militar sorriu de maneira gentil para os médicos e os deixou ir. Por terem parado, a bebê sentiu falta do movimento e acordou. Marina olhou para ela e acariciou seu queixo com o dedo. A bebê sorriu. Então, repetiu o movimento, e ela sorriu novamente. Mexeu as mãos, espreguiçando-se daquele jeito estranho que os bebês fazem.

Marina ficou pensativa, inquieta por um segundo. Inclinou o corpo em direção ao banco dianteiro.

— Ela não tem nome — disse.

— Como? — perguntou Mathias.

— A bebê. Não tem nome — repetiu Marina.

— Eles vão escolher um no orfanato — disse Kaleb.

Marina voltou para trás e se ajeitou no banco. A menina chorou, e, de uma maneira automática, Mathias abriu a mochila e passou a mamadeira para ela.

No orfanato? Quem vai escolher seu nome? O nome próprio é algo importante, pensou.

Também pensou por que seus pais escolheram o nome "Marina" e não outro. Ela nunca tinha perguntado. Quando estava na aula de latim do colégio, descobriu que "Marina" significava "mulher nascida no mar", e deduziu que foi seu pai quem escolheu seu nome: "Sou um autêntico lobo do mar", dizia ele, apaixonado, em seu barco, fazendo suas filhas rirem.

Então ela concluiu que seu nome era devido a esse amor que o pai, Nestor, sentia pelas águas do Mediterrâneo. Marina era filha do homem do mar, a filha do lobo do mar.

Sua irmã mais velha tinha o mesmo nome de todas as primogênitas do matriarcado em que nasceu, "Ana". Mas o dela tinha um N a mais, como todas as Annas de Maiorca. Sendo assim, Anna seguiu a tradição familiar e batizou sua filha com o mesmo nome de sua tataravó, bisavó, avó, mãe e seu próprio nome. Mas, dessa vez, com um N só.

Enquanto acariciava a bebê, Marina sorriu e se lembrou da conversa que teve com Anna em uma praia de Maiorca. Conversavam sobre o nome que ela daria à sua filha. A barriga de Anna estava enorme. Estava com trinta e oito semanas de gestação e argumentava o motivo pelo qual sua filha se chamaria Ana, somente com um N.

— Minha filha vai se chamar Ana. Ana só com um N. Com certeza. Passei a vida inteira corrigindo meu nome nas lousas dos colégios e nos documentos oficiais, não quero que ela passe por isso. Vai ser Ana com um N. Anita — disse Anna, convencida. — Anita.

A bebê semicerrava os olhos, fazendo caretas, incomodada pelo sol que entrava pela janela.

— Você precisa de um nome, bebê. Um nome bonito para o resto da vida — disse Marina.

Ela pensou nas letras do seu nome. M, A, R, I, N, A. Fez o mesmo com as letras do nome da irmã, A, N, N, A, e com as do nome M, A, T, H, I, A, S. Concluiu que seu nome e o de Mathias tinham quatro letras em comum, e que a última sílaba do nome dela combinava com o da irmã. E então, brincando com o abecedário, escolheu o nome que acompanharia a bebê que estava em seus braços pelo restante de sua vida. Naomi.

※

FINALMENTE, ERA POSSÍVEL VER ADDIS ABEBA de longe. Com seus luxuosos arranha-céus, ao longo da encosta do Monte Entoto. Marina suspirou aliviada. Estava exausta. O corpo estava dolorido e os braços dormentes por carregar a bebê durante sete horas seguidas. Chegaram a uma estrada bem asfaltada, passaram por um edifício em construção, onde havia vários pedreiros trabalhando na futura e deslumbrante sede da União Africana. Passaram pelo Hilton, pelo Sheraton, pelo Palácio Imperial, pelo estádio de atletismo, até chegarem à avenida Churchill, onde um guarda municipal corpulento mexia os braços tentando organizar o tráfego. Buzinas. Táxis. Carros. Motos. Africanos vestidos de Armani. Lindas etíopes usando blazers e salto alto. Lojas de artesanato. Vitrines com manequins vestidos de Nike. Turistas. Mendigos. Uma avenida europeia, uma miragem do que era a África, e por mais que Marina tivesse passado várias vezes por aquele lugar, ela não se sentia indiferente a tudo isso. Junto a esse luxo, se estendia a miséria da África. Centenas de casebres sem água encanada, sem luz, sem nenhuma esperança de melhoria.

Passaram por uma ruazinha entre rebanhos de cabras e pequenos mercados ao ar livre cheios de gente, até chegarem a um caminho de terra. Dirigiram por ele durante um quilômetro e meio, afastando-se do centro urbano e entrando de novo na verdadeira Etiópia. A estrada chegava a campos de cereais onde havia mulheres fazendo a colheita. Dirigiram mais um quilômetro e meio até chegarem a uma casinha bem simples cor-de-rosa. O orfanato estadual para crianças *Minim Aydelem*.

Kaleb estacionou. Marina observou através do vidro empoeirado a casa humilde em que ficava o orfanato. Mathias abriu a porta do carro. Marina esperou uns segundos, observou o lugar atentamente e achou tudo muito triste. Olhou para a menina, que continuava dormindo tranquilamente em seu colo.

— Que silêncio — disse, estranhando.

Desceu do carro com cuidado para que a bebê não acordasse. Foram até a entrada do orfanato. Mathias bateu. Uma mulher etíope de olhos bondosos abriu a porta.

— Você fala inglês? — perguntou Marina.

Ela assentiu. Marina explicou quem eram e como Naomi chegou ao mundo. Ao mesmo tempo, observava os berços de ferro espalhados pelo corredor com bebês silenciosos. Alguns, acordados, olhavam para o nada de dentro do berço. Cheirava a urina, leite azedo e fezes de bebê. O silêncio do lugar a incomodou. Muito silêncio para uma casa cheia de crianças sem pais. Era o lugar mais sombrio que havia visto em todos os anos em que atuava como voluntária. Suas mãos haviam curado crianças mutiladas do Congo, bebês infectados com ebola, meninas exaustas refugiadas no Sudão. Mas sempre ao olhar atento de suas mães, ou de uma avó, um irmão, algum familiar. Não havia estado em um lugar como esse, onde as crianças não choravam, não pediam nada, não tinham contato visual com ninguém...

A mulher mostrou o berço onde deviam deixar Naomi. Um berço de ferro quebrado com um colchão de plástico ainda sem lençol, ao lado de uma bebê também de poucos dias. Marina olhou para o berço e em seguida para Mathias. Naomi, tranquila, começava a se espreguiçar ainda de olhos fechados. Mathias acariciou o rosto da menina. Observou-a por alguns segundos, beijou sua bochecha e a deixou deitada no colchão de plástico do berço quebrado, e assim o coração de Marina se partiu em mil pedaços.

Andou cabisbaixa até a porta de saída. Sem olhar para trás. Naomi gemia enquanto se espreguiçava, esperando os braços dessa mulher que a havia carregado durante seus três dias de vida. Naomi emitiu um som mais agudo. Outro. Gritou. Várias vezes. Até que começou a chorar, pedindo pelos braços tão familiares. Marina fechou os olhos. Com o coração despedaçado, sentiu um enorme pesar. Um pesar que era um misto de raiva, vergonha e tristeza. Ouviu o choro histérico da bebê enquanto colocava os pés para fora do orfanato. Sentiu uma pressão no peito e suspirou. Respirou fundo, indo em direção ao jipe. Nesse momento, pôde compreender o silêncio do orfanato. Não havia pessoas suficientes para acudir o choro de cinquenta bebês deitados nos berços. Eles não paravam de chorar nos primeiros dias, até se acostumarem com o vazio, e pouco a pouco se calavam.

Kaleb colocou as chaves na ignição. Mathias, que já estava no banco do passageiro, olhou-a com tristeza. Marina entrou, fechou a porta e abriu a janela. O operador logístico avançou e Marina olhou para a casinha simples de paredes cor-de-rosa.

— Pare o carro.

— Como? — perguntou ele, sem entender.

— Pare o carro, por favor, Kaleb.

— O avião sai em menos de duas horas, Marina — disse Mathias.

— Pare, por favor — insistiu.

Kaleb freou. Marina abriu a porta. Correu em direção ao orfanato. Entrou e foi até o berço onde Naomi chorava, sem qualquer consolo. Segurou-a em seus braços e a apoiou sobre o peito.

— Calma — sussurrou com uma voz suave. — Você está com fome, não é, bebê? Não é, Naomi?

Havia mais de quatro horas que ela tinha mamado. Uma menina bem grandinha para estar deitada em um berço as observava em silêncio, com olhinhos tristes.

Com Naomi em seus braços, Marina foi até a porta dos fundos. Deparou-se com um quintal onde havia uma construção de concreto, da qual saía fumaça de uma chaminé improvisada. Uma mulher colocava para ferver uma enorme panela, cheia de mamadeiras sujas. A mulher ouviu o choro de Naomi e olhou para elas.

— Por favor — pediu Marina —, você pode arranjar um pouco de leite para a menina?

Sem prestar atenção em Naomi, a mulher foi até um armário de madeira e pegou uma lata grande de leite em pó.

— Assim que estiver pronto eu levo — disse, apontando para a panela.

— *Amesegënallô* — agradeceu Marina.

A mulher sorriu pelo gesto de respeito da mulher branca, agradecendo em amárico.

Naomi continuava chorando. Marina a mudou de posição, para que ela pudesse ver o que estava ao redor. Passearam pelo quintal até uma janela, pela qual pôde ver dez crianças quietinhas em seus berços.

Naomi, esfomeada, chorava cada vez mais, e Marina sentia cada vez mais tristeza. O choro pungente da bebê comoveu a voluntária europeia. Nunca tinha se sentido tão indispensável para outro ser humano e, sem querer, uma lágrima escorreu por seu rosto. Então, ela cantou para a bebê a canção de ninar que sua avó Nerea costumava cantar nas noites tranquilas de Maiorca.

O controle de passaportes do Aeroporto Internacional de Addis Abeba estava lotado. Aeromoças sorridentes andavam ao lado dos pilotos, empresários chineses cumprimentavam os colegas africanos, turistas carregados de malas se esquivavam dos vendedores ambulantes, enquanto as faxineiras limpavam sem descanso o edifício futurista em que fica o aeroporto. Marina, de mãos dadas com Mathias, esperava na fila.

Mathias tirou a mochila das costas enquanto Marina fazia uma trança, ao terminar, ele lhe entregou a mochila.

— Vou sentir saudades.

— São apenas dez dias — respondeu Marina na ponta dos pés, aproximando seus lábios dos de Mathias.

Marina lhe deu as costas e foi até o controle de passaportes. Mathias deu uns passos atrás dela e a chamou. Ela olhou para ele, que em seguida segurou sua mão.

— Você me ama? — sussurrou Mathias.

Marina estranhou a pergunta. Ficou bastante surpresa, aquelas palavras tão simples eram a última coisa que esperava ouvir naquele momento. Ela o abraçou.

— Claro...

— Então me fala, por favor. Mesmo que seja só de vez em quando.

Marina acariciou sua bochecha. Estava ciente de suas próprias inabilidades, não era uma mulher carinhosa que demonstrava seus sentimentos com frequência. Era sempre reservada e discreta em suas relações. Já tinha ouvido isso antes. Amava como qualquer outra mulher, talvez com menos paixão, mas com toda a sinceridade de que era capaz. Era uma mulher fiel, honesta. Mathias e os poucos homens que haviam passado por sua vida sabiam disso. Marina o abraçou com força e sussurrou:

— São apenas palavras. Mas se quiser ouvi-las, eu posso lhe dizer todos os dias, todas as noites, quantas vezes você quiser.

— De vez em quando é suficiente.

Os lábios de Marina disseram as últimas palavras.

— *Ich liebe dich.*[1]

Cozinha etíope, era o que estava escrito na capa do livro que Marina segurava em uma loja do Duty Free do terminal do aeroporto. Ela o comprou. Saiu da loja e, enquanto procurava o portão de embarque, leu o imenso

---

1. "Eu te amo", em alemão. (N. T.)

anúncio feito pelo governo etíope para atrair o turismo ao país: "Bem-vindos à Etiópia, o berço da humanidade." Foi assim que os paleontólogos batizaram aquela nação. Esse foi o país onde encontraram enterrado o primeiro esqueleto feminino, a primeira mulher da Terra, sepultada há mais de três milhões de anos. Marina não pôde deixar de pensar na mãe de Naomi, que estava embaixo da terra. Chegou ao portão de embarque. Ainda estava fechado. Sentou-se em um banco transparente e moderno com vários metros de comprimento ao lado de outros passageiros europeus.

Em quantos aeroportos havia esperado? Quantos voos tinha pegado na vida? Quantos mais pegaria? Voos internacionais, voos nacionais, monomotores para lugares remotos. Assim era a vida de Marina. Já fazia dez anos que ia de país em país, dedicando-se à humanidade.

Chegar à Etiópia foi como encontrar uma estabilidade em sua vida. Havia vinte anos que o Médicos Sem Fronteiras estava na Etiópia. É o único país no qual a ONG tem uma missão estável, já que é considerado em permanente estado de emergência, devido à constante desnutrição da maioria da população. Aos quarenta e três anos lhe ofereceram o cargo de chefe de missão no país africano, que ocuparia durante um ano. Ela já estava no terceiro...

Tirou o livro de culinária etíope da sacola e alisou a capa. Folheou o livro. A primeira foto era a de uma mulher africana amassando pão. Ao lado da foto, a receita e o modo de preparo desse alimento básico do povo etíope.

O ruído de um avião decolando fez com que Marina olhasse para o lado de fora do aeroporto. Nenhuma nuvem. O céu estava azul.

Anna ia gostar do livro. Desde crianças, elas ajudavam a avó Nerea a amassar pão. A avó as esperava todas as tardes na saída do colégio. Deixava os ingredientes separados em cima de uma enorme mesa de madeira para fazer o tal pão preto — que, segundo ela, nutria de verdade —, o pão preto com farinha de centeio. Misturavam a água com a farinha e amassavam com seus dedinhos. Parecia incrível que depois de tantos anos ela ainda lembrasse a quantidade exata de cada ingrediente para prepará-lo. A sensação dos dedos na massa. E o cheiro. O cheiro de pão saído do forno que se espalhava pela casa e entrava no coração... enfim, o cheiro de lar.

Your attention, please. This is a boarding announcement for flight number 2039 destination Frankfurt. Please, passengers proceed to gate number eleven.[2]

---

2. "Atenção, por favor. Chamada de embarque para o voo 2039 com destino a Frankfurt. Por favor, dirijam-se ao portão de embarque número onze." (N. T.)

A AMIZADE OU O *CHAPATI*

CHAPATI[3]

INGREDIENTES:
- 200 g de farinha de trigo
- Uma colher (de chá) de sal
- Uma colher (de sopa) de azeite de oliva
- Uma xícara de leite ou água

MODO DE PREPARO:
Em uma tigela, misture o trigo com o sal. Adicione o azeite e mexa. Aos poucos, acrescente a água até que a massa fique homogênea e não grude nas mãos. Deixe a massa descansar durante meia hora. Faça pequenas bolas e estique a massa com um rolo até que fique bem fina.

Aqueça uma frigideira e, quando estiver quente, coloque a massa sem colocar óleo. Quando a massa começar a formar pequenas bolhas vire-a. A massa vai inflar aos poucos. Quando o *chapati* começar a dourar, retire-o da frigideira.

Marina afivelou o cinto. Estava cansada. Os últimos dias foram intensos. Apoiou a cabeça no encosto e olhou através da janela do avião. Mathias já devia estar chegando à cidade. Esta noite, ele dormiria no apartamento alugado pela ONG para os expatriados que trabalhavam em Addis Abeba. Imaginou-o sentado dividindo uma cerveja com seu amigo Sigfried, também voluntário, e fanático pelo time Bayer Leverkusen e por Michael Schumacher, que havia se tornado um grande amigo de ambos e a quem prometeram convidar para padrinho de casamento, se algum dia, após uma noite regada a muita bebida, resolvessem se casar.

Aritz Goikoetxea — engenheiro basco e surfista, que sentia falta de suas ondas de Mundaka — e Ona — a contadora catalã que durante a noite apaziguava as saudades do engenheiro cantando as músicas de Joan Manuel Serrat — também estariam no apartamento.

E claro, Manolo, um simpático sevilhano (do bairro de Triana, como sempre dizia), operador logístico e ex-legionário tatuado dos pés à cabeça. Certamente, o sevilhano iria preparar uma tortilha de batatas com muita cebola para todos, principalmente para impressionar a nova voluntária, francesa e piegas, que participava do projeto.

Marina teria gostado de vê-los. Era sempre um prazer reencontrá-los e também os outros expatriados que se alternavam pelas emergências médicas do mundo. Eram uma grande família. Uma grande família de pessoas solitárias. Sua família.

Ao soar o ruído dos motores, Marina fechou os olhos e o avião decolou.

As cores. Isso era a primeira coisa que chamava sua atenção quando voltava para a Europa. Fazia um ano que ela não saía da África, onde, apesar da extrema pobreza, tudo parecia pintado com cores alegres: laranja, verde, amarelo... Assim que pôs os pés no aeroporto de Frankfurt, o mundo parecia apagado. Parecia triste. O céu quase sempre nublado cobria a cidade que servia de conexão para centenas de europeus que passavam sem olhar uns para os outros, em seus ternos e com suas maletas pretas.

Marina atravessou o corredor apressada em meio à massa anônima de seres humanos cinzentos em direção ao portão de embarque número 45A, para pegar a conexão com destino a Barcelona.

Quando deixou o aeroporto de Barcelona, já havia anoitecido. Fumaça de condensação saía de sua boca. Ela esfregou as mãos e soprou-as para aquecê-las. Fechou o zíper da jaqueta. A mudança brusca de temperatura a afetava rapidamente. Tinha aprendido a lição nos natais anteriores, quando acompanhava Mathias a Berlim para comemorar com a família dele. Passou dos quarenta graus etíopes para os menos dez berlinenses em poucas horas. O resultado foi a pior gripe de sua vida.

Marina procurou em volta e logo reconheceu o Mercedes-Benz branco caindo aos pedaços de sua amiga Laura, que discutia com um guarda municipal. Mesmo que demorasse para voltar, mesmo que se passassem anos, Laura sempre estaria ali, esperando por ela com aquela lata-velha branca.

Marina saiu correndo em sua direção, e, ao vê-la, Laura abriu o porta-malas, solícita como sempre.

— Viu? Eu falei que ela estava chegando — disse Laura ao guarda municipal.

As duas amigas se abraçaram enquanto o guarda se afastava fazendo um gesto negativo com a cabeça e resmungando.

Elas correram para dentro do carro e, ao virar a chave, tocou uma velha fita cassete de Leonard Cohen. Marina sorriu ao ouvir a voz do cantor canadense e Laura acelerou pela estrada.

Laura tinha cinquenta anos e fazia parte da unidade psicossocial dos Médicos Sem Fronteiras. Trabalhava na sede central da Espanha, em um antigo edifício no bairro Reval, em Barcelona.

Quando a ONG foi fundada em Paris, em 1971, começou a surgir a ideia de que os expatriados que voltavam do trabalho de campo precisavam de apoio emocional. Não era fácil continuar vivendo depois de ter presenciado o horror, a fome, as mutilações e todas as atrocidades de um mundo que eles tentavam curar. Então, a organização decidiu criar um departamento de psicologia para que os voluntários pudessem continuar exercendo sua profissão, reduzindo seus medos e traumas.

Os voluntários não eram obrigados a sentar no divã de Laura, mas a maioria deles acabava passando pelos seus cuidados. Para desabafar, chorar, tentar entender. Para buscar respostas.

Cinquenta e cinco por cento dos voluntários que viajavam em sua primeira missão, ao voltar, decidiam não trabalhar mais para a ONG. Sentavam-se no consultório aconchegante de Laura, totalmente devastados e envergonhados, e então admitiam que não estavam preparados psicologicamente para continuar atuando em territórios de conflito. A realidade era muito difícil para eles. E, de fato, não era fácil ver crianças morrerem de fome ou sede, ouvir o choro desesperado de suas mães, atender a jovens militares ensanguentados...

Dez anos antes, Marina sentou-se no divã de Laura ao voltar de sua primeira missão. Depois de meses participando de um programa de saúde materno-infantil no estado de Chhattisgarh, na Índia. Assim que se sentou a sua frente, Laura soube que Marina fazia parte dos quarenta e cinco por cento restantes. Laura continuava sendo sua psicóloga, mas, com o passar dos anos, era difícil saber quem era a paciente e quem era a terapeuta às vezes. E automaticamente, sem perceber, elas foram criando uma profunda relação de amizade.

O veículo percorreu a avenida Les Flors. Eram quase dez da noite de sábado. Apesar de fazer frio, a rua estava cheia. Os supermercados ainda estavam abertos; turistas entravam e saíam dos hotéis; os restaurantes estavam lotados; garotas bem-arrumadas sorriam para a câmera de seus celulares; grupos de africanos andavam com suas enormes bolsas cheias de imitações de roupas de marca; alguns turistas do Norte da África aparentavam ser mais sérios; mulheres hindus vestidas com seus sáris andavam de mãos dadas com os filhos... enfim, Barcelona.

Pegaram a rua do hospital até a avenida El Raval e estacionaram.

— E Mathias?

— Tudo bem. Continuamos formando uma boa dupla — respondeu Marina com um sorriso.

Finalmente entraram no velho edifício onde Laura morava. Entraram na casa, na qual restava muito pouco do *feng shui* que Laura havia tentado seguir anos atrás. A linda menina de cachos loiros que veio correndo abraçar a mãe era a culpada pela bagunça acolhedora que reinava na casa.

— Filha... por que está acordada a essa hora?

— Ela quis esperar a senhora. Eu tentei, mas não teve jeito, me desculpe — disse uma tibetana jovem e gentil em um castelhano precário.

O apartamento de oitenta metros quadrados era cheio de livros de psicologia, folhas rabiscadas e pintadas penduradas nas paredes, bonecas, brinquedos e giz de cera. A calefação estava sempre alta.

— Está linda — disse Marina olhando para a afilhada, que não via fazia quase um ano e meio.

— Deve ser a tal lei da compensação — respondeu Laura, com o humor sarcástico que demonstrava de vez em quando.

A filha de Laura era loira, tinha a pele branca e os olhos bem claros. Uma beleza eslava, quase insólita, nada parecida com a mãe biológica. Laura não era uma mulher bonita. Tinha a testa grande, os olhos pequenos, o nariz proeminente, o cabelo fino e grisalho. Quando criança, ouviu o pai dizer: "Inteligente ela é, mas a coitada é feia que dói." Era véspera de Natal — uma noite fatídica em que ele tinha bebido além da conta. A frase ficou marcada para sempre no coração da filha. E, apesar de toda a psicologia que havia estudado em sua vida, ela não conseguia esquecê-la.

Laura pagou trinta euros para a mulher tibetana, que em seguida pegou sua bolsa e saiu discretamente.

— Vá dormir. Você sabe que horas são?

A menina correu até a cama que dividia com a mãe. Marina e Laura a seguiram e se deitaram com ela. Apesar de ter seis anos, ainda chupava o dedo. Um pequeno prazer que a mãe nunca proibiu. Colocou o polegar na boca, e com os olhos bem abertos virou para Marina e pediu que lhe contasse uma história.

— Bem, vamos lá — disse Marina, que nunca tinha contado uma história na vida. — Era uma vez...

Não conseguia pensar em nada.

— Olha só... Não estou acostumada a contar histórias, querida. Melhor pedir para sua mãe.

Laura riu.

— Não, espera. Já sei — continuou Marina. — Era uma vez uma princesa que morava num país distante chamado Etiópia. Seu nome era Naomi e sua pele era negra como ébano. Ela morava perto de um campo de cereais, em uma casa... cor-de-rosa.

— Rosa? — perguntou a menina tirando o polegar da boca.

— Feche os olhos — disse Laura à filha.

Marina continuou lentamente, falando cada vez mais baixo, inventando a primeira história infantil de sua vida, até que a menina finalmente dormiu.

Deixaram a pequena na cama e foram para a sala.

— Não sei quanto tempo essa história de dormir juntas ainda vai durar. Ela me dá cada chute...

Laura vivia sua maternidade plenamente. Antes de engravidar, trabalhou com afinco durante quinze anos e conseguiu economizar um bom dinheiro. A lei lhe permitia somente quatro meses de licença-maternidade, então ela pediu dois anos de licença no trabalho e se dedicou exclusivamente à criação de sua filha. Amamentou-a durante esses dois anos. Sempre a carregou no *mbotou*, um porta-bebês tradicional africano, que Marina comprou em uma pequena loja de um povoado no Congo às margens do rio Ebola. Ela usou pouquíssimas vezes o carrinho de bebê que ganhara de presente de seus amigos voluntários dos Médicos Sem Fronteiras. E, claro, desde o dia em que a criança nasceu, mãe e filha dividem a mesma cama.

Além disso, Laura sempre falou com ela como se fosse uma adulta. Nada de falar com a menina em terceira pessoa, ou utilizar palavras infantis como *gugu, dada, tetê...* Acreditava na relação entre a fala materna e o desenvolvimento da inteligência. E, de fato, a menina tinha um vocabulário incrível para seus seis anos de idade.

— O que você quer jantar?

— Algo leve, ainda estou enjoada do avião.

— Vamos fazer *chapati* e um pouco de salada?

Laura pegou o trigo no armário. Marina pegou um rolo na segunda gaveta. Elas já tinham preparado esse pão várias vezes. Laura não via sentido em comprar pão todos os dias, sendo que com um pouco de trigo, água, sal e dez minutos de seu tempo podia preparar em casa.

— Quem é essa princesa etíope? — perguntou a psicóloga, despejando um copinho de água no trigo.

Marina a olhou com cumplicidade. Ela não conseguia esconder muitas coisas da amiga.

— Eu fiz o parto dela, a mãe morreu — respondeu rápido, enquanto sovava a massa.

Laura ficou em silêncio, permitindo que ela continuasse.

— Às vezes acho... — Marina ficou pensativa, sem parar de amassar a mistura. — Talvez essa menina não deveria ter sobrevivido.

— Marina, não fale assim.

— Eu a deixei em um maldito orfanato.

Laura a observava, enquanto usava um rolo para esticar a massa do pão.

— Você está bem?

Marina desviou o olhar.

— Crianças que não devem nascer, nascem e crianças que talvez deveriam nascer, não nascem... porque suas mães as impedem — concluiu Marina, colocando a massa na frigideira.

Ambas sabiam ao que ela se referia com essas palavras. Laura sabia que esse episódio tinha mexido com Marina. Fazia muito tempo que analisava fotógrafas, médicas, enfermeiras, operadoras logísticas, mulheres fortes e inteligentes que haviam chegado ao ápice da carreira, sacrificando a maternidade. Em algum momento da vida se arrependiam dessa renúncia tão própria da condição feminina. Mas sabia que, em relação à Marina, o trabalho não tinha sido o único motivo de ela ter retirado o feto que levava em seu ventre.

— Você é capaz de amar um filho, Marina. Nunca duvide disso. Você não é a sua mãe — disse Laura, nove anos antes, colocando a mão sobre o ventre da amiga.

Poucas horas depois, a acompanhou a uma clínica de aborto em Barcelona, apesar de Marina saber que o pai da menina que carregava em seu ventre — Jeremy, trinta anos mais velho que ela, professor da Faculdade de Medicina de Perelman, conhecido pelos estudantes como doutor Sherman — a teria ajudado para sempre.

— Eu lhe dei o nome de Naomi. — Olhou novamente para a amiga e sorriu com tristeza.

— É um nome muito bonito.

— Kaleb insinuou que a menina deve ter sido fruto de um estupro.

— Bem, isso não saberemos nunca. O que importa quem era o pai? Você fez o que devia. Esta menina encontrará uma família adotiva e será feliz.

— Tomara.

— Eu garanto.

Laura pegou alface, milho, cebola e tomate na geladeira, enquanto Marina colocava mais massa na frigideira.

— Falando em pais... — comentou Laura, abrindo a torneira e lavando a alface. — Tenho que lhe contar uma coisa

Marina a olhou com expectativa.

— É sueco.

— Quem é sueco?

— O doador, Marina. Quem seria?

— Mas... como você descobriu? — perguntou, surpresa.

— A médica que fez a inseminação. Em uma das últimas consultas, percebi que ela estava com umas olheiras, estava mais magra e, apesar de não termos intimidade, perguntei se estava tudo bem e em seguida ela começou a chorar. Do nada.

— Sério?

— Ela sabia que eu era psicóloga e acredito que precisava desabafar. A típica história do marido que deixa o celular em casa, e a mulher descobre que ele está há não sei quanto tempo com outra, e, para piorar ainda mais, é a suposta melhor amiga.

Levaram o pão e a salada para a sala e se sentaram no sofá.

— Então, acredito que, como agradecimento às terapias gratuitas e ao ver minha filha tão linda, ela insinuou que a clínica não tinha quantidade suficiente de esperma para inseminação, e eles acabaram comprando de um banco sueco...

Depois de ouvir essa informação ilegal que a amiga tinha descoberto, Marina emudeceu. Elas duas já tinham conversado várias vezes sobre a identidade do doador de esperma. Na Espanha, a lei proibia a divulgação de qualquer tipo de informação sobre os doadores. Então, juntas, e graças à ajuda de Jeremy, entraram em contato com a empresa americana Criobank Association. Uma empresa privada líder no ramo de reprodução assistida e que só aceitava esperma de estudantes das universidades Harvard, Yale e Stanford. Por esse motivo, era cinco vezes mais cara que as demais empresas do ramo. Além disso, a Criobank permitia que as receptoras dos tais espermatozoides escolhessem a cor da pele, do cabelo, dos olhos, a altura, e podiam, inclusive, ouvir a voz do doador.

Laura achou tentador viajar até a América em busca do melhor espermatozoide para o seu futuro filho, mas era uma mulher cética, principalmente com tudo que vinha dos Estados Unidos.

Certa noite, foram juntas a um bar no bairro Gótico e, entre taças de vinho e petiscos, Laura imaginou o seu futuro doador: um universitário fracote de ciências exatas, sentado em uma minúscula sala à prova de som, no centro da Filadélfia. Imaginou-o abrindo o zíper de sua calça jeans vintage, colocando a mão dentro da cueca e se masturbando em frente a uma televisão, onde um sujeito musculoso com características caucasianas e um pênis três vezes maior que o dele penetrava uma loira com seios enormes que gemia de prazer. Continuaram com os petiscos, com as taças de vinho e a imaginação feminina continuou correndo solta pelo resto da noite... Concluíram que o procedimento de coleta de sêmen devia ser semelhante ao das clínicas de inseminação espanholas. Com uma pequena diferença, esclareceu Laura: em seu país, o sujeito que se masturbava poderia ser um moleque que foi expulso do último ano do ensino fundamental.

Depois de Laura pensar muito sobre o assunto, e duvidando que os espermatozoides universitários norte-americanos fossem realmente universitários, ela decidiu fazer a inseminação em seu próprio país. Não só por duvidar da origem do esperma, mas porque teria que ficar um período de três a nove meses nos Estados Unidos, já que as estatísticas apontavam que a chance de ficar grávida na primeira tentativa era de vinte por cento. Portanto, o processo poderia levar meses, e ela não queria esperar sozinha em outro continente, por mais que o doador fosse um gênio da Universidade Stanford.

Então, em uma segunda-feira do mês de janeiro de 2004, permitiu que o destino escolhesse o espermatozoide que lhe seria introduzido através de uma cânula asséptica no departamento de reprodução assistida da Clínica Dexeus de Barcelona. E, nove meses depois, naquele mesmo apartamento, acompanhadas pela música de Leonard Cohen, Marina tirou do ventre de sua amiga Laura a linda menina que havia concebido.

— Desde que soube do tal doador, o pai biológico da minha filha, não paro de sonhar com ele... e, na verdade, isso me incomoda. Às vezes, o pai dela... Nem sei por que o estou chamando de pai — disse, fazendo uma careta. — No sonho, o doador aparece como um sujeito tranquilo e bondoso, de meia-idade, loiro, muito bonito, como minha filha... e eu os observo de longe; também estou no sonho, mas parece um filme: ele caminha por um deserto e minha filha corre feliz até ele.

— É um sonho bonito.

— Sim. Outras vezes, sonho que ele é um vagabundo alcoólatra que empurra um carrinho de supermercado cheio de sucata pelas ruas congelantes da periferia de Estocolmo — concluiu Laura, com certa angústia.

— Desde que contratou a babá tibetana, você vai muito ao cinema, não vai? — retrucou Marina com um sorriso, tentando amenizar o clima da conversa.

As duas riram. Na verdade, Laura não tinha nenhuma curiosidade em saber quem era o pai biológico de sua filha. De quem era o sêmen que havia introduzido em seu óvulo. E depois da conversa com a médica que a inseminou, começou a ter vários sonhos, que preferia evitar, mas não podia, porque somente em sonhos a outra metade de sua filha aparecia.

— E o pior de tudo — continuou Laura — é que a Suécia aprovou a lei do anonimato e os filhos nascidos por reprodução assistida têm o direito de saber a identidade do doador ao completar dezoito anos. — Laura esperou um segundo e continuou. — Embora eu não tenha motivos para contar.

— Mas você sempre diz que mentir nunca é uma boa ideia — disse Marina, sorrindo.

— Vamos mudar de assunto, já bastam meus sonhos em relação a isso. O que eu quero saber, querida amiga, é como você foi capaz de dar poderes ao seu cunhado depois de tudo...

— O que você queria que eu fizesse? Anna é incapaz de cuidar da papelada da herança. Pelo visto, são muitos trâmites — Marina ergueu as sobrancelhas —, e ela não faz nada sem perguntar a ele. Mas os poderes são limitados. Minha irmã e eu temos a última palavra.

— Ainda assim, fico apreensiva.

Quando se deram conta da hora, já eram quatro da manhã. Passaram a noite conversando sobre o Médicos Sem Fronteiras, sobre os meses que passaram sem se ver e contando fofocas, alimentando a bela amizade que cultivaram durante anos de diálogos sinceros. Certamente, as amigas não se veriam durante meses, talvez um ano ou mais. Mas não importava. Eram mulheres de sorte, e a vida lhes dera um tesouro... uma amizade sólida e duradoura, da qual se orgulhariam até estarem bem velhinhas. Permeada por conselhos durante o dia e fofocas à noite, entre *chapatis*, taças de vinho e petiscos.

No inverno, havia somente uma balsa por dia de Barcelona para a ilha de Maiorca. A balsa tinha capacidade para quinhentos e oitenta e nove passageiros, e não havia mais de cinquenta naquele dia. Poucos viajam para a ilha no inverno. Os poucos que iam, preferiam os vinte minutos de voo do aeroporto de Barcelona até o de Palma de Maiorca, e não as oito horas de trajeto que Marina faria até atracar no porto de Peraires. Um único raio de sol, tímido, aparecia por entre as nuvens densas. Ao entrar no *Sorrento* — nome escolhido pelo neto preferido do proprietário da empresa para batizar a balsa —, os passageiros se dirigiram rapidamente até suas poltronas, acomodando-se sem tirar o casaco. Marina, porém, caminhou pelo lado esquerdo, em direção à proa.

Um velho capitão ligava os motores na casa do leme. O *Sorrento* parecia uma balsa-fantasma, com seus cento e oitenta metros de comprimento por vinte e cinco de largura, e uma quantidade tão reduzida de tripulação e passageiros. Algumas gaivotas voavam em círculos, grasnando e esperando que um pescador generoso se lembrasse delas. Marina se apoiou no corrimão enferrujado da proa, observando as aves, que batiam as asas de forma ritmada.

Ela finalmente estava onde queria estar.

Teria sido mais prático voar do aeroporto de Barcelona e mais rápido ainda ter pegado um voo do aeroporto de Frankfurt direto para Palma de Maiorca, mas Marina preferiu reviver esse longo trajeto de oito horas pelas águas do Mediterrâneo. O mesmo trajeto que fez com seu pai, no dia 21 de dezembro de 1981, aos dezessete anos. Precisava reviver essa lembrança, apesar da nostalgia. Podia e queria recordar cada palavra da última conversa que teve com Nestor Vega, o homem que mais amou em sua vida, no convés de uma balsa muito parecida com a que embarcava naquele momento.

Olhou para o horizonte. Também estavam no inverno e fazia frio naquela época. Marina estava no último ano do renomado internato feminino Saint Margaret's School, na cidade de Filadélfia, e voltava todos os anos para passar o Natal com a família.

— Filha, você já é uma mulher — disse seu pai. — Eu não poderia estar mais orgulhoso da pessoa que está se tornando.

Essas foram as primeiras palavras que ele falou ao entrarem na balsa, mais de vinte e cinco anos antes.

— Pai, você diz cada coisa.

— Eu atendo a centenas de pessoas em minhas consultas todos os anos, e garanto que há de todos os tipos: pessoas maravilhosas, pessoas menos maravilhosas, pessoas normais, pessoas perversas e pessoas repugnantes.

Marina sorriu. Seu pai era um homem crítico em relação a tudo, às vezes exagerava.

— Acredito que o esforço esteja valendo a pena. Tenho consciência de que não foi fácil afastar você de todos nós... de mim, Anna, sua avó Nerea — fez uma pausa, hesitou, mas acabou dizendo — e de sua mãe.

Marina desviou o olhar. Por que ele tinha que mencioná-la? Sabia que ela não sentia falta da mãe... Nestor segurou a mão da filha. Faria o possível para que o Natal fosse tranquilo. Sem gritos, sem acusações. Estava ciente de que mãe e filha não podiam passar mais do que dois dias seguidos sem explodirem uma com a outra, e uma acabasse chorando e a outra ficasse aborrecida a ponto de nem se levantar da cama. A garota merecia um Natal tranquilo... E, quando o inverno permitisse, sairiam em seu barco para navegar.

— E quanto ao futuro, filha? O que você quer fazer da vida? — perguntou Nestor.

— O que quer dizer, pai?

— A vida que tem pela frente quando sair de Saint Margaret.

— Não sei.

— Na ilha não tem universidade de ciências, você pode estudar em Madri, onde eu estudei, ou aqui perto, em Barcelona. Ou...

Marina o interrompeu. Sabia a terceira opção que ele iria sugerir, mas se negou a escutá-la.

— Não sei, pai. Agora não tenho como responder... Sabe... eu acho complicado ser obrigada a decidir o que fazer da vida aos dezessete anos. O que fazer pelo resto da vida.

— Sim, é verdade. Mas é assim que funciona.

— Não me imagino em uma cidade nova. Começando de novo. Sozinha outra vez... Às vezes, acho que não deveria continuar estudando.

Nestor não gostou do que ouviu.

— O que está dizendo, filha? — perguntou, decepcionado. — Seria uma pena. Você está há quatro anos em um dos melhores internatos americanos, está preparada para entrar em qualquer universidade do mundo. Suas notas são excelentes, mais que excelentes... Você não me deixou terminar de falar; claro que poderia estudar na Universidade de Madri ou em Barcelona, mas o diretor do Saint Margaret me escreveu...

— Eu sei, pai — interrompeu Marina de novo. — Talvez eu possa ganhar uma bolsa para estudar na Universidade de Medicina da Filadélfia — continuou Marina, sem um pingo de entusiasmo. — Ele já falou comigo.

— E você não fica feliz, filha? Sabe o que isso significaria para o seu futuro?

— O diretor me acha capaz. Mas ainda tem muito chão pela frente. Eu teria que fazer um teste, parecido com um vestibular, e não é fácil.

— Você vai conseguir, querida. Vai passar no teste. Com uma nota excelente. Eu tenho certeza disso. Se você quiser, claro. Filha, se você passar no teste, teria uma bolsa completa e receberia a melhor educação que um médico poderia ter. Você merece.

Marina não queria falar de seus progressos acadêmicos, nem de seu futuro, nem nada que fosse considerado tão importante. Só queria ficar em silêncio, abraçada ao pai, apreciando o vento. Recuperando o tempo perdido. Vê-lo dois meses por ano não era suficiente. Passavam nove meses a milhares de quilômetros de distância, e agora, que estava a poucos milímetros, precisava de silêncio, amor e nenhuma conversa sobre seus estudos. Mas Nestor, incapaz de imaginar o que se passava pela cabeça da filha, continuou perguntando sobre seu brilhante futuro.

— Olhe, vou lhe contar uma história... Lembra quando eu visitei você no ano passado? Lembra que estava voltando de um congresso de medicina em Washington?

Marina concordou, sem olhar para ele. Por que ele não parava de falar e pronto?

— Bem, eu conheci um ginecologista americano nesse congresso. A empresa farmacêutica nos hospedou no mesmo hotel e na primeira noite nos encontramos no piano-bar. Lá estava um pianista magricela, bem velhinho e muito triste que tocava "Fly Me to the Moon", do Frank Sinatra. — Nestor sorriu ao se lembrar disso.

— Pai, aonde você quer chegar?

— Espera um segundo, não seja impaciente. O pianista era péssimo, e o ginecologista disse: "Acho que deveria pagar-lhe o cachê desta noite e pedir que parasse de nos atormentar." Nós rimos. Em seguida, ele estendeu a mão humildemente e se apresentou. Digo humildemente porque todos no congresso sabíamos quem era, uma eminência na ginecologia em âmbito mundial... seu nome é Jeremy Sherman. Um sujeito gentil, um pouco mais velho que eu e, curiosamente, apaixonado por Maiorca. Tinha viajado para a ilha com a esposa antes de se casarem e tinha provado o *arroz brut*[4] feito na pousada de Valldemosa. Incrível, não é?

Nestor olhou para a filha, que continuava cabisbaixa, ouvindo sem querer prestar atenção.

— Bem, nós passamos o resto da semana juntos assistindo a várias palestras. Começamos uma amizade... escrevemos um para o outro com certa frequência e, além disso, ele me manda revistas de ginecologia impossíveis de conseguir aqui na ilha.

"Este senhor, Marina, é o reitor da Faculdade de Medicina de Perelman. E sei que vai nos ajudar, se você quiser estudar lá."

Marina o ouvia olhando para o mar, que, apesar do inverno, estava calmo.

— No último dia do congresso, acabamos sentados em uma banqueta ao lado do pianista e cantamos "Fly Me to the Moon". Foi lamentável... Jeremy é um bom sujeito. Vai nos ajudar.

Nestor esperou a resposta da filha.

---

4. Arroz típico da ilha de Maiorca feito com linguiça, pimentão, sal e outras especiarias. (N. T.)

— Quero voltar para Maiorca, pai. Não quero continuar sozinha a sete mil quilômetros de distância. Você não entende?

Marina olhou para o pai com firmeza, tentando mostrar segurança.

— Sim, pai. Quero trabalhar. Assim como muitos jovens que decidem não continuar os estudos.

— Você quer abandonar os estudos? Filha, por favor. E trabalhar de quê? — Não elevou o tom de voz, mas disse de um jeito firme, e sua filha o conhecia muito bem.

Marina segurou sua mão, sabia que estava decepcionando o pai. E sofria por isso. Mas ele já tinha decidido muitas coisas por ela e, apesar de ter apenas dezessete anos, ela queria decidir o rumo do próprio destino.

Nestor se apoiou no corrimão do barco. Não entendia sua filha.

— Pai, eu não sei o que vai ser da minha vida. Mas sei de uma coisa. Eu quero voltar. Quero voltar, pai. Eu sinto tanta falta de vocês... passo tantas noites sozinha nos Estados Unidos. Quero estar perto de você, Anna e de vovó Nerea, por mais senil que esteja e já não me reconheça. É a única coisa de que tenho certeza absoluta. Eu quero voltar.

As gaivotas continuaram voando; parecia que já não voavam em círculos e sim em triângulos. O cozinheiro do *Sorrento* aproximou-se do corrimão com um pedaço de pão velho na mão.

— Elas ficam esperando por mim, sabem que eu nunca as decepciono — disse o cozinheiro a ela.

Marina observou como os marinheiros soltavam as amarras do cais, e como o *Sorrento* partia lentamente rumo a Maiorca.

ANNA IMAGINOU QUE A ESSA HORA a balsa já tivesse zarpado do porto de Barcelona. Não entendia por que Marina preferiu navegar durante oito horas no frio daquele barco desconfortável em vez de pegar o voo de sessenta euros que ela havia encontrado.

Quando viu a agulha extrafina cheia de toxina botulínica que entraria no canto do seu lábio superior, esqueceu a irmã. Anna arregalou os olhos e observou o polegar de Cuca, a cirurgiã plástica, pressionando lentamente o êmbolo da seringa, aplicando a mistura de soro com o pó de *Botox*. Era a primeira das vinte picadas que ainda lhe restavam.

A cirurgiã tirou a seringa do rosto de Anna. A mulher não sentiu dor, mas empalideceu. Sentia-se tonta e para não ter que olhar para a seringa, observou o consultório a sua volta. Caixas metálicas, líquidos, seringas, algodão e grandes recipientes com álcool. Logo sentiu a agulha em sua pele novamente. Suas mãos suavam frio. Decidiu segurar a grade de metal da maca em que estava deitada. Enquanto sentia o metal frio em suas palmas suadas, lembrou-se do medo que sentia de agulhas quando era criança. Lembrou-se de uma noite, quando tinha apenas sete anos, em que viu o pai abrir sua maleta preta, repleta de agulhas. Então ela e Marina fugiram para o quarto de sua avó Nerea e se esconderam embaixo da cama. Nestor encontrou as filhas meia hora mais tarde e, depois de uma bronca, vacinou-as contra varíola. Anna chorou como se o mundo estivesse acabando, sem se importar com a atitude passiva da irmã mais nova, que tinha sido vacinada antes sem derramar uma lágrima, e que em seguida tinha começado a arrumar as seringas na maleta do pai.

Sentiu a agulha sair da pele. Cerrou as mandíbulas. Um chumaço de algodão foi pressionado sobre a pequena gota de sangue que brotava de seu lábio. Olhou para as luvas de látex brancas que seguravam o algodão. Respirou lentamente, tentando não mover um único músculo. Agora o suor frio chegava às axilas. Sentiu uma moleza nas pernas. A cirurgiã tirou o algodão que estava levemente manchado de vermelho. Anna viu seu sangue e fechou os olhos.

Na noite anterior, teve a brilhante ideia de entrar no computador da filha e digitar a palavra "botox". Trinta e oito milhões de resultados. Clicou no primeiro e, ao receber a segunda picada, foi como se a tela do computador tivesse criado vida dentro de suas pálpebras fechadas. Recordou os absurdos que se diziam no mundo virtual sobre o *Clostridium botulinum*, o micróbio que estava sendo injetado em seus lábios naquele momento. A primeira frase que leu dizia: "Apenas um grama de toxina botulínica é suficiente para matar um milhão de cobaias." O texto vinha acompanhado de várias fotos de cobaias maltratadas em um laboratório norte-americano não identificado.

Abriu um dos olhos. Só um. O esquerdo. Olhou para Cuca, que mais uma vez apertava o embolo da seringa com o polegar.

"Se essa imbecil errar a dose, eu não saio dessa maca", pensou.

A cirurgiã, sentindo-se observada pelo olho esquerdo de sua paciente, recuou um pouco.

— Tudo bem? — perguntou, afastando a seringa de seu rosto.

— Está um pouco quente aqui, né? — disse Anna.

— Ah, não está quente... Não me lembro de ter feito tanto frio assim antes. A calefação está a vinte e seis graus. Eu posso baixar um pouco a temperatura, se quiser.

— Deve ser menopausa — respondeu, surpresa com o improviso da resposta.

Ainda faltavam alguns anos para chegar aos cinquenta e continuava menstruando regularmente.

— Pode me dar um pouco de água? — pediu Anna.

Na verdade, ela considerava Cuca uma amiga. Era sua amiga até que provasse o contrário. Ambas tinham estudado no colégio San Cayetano. Cuca era dois anos mais nova, foi colega de Marina no colégio. Além disso, Curro, o marido de Cuca — um famoso tabelião de Maiorca e membro fundador do J&C Baker, um importante escritório de advocacia da ilha —, e Armando, o marido de Anna, também eram amigos de infância e sócios do Clube Náutico de Palma. No verão, os dois casais saíam para navegar juntos. Um dia na lancha de um, outro dia na lancha do outro. Além disso, elas se encontravam nos jantares femininos que o clube organizava para todas as sócias, nos quais conversavam sobre seus filhos, seus maridos e suas rugas.

Cuca lhe trouxe um copo de água.

— Ontem eu li sobre isso que está me aplicando. — Apontou para a seringa. — Dizem cada absurdo! Li que era trinta milhões de vezes mais letal que o veneno de uma cobra e que a Al-Qaeda o está fabricando como uma arma de destruição em massa.

— Como é que é? — disse Cuca apoiando-se na mesa.

— Não devemos procurar nada na internet — concluiu Anna, depois de beber um gole de água —, dizem cada bobagem. Mas é claro que eu me assustei. Espero não passar dessa pra melhor por estar me livrando de algumas rugas.

Cuca teve certeza do que já imaginava. Sua amiga, além de ingênua, era muito boba.

Anos antes, enquanto Cuca fazia *topless* no iate de seu marido, leu na revista *Natureza e Vida* que o botox era utilizado como arma de destruição em massa e que tinha sido proibido pelo protocolo de Genebra. Mas ela achou graça nesse artigo de ficção científica e não estava nem um pouco interessada nos efeitos secundários da toxina botulínica. A única coisa de que ela tinha certeza era que não queria continuar ganhando aquele salário miserável trabalhando como médica para o governo. Fez muitos plantões no Hospital Universitário de Son Dureta, foram muitos pacientes e muitos anos sem nem conseguir ganhar dois mil euros por mês. Então, graças ao *Clostridium botulinum*, montou sua própria clínica e, o mais importante, conseguiu trocar a velha lancha de seis metros de comprimento por um iate de trinta e cinco... Esse era o tipo de amizade que Anna tinha.

— Quer continuar amanhã?

— Não, não — respondeu, deitando-se novamente na maca. — Eu sou muito apreensiva. Você tem ibuprofeno?

Cuca, um pouco irritada, levantou e abriu um armário cheio de frascos e medicamentos. Pegou um comprimido de seiscentos miligramas e lhe deu.

— Minha água acabou. — Anna sorriu, timidamente.

Cuca encheu o copo dela mais uma vez, quase se arrependendo do desconto que tinha lhe prometido por serem amigas.

Anna bebeu a água e devolveu o copo para a médica.

— Vou colocar uma música para você relaxar.

É evidente que a cirurgiã não estava pensando na sua paciente, mas em si mesma. Precisava ouvir sua música de relaxamento, a que ouvia no Estúdio de Ioga Kundalini Maiorca todas as tardes, com as outras mulheres de meia-idade que seguiam as instruções de Carlos Shankar Awhit, que na verdade era Carlos Fernández Fernández, um descarado que passeava pelos *ashrams*[5] hindus uma vez por ano e tinha conseguido montar seu próprio estúdio. Aliás, Cuca transava com ele de vez em quando.

Uma música relaxante começou a tocar. Os seiscentos miligramas de ibuprofeno começavam a fazer efeito.

Enquanto Anna pagava pela consulta com seu cartão de crédito, lembrou que ainda tinha muitas coisas para fazer antes da chegada de Marina. Tinha que ir ao mercado para comprar peixe fresco, à floricultura para comprar um buquê de lavanda desidratada, à tinturaria para buscar os ternos do marido, precisava buscar Anita no colégio e, o que mais a inquietava, arrumar o quarto para Marina. Tinha dado ordens para a empregada filipina de como deveria arrumá-lo, mas Anna queria verificar se estava tudo em ordem antes de sua chegada.

Uma mulher na casa dos setenta anos entrou no consultório. O excesso de botox havia deixado seus olhos mais abertos, os lábios, excessivamente inchados e a testa, excessivamente lisa. Mas pelo visto ela se sentia linda. Neste momento, tudo que Anna desejou era não perder a noção e um dia se transformar em algo horrível assim, com olhos de robalo.

A máquina de cartão emitiu um som.

— Não passou — disse a auxiliar de enfermagem mascando um chiclete.

---

5. Termo usado para designar uma comunidade formada com o intuito de promover a evolução espiritual de seus membros, geralmente orientada por um místico ou religioso. (N. T.)

— Como assim não passou?

A auxiliar negou com a cabeça.

— A máquina deve estar com algum problema — disse Anna, um pouco nervosa.

Era 1º de fevereiro. O banco estava autorizado a fazer a transferência da conta do marido para a sua. Devia ter dado algum erro.

— Nós passamos vários cartões hoje de manhã e não tivemos nenhum problema — disse a auxiliar. — A senhora não trouxe dinheiro?

— Não, não costumo andar com tanto dinheiro — disse um pouco envergonhada, olhando para a velha que a observava com atenção.

— Espere um segundo. — A auxiliar saiu de trás da mesa, fez uma bola com o chiclete e entrou na sala onde Cuca atendia outra mulher.

Anna pegou o celular em sua bolsa Louis Vuitton e ligou para o marido. Será que foi algum erro bancário? Sabia que o marido não atenderia a ligação, mas ela permaneceu com o celular colado na orelha... talvez tivesse sorte. Olhou para o consultório de Cuca, depois para o robalo. Desligou. Tentou ligar de novo. Nada.

Enquanto guardava o telefone na bolsa, pensou na maravilhosa herança que tinha caído do céu. Nunca mais passaria por uma humilhação dessas. Que vergonha!

Viu Cuca se aproximando.

— Lamento, o cartão deve estar com algum problema.

— Você me paga no próximo jantar do clube — refletiu Cuca. — Ou quando puder... Não tem pressa.

Anna percebeu pelo comentário de Cuca que ela sabia algo sobre a situação financeira que ela e o marido estavam passando. Óbvio, era Curro quem cuidava dos assuntos legais de Armando, mas as duas nunca tinham conversado sobre o assunto, por isso sentiu ainda mais vergonha.

— Eu trago à tarde, sem falta.

— Não se preocupe, é sério. Depois você me paga, eu confio em você, nós somos amigas.

A FAMÍLIA OU O BOLO DE LIMÃO COM SEMENTES DE PAPOULA

BOLO DE LIMÃO COM SEMENTES DE PAPOULA

INGREDIENTES:

- Raspas de 2 limões do limoeiro de vovó Nerea
- 30 g de sementes de papoula
- 350 g de farinha de trigo integral
- 200 g de açúcar mascavo
- 250 ml de leite integral
- 200 g de manteiga
- 3 ovos
- Uma colher (de chá) de fermento
- Uma pitada de sal

MODO DE PREPARO:

Misture a farinha de trigo integral, o fermento e o sal em uma vasilha. Bata separadamente os ovos, o açúcar mascavo e as raspas de limão. Quando estiver bem batido, adicione o leite. Derreta a manteiga em fogo baixo, vá acrescentado aos poucos e continue batendo. Quando a massa estiver uniforme, acrescente os ingredientes secos. Por último, misture as sementes de papoula na massa, lentamente. Leve o bolo ao forno pré-aquecido a 180º C por uma hora.

Imelda sabia muito bem que a visita da irmã da patroa era importante, por isso organizou tudo com muito cuidado. Mal tinha ouvido falar dela. Sabia que se chamava Marina, que morava na África e era médica. Em um Natal, ouviu a patroa dizer que gostaria que Marina estivesse ali, mas nenhum outro membro da família prestou muita atenção.

Deslizou sua mão pelo grosso cobertor de lã branco sobre a cama do quarto de hóspedes. Arrumou o lençol de linho por baixo como dona Anna havia mandado, dobrando-o por cima do cobertor de um jeito que as letras N&A, bordadas em azul-celeste ficassem visíveis.

Uma semana antes, a patroa pediu que buscasse a caixa de plástico onde esse lençol antiquíssimo estava, no sótão. Estava amarelado, mas Anna não quis colocá-lo na máquina de lavar. Quis fervê-lo e o deixou dois dias no sol. "Nada de sabão em pó nem água sanitária", disse ela, "vai desbotar o bordado azul". A filipina ficou satisfeita com o resultado, ficou branquíssimo. E as iniciais não tinham desbotado, isso era o mais importante para a patroa. Passou as mãos pelo N, a inicial de Nestor, e pelo A, inicial do nome de sua esposa Ana de Vilallonga, os pais de Anna e Marina. A avó delas, Nerea, tinha feito o bordado para o filho e a nora, de presente de casamento. Além do lençol bordado, ela também deu ao filho aquela casa, e ele, por sua vez, havia deixado de herança para as filhas.

Na opinião de Imelda, esse era o quarto mais bonito da casa, e durante os catorze anos que trabalhava ali, era a primeira vez que seria utilizado. Era um pequeno oásis dentro de uma casa cheia de objetos que deveriam ser limpos meticulosamente. Esse pequeno quarto com paredes brancas, praticamente vazio e quase sem decoração, transmitia paz e tinha um ar acolhedor. Ao lado da cama, havia uma mesa de cabeceira de madeira com um abajur em estilo náutico. Aos pés da cama, estava um enorme e imponente baú também de madeira, que Imelda considerava muito antigo e achava parecido aos baús dos marinheiros filipinos.

No dia em que começou a trabalhar na casa, a patroa pediu que buscasse o baú no porão e o colocasse nesse quarto. Imelda tentou fazer isso sozinha, mas era muito pesado. Então as duas, com a ajuda de um carrinho de mão enferrujado, o levaram para o quarto. A patroa ensinou-lhe como limpá-lo com um pano seco e veneno para cupim, o qual compraram juntas em uma loja de ferragem.

O que Imelda achou estranho é que a patroa mandou que limpasse toda a casa diariamente: seu dormitório, o da filha, a cozinha e os banheiros. E como o quarto de visitas não era utilizado, deveria limpá-lo apenas uma vez ao mês. Já o tal baú, ela deveria limpá-lo todos os dias. E foi o que fez durante os catorze anos que trabalhava como empregada nessa casa. E pelo que sabia, esse baú não tinha sido aberto durante todo esse tempo. Ficou curiosa para saber o que tinha dentro, mas a discrição, tão característica de sua cultura filipina, a impediu de abri-lo.

Borrifou limpa-vidros na janela. Enquanto a limpava, olhou para o mar que se estendia ao infinito. Talvez essas mesmas águas tivessem banhado as margens do rio Pasig, em sua terra natal. Um rio que desemboca na cidade de Manila, na qual catorze anos antes havia deixado a filha aos cuidados de sua mãe. Imelda se mudou para a Espanha com o objetivo de proporcionar uma vida melhor à sua filha, que na época tinha quatro anos. Ela teve sorte, muita sorte, pelo que disseram suas conterrâneas que trabalhavam na ilha, pois, assim que chegou, encontrou trabalho na casa da família García Vega.

Dona Anna tinha acabado de dar à luz e precisava de ajuda com a limpeza da casa e, principalmente, com sua recém-nascida. Portanto, desde que chegou a essa casa, cuidou da filha da patroa como se fosse sua. Como se ela tivesse saído de seu próprio ventre. E Imelda continuava ali, catorze anos depois, na mesma casa, cozinhando, arrumando as camas, espanando a poeira, limpando os banheiros e morando com uma família que não era a sua. Trabalhava de segunda a sábado, descansando todas as tardes de quinta e aos domingos. Uma família que nem sabia o nome de sua filha — aquela que continuava esperando pacientemente pela mãe depois de catorze anos, sentada às margens do rio Pasig.

A patroa buzinou duas vezes.

Anna abriu o porta-malas de seu BMW conversível azul metálico, que ela dirigia para todos os lados na ilha. A mansão onde morava, localizada no bairro de Son Vida, ficava a poucos quilômetros do centro de Palma. Era o trajeto que fazia diariamente para cumprir suas tarefas como mãe e esposa.

— A senhora comprou poucas coisas hoje, dona Anna — disse Imelda pegando uma única sacola, que cheirava a peixe, do porta-malas do carro.

— Eu tinha muitas coisas para fazer e já estava ficando tarde — mentiu.

Depois do ocorrido com o cartão de crédito, ao sair da clínica de estética, Anna pegou sua velha carteira Louis Vuitton e confirmou que ainda tinha duas notas de vinte euros e alguns trocados; não eram suficientes para pagar a sessão de botox, mas dava para comprar peixe no mercado da praça.

Ficou passeando pelas lojas da praça Weiler e da avenida Jaime III, esperando dar a hora de o mercado fechar. Era o melhor momento para comprar, já que as peixarias preferiam baixar os preços a perder o peixe fresco. E foi o que fez mais uma vez. Ela sempre entrava no mercado na hora de fechar quando não tinha dinheiro na conta. Mas essa situação finalmente ia mudar. Seu marido encontraria um bom comprador para essa abençoada herança que tinha caído do céu...

— Minha irmã vai chegar por volta das oito. Ela não ligou? — perguntou à Imelda, fechando o porta-malas e em seguida subindo a escada da garagem.

— Não, senhora, ninguém ligou.

— Nós ainda temos batatas, não é mesmo?

— Sim, senhora.

Foram direto para a sala. Uma sala afrancesada decorada em estilo rococó. Anna e sua mãe a decoraram, antes do casamento, usando como inspiração as fotografias da revista *¡Hola!* de mansões da alta sociedade espanhola. Escolheram um tom de cinza para as paredes e tons perolados para os móveis da sala, onde havia um sofá de couro. Em frente ao sofá, ficava uma cômoda de madeira do século passado, presente de sua sogra. Também havia uma estante de mogno decorada com livros antigos não lidos, uma escultura Lladró e lembranças trazidas das excursões feitas pela empresa Falcão Viagens — um vaso chinês, um buda tibetano, um tambor japonês e uma máscara asteca. E o mais exótico que havia naquela sala: uma *chaise longue* estofada com pele de leopardo em frente a um enorme televisor de tela plana, onde Anna tirava seus cochilos antes de ir buscar a filha, Anita, no San Cayetano.

Anna tirou o casaco e o deixou no sofá. Pegou o controle remoto e se deitou na *chaise longue*. O jornal já tinha começado. Nada de novo. Guerras, morte, fome.

Imelda levou uma bandeja com um prato de vagem e batatas para a patroa. Voltou para a cozinha, serviu-se da mesma comida e sentou-se à mesa, em um lugar de onde também conseguia assistir à televisão.

— Imelda, a batata está dura. Eu já disse para prepará-las em outra panela, por favor — declarou Anna, aumentando levemente o tom de voz, sem olhar para a empregada.

Não era uma bronca, e sim mais uma das muitas conversas que tiveram durante aqueles catorze anos.

— Eu fiz como a senhora disse — respondeu da mesma forma de sempre.

— Então deixa mais tempo, por favor, e traga o sal.

Imelda levantou-se. Entrou de novo na sala e entregou-lhe o sal. Voltou para a cozinha. Sentou-se à mesa e continuou comendo, assistindo às notícias pela televisão da sala.

O jornal começou pelas notícias nacionais: inflação, greve, insatisfação social e — o que a fez parar de amassar as batatas duras — uma notícia sobre um caso de corrupção em Maiorca, batizado pela polícia como Operação Maquiagem. Apesar de a jornalista não esclarecer o motivo do curioso nome que a operação tinha recebido, Anna sabia perfeitamente que a suposta acusada de crimes fiscais, desvio de dinheiro público, abuso de poder e fraude era uma cliente assídua de sua amiga Cuca, uma mulher que só se preocupava com sua beleza. Que tinha um *nécessaire* Loewe repleto de cremes Shisheido, rímel Yves Saint Laurent, batom Dior e sérum de caviar. Anna sabia disso porque uma vez retocaram a maquiagem juntas no banheiro do Clube Náutico de Palma. Maiorca era uma ilha muito pequena.

Continuou comendo tranquilamente, ouvindo os repetitivos casos de corrupção política na Espanha, até que finalmente dariam as notícias internacionais. Anna aguardava ansiosa notícias da África todos os dias. Não importava qual guerra ou seca estivesse acontecendo nesse imenso continente vizinho, ouvia atentamente, sentindo-se orgulhosa por saber que sua irmã caçula estava lá, dedicando-se aos mais necessitados.

Os seiscentos miligramas de ibuprofeno que tinha tomado horas antes fizeram com que Anna dormisse antes de o meteorologista anunciar a tempestade que se aproximava da ilha.

Imelda acabou de comer. Entrou na sala e desligou a televisão. Cobriu o corpo da patroa com uma manta. Pegou sua bandeja e voltou para a cozinha. Lavou os pratos, secou-os e guardou-os de volta no armário.

A patroa pediu que arrumasse a mesa da sala para o jantar com sua irmã. Era algo incomum, já que somente aos domingos utilizavam essa mesa e, durante a semana, comiam em bandejas em frente à televisão.

Imelda pegou a toalha branca de linho, os pratos de porcelana e os talheres de prata com cuidado para não acordar a patroa. Estendeu a toalha, arrumou a mesa, terminou tudo e foi para o seu quarto. Precisava se arrumar para ir ao centro, pois tinha um compromisso importante.

Uma hora e meia depois, as duas se sentaram no BMW. Imelda havia soltado o cabelo, passado uma maquiagem bem leve e estava usando um casaco preto. Parecia outra mulher sem o clássico uniforme rosa-claro de empregada que usava diariamente.

— Como você está bonita hoje, Imelda. Esse casaco ficou muito bem em você — disse Anna, com sinceridade.

— Obrigada, patroa. É que hoje é aniversário da minha filha. Ela está completando dezessete anos.

— Ah, é? O seu perfume também é novo — comentou Anna.

A filipina concordou com um sorriso.

Quinze minutos depois, Anna deixou Imelda em uma lan house imunda no centro de Palma, administrada por um paquistanês, que pendurava na vitrine pôsteres de várias companhias telefônicas que permitiam fazer ligações para qualquer lugar do mundo por uma pechincha. Dentro da lan house havia uma longa fila de computadores e, em frente a eles, dez salas minúsculas, cada uma com um telefone e uma banqueta. Era de lá que Imelda, vestida para a ocasião e cheirando à colônia adocicada, ligou para sua filha para desejar-lhe feliz aniversário.

***

ANNA ESTACIONOU A POUCOS METROS do portão principal do colégio San Cayetano. Deixou o ar quente ligado. Cuca tinha razão, era um dos invernos mais frios dos últimos dez anos.

Viu um grupo de mães conversando animadamente em frente ao portão. Apesar de as picadas de botox serem quase imperceptíveis, preferiu não sair do carro e, com a intenção de não manter contato visual com nenhuma das mães, tirou o celular da bolsa e ficou olhando para ele.

Sabia que não tinha nenhuma mensagem, mas achava que Marina devia ter ligado informando que já estava em Barcelona, que pegaria a balsa... No e-mail que tinha enviado uma semana antes, escreveu: "Chegarei no dia 1º de fevereiro, na balsa das oito da noite. Ligo para sua casa quando chegar."

Um padre abriu as portas da escola. Primeiro saíram os menores. As meninas vestidas com saia azul-marinho combinando com a meia-calça e o blazer azul-celeste, os meninos com o mesmo blazer e calça de flanela, também azul-marinho de corte reto. Exatamente o mesmo uniforme que ela e a irmã usavam trinta anos antes. Observou as adolescentes da sala de sua filha saírem, a maioria com a saia do uniforme muito curta, morrendo de frio sem os casacos e carregando as mochilas de qualquer jeito em seus ombros, escondidas atrás de suas cabeleiras. As mais avançadinhas acendiam cigarros sem medo de serem vistas. Outras paqueravam rapazes mais velhos.

Era possível perceber que o colégio se destinava a crianças da classe alta de Maiorca. Todos aparentavam ter vidas felizes, vidas alegres, vidas luxuosas. Anna costumava conversar com as outras mães sobre os testes dos filhos, sobre as atividades extracurriculares, sobre os idiomas que estudavam, sobre as lutas do AMPA, a Associação de Mães e Pais de Alunos. Esses eram os assuntos de todas as tardes desde que Anita tinha três anos e foi matriculada no colégio San Cayetano. Nunca falavam de outra coisa. Gostaria de ser mais próxima de alguma mãe. Mas nunca se tornou amiga de nenhuma delas. Não confiava nessas mulheres, porque, apesar de não ser uma mãe ativa no colégio, ficava sabendo de todas as fofocas. E não gostaria que sua vida estivesse na boca de outras pessoas. "Tem que manter as aparências, filha. Ouvir, ver e calar." Mais uma das impactantes frases de sua mãe Ana de Vilallonga que ela guardou bem em sua memória.

Finalmente sua filha saiu, como todos os dias, sem a companhia de um grupo de adolescentes, andando cabisbaixa, escondida dentro de uma jaqueta grossa, que ela acreditava esconder seu corpo. Anita não tinha herdado nada do físico da mãe. Puxou a genética do pai, Armando. Era grandalhona e forte como ele. Tinha quadris e ombros largos, era robusta. Além disso, parecia ter o dobro do tamanho, devido à quantidade de roupas que usava. E como fazia natação desde os oito anos, tinha as costas largas.

— Em vez de Anita, deveríamos chamar nossa filha de Anota[6] — brincou Armando durante um dos jantares solidários do Clube Náutico de Palma, dando uma risada.

Ele continuou com a intenção de divertir os comensais. Armando lembrou que quando Anita tinha cinco anos encontrou embaixo da árvore de Natal: um *collant*, uma saia tutu, um par de polainas e um casaquinho... tudo cor-de-rosa, lógico. Em seguida, a menina pegou a roupa de balé, colocou no colo da mãe e disse (Armando com o objetivo de ser mais engraçado, imitou a voz infantil da menina):

— Isso é uma *melda*.

Todos caíram na gargalhada como sempre faziam com o simpático e expressivo Armando. Todos morreram de rir, menos sua mulher, é claro, que fez uma careta. Ela não gostava nem um pouco desse aspecto masculino e bruto de sua filha.

O que Armando não sabia, e, portanto, não podia contar aos seus amigos do Clube Náutico de Palma, é que Anna ignorou a atitude da filha, vestindo-a dos pés à cabeça para sua primeira aula de balé, mas, óbvio, teve que suborná-la com um saquinho de balas. Como a menina não sabia aonde ia, entrou tranquilamente na sala, onde vinte meninas também de tutu rosa faziam um *relevé* imitando uma professora de mais ou menos trinta anos magricela.

No segundo dia de aula, após devorar cinco balas e a poucos metros da porta de entrada da escola de dança, ela se agarrou a um poste e disse que não entraria mais naquele lugar horrível. A mãe pediu para que parasse de gracinha e soltasse o poste. Anita o agarrou com mais força e implorou à mãe que fossem para casa, que já tinha passado muitas horas no colégio, que estava cansada e não gostava das aulas de balé. Mas Anna tinha decidido que sua filha deveria fazer balé. Era uma boa maneira de torná-la mais feminina, de andar de um jeito mais gracioso. Além disso, já tinha feito o pagamento da matrícula e do trimestre completo.

---

6. "Anota" seria o oposto de "Anita" (o diminutivo de "Ana" em espanhol). (N. T.)

Ela ofereceu à menina o saquinho inteiro de bala, disse que compraria pirulitos de morango com chiclete dentro e balas de gelatina sabor coca-cola, com muito açúcar por fora. Mas Anita recusou tudo. "Não quero, não e não!" Anna tentou soltar os braços da filha do poste, mas ela lutou e conseguiu agarrá-lo novamente. Furiosa, a mãe conseguiu arrancar um dos braços do entorno do pilar. Anita, que continuava se agarrando ao poste com o outro braço, começou a chorar, a implorar e a suar; seu nariz começou a escorrer, e ela mais parecia uma menina selvagem se agarrando a uma árvore em uma floresta do que uma menina gordinha de classe alta entrando em uma prestigiosa escola de balé. As outras mães que deixavam suas obedientes filhas com os cabelos presos em um coque perfeito as observavam enquanto passavam, fingindo que nada estava acontecendo, mas na verdade estavam totalmente horrorizadas...

— Se continuar desse jeito, a menina vai ser eletrocutada — disse uma avó que estava de mãos dadas com a neta.

— Como assim eletrocutada? — perguntou Anna assustada.

— Ontem um poste em Sóller explodiu. A senhora sabe... por causa das chuvas. É que esses postes são muito antigos — continuou a idosa, sem saber muito bem o que dizia.

— A senhora diz cada coisa — disse Anna, meio que acreditando na velha, sem parar de lutar com a filha.

— Do jeito que a menina está suando... — retrucou, entrando na escola.

E foi depois dessa conversa sobre os curtos-circuitos da iluminação de Maiorca que a relação de Anita com o mundo da dança acabou. Três anos depois, e por decisão própria, pediu que sua mãe a matriculasse nas aulas de natação. E a partir daí começou a treinar todos os dias da semana.

Anita tinha uma característica que herdou da família Vega. Nasceu com lindos olhos cor de avelã, os mesmos de seu avô Nestor, de sua mãe, e de sua tia Marina. Mas Anita, em vez de mostrá-los, os escondia atrás de uma franja mal cortada por ela mesma.

Anita se aproximou do carro sem vontade. Abriu a porta séria, sem olhar nos olhos da mãe e cumprimentou-a rapidamente.

— Como foi seu dia, filha?

Batida de porta.

— Como sempre.

Anita esticou seu braço até o painel do carro e, sem perguntar, desligou o ar quente. Relutante, tirou o casaco.

Anna acelerou e acenou, despedindo-se de duas mães que conversavam alegremente com as filhas.

— Como foi a prova de Matemática, querida? — perguntou Anna, com uma voz tranquila.

— Não sei. É obvio que ainda não recebi minha nota. Eu fiz hoje.

— Certo, mas você foi bem?

Anita deu de ombros e levantou as sobrancelhas.

— Coloquei um sanduíche na sua bolsa de natação.

— Não estou com fome.

Ficaram sem conversar até chegar à piscina.

— Se você me desse a moto que estou pedindo há um ano, não teria que ser minha motorista todos os dias.

Anna não ia discutir sobre esse assunto. Já tinham conversado várias vezes sobre isso. Cinco minutos depois estavam no centro esportivo. Anna estacionou, e Anita pegou a bolsa de natação no banco traseiro.

— Não demore para sair, por favor, que essa noite sua tia Marina vai chegar.

— Sim, mãe, você me disse hoje cedo — respondeu abrindo a porta do carro.

— Sim, é verdade... mas é que...

Batida de porta.

Anna seguiu a filha com o olhar. Andava encurvada, olhando para o chão. Não era nada feminina. Tentou levá-la para fazer compras, como suas amigas faziam com as filhas adolescentes. A filha de Cuca adorava ir ao shopping. Duas vezes por ano, no início da temporada de inverno e de verão, compravam uma passagem para Madri e iam às lojas de marcas famosas do bairro de Salamanca e às lojas *vintage* do bairro de Malasaña.

Já Anita ficava satisfeita com suas calças de moletom escuras com listras brancas e os moletons com capuz que ela mesma comprava no segundo andar do supermercado.

Tinha tentado levá-la ao cabeleireiro, mas ela cismava em usar esse corte de pajem que não era nada bonito.

Tentou levá-la à esteticista para que removesse os cravos, tão típicos na adolescência. Mas ela não permitiu que tocassem em seu rosto.

Tentou ensiná-la a andar com elegância, para que não andasse mais daquele jeito desleixado. Anita lhe deu as costas quando tentou explicar como deveria esticar os dedos de um dos pés antes de apoiá-lo no chão.

Tentou ensiná-la a posar para as fotos, levantando o olhar e baixando o queixo ao mesmo tempo, assim como as celebridades nas revistas. Mas Anita, ao observar a foto da revista *¡Hola!* que a mãe tinha deixado sobre suas pernas, perguntou na mesma hora para a mãe se ela estava fumando maconha.

Anna também tentou ensiná-la a sorrir, a não gesticular ao falar, a não falar a palavra "valeu", ao agradecer. Definitivamente, a ter classe.

— É importante que a pessoa tenha classe. Se não nascemos com classe, temos que aprender a ter, filha.

Mais uma das impactantes frases de sua mãe.

Contudo, Anita se negava a fazer qualquer coisa que viesse de sua mãe. Não queria se parecer nem um pouco com ela, nem com suas amiguinhas do Clube Náutico de Palma.

A garota se aproximava do edifício da piscina municipal de sua maneira desleixada. Anna viu a filha enfiando a mão dentro da bolsa de natação. Sabia muito bem o que estava procurando: o sanduíche. E tinha razão, Anita pegou o sanduíche que Imelda tinha embrulhado com papel-alumínio. Abriu-o, fez uma bola com o papel. Levantou a mão e jogou a bola em direção a um lixo que estava a mais de três metros de distância. Cesta. Olhou para o sanduíche de linguiça de que tanto gostava. Abriu a boca e engoliu a metade em uma só mordida.

— Minha Anota —suspirou Anna, ligando o carro.

O MAIÔ, A TOALHA, A CAMISA, A SAIA e a meia-calça do uniforme giravam no tambor da máquina de lavar.

Anita pegou a linguiça que estava pendurada em uma barra metálica na cozinha. Nesse momento, Imelda chegou.

— Olá, Imelda — cumprimentou gentilmente.

— Quer ajuda? Quer que eu corte o pão? — perguntou a filipina.

Anita percebeu pela sua voz que ela estava triste.

— Não, obrigada. Vou esperar para jantar com minha tia. Mas tenho que beliscar algo, porque estou morrendo de fome. Hoje nadei quase cem metros. O que temos para o jantar?

— Robalo com batatas assadas.

Anita fez careta e Imelda soltou uma risada. Sabia que a menina sempre detestara peixe. Quando ela era bebê, a empregada tentou dar a ela várias papinhas de peixe, mas era um verdadeiro martírio conseguir enfiar uma colherada em sua boca. As papinhas acabavam no chão, no lixo ou em seu uniforme rosa-claro. Aos três anos, Anita conheceu o salame, a linguiça, o chouriço e os queijos, e era só dessas delícias que ela queria saber.

— Bem... então vou comer a linguiça com um pedaço de pão.

Imelda pegou a cesta de pão. Tinha sobrado um pedaço de baguete do café da manhã.

— Não se preocupe, Imelda, eu mesma preparo.

Anita permitia que ela fizesse apenas algumas coisas. Que lavasse sua roupa, arrumasse sua cama, limpasse o banheiro e pendurasse suas toalhas.

Imelda passava o aspirador diariamente em seu quarto por ordens da patroa, mas na verdade não havia necessidade.

Anita cortou o pão em dois pedaços.

Imelda pegou um tomate, azeite e o sal marinho que estava no armário.

— Quer um? — perguntou Anita.

A filipina ficou em dúvida. Já tinha jantado, mas, depois de tantos anos em Maiorca, estava viciada em comer pão com azeite e molho de tomate.

As duas se sentaram juntas para comer e, enquanto lanchavam, Anna foi até o quarto de hóspedes onde Marina iria dormir. Passou a mão pelo cobertor branco, embora estivesse perfeitamente arrumado. Ajeitou os lençóis e arrumou as almofadas para que as iniciais N&A ficassem ainda mais visíveis. Sorriu ao lembrar que foi embaixo dessa cama que se escondeu com Marina para não tomar a vacina contra varíola. Pegou o buquê de lavanda desidratada que tinha comprado pela manhã e colocou-o cuidadosamente sobre o antigo baú.

Seu relógio de pulso marcava seis e quarenta e cinco. Marina desembarcaria em breve.

Tirou o celular do bolso de trás da calça jeans. Viu que estava funcionando perfeitamente. Havia quatro anos que não lhe dava problemas.

Olhou o cômodo pela última vez. Fechou a porta e andou pelo corredor até chegar ao seu quarto, indo direto para o banheiro da suíte. Olhou-se no espelho. Aproximou-se para ter certeza de que o botox tinha surtido algum efeito. Nenhum. "Três dias", tinha dito Cuca. Ainda não podia usar maquiagem no rosto, mas podia usar nos olhos. Pegou um rímel no *nécessaire*, e sacudiu o frasco já quase vazio. Esfregou a escovinha no fundo do tubo, fazendo movimentos circulares para tirar o pouco que restava. Aplicou-o cuidadosamente nos cílios. Pensou na primeira coisa que faria quando recebesse o dinheiro da herança: comprar um rímel Yves Saint Laurent, o mesmo que a tal mulher corrupta tinha lhe emprestado no banheiro do Clube Náutico de Palma. Passou o hidratante labial de cacau, com efeito gloss nos lábios. Pegou em uma pequena caixa um par de brincos clássicos de pérola redonda. Colocou-os. Passou a escova no cabelo e se aproximou novamente do espelho, estava pronta. Estava feliz por reencontrar a irmã. Muito feliz. Porém, estava preocupada com o primeiro encontro entre Armando e Marina depois de tantos anos. Seu marido era falante e sedutor quando estava fora, mas, assim que entrava em casa, mostrava seu caráter dominante e exagerado, e Marina sabia muito bem disso. Não podia permitir que o marido e a irmã discutissem novamente. Enfim, felizmente, o tempo cura tudo, e a única coisa que ela desejava era que pudessem conviver em paz durante os poucos dias em que Marina se hospedaria com eles.

Mais uma vez pegou o celular no bolso da calça jeans. Oito e dez. Geralmente a balsa não chegava na hora. Mas, e Armando? Onde estava Armando?

Pediu que o marido estivesse em casa às oito. Colocou o celular de volta no bolso e saiu do banheiro. Abriu o guarda-roupa e pegou um elegante casaco de couro cáqui, que sabia que ficava muito bem nela. Saiu do quarto. Desceu a escada até a sala. Ligou do telefone fixo para o escritório do marido. Achou que a secretária já tivesse ido. Ninguém atendeu. Armando não gostava que ligassem para o celular dele. Era a segunda vez que ligava nesse dia, e apesar de ele não ter atendido, ela ligou novamente.

Caiu direto na caixa postal. Desligou.

Foi até a cozinha. Imelda e Anita comiam salame.

— Imelda, o peixe está pronto?

Sim, senhora, está em uma bandeja na geladeira.

Anna abriu a geladeira e verificou se a bandeja estava arrumada como ela queria: as batatas cortadas bem fininhas, a cebola em corte juliana, os dentes de alho em lâminas e o peixe por cima. Perfeito.

— Assim que a minha irmã ligar, acenda o forno. Coloque um pouquinho de vinho branco no robalo, espere vinte minutos, e então pode colocar o peixe no forno.

Imelda assentiu. Anita secou as mãos com um pano e saiu da cozinha.

— Você vai jantar com a gente, não vai, querida? — perguntou, vendo a filha subir a escada de dois em dois degraus.

— Sim — respondeu secamente.

Por mais que a relação com sua mãe fosse praticamente nula, Anita sabia que a chegada de Marina era muito importante para ela. Além disso, estava muito curiosa para conhecer essa tia que viajava pelo mundo inteiro. Sua mãe tinha mostrado fotos de quando eram pequenas. Ficou surpresa ao ver como eram diferentes. Sua mãe era loira, sua tia, morena. Sua mãe tinha um rosto angular e frágil; Marina tinha o rosto redondo e bochechas com simpáticas covinhas. Sabia que sua tia Marina tinha acompanhado sua mãe no parto, mas nunca perguntou por que, depois de participar desse momento tão importante da vida de ambas, ela nunca mais ligou, nunca mais as visitou. Simplesmente desapareceu.

O celular de Anna tocou. Pegou-o no bolso de trás da calça jeans. Ao ver o nome de Armando surgir na tela, atendeu rapidamente. Alguns sócios panamenhos haviam chegado à ilha e o convidaram para jantar. Não podia recusar o convite. Esses jantares faziam parte de seu trabalho. Era importante participar. Ele pediu desculpas. Despediu-se um tanto apressado, mas antes de desligar confirmou que a venda do moinho de trigo de Valldemossa seria na segunda, às cinco da tarde e que ela deveria avisar à irmã. Armando desligou.

Anna não se sentiu mal por levar um bolo do marido. Na verdade, era até melhor que ele não estivesse nesse primeiro reencontro entre irmãs. Mas foi ele quem insistiu nesse jantar. Já fazia anos que Anna não se decepcionava. Tinha superado essa fase havia muito tempo. Ele a decepcionara tantas vezes durante esses vinte e cinco anos de casamento que sua ausência nesse jantar era só mais uma das que ele tinha aprontado. Às vezes olhava para trás e se perguntava em que momento deixaram de ser felizes? "Eu estava apaixonada quando me casei?" Foi a pergunta que fez a si mesma em seu décimo aniversário de casamento, depois de ter levado mais um bolo do marido. Olhou para o porta-retrato que estava sobre a lareira de mármore, na qual havia uma foto tirada quase vinte e cinco anos antes. Olhou para si mesma e não se reconheceu. Olhou para aquela mulher loira, frágil, de olhar meigo que sorria timidamente para a câmera. Essa mulher estava com um véu longo e branco, um luxuoso vestido inspirado no modelo usado por Lady Di: de cetim branco, com muitos babados e mangas bufantes. Achou que essa jovem meiga parecia outra pessoa e não ela mesma. Na foto, Armando vestia um terno preto e beijava sua bochecha. Essa foto confirmava que tinham sido felizes, muito tempo atrás. Ela tinha certeza disso.

Talvez o motivo de começarem a se afastar tenha sido a maternidade. Anna tinha os mesmos sonhos de suas amigas do Clube Náutico de Palma, mas Armando nunca a entendeu. Talvez aqueles cento e vinte meses, aqueles três mil seiscentos e cinquenta e dois dias de espera tivessem começado a pesar. Aqueles dias em que marido e mulher foram gradualmente se separando um do outro.

Porque passaram dez anos tentando conceber um filho que nunca chegava. Dez anos fazendo amor sem desejo. Anna passou dez anos sentada na privada olhando sua calcinha manchada de sangue todos os meses. Dez anos sem ser compreendida. Porque Armando não precisava de um filho e não entendia a necessidade de sua mulher e a depressão à qual se entregava pouco a pouco. A cada ano, ela se sentia um pouco mais vazia por dentro. Oca. Estéril. Via a barriga das amigas dos tempos de colégio crescendo e morria por dentro. A tristeza tomava conta dela por não poder dar à luz, por ser uma mulher estéril. Uma mulher que não era apta para procriar. Dez anos.

Finalmente, um dia, quando Anna não esperava mais nada, ela engravidou. E voltou a sorrir. Com a chegada de Anita, acreditou que a felicidade estaria de volta àquela casa, mas nada foi como ela esperava. Passou um ano sem dormir, porque Anita chorava sem parar. Dia e noite. Queria o peito da mãe o tempo todo. A privação de sono que irritava Armando, combinada ao desespero de Anna, exausta pela maternidade, resultaram na explosão do casamento. Contrataram Imelda, que ajudou no que pôde. Mas Anita não parava de chorar e isso enlouquecia Armando, que só pensava em seus negócios e nos danos que a escassez de sono lhe causava. Anna parou de amamentar Anita no segundo mês e ela passou a dormir no quarto da empregada filipina. Finalmente estavam a sós outra vez, Armando e Anna. Mas Armando já tinha se cansado de sua mulher e começou a viajar com frequência para o Panamá com o pretexto de acumular o que dizia ser uma grande fortuna. E, enquanto sua filha gradualmente parava com as crises de choro, ele gradualmente abandonava sua família. Mas o restante continuava igual: a mesma casa, o mesmo carro, a mesma empregada filipina, a mesma mulher e os mesmos móveis. E Anna foi aceitando sua solidão como se fizesse parte do casamento. Como se fizesse parte de sua vida. Sentindo-se cada vez mais como se fosse um dos móveis da casa que a empregada limpava. E um móvel não reclama, simplesmente aceita seu destino.

Oito horas e quarenta minutos.

Saiu da cozinha. Abriu a cômoda e pegou a lista telefônica. Procurou o número da empresa de balsas. Ligou para o número de atendimento ao cliente. Uma gravação indicava duas opções. Discar um para reservas e dois para agências. Discou um. Outra gravação perguntava o nome do porto de embarque.

— Palma.

Percebeu que errou e corrigiu.

— Barcelona!

— Confirme se disse Palma — disse a gravação.

— Não — respondeu.

— Por favor, não entendemos. Repita o nome do porto de embarque.

Anna bufou...

Repetiu o processo enquanto olhava constantemente para o relógio de pulso e para a tela do celular. Depois de alguns minutos, finalmente conseguiu falar com uma atendente de carne e osso que confirmou que a balsa havia chegado ao porto de destino fazia quarenta minutos. Perguntou se podia verificar na lista de passageiros se sua irmã Marina Vega de Vilallonga estava na balsa. A atendente, gentilmente, disse que não estava autorizada a fornecer essa informação, pois tinha que proteger os dados do passageiro.

Anna desligou mal-humorada e ligou para o porto. Ninguém atendeu.

— Patroa, eu vou para o meu quarto. Me avise quando sua irmã chegar.

— Sim, Imelda. Por favor, acenda o forno.

Anna foi até a mesa que Imelda tinha arrumado. Retirou o prato e os talheres do marido, colocando-os de volta no armário da cozinha. Voltou até a mesa e reorganizou os pratos.

Não queria esperar de braços cruzados. Jogou o casaco cáqui sobre os ombros e saiu pela sala. Foi rapidamente para a garagem e entrou no BMW. Colocou a chave no contato. E se Marina tivesse decidido pegar um táxi? Então haveria a possibilidade de se encontrarem no caminho. Lembrou na mesma hora que não costumava ver táxis durante o inverno pelo bairro, já que os poucos turistas que frequentavam a ilha nessa época se hospedavam no centro de Palma. Se aparecesse um táxi, seria o de Marina. Buzinaria e sua irmã a reconheceria.

Ligou o carro. Acelerou pela via que ia para o centro, prestando atenção em cada carro que passava: um Jaguar, um Audi, outro Audi. Passou em frente à mansão de Cuca. O portão estava aberto e o carro da amiga não estava estacionado. "Deve estar na aula de ioga", pensou. "A Cuca está viciada em ioga, meu Deus. Talvez eu deva experimentar."

Depois de dez minutos, chegou ao porto. Parou no estacionamento vazio de frente para o mar. Desceu do carro e sem fechar a porta observou o lugar. Havia três carros estacionados. Nem uma vivalma. Fechou os botões do casaco. O ar estava frio e úmido, e o local, mal iluminado. Uma balsa estava ancorada no cais, mas a empresa também fazia viagens para Valência, Menorca e Ibiza. Devia perguntar se era a balsa que tinha vindo de Barcelona. Era uma mulher medrosa e, apesar de não gostar da ideia de se afastar do carro, saiu e andou rapidamente pelo cais de Peraires até um edifício pouco iluminado, onde ficava o escritório da empresa. Um relógio digital pendurado ao lado da porta de entrada do edifício marcava, em dígitos vermelhos, nove horas e um minuto. Entrou. O edifício estava vazio. Havia apenas um rapaz sonolento atrás de um balcão.

— Sim, é a balsa de Barcelona — confirmou o rapaz, que pelo seu sotaque falava o dialeto maiorquim. — Chegou há uma hora.

— Por favor — disse Anna, implorando em uma tentativa de falar maiorquim, já imaginando a resposta do rapaz —, você não pode verificar se uma passageira chamada Marina Vega de Vilallonga embarcou nessa balsa?

Ao voltar para seu BMW, pensou que talvez pudesse ter acontecido alguma coisa. Ficou angustiada. Talvez ainda estivesse na Etiópia. Um acidente. Um sequestro. Algum contágio. Acelerou pelo centro de Palma, voltando para o seu bairro. Quem a avisaria? O Médicos Sem Fronteiras não tinha seu número. Conhecia uma amiga de Marina chamada Laura. "Se tivesse acontecido alguma coisa, ela teria me ligado", pensou, mas lembrou que Laura também não tinha seu número. Deveria entrar em contato com a sede do MSF em Barcelona. Eles saberiam o paradeiro de Marina. Era tarde, a sede estava fechada.

Finalmente chegou em casa. Entrou. Sem acender a luz, deixou o casaco cáqui em cima do sofá. Foi até a cozinha, iluminada somente pela luz de dentro do forno. Abriu a porta deixando sair o calor acumulado durante a hora em que ficou ligado sem uso. Estava com fome. Abriu a geladeira. Olhou para o robalo, que tinha seus olhos bem abertos, iguais aos da mulher que estava no consultório da Cuca e fez procedimentos demais no rosto.

E, ao olhar para o robalo morto, sentiu-se realmente sozinha.

AS AMARRAS DO *SORRENTO* FORAM LANÇADAS no cais de Peraires. Ondas escuras batiam contra o cais do porto, onde dois marinheiros usando jaquetas grossas e gorros de lã azul-escuros recolhiam as amarras para prendê-las.

Na cabine de comando, o velho capitão desligava os motores. Graças ao vento que tinha acompanhado o *Sorrento* por toda a travessia, eles chegaram ao destino quinze minutos antes, e isso fez com que ele se sentisse um bom marinheiro.

Marina os observava da proa. Pensou nesses marinheiros, que tinham uma vida tão diferente da sua. Ela sempre observava a vida dos outros. Na Etiópia, observava as pessoas que passeavam sozinhas pelas ruas do mercado. Na avenida principal de Barcelona, observava os milhares de turistas andando por todos os lados. Observava as pessoas nos vários aeroportos pelos quais já tinha passado. Como seria a vida delas? Quem amariam? Elas sofriam? O que tirava o sono delas? Como tinha sido a infância delas? Cada uma com uma vida diferente, única.

Sentiu frio. Fechou o zíper da jaqueta.

Havia apenas cinco táxis no cais. Alguns passageiros, cientes de que havia poucos naquela época, saíram correndo em direção a eles.

Um relógio digital pendurado ao lado da porta de entrada do edifício marcava, em dígitos vermelhos, sete e quarenta e cinco.

Marina andou até o edifício onde ficava o escritório da empresa e entrou. Foi até o balcão, onde um rapaz com aspecto sonolento mexia em seu celular.

— Boa noite!

O rapaz cumprimentou-a com um pequeno gesto, sem abrir a boca. Colocou o celular no balcão.

— Por favor, como faço para chegar a Valldemossa?

O rapaz levantou-se rapidamente.

— *Uy, està lluny aixó...* muito longe... pegue um táxi. Não se preocupe que daqui a pouco chegam mais.

— Eu gostaria de ir de ônibus.

Não estava com pressa. Além disso, não gostava muito de andar de táxi. Não se achava uma mulher pão-dura, mas sabia que os sessenta euros que lhe cobrariam pelo trajeto era o mesmo valor que serviria para alimentar uma família africana durante um mês.

— Ao sair do porto, você vai dar de cara com o ponto de ônibus. Pegue a linha número um até a praça Espanha e lá espere... Se eu fosse a senhora, pegaria um táxi — insistiu.

O jovem abriu uma gaveta embaixo do balcão e pegou um papel impresso com os horários dos ônibus da ilha. Entregou-o para Marina. Saíam de hora em hora, mas não tinha certeza se sairia mais algum naquele dia.

— Tem alguma cabine telefônica por aqui?

— Em frente ao estacionamento. Apesar de alguns vagabundos a terem destruído na semana passada. Não sei se já consertaram. Como todo mundo tem celular, o pessoal da companhia telefônica não tem muita pressa. A senhora vai ter que dar uma olhada.

Marina agradeceu e saiu do edifício. O rapaz com sotaque maiorquim pegou o celular de volta.

Realmente, o plástico da cabine tinha sido queimado e o fone estava quebrado.

Chegou um táxi ao cais. Marina se aproximou.

— *Qué tal un viatge a Valldemossa?* — perguntou com certa malícia utilizando seu escasso maiorquim

Sabia que era melhor combinar um preço antes em vez de deixar o taxímetro ligado. Sabia que os taxistas costumavam dar voltas pela ilha com os turistas para cobrarem quanto quisessem.

— *Diset kilòmetres...*

O taxista simulou o cálculo.

— *Seixanta.*

Podia pechinchar, mas não estava com vontade e não era muito boa nisso. Manolo, seu amigo de Sevilla, sempre pechinchava nos mercados de Addis Abeba e costumava pagar três vezes menos que Marina em qualquer produto que comprasse.

Sessenta euros era a metade do valor que o taxista cobrava dos russos; vinte euros a menos que cobrava dos alemães, noruegueses, suíços e ingleses, não importava se iam à praia de Magaluf ou a um hotel cinco estrelas, e quinze euros a menos que cobrava dos italianos. Finalmente, depois de chegarem a um acordo de cinquenta euros, foram pela estrada.

Na casa de Laura, Marina usou o computador da amiga, enquanto ela discutia com a filha, que queria usar uma sainha sem meia-calça (não podemos esquecer que ela é meio sueca). Ao navegar pela internet encontrou um hotelzinho com apenas oito quartos em Valldemossa. Não ligou. Era baixa temporada e imaginou que teriam quartos disponíveis.

Depois de vinte minutos de trajeto, Marina viu entre as montanhas as casinhas de pedra do povoado. Sentiu o coração bater mais forte. Não se tratava de Valldemossa em si, e sim a estrada que costumava percorrer todos os domingos com o pai e a irmã até o porto para navegar.

Chegaram ao povoado. Já tinha anoitecido, a avenida principal de paralelepípedos estava deserta e iluminada pelos postes antigos de ferro com suas luzes alaranjadas. Parecia uma aldeia de um conto medieval. O taxista a deixou em uma praça na entrada da vila.

— *Agafi as tarja que som pocs taxis fent feina a l'hivern.*[7]

Marina pagou e pegou o cartão. O táxi partiu. Não tinha ninguém na rua, olhou para as montanhas ao redor do solitário povoado e não soube por que se sentiu em paz.

Observou os nomes das ruazinhas que chegavam à praça e em seguida encontrou a rua Uetam, onde ficava o Hotel Petit de Valldemossa. Pegou essa rua e a poucos metros avistou a casa de pedra que abrigava o hotel. A porta estava trancada, mas as luzes estavam acesas. Tocou a campainha. Suas mãos estavam geladas. Esfregou-as. Aproximou-as da boca e soprou várias vezes. Ninguém abriu a porta. Esperou um minuto e tocou de novo. Começava a chuviscar. Andou pela ruazinha procurando outra entrada. Na internet, dizia que ficava aberto o ano todo. Por que ela não ligou da casa de Laura? Apalpou o cartão do taxista no bolso da calça jeans... Agora só faltava encontrar uma cabine telefônica. Suspirou.

— Já vou, já vou! — disse uma voz masculina lá de dentro. Um homem de sessenta anos com um sorriso simpático abriu a porta.

— Desculpe, nós moramos no andar de cima e não esperávamos ninguém.

— Eu devia ter ligado — disse Marina ao entrar no hotel.

— As pessoas que viajam muito são assim. Gostam de improvisar — respondeu ele sorridente, fazendo com que ela sorrisse também.

— Meu nome é Gabriel — disse, estendendo a mão. — Seja bem-vinda!

Marina apertou sua mão. Gostava de pessoas gentis que depois do primeiro aperto de mãos já faziam com que se sentisse à vontade. E o hotel em que tinha acabado de entrar era tão acolhedor quanto seu proprietário. Era um sujeito elegante, tinha uma barba branca um pouco malfeita. Marina

---

7. "Pegue meu cartão, que somos poucos taxistas trabalhando no inverno." (N. T.)

reparou que ele usava um suéter de lã azul-marinho fechado até o pescoço, muito parecido com os que o pai usava aos domingos no inverno.

— Vai ficar quantos dias?

— Ainda não sei. Dois, três dias... talvez mais.

— Há vinte anos eu vim passar dois ou três dias e continuo aqui até hoje — disse sem olhar para ela, tirando uma chave do bolso e colocando-a no balcão. — Pode ficar o tempo que quiser, é a única hóspede do hotel.

Marina entregou seu passaporte e Gabriel preencheu uma ficha com seus dados.

— Vocês têm telefone?

O senhor pegou um telefone verde-claro antigo de disco debaixo do balcão. Eram oito e quarenta, nesse mesmo instante, sua irmã Anna estava ligando para a empresa de balsas.

— Você quer jantar?

— Não, obrigada.

Gabriel devolveu seu passaporte. Marina desligou o telefone.

— Então, bom descanso. Seu quarto fica no segundo andar, nós moramos no terceiro. Se precisar de alguma coisa, por favor, me avise.

— Boa noite e bom descanso.

Tentou ligar de novo para a irmã, mas o telefone continuava ocupado. Apoiou os cotovelos no balcão. Podia esperar ou subir para o quarto, tomar um banho, se aquecer e tentar de novo mais tarde.

O quarto de pedra era pequeno e acolhedor, um edredom grosso cobria a cama. Colocou a mão no aquecedor que começava a esquentar. Tirou a mochila dos ombros e se sentou na cama. Fazia mais de quarenta e oito horas que tinha deixado o deserto de Afar. Tinha dormido umas duas horas no voo de Addis Abeba para Frankfurt, e umas cinco na casa de Laura. Estava morta de cansaço.

Abriu a mochila e pegou o *nécessaire*. Entrou no banheiro, abriu o chuveiro, desmanchou a trança e tirou a roupa. A água quente caiu em abundância pelo seu corpo, e sentiu o mesmo prazer que sentia com aquele fiozinho de água fria que aliviava seu calor no deserto. Como o mundo era diferente. Lavou o cabelo com o sabonete natural de mel que comprou no mercado de Addis Abeba e o desembaraçou com cuidado. Ao sair, enrolou uma toalha grande e macia no corpo e em seguida vestiu uma camiseta velha de Mathias com o emblema da Universidade Livre de Berlim. Finalmente, quando já estava embaixo do edredom, decidiu ligar para a irmã no dia seguinte.

Tirou o caderninho de capa preta da bolsa e o abriu na última página.

Fechou os olhos pensando em Mathias. Apesar do cansaço, Marina nunca conseguia dormir tranquilamente sem antes repassar os acontecimentos de sua vida. E, sem querer, começou a pensar no último mês que havia passado com Anna. Pensou em cada dia até o evento inesperado e fatídico que acabou com a relação das duas, catorze anos antes. Marina tinha trinta e dois anos, Anna tinha trinta e quatro.

— Tem uma ligação urgente da Espanha para você! — disse uma enfermeira afro-americana entrando pela porta.

Marina, que acabava de assistir um parto complicadíssimo de gêmeos no Hospital da Pensilvânia, se assustou. Olhou para o doutor Sherman, que fez um sinal indicando que ela podia sair. Rapidamente, tirou as luvas de látex ensanguentadas. Urgente? Espanha? Anna? Eram quatro horas da madrugada. Jogou as luvas em uma lixeira, abriu a porta e saiu pelo corredor, desviando dos enfermeiros e dos pacientes nas macas. Chegou até a recepção e atendeu o telefone.

— Alô?

— Marina, é a Anna. Adivinha! Estou grávida!

Poderia matá-la. Sim. Nesse momento poderia matar sua irmã. Essa era Anna: uma pessoa ingênua, meio sem-noção e egoísta. Marina disfarçou a raiva e parabenizou a irmã, afinal foram dez anos de espera e ela podia imaginar como Anna estava se sentindo feliz. Sua irmã tinha apenas uma vocação

---

8. Coluna da esquerda em espanhol e coluna da direita em alemão: "Sinto sua falta", "Padaria". (N. T.)

na vida: ser esposa. E um sonho: ser mãe. Por isso, Marina perdoou o susto, entendendo que a irmã devia estar desesperada para contar a novidade.

— Vou dar à luz no começo de junho. Gostaria que você passasse os últimos meses da gravidez aqui comigo. Por favor, diz que sim.

Marina não respondeu. Fazia mais de um ano e meio que estava preparando sua tese sobre câncer cervical em mulheres norte-americanas. Era uma época complicada: poucas horas de sono, seu ofício como ginecologista no hospital da Pensilvânia, mais o exaustivo trabalho de pesquisa para o doutorado. No dia 15 de junho, Marina defenderia sua tese para os membros da banca da Faculdade de Perelman. A data tinha sido marcada fazia um ano e não havia chance de ser alterada.

— Marina, o que foi? Se a mamãe ou o papai estivessem vivos eu não lhe pediria.

Essa frase da irmã partiu o coração de Marina. Elas poderiam até estar a um oceano de distância, mas ela podia imaginar como a irmã estava se sentindo indefesa. Afinal, Anna sempre tinha sido medrosa e superprotegida pelos pais.

— Anna, lembra que eu lhe contei que estava fazendo doutorado para poder trabalhar como professora na universidade? Minha apresentação oral é no dia 15 de junho, e se eu adiar, terei que esperar mais um ano inteiro para ser avaliada. No dia 15 de junho à noite, eu pego um voo para a Espanha e fico com você.

— Mas eu já terei dado à luz, Marina. Quero que me acompanhe no parto, que esteja ao meu lado.

— O Armando vai estar aí.

— Mas eu quero que você esteja aqui.

Prometeu que ligaria no dia seguinte para dar uma resposta. Naquela noite, quando Marina estava em seu apartamento no centro da Filadélfia, deitada no peito de seu orientador de tese, seu amigo, seu amante, o doutor Jeremy Sherman... ela lhe pediu um conselho. Tinha se dedicado muito a esse doutorado, quinhentos e cinquenta e três dias de pesquisa em silenciosas bibliotecas, duzentas e cinquenta e sete mil palavras escritas em sua trabalhosa tese, estava preparando sua apresentação oral para os membros da banca da Faculdade de Perelman! Muito tempo e muito esforço para adiar essa meta por um ano.

— Qual o problema em terminar o doutorado um ano mais tarde? — perguntou Jeremy acariciando seu cabelo. — Já nem me lembro mais de como me esforcei nesses anos intermináveis de estudo. Porém, Marina, eu me lembro dos pequenos momentos de felicidade ao lado das pessoas que amo. E acredito que o nascimento de um sobrinho seja um desses momentos importantes em sua vida. — Jeremy esperou uns segundos antes de concluir. — Com certeza, Nestor gostaria que você acompanhasse sua irmã.

Em meados de maio, Marina voou de Nova York a Madri e de Madri foi para Maiorca. Anna e sua imensa barriga a esperavam de braços abertos na saída do aeroporto de Palma. Anna se jogou em cima da irmã, beijoqueira, carinhosa e melosa como sempre. Marina, com seu sorriso meigo e suas covinhas, bem tímida, abraçou a irmã do seu jeito, com amor na mesma intensidade.

Ficariam sozinhas por três semanas. Armando estava em uma viagem de negócios no Panamá. Assim poderiam ficar à vontade, andando de um lado para outro na casa de infância, sem nenhum problema. Achou estranho o cunhado estar viajando, mas ao mesmo tempo ficou muito feliz por isso.

Entraram no BMW novo de Anna e dirigiram até a enorme casa de pedra, onde tinham morado a vida inteira. A casa que sua avó Nerea tinha deixado para seu filho Nestor, e Nestor tinha deixado para suas filhas. Quando Anna perguntou se podia morar na casa com Armando, Marina gentilmente disse sim e desejou muitas felicidades ao casal, já que sua vida era nos Estados Unidos. Marina não sentia mais que essa era sua casa, mas, de alguma forma, sempre que voltava, sentia certa nostalgia. Abrir as portas para o jardim e dar de cara com o limoeiro de sua avó Nerea, a fachada de pedra. Mas, honestamente, era só a fachada de pedra do lado de fora que fazia com que Marina voltasse ao passado naquele tempo. Do lado de dentro, a casa estava muito diferente daquela em que as duas irmãs moraram. Tinha sido totalmente reformada: as paredes de pedra foram revestidas de concreto, para que assim pudessem ser pintadas, imitando o estilo das mansões da alta sociedade espanhola; o chão de mármore; a decoração em estilo rococó. Marina nunca disse nada, mas essa mudança a incomodou; na verdade, a entristeceu. A cozinha, onde passavam horas em companhia da avó Nerea, tinha se transformado no quartinho de bagunça da casa. Estava cheia de ferramentas, produtos químicos para limpeza do barco, mangueiras, tesouras de poda, pneus, cadeiras de plástico e o baú de seu pai, esquecido por ali e cheio de pó.

Somente o quarto da avó ainda conservava algo da mansão de sua infância, e foi lá que decidiram dormir juntas durante as três semanas que deviam esperar pela chegada do bebê, a mesma cama sob a qual se esconderam uma vez para não serem vacinadas contra varíola.

Foram semanas maravilhosas. Pelas manhãs, abriam a capota do BMW e dirigiam rumo às praias do norte da ilha, nadando nas águas calmas de Assussenes, Can Picafort, Son Bauló e Ses Casetes des Capellans. Em uma dessas manhãs, decidiram mudar de direção e foram para o leste, onde nadaram nuas nas águas cristalinas da praia Es Peregons Petits. Comeram fora de hora, ouviram música, dançaram e conversaram sobre o que prometiam todos os anos: se encontrarem mais vezes, apesar do oceano que as separava.

Olhando pela janela do Hotel Petit de Valldemossa, Marina se lembrou da noite do parto: acordou às cinco da madrugada morrendo de calor. Era 1º de junho. Abriu os olhos e olhou para a irmã, que dormia tranquilamente com as mãos apoiadas na barriga. Lembrou-se de que naquele momento ela parecia frágil e bastante vulnerável. Anna era sua família. A única que lhe restava. Soube que tinha tomado a decisão certa, seu doutorado podia esperar. Antes de ir dormir, examinou a irmã, que já estava dilatada, e a bebê, posicionada para sair. Não queria, mas de repente sentiu raiva do cunhado, afinal, parecia que ele não se importava com a paternidade e achava que era suficiente ligar para a esposa uma vez por semana.

— Obedeça a minha mãe e ligue para ela todos os dias — repetia Armando nas poucas vezes que telefonava.

Desde que Marina chegou, Anna não ligou nem um dia para a sogra. Já a sogra ligava todos os dias às nove da manhã, religiosamente. De segunda a domingo. Sua única diversão era cuidar da nora.

A sogra acompanhou-a em todas as consultas médicas. Também a acompanhou para a compra do moisés e do berço. A sogra decidiu que o quarto da menina seria rosa-claro. A sogra escolheu a igreja onde a bebê seria batizada e o vestido que usaria neste dia. A sogra decidia tudo e Armando não a impedia, pelo contrário, a incentivava. Sua sogra não lhe dava paz, a sufocava, e Anna, com sua personalidade submissa, conciliadora, ficava quieta e obedecia.

Lembrou que deixou Anna dormindo tranquilamente e que resolveu descer para tomar seu café da manhã. Sabia que não ia conseguir dormir de novo. Preparou um chá e foi em busca de suas lembranças na antiga cozinha de sua avó Nerea, transformada em um quartinho de bagunça. Ali estava o velho e majestoso baú, coberto de pó, onde seu pai guardava os pequenos tesouros que encontrava no mar. Um dia, se Marina tivesse sua própria casa, ela pediria esse baú, que sem dúvida merecia mais cuidados. Colocou a xícara de chá no chão e se sentou de pernas cruzadas na frente do baú. Abriu-o com cuidado e olhou o interior. Encontrou o que esperava: pedras coloridas, pulseiras feitas de conchinhas que as duas faziam na praia enquanto esperavam o pai limpar o sal do barco, antes de levá-lo para o cais, conchas, anzóis, pedaços de rede, a estrela-do-mar da praia de Cala Ratjada, a caixa metálica enferrujada pintada de vermelho com fotos antigas, aquelas que não eram consideradas dignas dos álbuns aveludados da família Vega de Vilallonga. Em vez de Nestor jogar as fotos no lixo, como sugeria a esposa, ele as guardava nessa caixa enferrujada dentro do baú. Marina abriu-a. Sabia que olhar novamente essas fotos a deixaria triste. Não sabia por que, mas todas as vezes que ia para Maiorca dava um jeito de ficar sozinha para que pudesse rever essas fotos e sentir essa nostalgia estranha causada pelos momentos que não existiam mais. Viu as fotos embaçadas das duas irmãs no barco. Depois, diversas fotos em contraluz nas quais Marina, de mãos dadas com Anna, corria por um campo de papoulas. Essas fotos eram lindas, apesar da luz. Marina lembrava perfeitamente do dia em que as tiraram. Voltavam de um passeio de barco e passaram por um campo de papoulas. Foi ela quem disse ao pai que queria pegar um ramo para a avó e sementes para o seu bolo de aniversário... Era 15 de agosto de 1971, nesse dia completaria sete anos. Olhou mais um pouco para essas fotos, e as lágrimas começaram a brotar. Em seguida, chegou a vez da foto que sempre a fazia rir: ela, com quatro anos, chorando desconsoladamente enquanto Anna tentava trançar seu cabelo. Havia fotos da avó Nerea ao lado de seu limoeiro e, em meio a tantas outras, a de uma jovem babá, uma das várias que foram contratadas para cuidar das irmãs. Ela usava um avental branco, e Anna, com apenas dois anos, estava em seu colo. Enquanto olhava para esta foto, ouviu Anna gritar sentindo a primeira contração. Sem fechar o baú, subiu a escada correndo, deixou a xícara de chá na bancada da cozinha e foi até o quarto. Sua irmã a esperava imóvel e apavorada. Marina sorriu. Finalmente...

Desde que Marina chegara a Maiorca, elas conversaram sobre a hora do parto. Marina explicou que os partos eram demorados, que podiam levar até dois dias, e que, se ela quisesse, poderia ajudá-la a dar à luz em casa.

Marina sentou-se na cama ao lado de Anna.

— Abra as pernas.

Fez o exame de toque.

— Ainda não é hora. Só três centímetros. Temos que esperar.

Era muito cedo para ir para o hospital. A medicalização do parto não era o melhor para ela, nem para o bebê. Durante as três semanas que passaram juntas, Marina tentou amenizar o medo irracional que Anna tinha de dar à luz. Sabia que o corpo de sua irmã estava perfeitamente preparado para fazer isso sem nenhuma complicação. Para acalmá-la, foram à biblioteca municipal de Palma buscar alguns livros explicativos sobre os partos naturais nos países da Europa, como as mulheres davam à luz tranquilamente em casa, sem episiotomia, sem soros nem monitores, aprendendo a respirar para aguentar a dor ao lado do companheiro, com a ajuda de uma enfermeira. Se Anna quisesse, podiam fazer o trabalho de parto em casa, juntas. As duas. E, claro, com a ajuda de Armando.

Marina disse para a irmã tomar um banho. Depois de uma hora, uma segunda contração. Anna se assustou, mas aguentou a dor em silêncio. Mais uma hora se passou e Marina preparou um chá para que tomassem calmamente.

O telefone tocou pontualmente às nove.

— Anna — disse Marina um pouco mais alto —, o parto é seu, a filha é sua. Se você não quiser, não precisa falar nada.

Agora Marina acredita que não deveria ter dito essas palavras catorze anos atrás. Talvez Anna devesse ter atendido a ligação da sogra. Se tivesse atendido, provavelmente, não teria acontecido tudo aquilo depois... ou talvez sim.

Anna perambulava, impaciente, com os olhinhos assustados, esperando a dor, que aumentava cada vez mais.

— Marina, prefiro ir ao hospital.

— Se você prefere, está decidido.

Colocaram em uma bolsa: macacõezinhos, touquinhas e luvinhas. Tudo cor-de-rosa.

Uma hora mais tarde, em uma clínica particular de Palma, uma enfermeira de mais ou menos cinquenta anos, gorda e antipática, fazia o toque em Anna.

— Querida, já está com cinco centímetros. Faremos o edema e depois iremos para a sala de parto.

— Posso aguentar mais um pouco de dor, minha irmã é gi...

— Olha, querida, você pode multiplicar a dor que está sentindo agora por dez.

Marina se segurou e ficou quieta.

Desceram para a sala de parto. Marina ficou ao seu lado e a observou em silêncio. Anna se sentou na cadeira ginecológica, curvou as costas e então lhe aplicaram a anestesia epidural. Deitaram-na, ajeitaram suas nádegas para que ficassem bem na beirada. Abriram suas pernas e as colocaram nos suportes da cadeira. Amarraram suas pernas com velcro. O ginecologista entrou. Cumprimentou-as. Enfiou uma das mãos dentro da vagina da paciente, rompeu a bolsa e retirou a mão. Pegou uma tesoura. Introduziu-a na vagina e cortou dois centímetros em direção ao ânus. Pegou as espátulas. Introduziu-as na vagina. Tirou o feto. O feto chorou e foi entregue à enfermeira. A enfermeira o pegou e foi até uma mesa metálica.

Durante o parto, Marina olhou com doçura para a irmã, segurando sua mão o tempo todo, em silêncio. Respirou fundo observando o tratamento indevido que aquelas duas pessoas que faziam parte de sua vida estavam recebendo. Não disse nada, apenas acariciou sua irmã medrosa. Bem, ficou em silêncio durante o parto, mas acabou não conseguindo ficar quieta. Talvez devesse ter ficado. Talvez se tivesse ficado quieta não teria acontecido nada.

— Pode levar a menina para minha irmã, por favor? — disse séria para a enfermeira.

— Como? — perguntou a enfermeira olhando para ela.

— Leve a menina e coloque-a em seu peito.

— Vou limpá-la — respondeu de um jeito bem seco.

Talvez teria sido melhor se Marina não tivesse feito o que fez, mas ela fez, e sem dizer uma palavra aproximou-se da enfermeira e arrancou a bebê de suas mãos. Enquanto isso, a bebê chorava histericamente. A enfermeira olhou-a com desprezo, mas Marina já estava olhando para a sobrinha, que era gordinha, feinha e muito chorona. Levou-a para a irmã, que estava com os braços esticados em sua direção. Anna pegou a filha, colocou-a no peito e abraçou-a, sujando-se de sangue e placenta. Depois de dez anos de espera, finalmente realizou seu sonho de ser mãe.

Passaram duas noites no hospital praticamente acordadas. Anita só queria o peito da mãe e sugava seu minúsculo mamilo, do qual não saía uma gota de leite, só colostro. Mas para essa menina de quatro quilos, duzentos e setenta e cinco gramas, o colostro não era suficiente e o leite demorava de trinta a setenta e duas horas para descer. Além disso, era impossível dormir na clínica. Se não era Anita que as acordava, era o ginecologista, o pediatra ou a enfermeira, que estava mais seca do que o normal. Então cochilavam quando era possível, olhando felizes para a menina gorducha, de nariz achatado e cara de brava. Fisicamente, era igualzinha ao pai.

Armando finalmente chegou. Chegou daquele jeito. Dominando o ambiente. Falando muito alto.

— Anna! Por que você não avisou a minha mãe? Olá, Marina!

Ele se sentou na cama ao lado da esposa e da filha. Marina viu a irmã sorrindo para o marido em um misto de amor e tristeza. Sentia como se sua irmã desejasse ser abraçada por aquele homem robusto que estava sentado ao seu lado. Anna aproximou os lábios dos do marido e ele a beijou sem vontade. Finalmente, Anna teria a família que tanto quis. A família García Vega estava completa. Marina não soube por que, mas essa imagem dos três na cama a fez se lembrar de um *outdoor* de seguros de vida de uma empresa norte-americana que viu pelas estradas da Filadélfia, no qual dois modelos seguravam um bebê de silicone em um estúdio decorado. Essa imagem da família García Vega parecia aquilo... uma grande mentira.

A sogra não demorou para chegar, também falava alto. Primeiro beijou o filho e, sem perguntar, arrancou a neta dos braços da mãe.

— A minha mãe vai ficar com você esta noite — disse Armando. — Viajei por catorze horas e preciso descansar.

Marina se lembrou da cara que Anna fez ao ouvir essa frase do marido, enquanto ela sentia raiva pela indiferença do cunhado e pela submissão da irmã. Marina olhou para a irmã sem falar nada. Apenas a encarou. "Enfrente-o! É sua vida, Anna. Sua vida. Fale. Sem medo." As duas irmãs se conheciam tão bem que Anna entendeu tudo isso no olhar de Marina, mas se limitou a reclamar apenas por um minuto. Baixou o olhar e recebeu um beijo rápido do marido, enquanto observava as meias que a sogra insuportável estava usando.

Lembrou-se da conversa superficial que teve com o cunhado dentro do carro enquanto iam para casa, iniciando sempre com: "Cada ano que passa você está mais bonita", frase que Marina detestava e achava desnecessária, mas ela agradecia educadamente, como tinha aprendido, sem entrar no joguinho do cunhado. Armando era assim, se sentia um sedutor, se achava um Don Juan e gostava de elogiar as mulheres bonitas. No começo, Marina achava graça, mas agora sentia-se incomodada. Armando lhe disse que podia ficar o tempo que quisesse... "A casa é sua... continua sendo a sua casa." Aliás, seria bom para Armando se ela ficasse para ajudar, para distrair sua mulher, sua filha e, principalmente, sua mãe.

Achou estranho dormir na mesma casa que Armando sem a presença da irmã. Então preferiu não jantar com o cunhado, subiu para o quarto da avó e dormiu em seguida. Os berros de sua sobrinha a acordaram no dia seguinte. Assim que abriu os olhos, se levantou. Teve uma noite de sono revigorante. Saiu do quarto e foi para a sala. Armando foi buscá-las no hospital e ali estavam: a sogra, o cunhado e a irmã tentando acalmar a bebê.

— Ela está com fome. Muita fome. Seu mamilo é muito pequeno — gritou a sogra —, tem que dar leite em pó. É melhor. Vai engordar mais rápido.

— Faz duas horas que ela está no peito. Já troquei as fraldas. Não para de chorar — disse Anna, desesperada para a irmã.

Marina se aproximou delas.

— Os bebês choram, Anna. Não se preocupe. Bem, vamos ver o que está acontecendo com essa bebê — retrucou, segurando-a em seus braços.

Marina colocou a bebê de barriga para baixo, apoiada em seu braço direito e com a mão esquerda fez uma massagem em suas costas.

— Leite em pó — gritava a sogra repetidamente.

Lembrou-se das palavras ferinas daquele ser desagradável que a irmã tinha como sogra. Anna não foi para o quarto do casal, e sim para o quarto da avó Nerea, onde as duas se sentiam em paz. As três entraram. Anna fechou a porta e se sentou na cama. Marina massageava suavemente as costas da pequena, e ela, apoiada no braço da tia, finalmente se acalmou. Marina a deitou na cama.

— Ela acorda a cada duas horas e só quer ficar no meu peito. Acho que não vou dar conta.

— Claro que vai, Anna. Amamentar significa dedicação. Bem... eu não sou mãe, mas sempre considerei um ato de amor ao filho... Suponho que seja mais fácil dar leite em pó, mas tente por um mês e, se não der certo, partimos para o plano B. Bem-vinda à maternidade.

Anna se aproximou da janela para abri-la. A sogra, vestindo sua camisa cinza-escura de manga curta e saia preta abaixo do joelho, andava pelo jardim catando folhas.

— Parece um urubu.

Marina se aproximou da janela.

— Parece mesmo.

— Você acha que a mamãe amamentou a gente?

Marina deu de ombros. Ela nunca tinha pensado nisso. Anna se deitou na cama, fechou os olhos e, em apenas um minuto, dormiu. Marina a cobriu com o lençol de linho bordado com as letras azuis. Achou linda a imagem dessas duas mulherezinhas dormindo tranquilamente em sua frente.

Ouviu a voz de Armando, que falava pelo telefone alegremente. Marina se sentou em um banquinho ao lado da janela. Ao observar o urubu e ouvir a voz de seu cunhado, teve um mau pressentimento. Anna pediu que ficasse durante a quarentena com ela, e Marina, não dando ouvidos à sua intuição, cedeu.

Naquela noite, quando Anna estava deitada no quarto de casal ao lado do marido, descobriu uma pequena rachadura em seu mamilo. Sentiu-se apreensiva. Doía muito. Um segundo depois, escorreu um líquido esbranquiçado pelo rosto da filha. Sorriu serena, em paz. Essa era a primeira noite dos três juntos. Anna estava feliz. A família García Vega estava completa. Armando, Anna e Anita, finalmente eram uma família de verdade.

Anita dormiu por duas horas. Chorou. Mamou em um peito e depois no outro. Dormiu por mais duas horas. Chorou. Mamou. Fez cocô. Anna trocou a fralda e dormiu. Anita dormiu por uma hora. Chorou. Mamou em um peito. Depois no outro. Vomitou. Anna trocou sua roupinha. Anita chorou de novo. Dormiu por mais uma hora. Chorou. Mamou em um peito. Depois no outro. Dormiu. Chorou.

— Vá dar o peito na sala! Amanhã tenho uma reunião importante! Preciso dormir! — gritou Armando, categórico.

Os gritos de Armando acordaram Marina. Ela abriu a porta e viu Anna saindo com Anita em seu peito e com o coração partido. Levaram o moisés para o quarto da avó, e a partir daí as irmãs formaram um pequeno time.

Conseguiram criar uma rotina para que as três pudessem descansar. Quando Anna acabava de dar o peito, Marina pegava a sobrinha e saía do quarto com ela nos braços e desciam para passear. Enquanto isso, Anna dormia, tomava banho ou tomava seu café da manhã tranquilamente. Assim foram se revezando durante vinte e um dias e vinte e uma noites. Apesar de toda a ajuda que Marina lhe dava, era evidente que Anna sentia falta do marido. E Armando, além de dormir sozinho todas as noites, continuava enfurnado em seu trabalho, sem ligar para a esposa. Era melhor não reclamar pela falta de ajuda, senão rapidamente o urubu daria as caras.

Ao conviver com essa família que não era a sua, Marina percebia o descontrole emocional entre os três. Armando exercia um poder absurdo sobre sua irmã, ela o considerava um tirano. É verdade que ele sustentava a casa sozinho, mas eles já tinham dinheiro suficiente. Por que a necessidade de ganhar sempre mais? Além disso, os tais negócios tão importantes de que ele tanto se gabava não podiam esperar um mês? Era o primeiro mês de vida de sua filha. Ele realmente não tinha condições de se afastar do trabalho durante trinta dias? O que era um mês na vida de qualquer homem de negócios, por mais importante que ele fosse? Quantos milhões deixaria de ganhar nesse mês tão essencial para sua esposa e sua filha? E foi nesse dia, ao amanhecer, quando tentava entender o porquê do egoísmo de seu cunhado, que ocorreu a briga que causou a separação dessas duas irmãs que tanto precisavam uma da outra.

Anita nunca tinha chorado tanto como naquela noite. A coitadinha estava com muitas cólicas. Lembrou-se de como ela e a irmã se revezavam para cuidar dela, que chorava daquele jeito histérico que só os bebês conseguem. Trocaram sua fralda. Anna a colocou no peito, mas ela não quis. Massagearam sua barriga. Deram-lhe água com uma colherzinha de café. No meio de tanto desespero e cansaço, tiveram um ataque de riso. Não sabiam mais o que fazer. Rir ou chorar? Anna saiu do quarto e foi buscar água para as duas, esquecendo-se de fechar a porta do quarto. Marina foi até a janela com a sobrinha chorando em seus braços. Olhou pela janela, o sol se aproximava calmamente do Mediterrâneo e parecia que pouco a pouco a bebê se acalmava.

— Puta que pariu! Dá para fazer a menina calar a boca?

Marina olhou para o cunhado. Anita começou a chorar histericamente de novo.

— O que disse? — perguntou Marina.

— Levem-na ao médico, inferno! Com certeza ela tem alguma coisa.

Marina não podia acreditar no que estava ouvindo.

— Como... você pode ser tão...?
— Tão o quê? — perguntou Armando de maneira agressiva.
Ela pensou em mil ofensas, mas disse apenas uma.
— Obtuso.
Na mente de Armando essa palavra se referia a um tipo de triângulo que tinha estudado no ginásio, ficou desorientado. Esperava uma resposta bobinha. Não esse tipo de vocabulário.
— Obtuso. Quem você pensa que é para me ofender na minha própria casa? Já tem quase dois meses que você está levando uma vida de rainha aqui, querida.
— Você abandonou a sua mulher — disse sussurrando, sem querer se defender, afinal, seu único objetivo era ajudar Anna.
— O que aconteceu? — gritou Anna subindo a escada correndo, segurando dois copos de água.
— Você já passou muito tempo nesta casa, então arrume suas coisas e volte para sua amada América.
Encarou a cunhada e aumentou o tom de voz.
— E me dê a minha filha — disse, arrancando a menina de seus braços.
— Minha mãe vai acompanhá-la ao médico esta manhã, e não se fala mais nisso. Compre leite em pó na farmácia e ponto-final — disse à esposa.
— E sua irmãzinha que volte para seu companheiro, aquele coroa norte-americano, e nos deixe em paz.
— Armando, por favor, pare — implorou Anna.
— Ela que volte para casa e nos deixe em paz, que aqui não precisamos dela para nada. Agora mesmo — disse olhando nos olhos da cunhada —, arrume suas coisas e dê o fora.
— Armando, por favor, acalme-se.
— Como quer que eu me acalme? O que essa mulher está pensando? Eu me mato de tanto trabalhar para... não sei por que diabos estou me justificando — berrou, saindo do quarto.
— Armando, por favor — insistiu Anna com os olhos assustados.
Armando entregou a menina à mulher e se afastou em direção ao quarto do casal. Olhou mais uma vez para a cunhada antes de entrar.
— Aliás, você fez um belo show com a enfermeira do hospital... Quem você pensa que é, porra? — Estalou a língua e saiu do quarto.
Marina lembrou-se de ter olhado para a irmã na esperança de que ela enfrentasse o homem egoísta que tinha escolhido como marido. Qualquer frase. Qualquer uma. Mesmo que fosse uma frase ingênua, mas que a defendesse. Esperou um segundo. Dois. Três. O choro da menina explodiu no cé-

rebro deles pior que das outras vezes. Quatro segundos. Cinco. Seis. Marina foi até o quarto. Anna a seguiu.

— Vou falar com ele. Eu já volto.

Marina abriu sua mala. Lembrou como seu sangue fervia enquanto vestia a roupa do dia anterior. Enfiou a roupa de qualquer jeito na mala e saiu do quarto.

Lembrou que, enquanto descia a escada, a única coisa que conseguia ouvir era o choro histérico de sua sobrinha acompanhado do choro submisso da irmã. "Por quê, Anna? Por que continua com esse homem? Você não precisa dele. Mora na casa que nosso pai nos deixou. Ela é sua. É nossa. Expulse-o daqui. Antes só do que mal acompanhada." Mas essas palavras eram justamente o contrário do que a mãe tinha dito durante toda sua vida. Frases impactantes que ficaram gravadas para sempre no inconsciente de sua filha. "O que faz uma mulher sozinha pela vida? Vira motivo de chacota para os outros. A mulher deve estar sempre acompanhada de um marido. Às vezes o casamento não é o que se espera. Mas tem que aguentar, filha. Ver, ouvir e se calar."

Dezesseis horas mais tarde, entrava em seu apartamento no centro da Filadélfia. Desde esse dia, catorze anos atrás, nunca mais se viram.

Quando parou de pensar nesse fatídico episódio de sua vida, finalmente conseguiu dormir naquele hotel perdido entre as montanhas.

NO PRIMEIRO TOQUE, ANNA atendeu o telefone.

— Marina, você está bem?

— Sim, Anna, está tudo bem.

— Esperei por você ontem. Não consegui dormir a noite inteira. Pensei que pudesse ter acontecido alguma coisa.

— Desculpe, tentei ligar do cais, mas o orelhão estava quebrado.

— Mas onde você está?

— Em Valldemossa.

— Em Valldemossa? O que está fazendo aí? Vou lhe buscar e almoçamos aqui em casa, tudo bem?

— Já verifiquei o horário do ônibus, não se preocupe. Eu vou sozinha.

O ônibus saía para Palma à uma da tarde. Dava tempo de ir conhecer essa misteriosa herança. Seguiu as indicações de Gabriel, atravessou a praça Ramón Llull, seguiu em frente até a praça Santa Catalina Tomás e entrou na ruazinha Rosa, onde havia várias casas de pedras, e onde ficava também o moinho de trigo. Imponente, velho, também feito de pedra, com suas enormes lâminas. Caminhou lentamente em sua direção, sentindo-se um pouco estranha. Esse gigante de pedra era seu, lhe pertencia. Ao seu lado, a casa de pedra, onde ficava a padaria. Chegou à porta de entrada, onde havia uma placa:

Tentou abrir a porta e não conseguiu. Havia um banco de madeira ao lado da entrada. Subiu nele e tentou olhar por uma pequena janela, mas, como as venezianas estavam fechadas, não pôde ver o que tinha dentro. Uma gota de água caiu em sua jaqueta. Desceu do banco e, apesar da chuva que estava começando a cair, sentou-se nele. Observou as casinhas vizinhas ao lado do moinho. Várias delas soltavam fumaça pela chaminé. Observou o belo inverno de Maiorca, as oliveiras centenárias que agora estavam sem folhas, os campos de alfarroba e a beleza das flores de amendoeiras em seus tons de branco e rosa, que renasciam ali todos os anos.

"Por que você deixou isso para nós, María Dolores Molí? Não tinha mais ninguém para você deixar este lugar tão lindo?"

Foi o latido de um velho golden retriever cansado, de orelhas caídas, que vinha pela rua, que a trouxe de volta à realidade. O cachorro se aproximou de Marina e a cheirou. Uma senhora de cabelo grisalho preso por um coque se aproximava lentamente com a ajuda de uma bengala. Era muito alta, usava um casaco de lã marrom-escuro até o joelho e no pescoço um lenço azul de cachemira.

— Névoa, vem pra cá, deixa a senhorita em paz — a velha disse para a cadela. — Bom dia — cumprimentou-a.

Marina cumprimentou a idosa. Tinha o rosto enrugado e uns olhos azuis imensos que combinavam com seu lenço. Marina a achou lindíssima, apesar dos quase oitenta anos que parecia ter.

A cadela ignorou a mulher e se sentou ao lado de Marina.

— Olha que eu fecho a porta.

A senhora esperou apoiada em sua bengala.

— Anda, Névoa, vamos! Para de ser teimosa, que está um frio dos infernos — insistiu, colocando a chave na fechadura da casa ao lado da padaria.

A velha olhou de novo para a cadela, que nesse momento cruzava as patas e se aproximava dos pés de Marina.

— Cachorra cara de pau.

A cadela apoiou o focinho sobre as patas.

— Quando quiser, você arranha a porta — concluiu a mulher, entrando em sua casa.

Marina observou o animal, que parecia não ter a intenção de sair dali. A cadela olhou para ela e continuou na mesma posição ao lado de seus pés.

E ali ficaram, Marina e a cadela, embaixo do chuvisco, com o olhar perdido entre os campos de amendoeiras da serra de Tramuntana.

SENTOU-SE NA PRIMEIRA POLTRONA ATRÁS do motorista. Só tinha mais três passageiros. Marina os olhou rapidamente, sem prestar muita atenção. Era um casal jovem com uma menina pequena sentada no colo da mãe. Ela comia um sanduíche feito com pão de forma branco e muita geleia de morango. Marina soube disso poucos minutos depois, porque Marta, esse era o nome da mulher, deu uma baita bronca no marido por ter feito um sanduíche de geleia para a filha, que por esse motivo tinha sujado seu vestido novo.

Estava nervosa, tinha imaginado esse reencontro com a irmã várias vezes. No dia seguinte ao da discussão com o cunhado, Anna tentou falar com Marina, ligando para o seu apartamento na Filadélfia. Pela tela do telefone, Marina viu que era uma ligação internacional e não atendeu. Todos os dias, durante três semanas, Anna ligou para a irmã, mas Marina nunca atendeu. Afinal, não tinha sido pela discussão, nem pelo fato de ter que esperar mais um ano para apresentar sua tese, isso era o de menos. No trajeto de avião Madri-Nova York, ela confirmou o que sempre tinha passado por sua mente, mas que se negava a acreditar: Anna era profundamente egoísta. Só pensava em si mesma e sempre foi assim. Quando Marina foi para o colégio interno Saint Margaret, Anna ligou pouquíssimas vezes. Era ela quem ligava a cobrar todos os últimos domingos do mês. Porque Marina precisava ouvir a voz da irmã mais velha, com quem foi criada, com quem tinha dividido o mesmo quarto durante catorze anos. Anna era a única pessoa que sabia como Marina era de verdade. Quando voltava para passar os natais e os verões, elas se divertiam juntas e não desgrudavam uma da outra, mas tudo girava ao redor de Anna. De suas amigas. De seu namorado marinheiro. Das matérias que tinha reprovado.

Além disso, durante os quinze anos em que Marina morou nos Estados Unidos, Anna nunca a visitou. Ela quase foi uma vez, mas acabou preferindo uma excursão com o marido pela costa leste dos Estados Unidos. Visitaram Washington, Boston e Nova York, mas como estavam em grupo foi impossível passar pela Filadélfia. Não esteve presente nem no dia de sua formatura, apesar de Marina ter pedido várias vezes pelo telefone. Nessa época, Nestor e Ana de Vilallonga já tinham falecido. Marina foi a única formanda de beca preta a jogar o capelo para o alto sem nenhum parente para comemorar com ela. É óbvio que se sentiu muito triste por isso. Mas, com o tempo, acabou não dando importância e continuou viajando para Maiorca todos os natais para estar ao lado de sua única família, Anna. Já tinha aguentado o suficiente e a posição de vítima que a irmã assumiu ante a discussão com seu marido tinha sido a gota d'água. Foi por isso que, ao aterrissar no aeroporto, Marina decidiu cortar relações com a irmã mais velha. Poderia viver sem os seus vinte telefonemas anuais e sem suas idas à ilha durante os natais.

Anna nunca se deu conta de como Marina se sentia sozinha nos Estados Unidos e da necessidade que tinha de falar com ela todos os últimos domingos do mês. Aliás, chegou a invejá-la quando sua mãe a proibia de sair aos finais de semana em Maiorca, e muitas vezes desejou que fosse ela quem estivesse estudando naquele colégio de elite maravilhoso de duzentos e quarenta hectares, com bosques enormes, cercado de árvores de carvalho e com meninas do mundo inteiro. Já estava casada quando Marina se formou em medicina. A data da formatura coincidiu com as reformas da mansão de Son Vida. Não achou uma boa ideia deixar Armando sozinho com a casa cheia de ferramentas.

Depois de fracassar ao tentar falar com a irmã pelo telefone, Anna começou a escrever cartas. Escrevia uma por semana. Sem descanso. Nelas pedia desculpas por ser tão fraca, por não enfrentar o marido, por se deixar levar, por não tomar decisões, enfim... por tudo. "Preciso de você perto de mim", sempre escrevia isso. "Preciso saber que está por perto, mesmo que seja a seis mil quilômetros de distância." E sempre, antes de terminar, contava as pequenas conquistas de Anita. E na esperança de fazê-la sorrir, também contava mais detalhes sobre sua vida de cão ao lado do urubu.

Marina seguiu sua vida ao lado de Jeremy, dedicando-se aos estudos e ao trabalho. Lendo as cartas de Anna, mas sem deixar que seus apelos a fizessem mudar de ideia em relação à decisão que havia tomado: seguir em frente com sua vida, longe da irmã.

Em dezembro daquele ano, Marina recebeu a última carta de sua irmã, cujas palavras foram:

Querida Marina:

Lhe escrevo para desejar um feliz Ano-Novo.

Espero que neste ano você realize seus sonhos e espero também que possa me perdoar por tudo.

Espero que me dê uma chance.

Agora, sim, me despeço. Eu te amo e sempre amarei.

Sua irmã e amiga,

Anna.

Essa foi a única carta que Marina guardou. Depois de um ano, sua relação com Jeremy acabou, e ela começou sua carreira como voluntária no Médicos Sem Fronteiras.

Demorou dez anos para que respondesse a essa última carta. Era uma manhã fria, dia 25 de dezembro de 2007. Marina estava em Berlim e enfiou um envelope pela abertura de uma dessas caixas a serviço dos correios que havia pela rua. A carta dizia:

Querida irmã, querida amiga:

O tempo passa muito rápido e não vejo mais sentido em estarmos afastadas. Certamente, essas datas festivas me causam uma sensação de tristeza, de nostalgia... não sei...

Precisei de muitos anos e estou ciente disso.

Mas se você precisar de mim, estou aqui.

Com essa carta, a comunicação foi restabelecida. Logo vieram os e-mails, depois as ligações. Nada além disso. Cada uma tinha sua vida e estavam afastadas havia muito tempo; somente essa herança inesperada tinha tornado aquele reencontro possível.

Chovia forte. A porta do jardim estava entreaberta, e ela entrou. Levou apenas um segundo para perceber que sua casa de infância estava deteriorada. A fachada de pedra estava mais velha que nunca. O limoeiro do jardim estava morto. A água da piscina estava esverdeada. Não sentiu aquela nostalgia que a invadia todas as vezes que voltava a esta casa. Inesperadamente, teve a sensação de que era um lugar estranho.

Não precisou nem bater. Anna logo abriu a porta. Elas se olharam antes de se aproximarem. Catorze anos era muito tempo. Marina logo percebeu que a irmã estava lutando contra a velhice. Viu sua pele inchada de botox, a testa imóvel, o cabelo alisado, as mechas loiras, seu corpo magro que agora possuía um par de silicones por baixo de seu velho suéter bege de cachemira. Anna viu que a irmã não tinha mudado quase nada, continuava com seu cabelo preto e liso, preso por uma trança comprida, algumas ruguinhas em volta dos olhos quando ela riu e, em seguida, suas lindas covinhas. Marina, sem saber por que, sentiu-se envergonhada e quase culpada ao ver os olhos cheios de esperança da irmã. Porque lá no fundo, ao olhar para os olhos de Anna e ao se lembrar da frase que sua avó sempre dizia: "Os olhos são a janela da alma", se deu conta do que já sabia... Anna tinha uma alma bondosa, uma alma frágil, incapaz de prejudicar alguém, incapaz de defender a si mesma e muito menos defender alguém. Tudo isso passou em um segundo por sua mente. Anna foi em direção à irmã e lhe deu um abraço. Abraçou-a em silêncio e Marina ficou parada, mas levantou os braços lentamente até a cintura da irmã e a abraçou.

Ficaram dez segundos abraçadas, sem falar nada.

— Cunhadinha! Como vai?

A voz de Armando, alta como sempre, assustou-as, fazendo com que se separassem. Aproximou-se da cunhada de braços abertos, abraçou-a dando uma leve palmadinha em suas costas e em seguida lhe deu um beijo sonoro na bochecha.

— Vamos esquecer o que aconteceu — disse.

Marina sorriu, observando o cunhado, que estava mais gordo do que nunca e que agora tinha uma cabeleira toda grisalha. Usava uma camisa branca um pouco desgastada, uma calça jeans azul-marinho e um par de sapatos. Seu amigo Sigfried, o enfermeiro alemão e fiel seguidor de todas as corridas de Schumacher, diria que ele era o sósia do diretor esportivo de Fórmula 1, Flavio Briatore. Mas uma versão piorada, é claro.

— Linda como sempre. O tempo não passa pra você. Olhe só esse bronzeado — elogiou-a, olhando para a esposa. — Passado é passado, hein? Entre, por favor.

Anna permaneceu calada e seguiu o marido, que as levava até a sala. Com esse simples gesto, Marina percebeu o que já imaginava, que nada tinha mudado nesse casamento.

— Vou avisar à adolescente que você chegou. Eu já volto — disse Armando subindo a escada.

Marina tirou a jaqueta e Anna a pendurou. Sentaram-se no sofá. Olharam uma para a outra e não souberam o que dizer. A filipina rompeu o silêncio trazendo uma bandeja com mariscos, azeitonas e uma jarra de água.

— Esta é a Imelda.

— Olá, Imelda! Como vai? — Levantou-se do sofá e cumprimentou-a com dois beijinhos. — Me chamo Marina. Muito prazer.

Anna arregalou os olhos pela forma como a irmã cumprimentou a empregada da casa. Nenhuma de suas amigas do Clube Náutico de Palma tinha se aproximado de Imelda quando foram apresentadas, e muito menos a tinham beijado.

— Olá! Queria muito conhecer a senhora — disse Imelda com sinceridade. — Aceita beber alguma coisa?

— Por favor, um pouco de água. Obrigada.

Sorriu e se retirou discretamente, deixando as irmãs sozinhas.

— Como você está?

— Bem. Muito bem.

— E você?

— Bem, também.

Sorriram mais uma vez e permaneceram em um silêncio incômodo. Marina tirou da mochila o livro de receitas que tinha comprado no aeroporto de Addis Abeba.

— Muito obrigada. Que presente bonito — disse Anna, olhando para o livro. — Na verdade, faz tempo que eu não cozinho, talvez seja uma forma de recomeçar. Bem, mas hoje... — Olhou para a irmã com um sorriso. — Hoje eu preparei algo especial.

Elas se olharam mais uma vez. Se dependesse de Anna, ela teria se aproximado mais da irmã, a teria abraçado, a teria levado para longe dali para recuperarem todos aqueles anos perdidos. Ou, melhor ainda, teria expulsado seu marido de casa por horas junto com a filha, que a cada dia estava mais rabugenta. Queria mandá-los para a casa da sogra, assim as duas ficariam sozinhas em casa. Afinal, foi Anna quem mais perdeu com essa separação. Porque Anna não tinha nada para se apegar na vida. Não tinha, de fato, o marido, apesar de morarem sob o mesmo teto. Não tinha um trabalho, nunca precisou trabalhar. Não tinha amigas de verdade, talvez por culpa da educação que tinha recebido de não confiar em ninguém, só devia observar, ouvir e se calar. Sim, é verdade, ela tinha uma filha adolescente, mas a garota era insuportável.

— Tudo isso é muito estranho — disse Anna, evitando pensar em todos os sentimentos que havia dentro dela.

— É mesmo. Você descobriu mais alguma coisa sobre a tal mulher? — perguntou Marina.

— Não — deu de ombros e negou com a cabeça —, não é nossa parente. Como ela se chamava?

— María Dolores Molí — respondeu Marina.

— Parece que Armando conseguiu um bom valor. O preço do metro quadrado está altíssimo — disse com um meio-sorriso.

Anna esfregou lentamente as mãos enquanto as olhava. Marina conhecia esse gesto nervoso da irmã e esperou que ela falasse.

— Nossa situação não está nada boa — disse Anna, baixando o tom de voz e dando uma olhada rápida em direção à escada. — Lembra-se dos investimentos imobiliários no Panamá?

Marina concordou.

— Não sei muito bem o que aconteceu, mas era golpe. — Fez uma pausa e olhou novamente para o andar de cima para confirmar que o marido não pudesse ouvi-las. Baixou o tom de voz. — Estamos falidos.

Anita apareceu descendo pela escada usando um moletom preto, séria, pisando firme em cada degrau. Parecia que tinha dificuldade para andar.

— Olá, Ana! — disse Marina se levantando para cumprimentá-la.

Por mais que fosse óbvio, Marina não podia acreditar que a tal bebê chorona que deixou com vinte dias tinha se transformado nessa mulher grandalhona que estava à sua frente.

— Olá — respondeu, timidamente, evitando seu olhar.

Anita encostou as bochechas sem beijar. Marina percebeu o gesto. Mesmo assim, Marina a beijou e passou as mãos pelos seus braços de um jeito carinhoso.

As três se sentaram e mais uma vez fez-se um silêncio incômodo. Marina observou a estampa do moletom da sobrinha: era a foto de uma mulher usando uma jaqueta de couro preta segurando um garfo e uma frase que dizia: *"Eat the rich."*[9]

— Você gosta da Patti Smith? — perguntou Marina, referindo-se à mulher do moletom.

— Você sabe quem é ela? — perguntou a sobrinha, admirada.

— Claro que eu sei quem é. Sua mãe não lhe contou que passei a metade da minha vida nos Estados Unidos? Há muitos anos fui a um show dela em um bar de Nova York. Isso faz mais de vinte anos.

---

9. A camiseta de Anita diz: "Coma os ricos". A frase completa seria: "Quando o povo não tiver mais nada para comer, ele comerá os ricos." Frase de Jean-Jacques Rousseau que ganhou tradição no início do século XXI, em resposta à desigualdade de riquezas. A frase também se tornou título de música adaptada por Patti Smith, Aerosmith, Motörhead etc. (N. T.)

— Sério? — perguntou Anita fascinada, como se fosse a história mais incrível que tivesse ouvido naquela casa, onde a única música que se ouvia era pela televisão.

Anita sabia todas as músicas e os versos compostos pela velha roqueira norte-americana, conhecida atualmente como *Avó do punk*. Sua tia achou que isso dizia muito em relação à sobrinha. Era fato que noventa e nove por cento de suas amigas do colégio dançavam ao ritmo da extravagante Lady Gaga ou balançavam os quadris dançando "Party in the USA", da ex-Hannah Montana. Já ela, sozinha em seu quarto, colocava seus fones de ouvido ao som de "People Have the Power", dessa velha ativista. Anna, evidentemente, não tinha a menor ideia de quem era essa senhora na foto do moletom da filha. A última vez que Anita colocou um moletom desse estilo foi para ir a uma festa no Clube Náutico, à qual sua mãe a tinha obrigado a ir. Porém Anna pediu que ela se trocasse, já que a roupa não era adequada para a ocasião. Anita, incomodada com a situação, subiu para o quarto e desceu dez minutos depois, vestindo outro moletom preto, sem nenhuma estampa. Quando Anna entrou atrás da menina na festa, percebeu que o moletom que sua querida filha estava usando tinha uma estampa da avó do rock nas costas, e não na parte da frente. Só que dessa vez ela fazia um gesto obsceno e em vez da frase "Eat the rich", era "Fuck the rich".[10]

— Senhoras, vamos almoçar — disse Armando entrando na sala.

Elas se levantaram do sofá. Anna passou o mês apavorada pensando naquele momento. Antes da chegada de Marina, implorou para que o marido fosse gentil. Armando não era bobo, a venda desse moinho significava amenizar a dívida que tinha com o Panamá. Se comportaria como o homem gentil que era quando estava fora de casa. Anita, sem saber do passado, observava esse novo membro da família com curiosidade.

Imelda entrou com a sopeira cheia e os serviu.

Armando foi o primeiro a abrir a boca, conversaram durante todo o almoço, temas superficiais, porém foi mais tranquilo do que haviam imaginado. Armando perguntou sobre seu trabalho como voluntária e, enquanto a família García Vega tomava a sopa, Marina respondeu gentilmente explicando detalhes sobre os lugares em que havia trabalhado. Anna comentou como a ilha tinha mudado naqueles catorze anos; Armando comentou sobre as novas construções, o turismo, que dava muito dinheiro, contou sobre os cinquenta mil alemães que oficialmente já tinham propriedades na ilha, e

---

10. Em inglês, "Fodam-se os ricos". (N. T.)

precisamente, seria um deles quem ficaria com o moinho de trigo que tinham herdado.

— Bem, vamos direto ao assunto... — disse Armando. — Consegui vendê-lo por dois milhões de euros — anunciou, orgulhoso de si —, um milhão para cada uma.

Anna sorriu e olhou para a irmã, que não parecia tão feliz. Armando lhes contou que o comprador se chamava Helmut Kaufmann. Era um empresário importante no ramo de embutidos, era quem fornecia para a maioria das cervejarias na Alemanha. Ele pretendia dar continuidade à padaria *Can Molí*, combinando o famoso pão integral tradicional da ilha com a venda dos *Weiswurst*[11] provindos de sua própria criação de porcos, nos arredores de Frankfurt. Helmut chegaria à Palma às três da tarde do dia seguinte. Armando iria buscá-lo e às cinco, o tabelião os receberia em seu escritório para concluir a venda.

Imelda trouxe a sobremesa que Anna tinha preparado com tanto carinho pela manhã. Sabia que Marina adoraria comer esse bolo, que avó Nerea tinha batizado com o nome de bolo de limão com sementes de papoula. Talvez quando sentisse o sabor na boca, pudesse se lembrar de muitas coisas. Lembranças felizes de sua infância. Segundo a avó, esse bolo tinha um ingrediente mágico, o qual ela nunca lhes contaria, e por isso o bolo tinha esse sabor tão delicioso. Ambas insistiam para que ela contasse qual era esse misterioso ingrediente, mas a avó sempre se negava. Até que, finalmente, no dia em que Marina completou sete anos, ela colocou as duas sentadas na mesa da cozinha e as fez jurar que guardariam o segredo. Aproximou-se delas e sussurrou a receita.

Marina olhou para a irmã e sorriu com gratidão. Anna sabia que o fato de ter feito esse bolo passaria despercebido aos olhos do marido e da filha, mas Marina entendia o que ele significava e, de alguma forma, era mais um pedido de perdão.

Anna gostaria de ter feito o bolo com os limões do jardim, afinal, a avó dizia que os limões daquela árvore tinham um sabor único e inigualável. Infelizmente, o limoeiro do jardim tinha morrido havia alguns meses. Anna chorou por sua morte. Anna chorou na frente do jardineiro quando ele contou a ela, querendo bancar o engraçadinho: "Patroa, essa árvore está mais morta que o Michael Jackson." Anna o proibiu de cortá-la ao mesmo tempo que começou a chorar de maneira compulsiva. Perplexo e vendo as lágrimas que escorriam pelo rosto da patroa, o jardineiro se desculpou pensando em

---

11. Salsicha branca, prato típico da Alemanha. (N. T.)

duas coisas: a primeira, que Anna era uma fã incondicional do menino-pro-dígio dos Jackson 5, e a segunda era que as ricaças do bairro de Son Vida estavam completamente loucas.

Nesse dia, Anna pegou seu BMW, foi ao supermercado e comprou dez limões. Sabia que não encontraria sementes de papoula no inverno, então, depois de várias ligações para suas amigas do Clube Náutico, descobriu uma loja recém-inaugurada. Foi até lá e uma jovem alemã, vestida com um sári laranja, lhe vendeu os dez sacos de semente de papoula que tinha na loja. Chegando em casa, um pouco nervosa, acendeu o forno e misturou os ingredientes sem pressa, tentando lembrar as quantidades exatas usadas pela avó. O primeiro bolo saiu muito amargo pelo excesso de raspas de limão na massa; o segundo queimou, e o terceiro finalmente ficou fofinho, do jeito que Marina gostava.

— Posso dizer que você e Anna são milionárias — disse Armando em um tom divertido.

— Você está com a chave? — perguntou Marina, pegando mais uma fatia de bolo.

— A chave — repetiu Armando.

— Sim. A chave do moinho e da padaria.

Silêncio.

— Sim.

— Pode me dar, por favor? — disse Marina.

Armando não gostou do pedido. Anna parou de mastigar e olhou para o marido, apavorada.

— Para quê? — quis saber Armando, com um tom de voz mais alto do que havia utilizado em toda a conversa que tinham mantido durante aquela última hora, e menos alto do que havia utilizado no dia em que expulsou Marina da casa.

Anita e Anna olharam para Marina. Ouviram um trovão, mas ninguém olhou para fora, já que a tempestade havia começado dentro de casa.

— Estou curiosa e quero conhecer o lugar. Queria saber quem é essa senhora tão generosa que nos deixou milionárias. Deve ter algo lá dentro que nos ajude a descobrir.

Anna e Anita olharam para Armando.

— Não tem muito o que ver. É uma padaria antiga cheia de sacos de trigo, uma mesa de madeira antiga e um forno a lenha. Só isso. O moinho não funciona há anos e está... caindo aos pedaços. Quase destruído. Não é sua parente. Verificamos pelos sobrenomes de seus pais, avós e bisavós. Olha, sinceramente, não importa — disse, forçando um sorriso —, os milhões de euros são de vocês.

Armando dobrou o guardanapo encerrando a conversa e se levantou da mesa.

— Me dê as chaves, Armando, por favor? — disse Marina de um jeito firme, olhando em seus olhos.

Quando nisto iam, descobriram trinta ou quarenta moinhos de vento, que há naquele campo. Assim que Dom Quixote os viu, disse para o escudeiro:

— A aventura vai encaminhando nossos negócios melhor do que soubemos desejar; porque, vês ali, amigo Sancho Pança, onde se descobrem trinta ou mais desaforados gigantes, com quem penso fazer batalha, e tirar-lhes a todos a vida, e com cujos despojos começaremos a enriquecer; que essa é boa guerra, e bom serviço faz a Deus quem tira tão má raça da face da terra.

— Quais gigantes? — disse Sancho Pança.

— Aqueles que ali vês — respondeu o amo —, de braços tão compridos que alguns os têm de quase duas léguas.

— Olhe bem, Vossa Mercê — disse o escudeiro —, que aquilo não são gigantes, são moinhos de vento; e os que parecem braços não são senão as velas, que tocadas do vento fazem trabalhar as mós.

Cuca bocejou alto.

— Cuca, por favor, respeite o resto da sala — disse a jovem professora de literatura do San Cayetano.

— Olha só, *fessora*, não há quem aguente ouvir isso às nove da manhã — respondeu Cuca.

Os outros vinte e um alunos riram e a professora suspirou. Cuca, impertinente como sempre, de certa forma tinha razão: não havia adolescente que pudesse se emocionar com esse livro, por mais que fosse uma versão adaptada para jovens. Na verdade, a professora teve que lê-lo na faculdade de filologia hispânica vários anos antes e, além de ter aprendido várias palavras que caíram em desuso, achou uma leitura chatíssima, mas não comentou isso com ninguém porque não queria ser considerada ignorante, já que seus colegas de faculdade achavam as aventuras do engenhoso fidalgo de *la Mancha* fascinantes. Ela devia ser uma mulher de gostos simples.

— Fechem o livro — disse a professora. — Guardem-no na mochila, vistam o casaco, pois vamos dar uma volta.

Gritaram animados. Vestiram o casaco rapidamente por cima do uniforme e saíram desesperados da sala de aula. A professora guardou seus materiais na bolsa. Só restava uma aluna na última fila, imóvel, com o olhar perdido em direção à janela.

— Marina?

Marina olhou para a professora.

— Tudo bem?

A aluna concordou, levantando-se da cadeira. Pegou seu casaco e foi em direção à porta.

Não. Não estava bem. A situação em sua casa era insuportável. Odiava sua mãe e tinha a sensação de que sua mãe a odiava também. Na noite anterior, como sempre, tiveram uma discussão acalorada. Dessa vez, foi pelo jeito como ela segurava o garfo. Outras vezes, pelo seu cabelo muito comprido, que ela se negava a cortar, preso por uma trança malfeita. Também por não querer usar perfume, pelo seu quarto bagunçado cheio de livros velhos de medicina que tinha trazido da casa da avó e que a mãe dizia estarem cheios de ácaros, por não querer ir à missa aos domingos depois dos passeios de barco. Acima de tudo, sua mãe detestava a cumplicidade que Marina tinha com a irmã mais velha, com a avó paterna e, principalmente, com o pai. Porém, Marina jamais subia o tom de voz e sempre respondia às críticas maternas com um tom de voz firme e cheio de argumentos.

Marina tinha a sensação de que sua simples presença incomodava a mãe. Não conseguia entender essa mulher que tinha lhe dado à luz catorze anos antes. Já Anna era considerada a filha perfeita. Era igualzinha à mãe. Era bonita, frágil, ingênua, bem arrumada, perfumada. Mas Marina, assim como a mãe, sabia muito bem que Anna era uma adolescente bem bobinha, só se interessava por seus vestidos novos, não tinha nenhuma ambição na vida. Era medíocre nos estudos, suas notas eram no máximo quatro e meio, mas graças às doações voluntárias que os padres do San Cayetano pediam e com as quais a mãe generosamente colaborava, ela conseguia nota cinco. Então era o pai quem se orgulhava de cada nota dez que Marina tirava, já a mãe dava apenas um sorrisinho.

Marina acabou se acostumando aos gritos da mãe, que, coincidentemente, aconteciam na ausência de Nestor. Nenhuma vez em sua presença. Deixou de responder à mãe usando seus argumentos sólidos, apenas aprendeu a se conter, a não responder. Quando a mãe a recriminava por qualquer coisa, ela, contra sua natureza adolescente, apenas se levantava e se fechava no quarto. Sua mãe a seguia, abria a porta e continuava com sua enxurrada de críticas. Até que, em um Natal, Marina ganhou dinheiro de presente da avó e decidiu comprar um trinco para a porta. O trinco ajudou a minimizar os gritos, já que a porta ficava trancada, mas aumentou o desespero da mãe, que chorava nos braços do marido por culpa da adolescente rebelde que haviam criado. Ana de Vilallonga, além de hipocondríaca, sofria dos nervos e somatizava suas preocupações, transformando-as em erupções pelo corpo, terçóis e feridas na boca. A tensão na casa era cada vez maior, até que, finalmente, devido a um surto exagerado de erupções no rosto, sua querida mãe conseguiu o que estava planejando havia vários meses, motivo pelo qual Marina estava imóvel olhando pela janela enquanto seus companheiros do San Cayetano saíam da sala correndo: iria para um colégio interno a seis mil quilômetros de Maiorca.

Os trinta alunos e a professora de literatura chegaram ao antigo bairro de marinheiros, onde havia vários moinhos.

— Estão vendo?

— O que temos que ver? — perguntou Cuca.

O restante dos alunos, como sempre, permaneceu calado. Alguns sem entender. Outros sem ouvir.

"A adolescência é uma fase da vida na qual o ser humano se torna idiota", pensou a jovem professora.

— Os moinhos, pelo amor de Deus, os moinhos.

Andaram até chegar perto de um deles, e então a professora pediu que abrissem seus livros. Escolheu um bom elenco para atuar: um estudante com o rosto cheio de espinhas, alto e magricela para representar o personagem de Dom Quixote e um gordinho para representar Sancho Pança. Cuca insistiu em ler a passagem de Dulcineia, matando de vergonha o pobre rapaz magricela, que, assim como a maioria dos estudantes do San Cayetano, sonhava em tocar os seios da garota mais descolada do colégio.

Entre risadas e aplausos, tiveram a aula de literatura que ficou gravada para sempre na memória de todos os adolescentes, inclusive da nossa protagonista.

A jovem professora de literatura, ao estar fora das quatro paredes da sala de aula, concluiu que não era tão difícil emocionar os adolescentes, se realmente quisesse.

O ÔNIBUS IA NOVAMENTE PELA ESTRADA da serra de Tramuntana até Valldemossa. A chuva forte golpeava o para-brisa, e o motorista dirigia devagar, permitindo que a única passageira admirasse o cair da tarde da solitária serra onde se encontrava.

Protegeu-se do temporal sob uma marquise. Vestiu o capuz da jaqueta e correu os trezentos metros que a separavam do hotel. Esperaria ali, até que parasse de chover para ir ao moinho.

Gabriel e Isabel estavam na sala de frente para a lareira, jogando uma partida de xadrez. Cumprimentaram-na com carinho. Se dissessem que esse homem e essa mulher que administravam o hotel eram irmãos, ela teria acreditado. Deviam ter a mesma idade, por volta dos sessenta, eram parecidos, além disso, emitiam paz e tranquilidade, algo que fez bem para Marina naquele momento.

— Tenho que mandar um e-mail. Vocês têm um computador para que eu possa usar a internet? — perguntou Marina.

— Sim. Mas tentamos falar com nosso filho por Skype e não conseguimos. Isso acontece quando chove. Sinto muito. Assim que estiver funcionando, eu lhe aviso.

A chuva caiu com força pelo restante da tarde e continuou pela noite. A internet não voltou e Marina dormiu. Sonhou que ela e a irmã corriam por um campo de papoulas, e inesperadamente sonhou com a menina etíope que tinha abandonado em um berço de ferro, depois sonhou com Mathias.

De: mathiascheneider@gmail.com
Data: 2 de fevereiro de 2010 (um dia atrás)
Para: marinavega@gmail.com

Marina,
Acabamos de receber uma ligação urgente da sede central.
Estão precisando de ajuda no Haiti. Além do terremoto, há uma epidemia de cólera, e eles estão no limite. Estão pedindo há mais de seis meses.
Não pude dizer não. Voo para Barcelona amanhã. Espero por você lá.
Sei que você não quer deixar a Etiópia, mas eles precisam mesmo de nós no Haiti.
Vou dormir na casa da Ona e irei à sede do MSF assim que chegar. Ligue para lá, por favor.

Eu te amo. Ich liebe dich.

Seu Mathias.

Marina empalideceu. Passou as mãos pelo rosto sem deixar de olhar para o computador. Releu o e-mail. Gostaria que essas frases não tivessem sido escritas. Desejou não as estar lendo pela segunda vez. Releu-as procurando algum erro. Claramente, Mathias estava deixando a Etiópia para iniciar uma nova luta. Respirou.

De uma forma absolutamente egoísta, desejou que esse tremor de terra a quase oito mil quilômetros de onde se encontrava não tivesse acontecido. Porque esse terremoto fez seu coração estremecer. Essa nova catástrofe humanitária não se encaixava em sua vida. Ela não esperava essa mudança de planos e não a queria. O país precisaria da ajuda de médicos estrangeiros por muito tempo, o período de permanência poderia se estender por um ano ou mais. Mudar de lugar outra vez? Habituar-se a uma nova cultura? Habituar-se a uma nova equipe de voluntários? Dormir em uma barraca em outro lugar desconhecido?

Suspirou, tentando aliviar o sentimento de angústia que crescia pouco a pouco dentro dela.

"Mathias, estamos bem na Etiópia. Por que você foi embora?", pensou.

Estavam trabalhando e morando na Etiópia havia três anos, desde que a ONG tinha oferecido a Marina o cargo de chefe de missão no país africano. Por mais estranho que pudesse parecer, o local que servia de acampamento-base para os voluntários do MSF tinha se tornado sua casa. Era onde se sentia potegida, à vontade. Estava longe de ser um lar, mas eram as quatro paredes que lhe davam certa segurança. A vaga era por um período de um ano, mas quando o prazo acabou, pediu para ficar mais um ano, convencendo Mathias previamente, que concordou em ficar na Etiópia. Mathias tinha deixado aquele país somente uma vez, a pedido do MSF, para se juntar à equipe médica que viajaria para Mianmar com o objetivo de ajudar a população após a passagem de um ciclone. O MSF não permitia que uma pessoa ficasse em um cargo por mais de três anos. Restava-lhe um. Se o MSF não permitisse que ela continuasse no cargo, tentaria trabalhar em alguma das organizações não governamentais de desenvolvimento estabelecidas na Etiópia. Conheceu vários voluntários das organizações Médicos do Mundo e Intermón Oxfam em uma festa organizada pela ONU em Addis Abeba. Eles garantiram que nem ela nem Mathias ficariam sem trabalho nessa região da África, que tanto precisava de ajuda. E esse era seu plano.

Mas aquele e-mail, aquelas frases mudaram tudo. Estar na Etiópia também significava estar com Mathias. Ela não teria ficado lá esses dois anos se Mathias não quisesse. Imaginou-se lá sem ele, no árido deserto, e estremeceu. Não podia obrigá-lo a ficar. Ele sempre foi sincero em relação a isso, não queria passar o resto da vida na Etiópia. Mas Marina dizia que não havia diferença em curar doentes em um país ou em outro.

Marina trabalhava havia pouco mais de uma década para o MSF. Até os quarenta anos ia de um continente para o outro sozinha, conforme as crises humanitárias do momento. Nunca teve problemas em se mudar de país, mesmo que precisasse percorrer milhares de quilômetros. Sempre se oferecia para viajar no Natal, quando a maioria dos voluntários preferia ficar com sua família em seu país de origem. Em 2004, quando completou quarenta anos, conheceu Mathias, e durante os três primeiros anos de relação continuaram viajando pelo mundo sem parar. Sempre juntos. Era algo que a ONG respeitava e incentivava. Afinal, eles sempre trabalhavam em condições extremas, e como tudo na vida, a situação sempre se tornava mais leve na companhia de um amor. Nesse ano, Mathias e Marina aterrissaram no campo de refugiados de Sudão do Sul para ficar por seis meses, em seguida passaram quatro meses na República Centro-Africana e no final do ano voaram para a Chechênia. Em 2005, passaram quatro meses lutando contra a doença de Chagas na Bolívia; o restante do ano, no Sri Lanka suprindo a falta de médicos locais; e, em dezembro, no Zimbábue com a expansão do tratamento de HIV. No final de 2006, viajaram para o Iêmen para atender os refugiados africanos que vinham de barco da Somália. Essa viagem abalou o psicológico de Marina e, em 2007, quando surgiu a vaga de chefe de missão na Etiópia, ela não pensou duas vezes em se candidatar. Com esse cargo, ela poderia ficar três anos no mesmo lugar. Dez anos com a mochila nos ombros foram suficientes, e ela não tinha mais a mesma energia que tinha aos trinta anos. Era visível física e psiquicamente. Sabia que, infelizmente, a Etiópia não avançaria sem a ajuda do Ocidente e que sempre precisariam dela. Foi nesse canto do mundo que ela sonhou passar o restante da vida ao lado de Mathias.

 Fechou o computador sem responder ao e-mail. Atordoada, levantou-se da cadeira. Vestiu a jaqueta. Saiu do hotel. Viu no relógio de pulso que ainda faltavam cinco horas para assinar a venda. Colocou as mãos no bolso da jaqueta e apalpou o chaveiro de ferro e as chaves do moinho. Andou em direção ao centro do povoado, fazendo o mesmo caminho do dia anterior. Foi por inércia, porque era o que tinha planejado fazer desde a manhã. Não estava mais curiosa pela tal herança. Naquele momento, a única coisa que martelava em sua mente era a pergunta: Etiópia ou Haiti?

 Na rua Rosa reencontrou a senhora de cabelo grisalho e olhos claros e a golden retriever de orelhas caídas. Cumprimentaram-se com um gesto rápido e cada uma seguiu seu caminho. Chegou ao moinho. Pegou o chaveiro e enfiou a chave na fechadura. Abriu a porta. O moinho estava vazio, com uma máquina velha sem uso. Subiu por uma escada de caracol até o segundo andar, onde ficava toda a estrutura para a moagem de trigo. Olhou por uma das janelas. Viu o mar entre as lâminas que pareciam ter o dobro do tamanho daquela perspectiva e a pergunta voltou à sua mente: Etiópia ou Haiti?

Abriu a porta da casa. No térreo ficava a padaria, com uma mesa de madeira maciça antiga e comprida. Atrás da mesa, bandejas vazias. À direita, estavam o forno a lenha, misturadores, centenas de sacos de trigo amontoados, fardos de lenha, balanças de ferro e formas. Era um lugar frio e simples.

Subiu a escada até o primeiro andar e se deparou com um espaço que servia tanto de cozinha como sala de estar. Vigas de madeira cobriam o teto de um lado ao outro. Havia panelas de ferro penduradas nas paredes e algumas frigideiras espalhadas sobre um fogão e uma pia de pedra. De um lado, um sofá velho com o tecido desgastado e um armário com portas e gavetas abertas. Achou estranho e resolveu olhar. Os talheres estavam misturados dentro da gaveta. Os guardanapos estavam limpos, mas bagunçados. Fechou as gavetas e as portas e continuou inspecionando o lugar. Ao lado do sofá, um segundo cômodo que, à primeira vista, parecia estar uma verdadeira bagunça. Era um cômodo quase do tamanho da cozinha, onde havia vassouras, rodos, latas de conservas, linhas, dedais, ferramentas, botões e tesouras espalhados pelas prateleiras e pelo chão.

No segundo andar, um quarto simples, que continha uma cama sem lençol, ao lado de uma mesa de cabeceira; do outro lado, havia uma cadeira de vime. Abriu a janela para que a brisa da manhã entrasse. Dava para ver o mar bem de longe atrás das montanhas. Sem fechar a janela, voltou para a cama da falecida padeira e se sentou nela. Mais uma vez, pensou nos dois países: Etiópia, Haiti. Instintivamente, tentando acalmar seus pensamentos, encostou-se e continuou olhando para a serra e o pedacinho de mar que conseguia enxergar. Apoiou a palma das mãos atrás da cabeça. De repente, um tímido raio de sol apareceu por entre as nuvens, entrando pela janela do dormitório, alcançando seu corpo, que estava mais frágil do que nunca. E assim Marina permitiu que o sol, o vento frio e o aroma de amêndoas misturado ao do Mediterrâneo tomassem conta dela.

HELMUT SAIU DO AEROPORTO DE PALMA às três e meia da tarde com uma maleta cheia de dinheiro. Armando o esperava do lado de fora com seu Audi A6, que tinha acabado de sair do lava-rápido. Deram um desses abraços masculinos, sem passar a mão pelas costas, dando apenas umas palmadinhas. Depois do abraço, um sorriso e a entrega imediata da maleta.

Armando era um grande especulador imobiliário, estava acostumado a pagar e a receber dinheiro por baixo dos panos. O que, nesse caso, era o mesmo que receber dinheiro sujo, enganar a Receita Federal ou ser um mafioso. E, naquela época, isso era algo muito comum na Espanha. Como era de esperar, desde o pedreiro que subia o tijolo até o construtor que vendia propriedades, todos tentavam não ser devorados pelos impostos. Até aí, tudo bem. O problema é que o tal dinheiro na maleta que Armando estava recebendo pela venda do moinho não era para enganar apenas a Receita, mas também para roubá-lo da esposa e da cunhada, já que ele não tinha a intenção de lhes contar nada sobre isso. Armando estava endividado até o pescoço, devia mais de um milhão de euros para um banco espanhol e outro milhão para um banco panamenho, e, com os juros da dívida, sua situação piorava a cada dia. Sem pensar duas vezes, e graças à ajuda do seu amigo Curro, o moinho, a padaria e a casa de dona María Dolores Molí seriam vendidos por dois milhões de euros por meio da assinatura de um contrato; já o terceiro milhão seria pago à parte para Armando em notas de quinhentos euros, em uma maleta fechada. Helmut entrou no A6 e foram para o escritório da J&C Baker.

Marina se despediu de Gabriel e Isabel e pegou o ônibus para Palma. O motorista era o mesmo dos dias anteriores e, ao reconhecê-la, cumprimentou-a de maneira gentil. Apesar de se sentir desanimada, retribuiu o gesto com uma rápida conversa sobre os raios de sol que pouco a pouco davam as caras por entre as montanhas. No assento ao lado, colocou a mochila preta com seus pertences. Assinaria a venda e pegaria o último voo para Barcelona à noite. Depois de visitar o moinho, voltou para o hotel e, pelo mesmo computador em que tinha lido o e-mail que mudou a sua vida, comprou uma passagem de última hora para Barcelona e passaria aquela noite com Mathias. O Audi A6 passou pelo ônibus na praça Espanha.

CONTRATO DE COMPRA E VENDA DE IMÓVEL
Maiorca, 2 de fevereiro de 2010.

1. DAS PARTES:
1.1 VENDEDORAS: Anna Vega de Vilallonga e Marina Vega de Vilallonga.

1.2 COMPRADOR: Helmut Kaufmann.

Por este instrumento, as partes antes nomeadas e qualificadas reconhecem a capacidade jurídica necessária para a assinatura deste contrato de compra e venda.

2. DO OBJETO:

2.1 Anna Vega e Marina Vega são proprietárias do seguinte imóvel: uma casa de três andares, com uma superfície de cento e dez metros quadrados.

2.2 Moinho de trigo.

MATRÍCULA DO IMÓVEL: O imóvel encontra-se registrado no Cartório de Registro de Imóveis de Maiorca.

Se for de comum acordo das proprietárias Anna Vega e Marina Vega, a venda da propriedade citada e descrita anteriormente ao senhor Helmut Kaufmann, e sendo de sua vontade adquiri-la, será realizada a presente compra e venda conforme as seguintes cláusulas.

CLÁUSULAS:

PRIMEIRA — As vendedoras vendem ao senhor Helmut Kaufmann, quem compra a propriedade descrita anteriormente.

SEGUNDA — O preço desta compra e venda é de dois milhões de euros, valor que será pago da seguinte forma: vinte mil euros pagos na assinatura do presente contrato, valor que as vendedoras declaram ter recebido mediante recibo em favor de Helmut Kaufmann. O restante do valor será entregue pelo comprador com um cheque ao portador no momento da entrega da escritura desta compra e venda. Portanto, é de interesse de ambas as partes que a entrega deste documento lavrado ante um tabelião seja feita no período de até três meses, a partir da data da assinatura do presente contrato.

TERCEIRA — A entrega das chaves da propriedade ao comprador será feita no momento em que o contrato for protocolado ante o tabelião.

QUARTA — O comprador passa a assumir os gastos do imóvel a partir da entrega das chaves.

QUINTA — Em relação aos demais gastos e impostos originários como consequência desta compra e venda, cada um será responsável pela sua parte, conforme a lei.

SEXTA — Após o registro do imóvel, o comprador passa a ter todos os direitos legais pela propriedade.

E por estarem certos e ajustados, assinam o presente instrumento em duas vias de igual teor, no lugar e data indicados.

       VENDEDORAS   COMPRADOR
  Anna Vega de Vilallonga   Helmut Kaufmann
 Marina Vega de Vilallonga

A mão de Marina tremeu ao segurar a caneta e ler o contrato. Sentiu os olhares de sua irmã, de seu cunhado, de Helmut e de Curro. Tirou os olhos do contrato e olhou para eles.

Vamos, Marina, assine. Marina respirou, olhou para o contrato, escreveu o M de seu nome. Fechou os olhos por um instante.

— Ainda não quero assinar — disse, colocando a caneta Montblanc ao lado do contrato.

— Por quê? — disse Curro. — Você não concorda com alguma cláusula do contrato?

Marina emudeceu por alguns segundos. Os demais presentes aguardavam ansiosos.

— Me dê umas semanas, por favor — respondeu baixando o tom de voz.

— Como? — disse Armando com uma expressão que Marina não soube se era de raiva, ódio ou medo.

Anna olhou com cara de assustada para a irmã, em seguida olhou para o marido e, para ser mais exata, olhou para a veia que sempre lhe saltava nos momentos de discórdia, e neste momento parecia que ela ia arrebentar.

— Este homem veio da Alemanha para assinar o documento hoje — continuou Armando, agora sim, com o mesmo tom de voz ameaçador utilizado catorze anos antes, quando a expulsou de sua casa.

— *Helmut, es tut mir sehr leid*[12] — disse Marina, em alemão. — Sinto muito. De verdade. Eu peço desculpas.

Marina se levantou da cadeira com as chaves na mão e sentiu o olhar assustado de sua irmã, de seu cunhado e de Curro.

— Eu lamento — disse Marina com sinceridade.

— Como assim lamenta? Assine e pronto. Que diabos está acontecendo? — disse Armando, aumentando o tom de voz.

— Me dê alguns dias, por favor — pediu Marina, insegura.

— Quem você pensa que é? — disse Armando.

Curro segurou o braço de Armando, tentando acalmá-lo.

— Isso não vai ficar assim, Marina — continuou a ameaçá-la.

Naquele momento, Helmut não teve nenhuma reação. Meses depois, posicionando-se para uma tacada no Clube de Golfe Frankfurter, disse ao seu amigo Rudolf:

— Essas coisas acontecem na Espanha, faz parte da cultura, faz parte do país... como a sesta, a *paella*, a sangria, as mulheres bonitas, o descontrole. —

---

12. Em alemão, "Helmut, eu sinto muito". (N. T.)

E, enquanto se ajeitava e levantava o taco de golfe, acrescentou: — Sabe de uma coisa? Eu até acho engraçado esse tipo de coisa.

MARINA SE SENTOU NO PONTO DE ÔNIBUS da praça Espanha. Ia pegar o ônibus número um para ir ao aeroporto. O voo para Barcelona sairia em duas horas. Sentiu o coração acelerar. Não entendia por que tinha tomado aquela decisão. Era uma mulher determinada, desde os dezoito anos tomava suas decisões sozinha. De forma lógica, pensando nos prós e contras. E sempre decidia o que seria melhor para ela em todos os sentidos. Tinha recusado um milhão de euros. Por que fizera isso? Talvez, dessa vez, não quisesse decidir, talvez não quisesse dar uma definição, talvez precisasse que o destino a surpreendesse. Talvez essas paredes deterioradas em Valldemossa estivessem dizendo: *Fique.*

Estava anoitecendo e Marina, perdida em seus pensamentos, continuava sentada no ponto, deixando os ônibus passarem.

De: marinavega@gmail.com
Data: 2 de fevereiro de 2010
Para: mathiascheneider@gmail.com

Mathias:

Não peguei o voo. A sede já fechou, por isso estou mandando um e-mail.

Não vendi o moinho nem a casa. Eu nem sei por que tomei essa decisão.

Amanhã eu ligo para você na sede, mas vá em paz para o Haiti.

Eu ainda não sei quando, mas vou encontrá-lo assim que descobrir quem é a mulher que me deu esta propriedade no meio das montanhas.

Já escrevi para a sede em Barcelona pedindo mais duas semanas de férias.

Eu te adoro. Ich liebe dich.

Sua Marina.

— É DIFÍCIL CHEGAR A VALLDEMOSSA, mas sair daqui é ainda mais difícil — disse Gabriel, surpreso ao ver Marina entrando pela porta do hotel, afinal, eles tinham se despedido naquela manhã.

Gabriel tirou o casaco velho de pele de carneiro que estava usando e o pendurou em um cabide de madeira.

— Já jantou?

Gabriel, Isabel e Marina jantaram ao lado da lareira. Foi um jantar agradável com esses dois desconhecidos que continuavam rindo um com o outro, mesmo depois de tanto tempo juntos. Marina em seguida viu a cumplicidade do casal. Uma cumplicidade linda entre os casais maduros que continuavam se amando, mesmo que seja de um jeito diferente. Eles contaram o pouco que sabiam sobre a padeira. Era uma mulher trabalhadora, que levantava todos os dias às cinco da manhã para fazer pão para o povoado inteiro, também fazia um delicioso bolo de limão que sempre distribuía para seus clientes. Abria os trezentos e sessenta e cinco dias do ano, e Gabriel afirmou que durante os trinta anos em que estava na ilha, a senhora nunca tinha tirado um dia de folga. María Dolores trabalhava com Catalina, outra padeira da mesma idade. Se alguém sabia alguma coisa sobre a vida dessa mulher, com certeza seria sua grande amiga Catalina.

AO CHEGAR À PROPRIEDADE, SUBIU direto para o quarto da falecida padeira. Gabriel lhe emprestou uma lanterna e lá estava ela sozinha, naquela casa no meio das montanhas. Abriu as janelas para o luar entrar.

Ao lado do guarda-roupa havia um pequeno aquecedor a gás. Ela o acendeu e logo sentiu o calor invadindo o cômodo.

Abriu o guarda-roupa de madeira escura. Com a ajuda da lanterna, pôde ver que os cabides estavam vazios, mas o guarda-roupa estava cheio de roupas bagunçadas; as saias, anáguas e camisas limpas estavam na parte de baixo, sobre alguns pares de alpargatas. Ajoelhou-se para abrir as duas gavetas na parte de baixo. Na primeira tinha lençóis e toalhas, também bagunçadas, mas que pareciam limpos. Pegou um lençol e uma fronha. Abriu outra gaveta e encontrou roupa íntima também bagunçada. Achou estranho que estivesse tudo limpo, mas bagunçado.

Levantou-se, e quando ia fechar o guarda-roupa, viu sua imagem refletida no espelho retangular pendurado na porta do lado de dentro. Ficou de frente para ele enquanto desmanchava sua trança, e ao fazer isso, percebeu que a falecida padeira tinha sido a última mulher a se olhar nesse espelho. Foi estranho.

O colchão era de lã, como se fazia antigamente nos povoados. Esticou o lençol limpo em cima dele e um cobertor quadriculado que estava sobre a cadeira de vime.

Chuviscava de novo. Sentiu-se sozinha. Se tivesse pegado o avião, já estaria dormindo com Mathias. Suspirou. Olhou para a cama um pouco envergonhada. Tirou a roupa pouco a pouco, sentindo-se estranha por passar a primeira noite neste lugar, sozinha. De modo inesperado, a cadela de sua vizinha entrou calmamente em seu quarto. Marina deu um grito. A cadela a fitou com os olhos tristes e foi devagarzinho até ela. Esfregou o focinho em sua mão e a lambeu. Marina não sabia muito bem o que fazer, observou esse animal mansinho que causava mais lástima do que medo, enquanto acariciava sua cabeça. A cadela se acomodou embaixo da janela, onde havia dormido a vida inteira.

ACORDOU COM OS LATIDOS DA CADELA. Conseguiu tirá-la do quarto na noite anterior lhe oferecendo um chocolate do voo de Addis Abeba que estava guardado na lateral de sua mochila. Marina vestiu a calça jeans, a camiseta, o suéter e a jaqueta que deixou na cadeira de vime na noite anterior. Talvez a senhora argentina pudesse ajudá-la. Quando saiu pela porta, a velha se surpreendeu.

— Você comprou a casa? — perguntou a senhora.

A cadela se aproximou toda feliz de Marina, que coçou atrás de sua orelha.

— Eu a herdei.

— Sério? Mas você é parente da María Dolores?

— Não — respondeu, estendendo-lhe a mão. — Me chamo Marina.

— Úrsula — disse, cumprimentando-a.

— Na verdade eu não sei quem é essa senhora. Não sei quem é María Dolores e gostaria de saber mais sobre ela. A herança foi uma surpresa.

— É mesmo? Você é muito sortuda. Essas casas são muito procuradas aqui no povoado.

— A senhora a conhecia?

— Sim... posso dizer que éramos amigas, fazíamos companhia uma para a outra. Não tínhamos familiares. Na verdade, nunca conversamos para quem deixaríamos nosso patrimônio.

Névoa latia, querendo passear.

— Que cadela mais chata. A cadela não é minha, viu? Era da Lola — disse, tentando acertá-la com a bengala. — Cale a boca! Essa insuportável nunca fica quieta. É uma pena que não a tenham levado para um canil.

A cadela já caminhava em direção ao povoado.

— Bem... me acompanhe, eu levo você até a casa da Catalina. Catalina era sua amiga de infância, além disso, trabalhavam juntas desde que cheguei aqui.

— Sim, o Gabriel me contou sobre Catalina.

— Você conheceu o Gabo? Ele não pode ver uma mulher bonita que vai se aproximando. É inofensivo, mas é mais forte que ele.

As duas mulheres caminharam pela rua Rosa, e, durante todo o trajeto, a cadela não parava de latir. Apesar de Úrsula andar com a bengala, ela tinha postura, profundos olhos azuis, era alta, esbelta. Marina imaginou que essa senhora tivesse vivido intensamente e que agora esperava sua morte neste lugar com toda dignidade, sem querer ser um peso para ninguém.

— Faz tempo que a senhora mora aqui?

— Comprei a casa há trinta e cinco anos. No passado, essas casinhas não valiam nada. Antes eu só vinha a passeio. Há cinco anos decidi ficar.

Fez uma pausa, vagou pelas lembranças e continuou:

— Quando meu marido e eu decidimos ficar aqui para sempre, o sacana acabou morrendo. E agora você está aqui com esta velha alemã, com o sotaque de Buenos Aires.

— A senhora é alemã? — surpreendeu-se Marina.

— Por favor, não me chame de senhora, que me sinto mais velha do que já sou. Para falar a verdade, não sei exatamente de onde sou. Nunca me senti de lugar nenhum. Viajei no ventre da minha mãe fugindo da Alemanha na década de 1930 e fui criada na Argentina em uma colônia de imigrantes alemães em Buenos Aires e... quando completei vinte anos, meus pais me mandaram para estudar na Alemanha, em Heidelberg, uma linda cidade universitária, bem pequena, onde passei oito anos. Lá me apaixonei por um músico e fiquei por lá. Mas sentia falta da Argentina e o convenci a ir comigo para Buenos Aires... e assim passei a vida inteira de lá pra cá.

Úrsula parou de andar.

— Sabe o que acontece, Marina? Eu sou uma velha tagarela que não tem com quem conversar e sei que devo estar enchendo sua paciência.

— Dona Úrsula, é um prazer ouvi-la — disse Marina com sinceridade, imaginando que a história dessa mulher deve ter sido intensa.

— Me chame apenas de Úrsula, por favor — respondeu, apoiando a bengala em um paralelepípedo quebrado. — Muitas vezes, principalmente agora no inverno, me pergunto que diabos estou fazendo nesta ilha.

E assim chegaram a uma casa de pedra. Todas as casas de Valldemossa eram praticamente iguais.

— Essa é a casa da Catalina — disse, apontando com a bengala.

Bateram na porta. Uma mulher bochechuda de mais ou menos sessenta anos, com óculos fundo de garrafa e sobrancelhas bem grossas, abriu. Era possível ouvir o som da televisão.

— Olá, Úrsula. *Com amem?* Veja só, é a Névoa — cumprimentou acariciando a cadela, que balançava o rabo e pulava nela.

— Cati. Esta é a Marina. Ela veio até aqui porque... herdou a padaria.

Catalina olhou para Marina, que sorriu de um jeito tímido. Ficaram se olhando por alguns.

— Como vai? *Em què et puc ajudar?* — perguntou Catalina secamente com seu sotaque maiorquim.

— Para com isso, Cati. Nós não entendemos a língua maiorquina.

— Caramba, Úrsula, você está aqui há anos. Já deveria ter aprendido.

Marina sorriu por dentro. Com certeza essas duas se conheciam fazia muito tempo.

— Não enche, Cati — respondeu Úrsula.

— Eu entendo maiorquim, mas não falo — disse Marina.

— Bem, em que posso ajudá-la? — perguntou Catalina, olhando para ela.

— Minha irmã e eu recebemos a propriedade de María Dolores como herança e ficamos surpresas. Para ser honesta, Catalina, não sei nada sobre ela. Estou tentando descobrir o motivo. Por que nós? Ela não nos conhecia.

— *Jo no sé res.* Eu não sei de nada — disse rapidamente, interrompendo-a e baixando o olhar. — Só sei que, de um dia para o outro, um maldito infarto levou a minha amiga. Perdi a amiga e o emprego. Quase tudo que tinha. Isso é tudo que posso dizer.

— Sinto muito, Catalina. Eu... só estou procurando respostas. Tentando descobrir o motivo. Ninguém deixa um lugar tão valioso para alguém que não conhece. Alguém que não seja importante.

As duas ficaram caladas olhando uma para a outra. Catalina permanecia em silêncio.

— Alguma vez ela comentou algo sobre Nerea Vega?

— Não.

— Tem certeza? Nerea Vega era minha avó. Seu nome de solteira era Nerea Arroyo.

— Nunca ouvi falar de sua avó.

— Meu pai se chamava Nestor. Minha mãe, Ana de Vilallonga.

— Nunca ouvi esses nomes em toda a minha vida.

Catalina negou com a cabeça. Marina esperou uns segundos. Achava que ela sabia mais do que dizia.

— Bem, desculpe o incômodo. Obrigada pela ajuda, Catalina.

— Tudo bem. *Que vagi be* — despediu-se fechando a porta, deixando as duas mulheres um pouco decepcionadas.

— Viu como os maiorquinos são fechados? Apesar disso, minha intuição diz que ela não falou tudo que sabia. Era a única amiga da padeira — disse Úrsula.

Afastaram-se da casa.

— Catalina está muito triste. Elas passavam o dia juntas. Acordavam ainda de madrugada para preparar pão. Agora ela fica o tempo todo trancada em casa assistindo à televisão e cuidando da mãe, que pelo que imagino já deve ser um fóssil de tão velha. Isso é normal, sabe... é difícil para uma pessoa que passou a vida inteira trabalhando se aposentar. Mas depois de alguns dias, meses, ela vai se acostumando.

— Ainda tem vários sacos de trigo na padaria. Seria uma pena desperdiçá-los. Talvez ela possa continuar trabalhando enquanto eu estiver aqui. Na verdade, eu não sei quanto tempo vou ficar.

— Olha, você estaria fazendo um favor para a Cati e para o povoado inteiro, porque é o único forno a lenha que faz pão de verdade. Agora temos que ir até o povoado mais próximo ou comprar aqueles pães de forma do supermercado que não têm sabor de nada.

Voltaram até a casa de Catalina. Assim que abriu, fez cara feia.

— *I ara què voleu?*[13] — perguntou séria em maiorquim.

Tanto Marina como Úrsula entenderam a frase. E por mais arisca e grosseira que tentasse parecer, a tal mulher rude, míope e de sobrancelhas espessas não as intimidava tanto assim.

— Catalina, não sei bem como dizer isso. Mas você pode continuar trabalhando na padaria enquanto eu estiver aqui. Seria um desperdício perder tanto trigo.

— *Hi há farina per sis mesos. Ho sé...* Tem trigo para seis meses. Eu sei... — Catalina fez questão de traduzir.

A padeira permaneceu em silêncio. Parecia indecisa.

— Aceita logo. Ninguém faz um pão integral tão bom como o seu. Além disso, faz dois meses que você está aí perdendo seu tempo na frente da televisão — disse Úrsula.

— *Quins orgues que tenen aquests alemanys, ah.*[14] Invadem nossa ilha e falam tudo que vem à mente — disse Catalina.

---

13. "O que querem agora?" (N. T.)

14. "Como esses alemães são atrevidos!" (N. T.)

— Eu não sou alemã, idiota, sou argentina. Além disso, nos conhecemos há anos.

Catalina olhou para Marina, que esperou pela resposta.

— Eu não dou conta sozinha. Tem muito trabalho na padaria — disse a padeira.

— Não contem comigo porque eu tenho artrose — disse Úrsula.

— Não conhece alguém que possa ajudar?

Catalina estalou a língua.

— *Miri, jo, senyoreta, tot això ho trob molt raro...* Olha, senhorita, tudo isso é muito estranho — traduziu Catalina e continuou —, eu não a conheço. Além disso, estou ocupada. Com licença — despediu-se começando a fechar a porta.

— Se mudar de ideia, estarei por lá.

Catalina fechou a porta.

— Ela é dura na queda.

— E eu, teimosa como uma mula — disse Marina.

OLHOU PARA A PADARIA COMO SE FOSSE A primeira vez que a via. Abriu o forno a lenha, que estava vazio, e o fechou. Separou os sacos de trigo e os contou um por um. Olhou para os fardos de lenha. Logo acima deles, os aventais brancos estavam pendurados em um prego. Perto da mesa, onde supostamente amassavam o pão, viu algo em que não tinha reparado no dia anterior: duas fichas amareladas escritas à mão estavam pregadas à parede por tachinhas. Aproximou-se e as leu. A caligrafia infantil e o papel bastante desgastado chamaram sua atenção, levando-a a pensar que essas fichas estavam ali havia muitos anos. Com certeza, tinham sido escritas por uma criança com todo o cuidado.

Na primeira ficha, estavam escritas as medidas do doce típico de Valldemossa:

BOLINHO DE BATATA

TRIGO	FERMENTO	OVOS	AÇÚCAR	BATATA COZIDA + MANTEIGA
1	8	2	250	250G
2	16	4	500	500 G
10	80	20	2.500	2.500 G
20	160	40	5.000	5.000 G

Lembrou-se de ter comido esse bolinho várias vezes.

Começou a ler a segunda ficha e, quando viu o nome da receita, Marina sentiu o coração disparar. O que estava escrito talvez não fosse importante para mais ninguém. Mas, para ela, não era uma receita qualquer. Tratava-se de uma receita secreta, que só ela e a irmã conheciam. A receita que tinham aprendido com a avó Nerea. A receita do bolo de limão com sementes de papoula.

Atordoada, pegou vários sacos plásticos que tinha encontrado na despensa e foi para o quarto. Abriu o guarda-roupa. Apanhou uma saia e, com todo o cuidado, verificou se havia algo dentro dos bolsos. Procurou alguma pista. Pegou mais quatro saias. Não encontrou nada. Enfiou a mão dentro do bolso lateral de um casaquinho vermelho. Nada. Fez isso com cada peça de roupa da falecida. Após comprovar que não tinha nada nelas, dobrou-as e colocou-as com cuidado nos sacos plásticos. Fechou-o e sentou-se na cama. Abriu a gaveta da mesa de cabeceira: uma vela usada, uns santinhos de Santa Catalina Tomás, umas castanholas...

Desceu para a cozinha com os sacos. Abriu a gaveta do armário e encontrou os talheres bagunçados: colheres, garfos e facas espalhados. Nada que pudesse ajudá-la. Abriu a despensa e observou as latas desordenadas na prateleira, as vassouras, os esfregões e uma caixa grande de papelão vazia no chão. Nada, nenhuma foto. Nenhum bilhete. Nenhuma conta de luz, de água ou de gás. Pegou os sacos e os guardou dentro da despensa.

Ficou um pouco decepcionada, e enquanto fechava a porta teve a sensação de que alguém tinha estado ali, revirando tudo, procurando algo, antes que ela chegasse.

— Marina!

Ouviu a voz da irmã mais velha. Marina levantou-se e, carregando um dos sacos de roupa, foi para o andar de baixo.

— Olá, Anna — cumprimentou-a com um meio-sorriso.

— O que é isso em suas mãos?

— Estou tentando descobrir alguma coisa — respondeu Marina.

— Está tudo bem? — perguntou, preocupada.

Marina concordou com a cabeça.

— Tem certeza? Eu vim ontem à noite. Não a encontrei. Fiquei esperando por você. Por que não quis assinar? Você dormiu aqui?

Marina concordou outra vez.

— Vai ficar morando em Maiorca? Não imagina como o Armando ficou depois que você foi embora — disse, aflita.

— Entre — disse Marina, incapaz de responder às perguntas da irmã. Nem ela mesma tinha certeza de nada.

Marina a pegou pela mão e a levou até a mesa.

— Olhe isso. — Apontou com o dedo para a ficha em que estava escrita a receita do bolo de limão com sementes de papoula.

Anna se inclinou para lê-la.

— A receita da vovó! — exclamou Anna.

— Não está surpresa? É uma receita inventada por nossa avó e essa tal María Dolores Molí a conhecia e a tinha pendurada em sua parede. E como a ficha parece muito velha, deve estar aí há muitos anos.

— Provavelmente não foi inventada pela vovó. Além disso, não importa.

— Importa, sim. Você não tem curiosidade em saber quem é essa senhora, Anna?

— Só sei que estamos praticamente falidos e precisamos desse milhão de euros para quitar algumas dívidas, porque nem sei quanto dinheiro meu marido deve. Ele está nervoso. Muito nervoso — disse Anna, angustiada.

Marina perguntou diretamente, sem rodeios.

— Por que você ainda está com ele?

A porta da padaria abriu nesse instante. As irmãs saíram da cozinha e viram Armando entrar. O coração de Anna disparou. Não esperava que ele fosse até lá.

— Olá, Armando — disse Marina com voz firme, apesar de nervosa.

— O que está fazendo aqui, Anna? Não ia à oficina mecânica?

— Sim, mas antes eu decidi... — Anna baixou o olhar, justificando-se assustada.

— O que você quer, Armando? — Marina mudou de assunto.

Armando olhou para a cunhada. Era difícil, mas necessário. Pedir desculpas não era o seu forte.

— Primeiro... — Olhou para a esposa com certo ódio porque não queria que ela o visse se rebaixando. — Ontem eu exagerei um pouco. Quero pedir desculpas.

Marina continuou calada. Armando não sentia nada do que estava dizendo, e Marina sabia muito bem disso.

— Olhe... — continuou Armando, passando a mão no cabelo de um jeito nervoso. — Helmut quer a propriedade e está oferecendo mais meio milhão de euros. Você pode ficar com esse valor só pra você.

Marina esperou alguns segundos antes de responder.

— Armando, não se trata de dinheiro. Preciso de um tempo pra mim. Além disso, preciso saber quem é a senhora que nos deixou tudo isso.

Armando respirou fundo, tentando se controlar.

— Você vai perder um milhão e meio de euros para satisfazer sua curiosidade?

— Se Helmut não puder esperar, encontraremos outro comprador.

— Não, querida — sem perceber, respondeu com o mesmo tom arrogante de sempre —, ninguém vai pagar tanto dinheiro. Eu garanto.

— Esta senhora deixou a herança para mim e minha irmã. Não deixou para você, Armando. Então, por favor, não se meta — respondeu com firmeza.

Viu a ira nos olhos do cunhado. A raiva contida que estava sendo obrigado a dissimular. Estava desesperado. Marina percebeu seu estado, e ao mesmo tempo pôde perceber que a irmã tinha se tornado invisível atrás dele.

— Me dê um mês. No começo de março, eu lhe dou uma resposta.

— É incrível que você não se importe em perder mais de um milhão de euros — disse Armando.

— Sou uma mulher muito... — Marina pensou uns segundos antes de responder e disse — obtusa.

O AMOR OU *PÃO E CEBOLA COM VOCÊ*[15]

PÃO

INGREDIENTES

- 1 kg de farinha (pode ser de trigo, de milho, de arroz, de centeio, de espelta, de kamut. Qualquer uma.)
- 500 ml de água morna (não importa o tipo de água, se não tiver nenhuma opção por perto, pode até ser água do mar.)
- Duas colheres (de chá) de fermento para pão
- Uma colher (de sopa) de sal (desde que não esteja utilizando água marinha)
- Uma colher (de chá) de açúcar (não é essencial, coloque se puder comprá-lo)

MODO DE PREPARO:

Enquanto você aquece o forno, eu misturo a farinha com a água. Amassaremos pouco a pouco, sem pressa, juntos. Deixaremos crescer por algumas horas e, enquanto eu abro o forno, você leva a massa até ele. Fecharemos e esperaremos, observando como a massa cresce lá dentro até dourar.

Eu só preciso de um pedaço desse pão, um pouco de cebola e de seu amor para viver com você em qualquer lugar do mundo, pelo resto de minha vida.

---

15. Frase popular do escritor Manuel Eduardo Gorostiza, que significa estar ao lado de uma pessoa nos bons e maus momentos. Mesmo que isso signifique viver à base de pão e cebola. (N. T.)

Anna seguiu o A6 de seu marido até a saída do povoado. Pegariam a estrada para Palma no próximo cruzamento. Armando acelerou sem esperá-la. Um trator e vários carros passaram até que Anna pudesse acelerar seu velho BMW azul metálico.

Mal tinha percorrido trinta metros quando o carro começou a parar. Sabia que mais cedo ou mais tarde isso ocorreria. Fazia várias semanas que notava algo estranho no motor. Mas não era nem a hora e nem o lugar ideal para ele parar.

Tentou ligar o carro várias vezes, em vão. Que droga! Tentou ligar para o marido, mesmo sabendo que não a atenderia, não porque estivesse dirigindo, mas porque nunca atendia suas ligações. E foi o que aconteceu. Quem sabe no final da tarde ele ouvisse a mensagem?

Abriu o porta-luvas do carro. Pegou o manual do seguro. Procurou o telefone de emergência nas estradas e ligou.

Como era de se esperar, a gravação de uma voz feminina disse que todas as linhas estavam ocupadas; em seguida, foi transferida para que ficasse ouvindo as ofertas da seguradora.

Cinco minutos depois, a atendente se desculpou pela espera. Pediu seu nome, sobrenome, endereço, placa do carro. Colocou-a em espera de novo. Atendeu novamente e disse que o guincho chegaria entre quarenta e cinco minutos e uma hora e meia.

— Uma hora e meia? — repetiu Anna, perplexa. — O que eu vou fazer durante uma hora e meia em um campo de amendoeiras? Faz frio, senhorita, e o aquecedor do carro não está funcionando. É para isso que eu pago um seguro.

— Lamento, senhora. Os guinchos estão ocupados.

Anna atacou novamente a atendente, e como a funcionária já estava acostumada com clientes falando alto, respondeu como um robô pela quinta vez: "Eu lamento." Em seguida, Anna explodiu.

— Pare de falar que lamenta e me mande a porra de um guincho agora!

Jogou o celular no banco do passageiro, estranhando a própria agressividade. Uma agressividade que vinha à tona poucas vezes, e ela sabia que descontava em quem não merecia.

Uma hora e meia. Podia voltar andando para o povoado, esperar com sua irmã na padaria e, talvez, tentar convencê-la, mas ela era teimosa como uma mula, como dizia a mãe. Se tinha dito que daria a resposta em um mês, não mudaria de ideia. Além disso, o motivo pelo qual preferiu ficar na estrada congelando era porque novamente se sentiu envergonhada. Marina não conseguia entender por qual motivo ela continuava casada. Claro, ela nunca tinha se casado e nem tinha filhos. Como entenderia? A convivência não era fácil para nenhum casal e uma mulher tem a obrigação moral de aguentar, mesmo que seja pelos filhos. Marina nunca entenderia. Não era mãe e, a essa altura, não seria.

Vinte minutos depois recebeu uma mensagem no celular. Pegou-o no banco do passageiro. Olhou para a tela e viu que era de sua filha. Leu a mensagem: "Vou chegar tarde."

— Como assim vai chegar tarde? — disse em voz alta.

Além disso, por que Anita estava com o celular ligado no horário de aula? Era proibido! Ligou para a filha. Anita não atendeu. Ligou de novo. Nada.

Anna escreveu em seu celular: "Você tem prova de recuperação depois de amanhã. Esteja em casa às cinco e meia."

Por que sua filha era tão complicada, tão seca? Às vezes a observava e, se não tivesse a certeza de tê-la carregado em seu ventre por nove meses, acharia que não era sua filha. Anita não tinha puxado nada da mãe. Absolutamente nada.

Seria uma noite agitada com o marido e a filha. Só de pensar nisso ficava nervosa.

Trinta minutos depois, viu o guincho se aproximando pela estrada. Estacionou em frente ao BMW. Anna desceu do carro e foi em direção ao guincho. O motorista desceu, usando uma camiseta de manga curta. Anna sentiu frio só de olhar para ele. Parecia ter a mesma idade que ela, era forte, não muito alto, moreno, uma beleza típica da ilha. Na verdade, Anna queria dizer algumas coisas pela raiva que estava sentindo, mas conforme se aproximava do sujeito, achou melhor ficar quieta. Vai que ele ficasse bravo e a deixasse esperando por duas horas?

O motorista do guincho pegou uma flanela e tentou limpar a graxa das mãos.

— Olá. Bom dia! Finalmente — foi tudo que disse. — Acho que é a bateria — continuou Anna.

— Bom dia — disse o mecânico, olhando rapidamente para a proprietária do BMW, enquanto colocava a flanela suja na lateral da porta.

Bastou esse olhar de rabo de olho, esse segundo em que seus olhares se cruzaram, para que o corpo de Anna estremecesse. O mecânico olhou direto em seus olhos e também estremeceu.

— Antonio — sussurrou Anna.

Anna reconheceu seus olhos pretos. Sua pele bronzeada. A mesma atitude firme e segura que não havia perdido com o passar do tempo. Olharam-se em silêncio, reconhecendo um ao outro depois de tanto tempo. E naquele momento, enquanto Anna observava o verdadeiro amor de sua vida, seu pulso acelerou e ela esqueceu o frio, as dívidas do marido, a adolescência rebelde da filha, a irmã recém-chegada, a herança.

Antonio se aproximou para lhe dar dois beijos e, enquanto fazia isso, seu subconsciente o traiu por um segundo, e sem querer ele sentiu uma leve ereção. Beijaram-se no rosto.

— Como você está linda — disse Antonio, afastando-se dela.

Anna sorriu timidamente.

— Estou mais velha — respondeu Anna.

— Eu também estou mais velho — respondeu.

Ficaram calados, sem saber o que dizer.

— Eu demorei trinta anos para voltar para a ilha — continuou Antonio, olhando diretamente em seus olhos.

Ao pronunciar essa última frase, percebeu que seu inconsciente o traiu novamente por mais um segundo. Porque esse comentário tinha algo de amargo que por algum motivo ele não conseguia esquecer.

Anna baixou os olhos, tinha consciência das promessas que não tinha cumprido em sua juventude, sabia que não tinha tido coragem de ir até o fim. Em uma noite, quando ela tinha dezessete anos, e eles estavam deitados no porto, ele sussurrou em seu ouvido: "Vamos fugir daqui, vamos sair desta maldita ilha juntos. Para sempre, só você e eu."

Ambos se lembraram dessa frase, como se ele tivesse acabado de pronunciá-la.

— Vou guinchar o carro e conversamos no caminhão, antes que você congele — disse, interrompendo o silêncio.

Anna apoiou a bota de salto alto no estribo, pegou impulso e subiu no caminhão. Antonio fez uma manobra com o volante e olhou pelo retrovisor. Anna olhou para suas mãos e logo as reconheceu. Mãos fortes. Sempre morenas. As primeiras mãos que acariciaram seu corpo nu.

— Os ventos alísios nos abandonaram no meio do Atlântico... foi difícil — disse Antonio sorrindo.

Ele, sim, tinha conseguido. Ele, sim, tinha realizado o que sonharam havia tantos anos. Ele, sim, não tinha voltado atrás. Tinha saído da ilha e visto o mundo além das águas do Mediterrâneo. Tinha subido no *Lord Black*, um veleiro antigo de cinquenta e quatro pés, propriedade do senhor Peter Black, quem o contratou para fazer parte da tripulação e que o ajudaria a atravessar as águas do Atlântico. Essa era a única oportunidade que tiveram para fugir da ilha onde os dois haviam nascido.

Antonio tinha sido ninado pelas águas do Mediterrâneo desde que estava no berço. Era filho de um pescador de S'Estaca, uma aldeia com catorze casinhas perto do porto de Valldemossa. O avô ensinou a profissão ao pai, e o pai ensinou a ele. Nunca houve outra profissão na família. Desde pequeno, quando Antonio estava em cima do humilde barco aprendendo a profissão da família, ele já admirava os imponentes barcos com velas imensas, nos quais chegavam estrangeiros de todas as partes do mundo, ancorando perto das casinhas dos pescadores.

Um desses estrangeiros, um aristocrata inglês, desceu de seu veleiro e se aproximou da costa de S'Estaca. O senhor Peter Black tinha alguma noção de castelhano e explicou aos pescadores, que naquele momento assavam sardinhas em uma grelha, que procurava tripulantes para sua aventura. Antonio deu um passo à frente e estendeu a mão. Era jovem, mas tudo que sabia tinha aprendido com o mar. Convenceu o aristocrata inglês de que sua namorada podia trabalhar como cozinheira a bordo. E esperou por ela numa madrugada do mês de outubro de 1980, para que os dois fugissem no veleiro que lhes abriria as portas para o mundo.

— Conte-me o que eu perdi — pediu Anna, envergonhada. — Por favor.

Ele contou em detalhes como foi a viagem de Valldemossa ao porto Banús, em Málaga. De lá para o porto de Santa María, em Cádis, depois de três dias foram para o porto de Isla Canela, em Ayamonte, Huelva. Seguiram para Fuerteventura, Senegal, Cabo Verde. Lá, tiveram que esperar três semanas até que os ventos alísios do nordeste soprassem. Então, passaram três semanas no Atlântico com o vento a favor, até que perdesse força. Foram duas semanas sem que pudessem se deslocar. Depois um furacão terrível, e finalmente chegaram à República Dominicana. Anna ouvia Antonio sem interrompê-lo.

Toda essa história deveria ter sido igual, mas com ela a bordo, em cima do veleiro.

E quando chegou lá?

— Foi como eu disse. Foi fácil encontrar trabalho... só tive que perguntar no porto. Chegam centenas de embarcações em busca de tripulantes, e assim eu passei trinta anos trabalhando como marinheiro pelo Caribe. Também trabalhei no Brasil, na Argentina, no Uruguai. E retornei embarcando.

Olhou pelo retrovisor e continuou falando.

— Conheci uma dominicana e... tivemos uma filha que agora já tem vinte anos. Nos separamos e aqui estou, de volta à ilha. — Olhou em seus olhos e sorriu.

Pegou uma entrada.

— E você, Anna, como tem sido a sua vida?

— Eu não saí muito daqui... fiz algumas excursões organizadas pela Falcão Viagens.

Os dois riram.

— Você se casou?

— Sim. Tenho uma filha de catorze anos — respondeu Anna sem rodeios.

Porque o que menos queria naquele momento era falar sobre sua vida e dividir suas tristezas com ele.

— E como você acabou dirigindo um guincho? — disse, mudando de assunto.

— Tentei trabalhar no porto de Palma quando voltei. Mas de janeiro a abril é baixa temporada, e estavam precisando de um mecânico de barcos e de carros na oficina de um conhecido. E aqui estou. Em abril, vou procurar trabalho no porto de novo. Mas eu ganho bem consertando carros. Além disso, o bom do Caribe é que sempre tem trabalho para um marinheiro, já aqui, nós marinheiros trabalhamos somente na temporada de verão e, a essa altura da vida, não vou voltar a pescar como o meu pai.

Continuaram conversando sobre a vida que não tiveram juntos até chegar à oficina. Antonio desceu o carro do guincho. Abriu o capô e olhou o motor com uma lanterna. Faltava tudo no carro: água, óleo e a bateria realmente estava descarregada. O carro ficaria na oficina e Anna deveria buscá-lo no dia seguinte.

Quando se despediram, beijaram-se outra vez no rosto e sorriram com timidez.

— Você sempre me socorrendo... Se não são os ouriços é a bateria do carro.

Antonio olhou para baixo e depois novamente para ela. Parecia querer dizer algo, mas a deixou ir embora. Gostaria de ter perguntado só uma coisa. Algo que doía mais do que ela não ter ido à viagem que tinham planejado juntos.

"Por que, Anna? Por que você nunca respondeu minhas cartas?"

———

UM CARDUME DE SARDINHAS COM MAIS de cinquenta metros de comprimento passeava sob o barco de Antonio, que, junto ao pai, segurava pacientemente uma rede de arrasto. Era final de agosto, época de reprodução das sardinhas, mas até aquele dia eles não tinham tido sorte, já que no verão de 1979 as águas não estavam tão quentes como o esperado, e as sardinhas fêmeas preferiram desovar nas águas do sul. Porém esse cardume que decidiu soltar os ovos em águas maiorquinas, deu tanto azar que logo foi capturado, com muita alegria, pelos dois humildes pescadores de S'Estaca. Com mais de quinze quilos de sardinha fresca, o pai de Antonio foi direto para a peixaria de Palma. Antonio ficou no porto de Valldemossa limpando o barco e o esperando para voltarem juntos para casa.

Antonio jogava um balde de água doce dentro do barco enquanto ouvia a conversa de uma jovem de classe média alta com o pai dela. Supôs que era uma menina rica de Palma pelo seu estilo, tão diferente do das filhas dos pescadores de seu povoado.

— Eu vou ficar, pai. Além de o vento estar forte, o que eu vou fazer enquanto você caça tesouros? — Fez uma careta debochada e continuou. — Além disso, eu fico entediada sem a Marina — disse Anna ao pai. — Você também não deveria sair hoje, pai. É perigoso.

— Vamos, querida. Vamos à Port d'es Canonge, almoçamos nas barraquinhas e voltamos. Vamos — disse seu pai desfazendo o nó que prendia o barco no cais.

— Não, pai, eu não quero. Espero por você aqui.

— Bom, azar o seu, querida. Volto em duas horas.

O barco se afastou. Enquanto Anna se despedia de Nestor, pensou como o pai era teimoso, nenhuma outra embarcação tinha saído, o mar estava muito bravo. Pensou no amor que ela e o pai sentiam por essas águas.

Tirou as sandálias, levantou o vestido, colocou os pés na água e caminhou, pouco a pouco em direção ao mar, era final de maio e a água ainda estava fria. Antonio a observou disfarçadamente, sem parar de limpar o barco. Tinha dezenove anos, era bem audacioso. Na verdade, sentia-se mais audacioso que nunca. Ele a achou tão elegante, bonita, delicada. Ela olhou de soslaio para o jovem marinheiro, que limpava o barco de calça jeans e sem camisa. Mas não achou que ele tivesse algo de especial, era apenas um pescador jovem, forte e bronzeado. Continuava caminhando lentamente em direção ao mar. Divertia-se ao sentir as pedrinhas massagearem seus pés.

— Ahhh! — gritou Anna.

Antonio, que não tinha tirado os olhos dela, correu até a margem. Anna estava a uns dez minutos.

— Tudo bem? — perguntou ele de longe.

— Me machuquei com algo — respondeu.

Antonio não pensou duas vezes e entrou no mar. Sua calça jeans ficou completamente ensopada.

— Segure no meu pescoço — disse o jovem pescador.

— Não se preocupe — respondeu Anna.

— Segure — ordenou ele.

Anna timidamente colocou os braços ao redor dos ombros de Antonio e ele a carregou em seus braços.

Anna se sentia envergonhada nos braços desse rapaz. Olhou em seus olhos por um segundo, e ele sorriu para ela. Não disseram nada. Chegaram à margem e ele a colocou cuidadosamente em cima de uma pedra.

— Deixa eu ver — disse, segurando seu tornozelo.

— Que vergonha.

Antonio pegou seu pé sem se importar com o que ela disse. Com certeza eram espinhos de um ouriço. Ele tinha passado por isso várias vezes. Isso mesmo. Tinha uma dúzia de espinhos na sola do pé dela. Antonio foi até o barco e pegou uma pinça que estava dentro de uma maleta de plástico preta. Voltou, sentou-se ao seu lado e com todo cuidado foi tirando cada um dos espinhos. Ela reclamava quando Antonio tinha que cutucar a pele para tirá-los, então ele parava um segundo, molhava seu pé com água do mar e continuava. Anna estava com vergonha e não se atrevia a dizer uma palavra. Além disso, sempre foi muito tímida com os rapazes. Já Antonio era um sujeito engraçado, espontâneo, que estava sempre nas ruas, no mar. Nunca tinha lido um livro em sua vida, e tinha abandonado os estudos aos catorze anos. Mas era esperto e sempre fazia os amigos, as namoradinhas e os familiares rirem com facilidade. Graças à lábia que Deus lhe deu, era mais conquistador que qualquer um de seus colegas. Porém, com as moças de Maiorca era mais complicado, tinha que respeitá-las, eram católicas, pudicas. Já com as estrangeiras loiras que apareciam aos montes pela ilha no verão, era um conquistador. Dizia qualquer bobagem em inglês, as segurava pela cintura e com seu poder de sedução e um pouco de álcool as levava para a praia. Perdeu a virgindade aos catorze anos com uma sueca, que era um palmo mais alta que ele e muito liberal. Durante os dois meses que ficou na ilha, ensinou-lhe tudo sobre o sexo feminino. A partir disso, começou a se gabar para os colegas, afinal, conseguia se dar bem todas as noites que saía.

Mas, por algum motivo, sentia-se tímido ao lado dessa jovem de quem tirava os espinhos do pé. Se fosse qualquer outra teria dito alguma bobagem para fazê-la rir, mas não disse absolutamente nada.

No dia seguinte, Anna e seu pai voltaram ao porto de Valldemossa. Quando Anna fechou a porta do carro, olhou discretamente para o cais, na esperança de que Antonio estivesse lá. Mas na margem havia apenas um grupo de ingleses colocando seus caiaques na água. O mar estava calmo, fazia sol, era um dia perfeito para navegar. Anna disse que seu pé estava dolorido e que também estava naqueles dias. Preferiu ficar em terra firme, esperando pelo jovem, e ele, claro, não demorou a chegar. Sentou-se ao seu lado e a beijou na bochecha. Conversaram como duas pessoas que se gostavam, com timidez e tentando preencher cada momento de silêncio. E assim foram se passando os dias daquele verão, porque Nestor sempre respeitou a decisão da filha de não querer mais subir no barco, alegando que se sentia sozinha sem Marina. Preferia esperá-lo em terra firme tomando sol. E ali ficavam esses dois jovens conversando sobre suas vidas nas manhãs daquele verão.

Anna contou que faltava um ano para terminar o colegial no San Cayetano e depois faria um curso de secretariado. Antonio pretendia fazer um curso em Palma, oferecido pela Direção Geral da Marinha Mercante, para ser capitão, porque não queria ser pescador. O que ele queria de verdade era ser marinheiro e viajar pelo mundo inteiro.

Durante todos aqueles dias, sentados no cais de Valldemossa, não deram um único beijo. Ele nunca tinha desejado tanto uma mulher, mas sentia que essa moça de classe alta, branca e frágil era muita areia para o caminhãozinho de um pobre pescador cuja família só possuía uma casinha humilde de frente para o mar.

Ela nunca tinha beijado na boca, mas cada beijo que dava em seu rosto ou cada vez que se esbarravam sem querer fazia com que ela sentisse algo desconhecido. Era um desejo que sentia pouco a pouco até chegar a suas partes íntimas. Essa sensação percorria seu corpo, e ela torcia para que ele não percebesse o prazer que sua presença lhe proporcionava.

No dia 15 de setembro, as aulas do San Cayetano foram retomadas. Segunda, terça, quarta... Anna contava os dias, as horas, os minutos, os segundos, os milésimos de segundo para que o fim de semana chegasse e ela pudesse voltar para o mar, ao lado de seu pescador.

— Meu pai tira o barco do mar no final de outubro — Anna olhou para o mar —, não vamos mais nos ver.

Anna enfiou as mãos entre as pedrinhas da praia olhando para o mar. Finalmente, por esse olhar triste que ela deixou escapar, ele soube que o desejo entre eles era mútuo. Ele segurou seu rosto com as mãos e fez com que ela o olhasse. Novamente aquela sensação estranha invadiu o corpo de Anna, então ele se aproximou dela, sabendo que não seria desprezado. Aproximou os lábios e esperou pacientemente, até que ela entreabrisse os seus e permitisse que sua língua entrasse. Ele a beijou sem pressa, com delicadeza, saboreando cada cantinho daquela boca que tanto havia desejado. Passou a língua pelos dentes, pela gengiva e brincou lentamente com a de Anna. Parou de beijá-la. Os olhos fechados da menina e sua boca entreaberta pediam mais. Então ele foi com mais pressa, e ela respondeu, entregando-se pela primeira vez ao amor daquele que seria para sempre o homem de sua vida.

No final de outubro, Nestor tirou o barco da água. Como fazia todos os anos, o deixaria em um depósito até o final de abril e, seguindo o ritual, só no dia 1º de janeiro, não importava quanto frio fizesse, desde que o vento estivesse soprando, ele o colocaria de volta no mar para dar as boas-vindas ao ano que se iniciava.

— Eu virei todos os dias de moto para ver você — disse Antonio.

E foi o que fez. Encontravam-se todos os dias depois da aula em uma ruazinha próxima ao colégio, longe dos olhares de suas colegas. Convenceu a mãe a deixá-la voltar uma ou duas horas mais tarde, afinal, já tinha dezessete anos. Ana de Vilallonga não concordou, não era correto uma senhorita sair pelo povoado com suas amigas.

— Mãe, sua filha caçula está a seis mil quilômetros de casa e você não me deixa dar uma volta na esquina. Quero ficar com minhas amigas depois do colégio — implorou.

A mãe só concordou quando Nestor falou com ela.

Em cima da moto, usando o uniforme da escola e capacete, abraçou-o pela cintura, enquanto o rapaz acelerava. Alguns dias, Anna levava pedaços de bolos deliciosos que ela mesma preparava, para comerem nas praias de Palma. E quando fazia frio, procuravam uma cafeteria longe do centro, onde comiam rosquinhas, que sujavam o canto dos lábios de açúcar, fazendo com que um lambesse o do outro. Antonio tinha comprado um *walkman*, eles dividiam os fones e assim ouviam música deitados em qualquer praia da ilha. Como todos os apaixonados, escolheram uma música romântica que estava na moda, cantada por Maria del Mar Bonet. Conversavam bastante, e ele explicava como o inverno era difícil para uma família de pescadores, mas sempre com senso de humor. Anna estava mais feliz a cada dia, mais apaixonada por esse jovem pescador. Mas havia algo que a incomodava e que não permitia que se entregasse ao amor de sua vida. Sabia, tinha certeza, que sua mãe nunca aprovaria uma relação com um rapaz como ele. Nunca.

Os meses se passavam e o amor do jovem casal só crescia.

No final de dezembro, Marina veio do colégio interno americano para passar o Natal. Finalmente, Anna pôde contar para alguém tudo que guardava dentro de seu coração e que nunca tinha se atrevido a contar para as amigas do San Cayetano, apesar de algumas já terem namorado ou saído com rapazes, porém todos eles, é claro, pertencentes à alta burguesia maiorquina.

No dia 1º de janeiro, o sol apareceu. Fazia muito frio, mas pela primeira vez Anna e Marina pediram para ir com o pai ao porto de Valldemossa, porque também queriam dar as boas-vindas ao novo ano no mar. Sabiam que a mãe enjoava no barco e que sua natureza hipocondríaca não atrapalharia o plano que tinham traçado juntas.

Usando galochas e jaqueta impermeável, colocaram o barco no mar. O porto de Valldemossa ficava muito perto das casinhas dos pescadores de S'Estaca. Os três subiram no barco e navegaram sob o sol, sentindo muito frio.

— Olhe, pai! — disse Anna apontando em direção a S'Estaca.

A fumaça de um fogareiro subia em direção ao céu. Um grupo de pescadores comemorava a chegada do ano assando peixe fresco no cais do povoado.

— Vamos!

Nestor queria continuar navegando. Dar voltas pela ilha, até onde o frio permitisse, mas devido à insistência das duas filhas foram até lá.

Antonio os esperava, fez um gesto com as mãos para que se aproximassem. Anna o cumprimentou timidamente, para a surpresa de Nestor.

— Você os conhece? — perguntou Nestor, estranhando.

— Sim, pai. Eu os conheci no verão.

Falou no plural, não se atreveu a ser completamente honesta.

Chegaram à margem. Antonio tirou os sapatos, levantou a barra da calça jeans e ajudou Nestor a levar o barco para o cais. Tinha pedido de presente de Natal uma camisa branca com um cavalinho estampado, igual à dos rapazes riquinhos de Palma. Anna nunca o tinha visto tão bonito.

— Muito prazer, senhor Vega — disse Antonio, estendendo a mão para Nestor com certo nervosismo, mas com o sorriso simpático de sempre.

— Olá, Marina — disse lhe dando dois beijos. — Ouvi muito sobre você. Estava curioso para conhecê-la.

Seus avós, seus pais, seus tios, seus sobrinhos e seus vizinhos estavam ali no cais, ao redor do fogareiro esperando pelo café da manhã: sardinhas frescas para receber o Ano-Novo. Os pais de Antonio se aproximaram.

— *Benvinguts a S'Estaca. Já m'ho va dir es meu fill que vendrien amics* — disse o pai de Antonio, oferecendo-lhes um prato com sardinhas. — *Fresques d'aquest matí.*[16]

Em seguida, Nestor começou a conversar com o pai de Antonio, um velho lobo do mar. Anna não teria planejado tudo aquilo se não considerasse o

---

16. "Bem-vindos à S'Estaca. Meu filho disse que viriam uns amigos." "Estão frescas, são de hoje". (N. T.)

pai um homem sábio e humilde, que trataria da mesma forma educada tanto os amigos duques de Palma quanto qualquer outro ser humano que conhecesse, mesmo que fosse um humilde pescador analfabeto.

Sentaram-se para comer com as mãos ouvindo as histórias do lobo do mar, do patriarca da família.

— Um dia nós iremos visitá-la na América do Norte — disse Antonio sussurrando à Marina e piscando para sua garota.

— Eu adoraria — disse Marina com um sorriso triste.

Marina queria estar com o pai, e Anna sabia que podia dar uma escapada sem que sentissem sua falta. Pediu licença e, misturando-se com os outros pescadores, foi com Antonio até o final do povoado. A última casa era a dele. Entraram. Era minúscula, de pedra, escura e úmida. Anna ficou impressionada por conseguirem morar ali, fazia tanto frio, mas não disse nada e foi de mãos dadas até o quarto de Antonio. Havia um colchão com muitas cobertas, um mapa-múndi muito antigo colado na parede com fita adesiva que servia como cabeceira. Da janela em frente à cama, dava para ver o mar. O mar que conduzia a todos os mares dos sonhos de Antonio.

Ele a beijou. Era a primeira vez que os dois estavam sozinhos entre quatro paredes. Ele olhou para ela. Acariciou seu rosto.

— Eu te amo, Anna.

Anna se desmanchou por dentro, sem responder. Era a primeira vez que ouvia essas palavras da boca de um homem que não fosse seu pai.

Permitiu que ele tirasse sua jaqueta. Apesar do frio, sentiu seu corpo arder. Ele a abraçou pela cintura e lentamente subiu as mãos por suas costas. Beijou-a enquanto suas mãos acariciavam lentamente sua nuca. Desceu as mãos lentamente até seus seios. Com cuidado, acariciou-os com a ponta dos dedos. Sentiu que eram pequenos. Sem parar de beijá-la, acariciou seus mamilos e sentiu como cresciam. Estavam duros como pedras. Ficou ali, sem pressa, e Anna sentiu mais uma vez o desejo chegando a suas partes íntimas, enquanto seus mamilos bombeavam sangue. Ele deslizou as mãos, acariciando seu quadril e apertando-a cada vez mais forte. Abriu o botão de sua calça jeans, baixou lentamente o zíper e deslizou a mão para dentro de sua calcinha, podendo sentir a umidade da mulher que amava, e Anna gemeu.

— Pare, por favor.

— Desculpa, meu amor. Desculpa. É que...

Ele fechou o botão da calça e beijou-a na boca novamente.

— Será quando você quiser — sussurrou enquanto a beijava na boca.

Ela concordou timidamente e baixou o olhar.

— Meu pai vai desconfiar.

Nestor dividia um licor de amêndoa com os parentes de Antonio tranquilamente e nem tinha notado a ausência da filha. Sentaram-se atrás deles. Anna olhou para a irmã, que estava sentada em cima de uma pedra abraçando os joelhos e os observava de longe. Marina sorriu ao vê-la chegar. Anna também sorriu para a irmã, fazendo um gesto com a mão para que se aproximasse.

Os pescadores tinham acendido uma fogueira, e para a vergonha de Antonio, o pai cantava músicas populares junto aos outros marinheiros. Nestor também envergonhou a filha, cantando os versos que tinha acabado de aprender.

Navegaram de volta para suas vidas.

— Fica tudo entre nós, filha. Não se preocupe — disse Nestor à sua filha mais velha.

Disse isso porque o olhar da filha já era o suficiente, não precisava falar nada. Nestor percebeu que ela tinha se apaixonado pela primeira vez. Sua esposa nunca aceitaria essa ingênua relação, mas ele permitiria que Anna a vivesse, sabendo que era uma história de amor impossível, como a que tinha vivido uma vez.

Marina voltou para os Estados Unidos. Depois das festas, os passeios de moto de Anna e Antonio continuaram, os bolos caseiros à beira-mar, o açúcar nos cantos dos lábios e as carícias, sem pressa por cada parte do corpo de Anna.

Finalmente chegou abril, e com o clima agradável, o barco voltou para o mar. Pouco tempo depois, os turistas chegaram a seus imensos veleiros, e com eles os sonhos de Antonio, dos quais Anna agora fazia parte.

Em um domingo, quando Nestor e Marina andavam de barco, Antonio levou Anna ao penhasco, seu lugar preferido da ilha. De lá a vista se perdia no infinito. Desceram da moto e foram até o outro lado. Só estavam os dois. Sentaram-se na ponta e ficaram balançando os pés. Ele tirou da mochila o mapa que servia como cabeceira de sua cama e o abriu. Anna segurou em uma ponta e Antonio na outra. Ele pegou sua mão e a colocou em cima da ilha de Maiorca. Sem soltá-la, Antonio fez com que seus dedos deslizassem do Mediterrâneo até Gibraltar, de lá a Cabo Verde e seguiram até as águas do Atlântico, depois atravessaram o oceano até chegar às ilhas do Caribe e desceram para a América do Sul: Venezuela, Brasil, Uruguai, Chile, Peru. Passaram as mãos pelo mapa até chegarem à Ásia.

— Eu quero ir para todos esses lugares com você.

— Como? — Sorriu, achando que ele estivesse sonhando.

— De barco.

— No barco do seu pai ou do meu? — Anna sorriu carinhosamente, achando que se tratava de uma brincadeira.

— Estão procurando marinheiros no porto. Meu primo é da Marinha Mercante e foi para Cuba. Ele vem uma vez por ano.

— E eu? O que eu vou fazer em um barco? Não vão me contratar.

— Pensaremos em algo... Quero sair dessa ilha com você, Anna. Olho para os meus pais, que passaram a vida inteira aqui. A vida inteira, Anna — disse, segurando sua mão. — Todos os dias neste mesmo mar. Meus pais nunca saíram daqui. Nunca, Anna. Nunca. — Fitou seus olhos de um jeito sério, como poucas vezes tinha feito. — Eu não quero essa vida para mim. Não quero. Quero ver o mundo. Quero outra vida em outro lugar do mundo ao seu lado.

Beijou-a nos lábios.

— Logo você vai completar dezoito anos. Não teremos mais que nos esconder. Nestor entenderá e sua mãe vai ter que aceitar.

— Nós vamos viver de quê?

— Os marinheiros têm um bom salário. E quando chegarmos a um porto, encontrarei trabalho. Não vai ser difícil. Eu já pensei em tudo. Dizem que tem muito trabalho no porto da República Dominicana. Podemos ficar lá o tempo que quisermos. Um ano, dois. Quando cansarmos, vamos para outro porto. Eu não preciso de muito para viver, Anna. Eu tenho você, tenho o mar e tenho minhas mãos para ganhar o pouco de que precisarmos.

Anna não respondeu. Soube que Antonio falava de coração. Não era mais uma daquelas histórias divertidas que ele contava. Ele estava falando sério.

— Eu sei que é uma loucura, Anna. Mas pelo menos, podemos tentar. Se não der certo, esta maldita ilha onde moramos não vai sair daqui.

Os dois riram.

Antonio deitou e ela se aconchegou em seu peito, sonhando com a vida simples que pretendiam viver. Permaneceram em silêncio com os olhos fechados, sentindo o sol da primavera.

— Sabe o que eu acho? — disse Anna sem levantar de seu peito. — Se precisam de marinheiros em todos os portos, precisam de padeiras também. E isso é algo que eu sei fazer muito bem.

Pela primeira vez em toda sua vida escolar, durante o último ano do colegial, Anna devorou os livros de geografia e Antonio pegou emprestado na minúscula biblioteca do cais um livro sobre cartografia náutica e outro sobre os ventos do mar. Aprenderam sobre os ventos alísios do Nordeste, tão importantes para cruzar o oceano Atlântico, sobre as tempestades tropicais que deveriam evitar, sobre as monções asiáticas. Sobre latitudes, milhas e nós. Anna, sem pedir autorização, roubou um livro da estante de seu pai. Desde pequena esse livro chamava sua atenção, não porque estivesse interessada em lê-lo, mas porque a capa lhe dava medo: uma grande baleia colidindo com um barco de marinheiros assustados. O nome do livro era *Moby Dick*, de um tal Herman Melville. Ele estava perdido no meio de vários livros de medicina, e antes de colocá-lo em sua bolsa, e para ter certeza de que não era um livro de aventuras marítimas, leu o primeiro parágrafo:

> *Chamem-me simplesmente Ismael. Aqui há uns anos não me peçam para ser mais preciso —, tendo-me dado conta de que o meu porta-moedas estava quase vazio, decidi voltar a navegar, ou seja, aventurar-me de novo pelas vastas planícies líquidas do Mundo.*

Sim. Esse livro era ideal para Antonio. À tarde, depois do colégio, foram a uma prainha escondida e, enquanto comiam bolo de limão com sementes de papoula, começaram juntos a leitura de *Moby Dick*. O primeiro livro que ambos leram com paixão.

Anna comprou um caderno e passou a limpo todas as receitas dos pães e bolos de sua avó. Ganhava cem pesetas[17] por semana e, juntando com o dinheiro que tinha guardado em seu cofrinho, tinha uns dez mil. Antonio estava economizando havia anos, tinha pouco mais de vinte mil pesetas, mas já tinha ouvido falar que se tivesse sessenta mil, seria rico na América Latina.

A melhor época para cruzar o Atlântico era de novembro a fevereiro. Quando o mês de setembro chegou, Antonio começou a correr atrás de uma oportunidade para ambos. Subiu em vários barcos, mas nenhum deles aceitou Anna como cozinheira.

Vários cozinheiros homens queriam trabalhar e eram considerados mais capacitados para encarar as adversidades do mar. Um dia, já cansado de tanto buscar alternativas, apareceu o senhor Peter Black com seu veleiro de madeira clássico de cinquenta e quatro pés. Participou de regatas em sua juventude e continuava gostando de se aventurar. Navegava sozinho com a esposa. Só os dois. Pretendiam viajar sem pressa. Tinha dinheiro suficiente para atracar em portos e ficar onde quisesse, bem, onde sua mulher quisesse. Ela sempre o acompanhava desde que ele permitisse que ela aproveitasse a vida dos portos, das praias e das feirinhas de rua em que tanto adorava passear e comprar artesanato. Ele detestava fazer compras, então achou fantástica a ideia de levar outra mulher a bordo para que pudesse cozinhar e, melhor ainda, acompanhar sua esposa para comprar pulseirinhas e brincos.

---

17. Moeda corrente da Espanha entre 1869 e 2002. (N. T.)

— Vamos embora, Anna. Amanhã — disse Antonio eufórico, pegando-a no colo.

Beijou-a cinco vezes seguidas, muito emocionado, e Anna esboçou um pequeno sorriso, porque, ao contrário do que imaginava, sentiu tontura e medo. Muito medo. Porque até então tudo não passava de uma brincadeira. Um sonho impossível que alimentavam todos os dias, como se alimenta um peixinho em um aquário. Um peixinho que sonha em morar no mar — um mar imenso e inseguro — que ele desconhece, um peixinho que não se sente preparado para deixar para trás seu aquário de cristal, onde passara tantos anos nadando.

Naquela noite voltou para casa e chorou enquanto jantava com os pais. Chorou desesperadamente sem contar o que estava acontecendo. Nestor soube de imediato que chorava pelo jovem marinheiro, mas depois de perguntar uma vez e receber um "Não é nada, pai" de resposta, ele preferiu respeitar sua privacidade. Anna se trancou no quarto da irmã, o único com trinco. Permitiu que o medo invadisse seus pensamentos, atacando seu corpo e invadindo sua alma, enquanto sua mãe, intrometida como ela só, socava a porta exigindo explicações.

Era sua penúltima noite naquela casa, já que Antonio iria buscá-la na madrugada do dia seguinte. Iriam para o porto de Palma, onde o veleiro inglês os esperava, e de lá... para o mundo.

Dormiu no quarto de Marina. Acordou com a primeira luz da manhã. Levantou-se atordoada. Abriu o trinco e foi até a cozinha.

Faltavam vinte horas para partir, para sair da ilha onde nasceu, para navegar pelo mundo. Pegou um copo de leite, mas sentiu ânsia no primeiro gole. Sentiu-se enjoada e se deitou no sofá. Passou o dia inquieta, andando que nem uma alma penada, indo do sofá para a cama e da cama para o sofá. Contando os minutos, contando os segundos.

Faltavam quinze horas para partir. Sua mãe colocou o termômetro nela. A temperatura quase não tinha subido, não era nada grave. Mas de qualquer forma deu-lhe um ibuprofeno para que ela pudesse relaxar. Chorava de vez em quando, alegando dor de estômago.

Ana de Vilallonga ligou para o marido no hospital, estava preocupada com a filha, ela nunca tinha se comportado assim. Nestor, que entendia um pouco desse tipo de sofrimento, acalmou a mulher. Anna não quis jantar e foi cedo para a cama.

Faltavam sete horas para partir. Esperou seus pais irem dormir e arrumou sua mochila preta, um presente de Marina. Nela, colocou calças, camisetas, dois suéteres, roupa íntima e sua jaqueta. Secou as lágrimas que escorriam pelas bochechas enquanto guardava seu passaporte, o dinheiro que tinha economizado e o caderno de receitas em um saco hermético totalmente impermeável que Antonio tinha comprado para ela. Colocou o saco dentro da mochila e esperou acordada os cento e oitenta minutos que faltavam para as cinco da manhã.

Deitada na cama, com a cabeça sobre as mãos e em posição fetal, ela soluçava. Ouviu o pai andando pelo corredor. Anna escondeu a mochila embaixo da cama.

— O que houve, filha? — disse de um jeito carinhoso, entrando no quarto.

Nestor se sentou ao lado da filha e acariciou seu rosto.

— Algum problema com o Antonio?

Nestor esperou pacientemente. Anna queria falar, mas não disse nada.

— Uma vez eu também me apaixonei por uma mulher muito diferente de mim.

Anna o interrompeu. Precisava desabafar. Confessou o que tinha planejado com Antonio. Sua mãe, escondida atrás da porta, ouvia tudo e ficou furiosa.

— Como você é imbecil! Vai viver de quê? — disse Ana de Vilallonga entrando no quarto. — Você é uma mentirosa, e você também é, Nestor. Não foi capaz de me contar nada. Há quanto tempo sabe dessa história?

— Calma, Ana. Volte para a cama — disse à mulher.

— Se você sair desta casa, não volte nunca mais — disse Ana de Vilallonga à sua filha ao sair do quarto.

Sua mãe ficou atrás da porta, ouvindo a filha gritar aos quatro ventos o amor incondicional que sentia pelo humilde pescador, seus futuros planos de casamento, o dinheiro que ele ganhava e que ela poderia ganhar fazendo pães e bolos nos portos do mundo inteiro. Porém, inconscientemente, ela queria a aprovação dos pais e, acima de tudo, precisava de um empurrão para sair de seu aquário de cristal.

— Ora essa, menina... Você não acredita naquele papo furado de que *pão e cebola com você* é o suficiente, não é mesmo? O que esse morto de fome quer é o nosso dinheiro.

— Chega, Ana, já chega! Deixe-nos a sós, por favor — disse Nestor de maneira autoritária para a esposa.

Ela saiu sem falar mais nada. Pai e filha continuaram no quarto. Anna estava com o olhar perdido. Nestor acariciou a filha.

— Você tem certeza, filha? É isso mesmo que você quer? — perguntou segurando sua mão. — Em breve você vai completar dezoito anos. Você será livre para fazer o que quiser. Não sei se está preparada para cruzar o Atlântico. Esperar os ventos alísios para cruzar o oceano é diferente de esperar o vento para dar uma volta por Maiorca. É perigoso, filha. É isso que você realmente quer?

— Eu o amo, pai. Mas... — Baixou o olhar. — Eu não quero ir embora. Eu não quero deixar Maiorca.

Olhou a hora em seu relógio de pulso. Eram quinze para as cinco. Em quinze minutos, Antonio estaria lá fora esperando por ela de moto. As lágrimas começaram a cair de novo; o medo a paralisava. Agora o que brotava dos olhos de Anna era o mar, um mar que doía, um mar furioso, nunca tinha sentido tanta raiva, nunca tinha se sentido tão covarde.

— Vá até lá, pai. Eu não tenho coragem de olhar nos olhos dele. Peça que me escreva todos os dias, por favor. Eu vou esperar por ele pelo resto da minha vida.

MARINA LIGOU PARA MATHIAS DO HOTEL. Explicou sua decisão de ficar mais um mês na ilha. Eles se encontrariam no Haiti em meados de março. Voltou para casa, tinha deixado a roupa de María Dolores dentro dos sacos na despensa. Pegou um pano úmido e subiu para o quarto a fim de limpar o guarda-roupa. Pendurou as calças, as poucas camisetas e os dois suéteres. Guardou o estetoscópio e o caderninho na mesa de cabeceira. E por último pegou a colcha estampada de verde, amarelo e lilás, que tinha comprado com Mathias no Congo. E enquanto a esticava em cima da cama, lembrou-se da primeira vez em que se viram. Marina estava vestindo um macacão de polietileno de alta densidade. Ao seu lado, estavam um médico congolês, dois enfermeiros também locais, um antropólogo norte-americano e um jovem médico recém-chegado, Mathias. Todos em silêncio absoluto preparados para seguir os protocolos, enquanto o pessoal especializado os supervisionava para que seguissem rigorosamente a forma de vestir o equipamento de proteção individual: macacão, botas de borracha, óculos de proteção, luvas, avental impermeável e máscara facial.

Marina fez uma trança, fechou o zíper até o queixo e puxou o elástico de sua máscara em volta do pescoço.

Aproximou-se do jovem médico alemão. Ela era a chefe de missão desse projeto e deduziu, pelo olhar emocionado dele, que era sua primeira vez em campo.

— Obrigada, Mathias. Me disseram que você está começando hoje — disse com um sorriso. — Somos verdadeiros heróis, sabe disso, não é? — disse de forma acolhedora, olhando em seus olhos.

Apesar de não se achar uma heroína e nem que o trabalho dos voluntários fosse um ato heroico, disse essas palavras ao jovem médico de olhar ingênuo porque ele iria presenciar algo que não esperava. Seria muito difícil. Marina já trabalhava para a ONG havia cinco anos e sabia que, ao começar nessa missão devastadora, ele perderia esse brilho no olhar.

Parecia um grupo de astronautas, cada um cobriu a boca com a máscara e entraram no Centro de Isolamento de Alto Risco de Contágio de Ebola. O próprio inferno. Quarenta e um graus. Crianças seminuas, sozinhas, estavam deitadas em camas sem lençóis. Mulheres deitadas de lado vomitavam sangue coagulado. Os excrementos humanos dos mais velhos escorriam pelas camas. Os funcionários limpavam sem parar. Não havia vacina nem cura para o ebola. Cada um dos médicos cuidaria de uma fila de doentes, indo de paciente em paciente, aproximando-se dos moribundos, hidratando-os com uma mistura de água e sais minerais, dando-lhes paracetamol e antibióticos, verificando a temperatura constantemente para que não subisse.

Era impossível ficar mais de quarenta minutos com o macacão, o calor era extremo e as gotas de suor embaçavam a vista dos voluntários. Marina viu que Mathias foi o primeiro a sair e o restante da equipe o seguiu. Ela podia aguentar mais uns minutos e atender a uma congolense grávida que olhava para ela implorando cuidados.

Os médicos descansaram meia hora quase em silêncio. Hidrataram-se e entraram novamente.

No fim da tarde, os especialistas banharam Marina, Mathias e o restante dos voluntários com uma solução de cloro, seguindo o severo protocolo de desinfecção. Depois, continuaram seguindo as regras para tirar o equipamento. Primeiro o avental, as botas, sem tocá-las com as mãos, o jaleco e as luvas, deixando a parte interna para o lado de fora, os óculos de proteção e, por último, a máscara, sempre de trás para a frente.

— Não esqueçam, por favor, que vocês não podem se tocar. Não podem passar nenhum objeto para o outro. Isso significa não passar uma caneta, o sal, a pasta de dente. Nada. Às vezes vocês esquecem. Cuidado, por favor. Enquanto não voltarem para a Europa, não podem se tocar — o enfermeiro congolês lembrou a Mathias.

Marina observou Mathias ouvir o enfermeiro e viu o que já tinha imaginado: agora seus olhos eram duas esmeraldas quebradas, seu olhar estava perdido e assustado. O olhar da primeira vez. A primeira vez que os olhos deixam de contemplar a dor alheia pela televisão e encaram a realidade.

Todas as tardes, um jipe os buscava e os levava para o acampamento-base onde moravam todos os expatriados. Cada um tinha um dormitório minúsculo e todos dividiam a cozinha. Jantavam juntos a comida preparada por uma simpática congolense, contratada pelo MSF. Era uma missão silenciosa, na qual os colaboradores falavam pouco entre si. Sentavam-se ao redor da mesa, abatidos física e psicologicamente pelo horror que presenciavam todos os dias e ainda mais pela sensação de impotência que lhes invadia por ver setenta e cinco por cento dos doentes de que cuidavam definharem em decorrência de um vírus letal sem que eles pudessem fazer quase nada. Além disso, deviam se sentar a um metro de distância para que nenhuma parte de seu corpo encostasse em outro voluntário. Ninguém estava a salvo do ebola.

Certa noite, Marina viu que Mathias estava comendo cabisbaixo e apático a tal massa de farinha de mandioca com água que recebiam como refeição. Então perguntou como era sua vida antes de entrar para a ONG. Ele disse que tinha estudado na Universidade Livre de Berlim e que, desde o primeiro dia em que entrou no campus da Faculdade de Medicina, seu único objetivo era trabalhar para o Médicos Sem Fronteiras. Sonhava em ser um médico altruísta e queria ser capaz de mudar o mundo, de torná-lo um lugar melhor, ajudando os mais necessitados. Ao se formar, trabalhou três anos no Hospital Universitário Charité, em Berlim, com o intuito de adquirir a experiência necessária para ser admitido pela ONG. E lá estava ele, em terras africanas realizando seu sonho. Um sonho que foi destruído assim que colocou os pés no continente.

E assim passaram três meses naquele lugar na constante companhia da morte, que chegava sem cerimônia.

Uma noite, antes de voltar para a Europa, Marina não conseguiu dormir. Levantou-se para beber água. Enrolou-se na colcha que tinha comprado naquela tarde com Mathias. Foi até a cozinha e pela janela viu que ele estava sentado em um banco. Estava com um cigarro nas mãos. Marina saiu.

— Tudo bem? — perguntou ela.

Mathias concordou sem falar nada, enquanto colocava a piteira no cigarro. Marina foi até ele e se sentou ao seu lado.

Ele tirou um isqueiro do bolso da calça jeans e o acendeu. Marina observou como ele inalava e soltava a fumaça pouco a pouco.

— Em outras circunstâncias, eu pediria uma tragada — disse Marina sorrindo.

Nunca se esqueciam do tal protocolo que dizia que era proibido se tocarem. E assim estavam havia noventa e cinco dias sem contato físico.

— Em outras circunstâncias, eu pediria que você me abraçasse — respondeu Mathias sem olhar para ela, enquanto uma lágrima caía lentamente dos seus lindos olhos verdes.

Marina aproximou sua mão da de Mathias e, com a ponta do dedo indicador, tocou a unha do seu dedo mindinho, sob a lua e milhões de estrelas.

O PASSADO OU O PÃO INTEGRAL

PÃO INTEGRAL

INGREDIENTES:

- 400 g de farinha de trigo integral das ilhas Baleares
- 200 ml de água morna
- 150 g de fermento

MODO DE PREPARO:

Deve ser assado no forno com lenha de pinho, amêndoa e carvalho. A farinha de trigo deve ser moída em um moinho antigo tradicional. Durante a moagem, as mós de pedra serão levemente aquecidas para preservar todas as propriedades nutritivas da farinha de trigo e o sabor suave original do grão, nada comparado à moagem realizada em moinhos industriais.

Misture a farinha de trigo, a água e o fermento e amasse com as mãos ou em uma masseira com a velocidade baixa. O segredo deste delicioso pão é o longo processo de fermentação, que pode durar até três dias. Também pode ser assado em um forno a lenha tradicional, com madeiras nativas da ilha. A mistura da farinha de trigo integral, o calor das amêndoas e dos carvalhos darão a este pão um sabor único.

Marina vestiu a camiseta velha de Mathias com o emblema da Universidade Livre de Berlim. Anna, sua camisola de seda verde de alcinhas. Havia anos que não vestia essa camisola, era muito bonita para usá-la em suas noites solitárias dormindo ao lado do marido.

Cada uma com seus pensamentos.

"Por que você nunca me escreveu, Antonio? Entendo que não tinha motivos para isso, mas esperei por você pacientemente todos os dias, todas as noites, durante anos, até que sua lembrança foi se apagando de meus pensamentos. Eu teria respondido suas cartas, explicando por que não subi naquele barco com você. Explicaria meu medo, justificaria minha covardia. Mas para onde eu poderia escrever? Você nunca voltou para a ilha? Nem no Natal? Nem na Semana Santa? Você sabia onde eu morava. Por que não me procurou? Talvez Nestor tenha pedido para você me esquecer, quando saiu para dizer que eu não embarcaria com você naquele veleiro. Que a nossa história era impossível. Quem sabe algum dia eu possa lhe perguntar. Como teria sido minha vida ao seu lado? Como teria sido minha vida se eu tivesse entrado a bordo do *Lord Black*? Como teria sido a vida de um humilde marinheiro com uma jovem da alta burguesia maiorquina?"

A vida de Anna teria sido muito diferente. Talvez melhor. Talvez pior. Mas indiscutivelmente outra. Imaginou-se naquele veleiro aos dezessete anos, feliz, ao lado de Antonio... Até que o ronco alto de Armando, o mesmo de todas as noites, a trouxe de volta para a realidade.

Marina se deitou na cama pensando na Etiópia. Relembrou os últimos dias em que viveu lá e também da menina esquelética que havia abandonado no orfanato. Desejou que encontrasse uma família adotiva em breve, a qual lhe daria todo o amor que uma criança merece receber. Caso contrário, sua infância seria longa e amarga naquele triste lugar onde se encontrava. Pensou como a infância marcava a vida adulta de uma pessoa. Como seria a vida de um órfão? Uma criança sem infância era um adulto sem vida. O que aconteceria com Naomi se ela não fosse adotada? Sem amor, sem carinho, sem ninguém que a colocasse para dormir à noite, sempre sozinha. Sentiu pena, mas tentou não pensar mais nisso, tudo que queria era conseguir dormir naquela casa que não era a sua.

As irmãs dormiram quase ao mesmo tempo; porém, antes disso, por algum motivo misterioso, pensaram a mesma coisa... as duas relembraram as tardes de infância passadas na cozinha de sua avó Nerea, ralando cascas de limão, tirando as sementes das papoulas e sempre com as mãos sujas de trigo...

Às CINCO DA MANHÃ BATERAM NA porta da padaria. Névoa estava atenta. Na noite anterior, pouco antes de Marina conseguir dormir, a cadela deu suas voltas e, ao sentir falta de seu cantinho, subiu. Como na noite anterior, Marina a pegou pela coleira e tentou arrastá-la em direção à escada. Velha e teimosa, a cadela fincou as patas no chão. Marina tentou de novo o truque do chocolate. Podia até ser velha, mas não era boba. Nem o cheirou. "Névoa, a Úrsula está lhe esperando. Névoa, você não pode ficar aqui. Névoa, sai." A cadela, com seu olhar triste, levantou a cabeça procurando certa cumplicidade com a nova proprietária da casa. Definitivamente essa casa era mais dela que desse ser humano que tentava expulsá-la dali. Fazia dez anos que ela dormia ali. Comparada à vida humana: setenta anos.

— Úrsula, ela não quer descer! — disse Marina, se levantando e olhando pela janela.

— O que faremos? — respondeu Úrsula olhando para o alto. — Se quiser, eu subo e nós duas tentamos descer com ela. Mas eu não tenho muita força.

Marina observou a cadela, que já estava deitada embaixo da janela. E disse para Úrsula:

— Ah... sei lá... ela pode passar a noite aqui... — decidiu Marina meio indecisa.

— Não sabe como fico feliz — respondeu, entrando rapidamente em sua casa.

— Marina! — disse antes de fechar a porta.

Marina, que já estava fechando os trincos, abriu-os de novo.

— Eu sei que você é uma pessoa bacana, e que confia na raça humana, mas pelo amor de Deus, tranque a porta com chave.

Névoa fechou os olhos e dormiu.

OUTRA BATIDA FORTE NA PORTA. Névoa latiu. Marina abriu os olhos. Olhou no relógio de pulso. Sorriu. Sabia quem era. Vestiu a calça jeans correndo e desceu as escadas.

— Bom dia, Catalina! — disse Marina abrindo a porta.

Catalina fez carinho na cadela, que foi com tudo para cima dela.

— *Bon dia.* — A mulher pigarreou de leve. — *Mira guapa..., he tornat perquè... és un desastre, tothom ha de comprar es pa en es súper.*[18]

— Que bom que você veio, Catalina. Fique à vontade, por favor, entre.

— *Millor diguem Cati i, mira, já te saps el nom de mitja Mallorca. Aquí, la meitat de dones són Catalines i la meitat d'homes. Tomeus. Treballadors sí, però originals*

---

18. "Bom dia! [...] Olha só, minha linda..., eu voltei porque... isso é um verdadeiro desastre. Todos estão comprando pão no supermercado." (N. T.)

no ho som gaire el mallorquins[19] — disse limpando os óculos embaçados na saia preta abaixo dos joelhos. — *Me vas dir que el mallorquí l'entens, no?*[20]

— Sim, eu entendo. Eu deixei a ilha há muito tempo. Talvez eu não entenda algumas palavras, mas pode deixar que eu pergunto. Não se preocupe. Pode falar comigo em maiorquim.

— Para mim vai ser bom poder praticar o castelhano, vamos falar as duas línguas.

Catalina entrou calmamente como sempre fez. Ela carregava um cesto de vime de onde tirou o fermento que guardava em sua casa. Olhou para os sacos de trigo espalhados pelo chão. Suficientes para abastecer o povoado durante todo o inverno. Pegou o avental que estava pendurado ao lado dos sacos. Olhou para a nova proprietária da padaria, com uma dúvida... Deveria pedir autorização? Tudo aquilo não era mais de María Dolores.

— Por favor, Cati, faça o que for necessário.

Catalina lavou as mãos. Disse a Névoa que não entrasse na área da cozinha e vestiu o avental.

— *Trob molt raro ser aquí sense na Lola*[21] — disse.

— Você a chamava de Lola?

— *A na María Dolores no li agradava gens el seu nom. Ni Dolores. Ni Dolo... Deia que era com María Agonía o María Suplicio... Sí, a Valldemossa, desde joveneta, tothom li deia Lola.*[22]

Catalina pegou o avental de sua amiga Lola. Olhou-o por um segundo com nostalgia.

— Eu já espalhei por aí que estou procurando um ajudante de padeiro. Hoje vou fazer só cem pães.

— Eu posso ajudar enquanto procura alguém — disse Marina.

Catalina olhou surpresa para Marina.

— Me ajudar a amassar pão?

---

19. "Pode me chamar de Cati e, olha, você já sabe o nome de metade das pessoas de Maiorca. Aqui a metade das mulheres se chama Catalina e a metade dos homens se chama Tomeu. Nós maiorquinos somos trabalhadores, mas não somos muito criativos." (N. T.)

20. "Você disse que entendia maiorquim, não disse?" (N. T.)

21. "É muito estranho estar aqui sem a Lola." (N. T.)

22. "María Dolores não gostava do nome dela. Nem só de Dolores. Nem de Dolo... Dizia que parecia María Agonia ou María Suplício... Sim, aqui em Valldemossa, desde mocinha, todos nós a chamávamos de Lola." (N. T.)

— Sim, aprendi a fazer pão desde pequena com minha avó. Na verdade, brincávamos de fazer pão, mas talvez eu me lembre.

Catalina olhou por um segundo a nova proprietária.

— *Doncs bueno*. — Olhou com certa dúvida para Marina. — Ah, está bem. Está certo — disse entregando-lhe o avental de Lola.

Marina passou o avental pelo pescoço e o amarrou atrás das costas. Catalina vestiu uma touca que tirou de dentro da cesta e Marina fez uma trança.

— Então já sabe: farinha de trigo integral, água, fermento, nada de sal nem de açúcar. Deixe descansar a noite inteira para que dobre de tamanho. O pão de hoje vamos deixar descansar uma hora e meia.

Catalina abriu o forno. Era profundo, tinha formato de abóbada, uns três metros de comprimento e menos de um metro de altura.

— Pode me trazer *ses feixines*, por favor — pediu Catalina.

Marina levantou as sobrancelhas. Olhou para a mesa tentando entender o que Catalina pedia, pois não conhecia essas palavras.

— *Ses feixines*... menina, é a mesma coisa em espanhol, não é? — disse mostrando os fardos de lenha amarrados no chão.

Marina pegou os fardos do chão, sem explicar a essa simpática senhora que essas palavras não existiam em espanhol, e os entregou a ela.

Primeiro, Catalina colocou no forno as lenhas de amêndoa e pinho e depois jogou os troncos por cima.

Pegou uma caixa de fósforos na cesta. Acendeu um palito e jogou lá dentro. As lenhas de amêndoa pegaram fogo na mesma hora, as de carvalho demoraram alguns segundos. A chama subiu lentamente. Marina observou a padeira em silêncio. Havia algo mágico dentro daquele forno a lenha antigo e profundo. Algo mágico para Marina, que o observava pela primeira vez, mas rotineiro para quem o usou a vida toda.

Catalina fechou a porta do forno.

Em seguida, abriu o saco de trigo, e enquanto enfarinhava a mesa de madeira, contou como ela e María Dolores trabalharam juntas por quase cinquenta anos. Assavam quase trezentos pães integrais no verão e seiscentos no inverno. Nos finais de semana, o tradicional bolinho de batata. A padeira continuou falando dos fornecedores, que vinham duas vezes por ano, e, enquanto a escutava, Marina lembrou que Gabriel tinha comentado sobre um bolo de limão com sementes de papoula. E, apesar de ter elogiado muito esse doce, Catalina não tocou nesse assunto, não mencionou nada sobre o tal bolo.

Em uma masseira antiga foram colocando a farinha de trigo integral, a água, a massa pré-fermentada e o fermento.

— Nas padarias de Palma vendem umas masseiras que preparam a massa em cinco minutos. Tudo é feito com muita pressa agora, e não é a mesma coisa. Não fica com o sabor que deveria... *poc a poc tot surt molt més bé*.[23]

— Você avisou ao pessoal do povoado que a padaria foi reaberta? — perguntou Marina.

— Claro, menina, por acaso você acha que eu viria para cá com esses óculos embaçados e morrendo de frio às cinco da manhã se não soubesse que venderia todos os pães? Ontem eu fui ao bar do Tomeu... Você conhece o bar do Tomeu?

— Aquele que fica na estrada?

— Esse mesmo. Se quiser saber de alguma coisa, é só ir até lá que eles lhe contam. Sabem se fulano se separou. Se beltrano se deu mal. Se algum zé-mané bateu as botas... lá eles contam tudo. Em Valldemossa sabe-se de tudo. É como diz o ditado: cidade pequena, inferno grande. Ontem à tarde eu fui lá tomar um café e falei com a Josefa, esposa dele. Todos vão ficar sabendo. Não se preocupe, não vai sobrar um mísero pão. As pessoas do povoado ficam entediadas e falam muito. Sabe como os espanhóis são fofoqueiros. Falaram muito sobre você, inclusive.

— Ah, é? E o que disseram?

— Nossa, dizem que você é filha de um empresário milionário no ramo das salsichas e que ele comprou o moinho pra você se divertir. Não entendem por que você fala espanhol tão bem, é claro. Bando de bobos. Eu disse que não sabia de nada. O povoado inteiro virá comprar, você vai ver. Primeiro porque o pão branco do supermercado é horrível e segundo porque estão morrendo de curiosidade para saber quem você é.

Tiraram a massa. Catalina pegou uma espátula e cortou um pedaço pequeno. A padeira ensinou como amassar utilizando os punhos, primeiro dobrando a massa, depois levantando-a alguns centímetros da mesa e aos poucos deixando-a cair. Devia repetir várias vezes esse movimento. Primeiro devia amassar com as mãos durante uns minutos e depois devia enrolar até fazer uma bola perfeita. Catalina cortou cem pedaços enquanto Marina amassava de maneira desajeitada. As mãos gordinhas de Catalina eram ágeis e rápidas.

Cobriram a massa com panos de prato e a deixaram descansar.

Abriram o forno, a temperatura oscilava entre duzentos e duzentos e setenta graus. As lenhas de pinho, amêndoa e carvalho tinham se transformado em cinzas e brasas coloridas, vermelhas, amarelas e laranja.

---

23. "Aos poucos, tudo fica melhor." (N. T.)

Catalina enfiou uma pá de metal com um cabo comprido e tirou as cinzas e as brasas. Pegou outra pá tão comprida quanto a anterior, mas de madeira, e untou-a com o trigo. Marina colocou o pão na pá, como a padeira tinha ensinado. A primeira fornada. A segunda. A terceira. A quarta. A quinta.

Uma hora mais tarde, ao abrir o forno a lenha, o cheiro de pão fresquinho tomou conta do ambiente e tocou lentamente o coração da médica. Fechou os olhos e inspirou esse aroma cheio de nostalgia. O cheiro de sua infância. O cheiro de seu lar.

O PREFEITO, A CABELEIREIRA, O PADRE, o carteiro, o guarda municipal, Tomeu, Gabriel, Úrsula, o rapaz da banca de jornal, o motorista de ônibus, os vários funcionários dispensáveis da prefeitura e os moradores do pequeno povoado de Valldemossa foram até a padaria em busca de pão integral. Observavam a nova padeira com curiosidade, e mostraram sua gratidão, reclamando do pão de forma industrializado que estavam consumindo desde a morte de Lola. Todos eles pediram sua dose diária de prazer matutino: o bolo de limão com sementes de papoula. Catalina justificou-se:

— *El pa de llimona i rosella era cosa de na Lola, no era cosa meva*[24] — disse a todos.

Óbvio que Marina tinha ouvido seu comentário. Mas não era hora de fazer perguntas. Deixaria para depois.

Cada um deles, depois de comprar o pão e antes de ir embora, disse coisas bonitas sobre a falecida padeira. Sentiam falta dela. Disseram que ela era uma mulher alegre. Sempre sorria para seus clientes.

O trabalho tinha terminado. Marina e Catalina se sentaram nas cadeiras de vime.

— O trabalho de padeira é puxado — confessou Catalina, segurando a caixa metálica onde guardaram o dinheiro. — Muito obrigada.

— *Gràcias a vosté* — respondeu Marina em maiorquim.

— Não precisa me chamar de "senhora". Me chame de "você", por favor.

Marina sorriu enquanto Catalina tirava a metade do dinheiro da caixa.

— Isso é para você — disse entregando-o.

— Não, Cati. Eu não quero nada.

— O dinheiro é seu e fim de papo. Aqui em Maiorca somos pessoas honestas. *Has fet bona feina... Els dobles són teus.*[25]

---

24. "O bolo de limão era coisa da Lola, não era coisa minha." (N. T.)

25. "Você fez um bom trabalho... O dinheiro é seu." (N. T.)

Marina se recusou a aceitá-lo, mas Catalina colocou sua parte do dinheiro em seu colo.

— Bem, então... obrigada. Não sei quanto tempo vou ficar aqui, Cati. Mais algumas semanas. Um mês. Até eu descobrir por que María Dolores, Lola — corrigiu-se —, uma mulher que não conheço, me deixou este lugar tão... — olhou ao redor procurando as palavras exatas — tão mágico, tão bonito. Se não tinha nenhum parente para deixar, podia ter deixado para você, já que eram tão amigas.

Cati olhou para o chão por um segundo.

— *Jo no sé res*. Eu não sei de nada — repetiu a frase rapidamente em espanhol, desviando o olhar do de Marina.

Tenho que ver como vou resolver esse assunto com minha irmã, ela tem pressa com a venda.

— A única coisa que sei fazer na vida é pão. *Només ser fer pa* — disse Catalina com tristeza. — Não me vejo sentada em casa na frente da televisão esperando a visita de meus irmãos, nem de minhas cunhadas, nem de seus filhos. *A més, a qui vénen a veure és a mumare*.[26] Eles vêm visitar a minha mãe. Claro, quem está cuidando dela há dez anos sou eu. Porque eu podia ter me casado, ter ido embora do povoado, mas com oito irmãos homens, quem ia ficar cuidando da mãe velhinha?

Catalina olhou com carinho para sua querida padaria e para a cadela de Lola, que, esparramada em um canto, parecia estar ouvindo a conversa.

— Eu tenho umas economias, mas não são suficientes para comprar tudo isso — continuou dizendo Catalina. — Poderia procurar emprego em outro povoado ou em Palma. Mas agora congelam as massas, há máquinas modernas, não precisam de tantas pessoas, além disso, ninguém vai querer contratar uma sessentona gorda e míope como eu. *Ningú.*

— Não fale assim, Cati.

— Sabe, Lola e eu éramos as solteironas do povoado. Riam de nós. "Vão ficar para titia", era o que todos diziam. Ficar para titia o cacete. Eu tive oito irmãos, tive homens suficientes na minha vida. Nunca quis ter filhos. Eu estou sendo honesta, apesar de ninguém acreditar. Quando os pais de Lola morreram, ela pensou em fechar, mas nós duas decidimos tentar. Imagina, era o começo dos anos 1980 e, naquela época, as mulheres ficavam em casa com as crianças, essa história da mulher ganhar dinheiro não era bem-visto.

---

26. "Só sei fazer pão. [...] Além disso, eles vêm visitar a minha mãe." (N. T.)

Marina percebia o orgulho de Catalina em cada palavra. O orgulho de ter erguido esse pequeno negócio com sua amiga. Ao mesmo tempo, sentia sua tristeza por ter que abandonar a profissão.

— Ficamos famosas no mundo inteiro com esta padaria...

Marina sorriu.

— *No te'n riquis.* Não ria, não é exagero. Saímos em todos os guias de viagens. Saímos até em uma revista japonesa... tinha nossa foto e tudo.

— Sério?

— Sim, é verdade. Veio uma jornalista que não falava nada, nem maiorquim, nem espanhol, nada de nada, só japonês. Ela tirava fotos o dia inteiro e falava *arigato* pra cá, *arigato* pra lá.

Catalina parou de falar e olhou para a mesa de madeira. Em seguida, Marina percebeu como ela sentia falta da época em que viveu com a amiga.

— Talvez você possa continuar trabalhando aqui, mesmo com a venda da casa. Eu não posso garantir nada, Cati. Mas saiba que eu vou tentar.

Catalina suspirou, levantando-se da cadeira.

— Tenho que preparar a comida de minha mãe. Eu avisei que chegaria tarde, mas não sabe como ela fica se não come. *Moltes gràcies, bonica. I perdona per ahir... Sempre he tingut uma mica de mala luna...*[27] Até amanhã!

Catalina andou até a porta. Marina a seguiu com o olhar.

— Cati.

Catalina deu meia-volta.

— Eu aprendi a receita do bolo de limão com sementes de papoula com minha avó. Eu sei fazer. Se quiser eu posso tentar.

Catalina saiu da padaria sem responder.

MARINA FOI ATÉ A PAREDE E, COM cuidado, tirou as tachinhas da ficha onde estava escrita a receita do bolo de limão com sementes de papoula. Dobrou-a e colocou no bolso da calça jeans. Pegou as chaves que estavam penduradas perto da porta de entrada. Saiu da padaria e entrou no moinho. Ainda não tinha procurado nada por lá. Passou uma hora limpando os equipamentos para moagem que estavam empoeirados. Sacolas vazias. Cadeiras de madeira e porcarias quebradas. Não encontrou nada. No entanto, apoiada na parede do moinho, chegou a uma conclusão: ou Lola era uma mulher extremamente desorganizada ou alguém andou vasculhando suas coisas.

---

27. "Muito obrigada, minha linda. E desculpe por ontem... Eu sempre fui um pouco mal-humorada." (N. T.)

De acordo com o artigo 1.059 do Código Civil Espanhol, a partilha judicial da herança prevê que, quando os herdeiros maiores de idade não chegam a um acordo sobre a partilha, será preservado o direito de exercê-la na forma prevista na Lei do Processo Civil, conforme estabelecido no artigo 782.

SEÇÃO I
Do procedimento para a divisão de herança.

Artigo 782. Petição de divisão judicial de herança.

1. Qualquer coerdeiro ou legatário de parte alíquota poderá solicitar judicialmente a divisão da herança, desde que esta não seja efetuada por um curador, um contabilista ou partidor designado pelo testador, por acordo entre os coerdeiros ou por resolução judicial.

2. A petição deve ser acompanhada da certidão de óbito do testador e do documento que comprove a condição de herdeiro ou legatário do solicitante.

3. Os credores não poderão instar a divisão, sem danos às ações que lhe correspondem contra a herança, a comunidade hereditária ou os coerdeiros, que serão exercidas na sentença declaratória correspondente, sem suspender, nem dificultar as ações de divisão da herança.

4. Não obstante, os requerentes conhecidos como tais no testamento ou pelos coerdeiros e aqueles que tenham o seu direito documentado em título executivo poderão opor-se à partilha da herança. Esta petição poderá ser inferida a qualquer momento, antes da entrega dos bens atribuídos a cada herdeiro.

5. Os requerentes de um ou mais dos coerdeiros poderão intervir na partilha para evitar que seja feita sob fraude ou prejuízo a seus direitos.

— Eu falei que a tal panamenha tinha uns seios maravilhosos, mas que não era de confiança — disse Curro a Armando fora do restaurante, onde eles e suas mulheres tinham ido comer *paella* com lagosta.

Armando tragou com vontade o cigarro que apertava entre os lábios enquanto levantava a gola do casaco. Parecia que o maldito inverno não ia acabar nunca. Soltou uma baforada de fumaça lembrando com ódio de sua amante latina, aquela que o enganou, roubando-lhe tudo que pôde.

— Eu estou deixando meus interesses de lado por você. A J&C Baker fatura milhões graças a casos como este — continuou o tabelião. — Não podemos perder a cabeça. Eu acho que é melhor você fazer um acordo com sua cunhada, mesmo que não seja dos melhores, do que partirmos para a briga com advogados e que a herança acabe indo a leilão. Aí você já sabe o que acontece. A propriedade será vendida por uma miséria e todos vão se dar mal. Ofereça aquele outro milhão. Dois milhões para ela e um para vocês. Ela não vai recusar.

— Você não a conhece. A filha da puta é teimosa como uma mula — disse inalando o cigarro.

Curro viu pela janela do restaurante que Cuca, com seu jeito sedutor, entregava o cartão de crédito para um garçom bonito e jovem. Percebeu que a mulher estava se insinuando, desvencilhou-se de Armando por um momento e lançou-lhe um olhar assassino. Cuca, ao se sentir observada e conhecendo muito bem o ciúme do marido, piscou para ele, sabendo que esta noite eles trepariam sem restrições no quarto onde dormiam havia vinte anos.

— Eu pago o jantar — insistiu Curro, entrando no restaurante.

— Nem pensar — disse Armando categórico e orgulhoso. — Não estou tão mal como parece — mentiu.

Dentro do restaurante, Anna e Cuca conversavam.

— Sua irmã foi uma sacana, hein? Lembro que era a estranha da turma. Ela foi embora bem novinha, não é?

Anna concordou.

— Ela sempre foi tão quieta — continuou Cuca. — Passava despercebida, mas sempre foi respeitada. Era um gênio em matemática e passava cola para todos nós. Ela era muito generosa.

— Espero que ela pense melhor... Assim que puder, eu pago o que lhe devo — disse Anna.

— Esqueça isso.

— Não, Cuca, eu lhe pago assim que puder.

— Seu relógio é muito bonito — disse Cuca olhando seu pequeno Rolex. — Estou atrasada para a ioga. — Pediu licença e levantou-se rapidamente.

— Sim, eu também tenho que ir ao mecânico.

A OFICINA MECÂNICA ABRIA ÀS quatro e meia. Anna chegou quinze minutos antes. Entrou em um bar decadente, tentando não ser vista pelo garçom, fugindo para o banheiro. Pegou seu *nécessaire* e se olhou no espelho. Olhou seu reflexo. "O que está fazendo, Anna? Que brincadeira é essa?" Suspirou e respondeu a si mesma, sem convicção. "Não estou fazendo nada, estou me arrumando para encontrar um amigo."

Pegou a amostra de um sérum instantâneo japonês que, segundo a vendedora da perfumaria, continha um princípio ativo revolucionário que estimulava o rejuvenescimento da pele. Abriu o envelopezinho de sérum e colocou umas gotas na mão. Espalhou-as na ponta dos dedos e guardou o resto dentro do *nécessaire*. Pegou o lápis preto que tinha comprado naquela manhã e, com muito cuidado, pintou os olhos. Com um pincel esfumou a sombra. Passou rímel e brilho nos lábios.

Saiu do bar depois de ouvir: "Dona, o banheiro é só para clientes." Não tinha muita gente, então não passou tanta vergonha. Porém detestava ser chamada de "dona" ou, pior ainda, de "senhora". Anna tinha quarenta e sete anos, mas se sentia mais jovem. Às vezes, parava para pensar: "Quarenta e sete? Faltam três anos para completar cinquenta." Parecia impossível. Impossível. Mas não havia um único dia sem que algum jovenzinho a lembrasse, dizendo: "Com licença, senhora." Afinal, já carregava quase meio século nas costas.

Ajeitou o cabelo. E então, a poucos metros da entrada da oficina, aconteceu algo que Anna não esperava. Pela primeira vez em muito tempo, notou novamente aquela sensação percorrendo seu corpo por uns milésimos de segundo. Assustou-se. Parou de andar, respirou fundo e soltou o ar bem devagar. Continuou andando, e como uma atriz de teatro preparando-se para entrar em cena, Anna entrou na oficina mecânica. Antonio se aproximou dela. Tinha feito a barba e usava uma camiseta branca de manga curta impecável (minutos antes tinha se trocado no lavabo).

— Novinho em folha — disse entregando as chaves do BMW.

— Quanto eu lhe devo?

— Me pague cem pela bateria. O óleo, a água e a mão de obra são por conta da casa.

Anna ficou muito feliz pelo desconto, já que o conserto a deixaria sem um tostão pelo resto do mês. Mas é óbvio que ela não ia deixar por menos.

— Não, Antonio. Imagina. Me diz quanto é.

— Cem é suficiente... de verdade.

Anna insistiu, mas Antonio não quis cobrar.

— Bem, então... muito obrigada. Lhe devo uma — disse Anna.

Deu-lhe os cem euros, andou até o carro e abriu a porta. Antonio a observava. Ela agradeceu novamente e entrou no BMW. Colocou as chaves no contato e ligou o motor. O que menos queria nesse momento era pisar no acelerador e sair dessa oficina suja com cheiro de gasolina. "Anna, saia do carro e faça o que seu coração está mandando, não tenha medo, pelo menos uma vez na vida", disse a si mesma. Respirou. Levantou-se novamente e saiu do carro. Olhou para Antonio, que não tinha saído do lugar.

— Se você tiver tempo... — titubeou por um segundo, mas continuou —, e... estiver a fim... bem, eu posso convidá-lo para jantar.

De: marinavega@gmail.com
Data: 5 de fevereiro de 2010.
Para: mathiaschneider@gmail.com

Desculpe, eu sinto muito por não ter ligado para você em Barcelona. Me disseram que você embarcou com toda a equipe e que ficou na sede esperando pela minha ligação o dia inteiro.

Fico feliz que tenha chegado ao Haiti. Mande um beijo para o Sigfried.

Você não vai acreditar, nem eu mesma sei o que estou fazendo aqui. Estou ouvindo a minha intuição. Hoje de manhã eu amassei pão com a padeira que trabalhava com a María Dolores (Lola). Ela sabe mais do que está dizendo. Mas não sei por qual motivo não quer me contar nada. Preciso saber quem é esta mulher e por que me deixou tudo o que tinha.

Aliás, María Dolores tinha uma cadela, e ela me segue por todos os lados. Dormiu comigo esta noite. Acho engraçado essa cadela velha ficar me seguindo. O nome dela é Névoa, e ela está me esperando lá fora. Estou lhe escrevendo aqui do hotel.

Sabe, Mathias... pela primeira vez em muito tempo, me sinto bem aqui em Maiorca. É um lugar que mal conheço... Eu sei, parece impossível ter morado catorze anos nesta ilha e ter lugares que eu não conheça... mas tem.

Este povoado entre as montanhas tão agradável e tranquilo... era desconhecido para mim.

A casa está malcuidada e não é muito bonita, mas eu consigo dormir bem lá. Não tem barulho. Só o vento tramuntana, que sopra aqui. Ele me faz relaxar. Eu adoraria que você estivesse aqui comigo. Algum dia quero vir aqui com você. Tenho que ligar novamente para a sede e avisar que não volto para a Etiópia. Meu coração está partido por isso, Mathias... é sério. Ontem à noite eu me lembrei de Naomi e das noites que passamos acordados com ela. Espero que essa menina que nós dois trouxemos ao mundo encontre logo um lar.

Eu te adoro. *I love you. Ich liebe dich. T'estim* (significa "eu te adoro" em maiorquim; pensei em acrescentar mais uma coluna ao caderninho.)

Sua Marina.

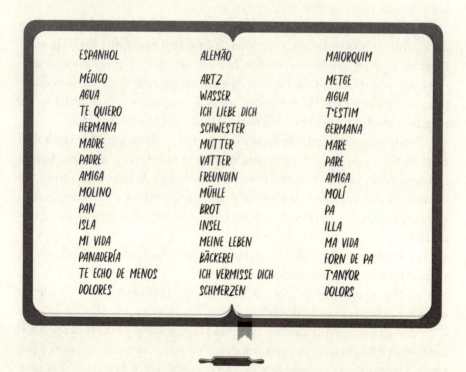

ESPANHOL	ALEMÃO	MAIORQUIM
MÉDICO	ARTZ	METGE
AGUA	WASSER	AIGUA
TE QUIERO	ICH LIEBE DICH	T'ESTIM
HERMANA	SCHWESTER	GERMANA
MADRE	MUTTER	MARE
PADRE	VATTER	PARE
AMIGA	FREUNDIN	AMIGA
MOLINO	MÜHLE	MOLÍ
PAN	BROT	PA
ISLA	INSEL	ILLA
MI VIDA	MEINE LEBEN	MA VIDA
PANADERÍA	BÄCKEREI	FORN DE PA
TE ECHO DE MENOS	ICH VERMISSE DICH	T'ANYOR
DOLORES	SCHMERZEN	DOLORS

O Registro de Imóveis de Maiorca ficava no centro histórico de Palma. Úrsula ia uma vez por semana à cidade para encontrar um grupo de aposentados alemães em uma livraria & café da praça Santa Magdalena. O dono era um alemão de Munique, também aposentado. Juntas, Marina e Úrsula pegaram o ônibus para a praça Espanha e de lá andaram pelas ruazinhas do centro histórico até chegar à livraria & café. Para a surpresa de Marina, na vitrine havia uma foto de dois metros de Úrsula, muito mais jovem e com os braços apoiados em um livro que dizia: *Letzen Tagen mit dir*. E embaixo *1.000.000 exemplare erraicht*.[28]

— Eu já pedi para aquele palerma tirar essa foto da vitrine, mas ele não me dá bola. Ele deve achar que eu gosto, mas que merda, esse romance foi publicado há quinze anos — disse para si.

— Você é escritora — surpreendeu-se Marina.

— Era escritora, querida... no passado. Não sou mais. Faz quase quinze anos que não escrevo uma linha. Minha época de escritora já passou. Mas eles não se cansam de me lembrar — disse com um sorriso amargo. — Ande logo, que os funcionários da prefeitura vão embora às cinco. Vire a primeira à direita e depois é só seguir reto. A gente se vê mais tarde — disse entrando pela porta, dando uma bronca em alemão a um compatriota de sua mesma idade que saía para recebê-la de braços abertos.

Marina se afastou pensando nessa mulher atrevida e ao mesmo tempo tão carinhosa que tinha como vizinha. Como será que tinha sido sua vida? Quando estavam no ônibus, contou brevemente que foi professora de universidade por muitos anos, mas não disse uma palavra sobre ter sido escritora. Pensou no nome do romance: *Letzen Tagen mit dir*... Não tinha muita certeza... devia procurar no dicionário. *Mit dir*: com você? *Tag*: dia?

Entrou no edifício onde ficava o Registro de Imóveis. Um segurança forte com cara de bobo, usando um uniforme marrom e um colete laranja ridículo, pediu sua identidade e perguntou o motivo de sua visita. Depois de comprovar que a mulher da foto era a mesma que estava à sua frente, pediu que ela passasse por um detector de metais e autorizou que subisse ao segundo andar.

Lá estava uma funcionária teclando em seu computador. A sala estava vazia. Aproximou-se da funcionária.

— Pegue uma senha, por favor — disse a funcionária sem ao menos olhar para ela e sem parar de teclar.

Marina viu que a sala estava vazia: não fazia sentido, mas obedeceu. Deu meia-volta e foi até uma máquina moderna na entrada da sala. Apertou o botão. E a máquina soltou uma senha com o número um. Sentou-se a poucos metros da funcionária, que continuava teclando em seu computador (estava atualizando seu perfil no site de relacionamentos "*Solteiros com mais de quarenta*" pela terceira vez). Finalmente, a funcionária apertou um botão, e em

---

28. "*Últimos dias com você*. [...] Um milhão de exemplares vendidos." (N. T.)

seguida, ali estava em um painel o número um em vermelho. Marina se aproximou dela.

Explicou seu caso e em seguida entregou os documentos que certificavam que o imóvel do qual desejava informações lhe pertencia. Sem dar muitas explicações, a funcionária pediu que preenchesse um requerimento, detalhando por escrito um pedido formal para a informação solicitada. Marina o preencheu e o entregou à funcionária.

— Em um mês você receberá pelo correio um relatório completo do imóvel.

— Em um mês?

— Em um mês, um mês e meio. Boa tarde! — disse, olhando novamente para o computador.

Marina se despediu gentilmente e saiu pelo mesmo lugar que havia entrado. O segurança bobo continuava lá, sentado em uma cadeira, tomando café. Ergueu o olhar para ela, despedindo-se. Aquele com certeza era um lugar triste com funcionários tão tristes quanto.

Úrsula a encontraria às oito no ponto de ônibus da praça Espanha. Faltavam duas horas e ela passeou tranquilamente pelo centro histórico de Palma, procurando a Catedral do Mar. Ao chegar, olhou para o céu, como fazia todo fim de ano quando ia até lá cantar canções de Natal com seus colegas do San Cayetano. Dos seis aos catorze anos, ela participou das festas de final de ano do colégio. Entrou na catedral. Para ela, sempre foi um lugar surpreendente. Andou devagar no tapete vermelho que levava até o altar, lembrando-se da fila silenciosa formada pelas alunas do San Cayetano. Lembrou-se de quando cumprimentou o padre toda emocionada e nervosa aos seis anos, em sua primeira atuação no coral do colégio. Não importava... fosse onde fosse nesta ilha, as lembranças agridoces do passado sempre voltavam à sua mente.

Chegou até a capela e viu algo que não esperava, algo maravilhoso. Esse cantinho não fazia parte da catedral em sua infância. Não se lembrava dele. Durante um segundo achou que essa obra de arte fosse fruto de sua imaginação, mas não era. Parecia que uma onda imensa de argila tinha coberto as paredes. Uma onda de terra, na qual encontrou as profundidades do mar Mediterrâneo de sua infância, o árido deserto de sua maturidade, o trigo daqueles últimos dias. Mar, deserto e pão. Em apenas alguns segundos, essa estátua causou-lhe uma estranha impressão. Quis se sentar para admirá-la calmamente. Era maravilhosa e deu-lhe a sensação de que sua vida tinha se materializado nesse canto onírico da catedral de Palma. Não entendia nada de arte, nem de escultura, nem de pintura. Certamente os críticos tinham qualificado aquela obra com palavras magnânimas e eloquentes, elogiando-a, mas Marina apenas pensou: "Que lugar mais bonito!". Em seguida, pensou nas mãos que a tinham esculpido.

Não acreditava em Deus nem na Igreja; porém, o escultor maiorquino Miquel Barceló a envolveu com ternura na manta de argila que suas mãos criaram naquele lugar. Aconchegada pelas mãos do escultor, olhou para as rachaduras que iam até o teto da catedral. Inevitavelmente essas rachaduras fizeram com que se lembrasse das rachaduras do deserto, onde pela primeira vez segurou Naomi nos braços.

UMA VELHA MÁQUINA DE ESCREVER e um gramofone estavam no canto de uma mesa de carvalho na sala. O lugar estava repleto de estantes de madeira de cedro contendo livros antigos e discos de vinil bagunçados. O piso era marrom-claro e estava coberto parcialmente por um enorme tapete persa de tons azuis. Úrsula tinha aberto uma claraboia e escancarado as janelas. Tinha uma casa boêmia, bagunçada e linda, nada a ver com a casa escura de sua falecida vizinha María Dolores Molí. Marina caminhou até a estante e pegou uma edição de *Letzen Tagen mit dir*.

— Últimos dias com você — traduziu Marina.

— Seu namorado é um bom professor — disse Úrsula.

— Foi traduzido para o espanhol?

— Não.

— Então acho que não consigo ler.

— Não está perdendo muita coisa. É uma carta para meu falecido marido. Trata-se de um casal que passou cinquenta anos brigando. Não sei por que fez tanto sucesso na Alemanha, de verdade.

— Está escrevendo algo agora?

— Não, já estou velha. E escrever cansa. Além disso, não tenho nem vontade, nem ideia. E nada me inspira... meus neurônios estão mortos, mocinha.

Parecia uma resposta pronta. Disse segura de si mesma. Sem vacilar.

— Eu não acredito no que está dizendo, Úrsula — disse Marina com um sorriso.

— Pode acreditar. Além disso, a máquina de escrever que você estava olhando está quebrada há... — fez as contas mentalmente — há uns três anos, e não tenho intenção de consertá-la. Venha, vamos preparar o jantar.

Marina percebeu em seguida que Úrsula não queria tocar nesse assunto, então colocou o livro de volta na estante. Enquanto colocava os queijos que havia comprado em Palma em uma tábua de madeira, comentou sobre os amores da sua vida, seus netos, que moravam na Alemanha e que passavam todos os verões com ela em Valldemossa. Principalmente a mais velha, que já tinha completado quinze anos. O nome dela era Pippa, diminutivo de Phillipa, contou que era uma ruiva linda, tão rebelde que os pais ficavam felizes em poder deixá-la três meses inteiros na ilha. Ela chegaria no final de junho. Contou que seu neto era mais calmo e tinha herdado sua paixão pela leitura, por isso quase nem notava sua presença. (Disse com muito carinho e orgulho, principalmente para enfatizar como era diferente da tal ruiva danada, de quem também falava com muita devoção.)

Abriu uma garrafa de vinho que tinha deixado no refrigerador e pegou duas taças no armário. Marina cortou umas fatias do pão integral que tinha feito pela manhã.

— Como a Lola era?

— Se tivesse que defini-la em poucas palavras, diria que era uma mulher sorridente. Sem maldade. Muito trabalhadora.

— E fisicamente?

— Era... uma mulher forte... baixinha, mas corpulenta. Cabelo preto, sempre preso com um coque. Tinha uns olhos pretos muito intensos. Que injusto morrer aos sessenta e três anos de idade, não é? — disse. — Éramos muito próximas e fazíamos companhia uma à outra pelas manhãs.

— Acho tão estranho não ter encontrado uma única foto dela pela casa. Nem um documento com seu nome. Nada. É como se ninguém tivesse morado naquela casa.

— Morou a vida inteira sozinha com essa cadela velha que enche a minha casa de pelos — disse apontando para Névoa, que roncava deitada no tapete. — Sabe o que estou pensando? — continuou Úrsula. — Amanhã vou até a padaria. Quem sabe juntas arrancamos alguma coisa da Cati. Ela é muito fechada.

Sentaram-se no imenso sofá cor de terra em frente à janela admirando a noite que as acompanhava. Jantaram calmamente e conversaram sobre a vida. Úrsula quis falar sobre a primeira noite que passeou de mãos dadas com o marido pelo povoado de Valldemossa. Enquanto se beijavam, tocou uma música linda que seu marido reconheceu na mesma hora: era uma melodia do compositor polaco Frédéric Chopin, e esse momento mágico em que a música embalou seu beijo fez com que acreditassem que era um sinal do destino. Valldemossa era o lugar onde ela e o marido envelheceriam juntos. Com um sorriso triste, Úrsula falou do golpe dado pelo destino: quando finalmente ambos se aposentaram e tinham decidido morar no povoado para sempre, seu marido, Günter, morreu. Então ali estava Úrsula, sozinha, esperando pela morte, no lugar onde juntos decidiram se aposentar.

Úrsula tinha um jeito curioso de encerrar as conversas e dessa vez se levantou e foi até uma das estantes. Parecia impossível encontrar algo naquela estante caótica e enorme.

— Tenho que arrumar essas estantes. Há centenas de partituras do meu marido.

Ela encontrou. Pegou o livro que estava procurando. Na capa estava escrito: *Um inverno em Maiorca*. Deu-o a Marina.

— O livro não vale muito. Mas é bastante interessante. Foi escrito pela amante de Chopin quando estiveram aqui, em 1838. Com certeza a mulher era uma imbecil. Seu nome era Amandine Dupin, mas assinava como George Sand. Ela detonou os maiorquinos nesse livro. Detonou. Leia-o. Você não vai acreditar.

Marina observou a capa, que tinha a foto da escritora.

— Mas sabe o que é mais curioso? — continuou dizendo Úrsula. — Só é publicado aqui em Maiorca. São os únicos que continuam publicando todos os anos. Em inglês, em espanhol e em alemão...

Tomou um gole de vinho.

— Me fale sobre sua vida, Marina. Que essa velha tagarela começa a falar e não para...

Marina passou a admirar cada vez mais essa velha intelectual, cujas rugas ela considerava cada vez mais lindas, e seus olhos cada vez mais límpidos. Úrsula tinha o sorriso de uma mulher que se divertiu a vida inteira, fazendo coisas interessantes, sendo fiel a si mesma e aos demais.

Marina contou algumas coisas por alto, sem muitos detalhes, como sempre fazia. Úrsula era velha e sábia; sentiu um ar de tristeza e não perguntou mais nada. Levantou-se, foi até a estante de novo e pegou um disco de vinil.

Enquanto isso, Marina pensou como sua vida teria sido diferente se ela fosse sua mãe. Muito diferente. Sua filha devia se sentir muito sortuda por ter saído do ventre dessa mulher.

Úrsula colocou o disco de vinil no gramofone. A agulha sobre ele. Sentaram-se em frente à janela, ao lado da lareira e, saboreando as últimas gotas de vinho branco, ouviram a *Melodia en si bemol*, de Frédéric Chopin.

MARINA TIROU A CHALEIRA DO FOGÃO. Na bancada estava a compra que tinha feito em uma pequena mercearia do povoado no dia anterior. Comprou tudo com seu primeiro pagamento: café, chá, laranjas, tomates, maçãs, açúcar mascavo. Olhou a hora e desceu para a padaria.

Catalina mexia os troncos que estavam queimando dentro do forno a lenha com a pá.

— Tem um cafezinho para essa velha amiga? — disse Úrsula aproximando-se da porta.

— Bom dia! — cumprimentaram Marina e Catalina, juntas.

— Acabei de passar um café fresquinho. — Sorriu Marina com cumplicidade.

Úrsula sentou-se em uma das cadeiras de vime à direita do balcão para tomar seu café. Névoa deitou-se perto de seus pés. Iniciou a conversa que tinham combinado sobre a delícia que Lola preparava todas as manhãs, e que a maioria das pessoas do povoado molhava no leite e no café.

— Ontem eu me ofereci...

— Não temos mãos suficientes se queremos fazer os trezentos pães diários para o povoado. Além disso, os limões, as papoulas... No verão, a Lola apanhava nos campos aqui em frente. Mas agora é necessário ir até Palma. Quem vai buscar as sementes?

— Eu posso ir.

Catalina levantou as sobrancelhas. Por algum motivo, essa senhora não queria que vendessem o bolo que Lola preparava todas as manhãs.

— *No té cap sentit collons!*[29] Era um presente de Lola para seus clientes. Ela nunca cobrou nada por isso. Às vezes, nós brigávamos por conta desse maldito bolo.

— Muito bacana da parte dela — respondeu Marina.

— Marina, eu agradeço muito por você ter reaberto a padaria, mas, veja bem... *em sap greu però*[30], para ser sincera, você é muito lerda, nós não vamos dar conta. A Lola fazia o bolo de limão, mas também me ajudava a preparar o pão. Fazer trezentos pães não é fácil. Além disso, se você não me ajudar vamos ter que contratar alguém e o *pan tants de doblers no dóna!* Traduzindo: pão não dá muito dinheiro! Dá o suficiente para viver. Bem, para mim e para Lola era suficiente, mas para contratar alguém...

— Olhe só... — intrometeu-se Úrsula que estava ouvindo cada palavra daquela conversa. — O médico me mandou fazer exercícios para a artrose nos dedos; eu nunca faço. Eu acho que vai me fazer bem amassar pão.

Catalina olhou intrigada para a velha argentina.

— O que está dizendo, Úrsula? — perguntou Catalina.

---

29. "Isso não faz sentido, caramba!" (N. T.)

30. "Não me leve a mal, mas..." (N. T.)

— Vocês precisam de ajuda, não é mesmo? Eu já estou velha e preciso descansar, mas se quiserem eu posso ajudá-las pelas manhãs. Se me pagarem com um pão integral, eu já me dou por satisfeita.

— Acho uma ótima ideia — disse Marina olhando para Catalina, que franzia a testa.

— Eu não entendo o que está dizendo, Úrsula!

— Meu Deusss! Cati, estou oferecendo ajuda. Eu sei que não é grande coisa, mas é melhor que nada.

— Eu não entendo. *No ho entenc!* — repetiu Catalina olhando para Marina.

— Eu acho que esse vento tramuntana está fazendo mal a vocês — disse Úrsula olhando para Marina. — Eu não vou cobrar nada, e vocês vão ganhar mais dinheiro — Úrsula insistiu de novo olhando para a padeira.

— *Quins orgues, els alemanys*[31] — disse Catalina abrindo a porta do forno.

— Argentina, Cati, argentina...

Úrsula e Marina trocaram um olhar rápido, o plano do dia anterior estava dando certo. Úrsula, com seu humor sarcástico tão característico, disse que a única coisa que fazia era passar horas relendo seus romances favoritos e, quando Marina despediu-se, ela disse: "Olhe só, amanhã não vou ficar só um tempinho. Vou lhe ajudar de verdade. A curiosidade está me matando e, afinal de contas, adiar seis horas de leitura diária na vida de uma velha moribunda... não vai mudar absolutamente nada no mundo."

Era assim que essa velhota germano-argentina pensava. Mas a vida às vezes surpreende. E essas horas que passaria amassando pão ao lado das duas mulheres mudariam a trajetória de sua vida, a trajetória dos anos que ainda lhe restavam.

ANNA DESLIGOU O TELEFONE E APOIOU o cotovelo no aparador da sala, enquanto respirava tentando se acalmar. Era a primeira vez que mentia para o marido. (Para o marido não, para a secretária eletrônica de seu marido.) Inventou um jantar em uma pizzaria de Palma com Marina, dizendo que faria com que reconsiderasse sobre a venda do moinho. Subiu a escada de dois em dois degraus e entrou em seu quarto. Tirou as meias, a calça jeans, a camisa, a blusinha que estava por baixo, o sutiã e foi para o banheiro só de calcinha. Sentou-se em cima da pia de mármore e apoiou suas pernas flexionadas. Tirou de dentro de um *nécessaire* velho um depilador elétrico e começou a se depilar.

---

31. "Como esses alemães são atrevidos!" (N. T.)

Antes fazia tudo isso em uma esteticista, mas desde que Armando diminuiu sua mesada, ela sacrificou suas idas mensais à esteticista e fazia tudo sozinha.

Enquanto passava o depilador na perna, as perguntas iam surgindo sozinhas em sua mente: "O que está fazendo, Anna? O que está planejando? Vai mostrar suas pernas para o Antonio? Não, é claro que não vou mostrar minhas pernas", respondeu para si mesma, "que bobagem! É normal se depilar, não é? Faz cinco meses que não me depilo. Já era hora". Quando viu suas pernas lisas, ficou nervosa. "É um simples encontro com um ex-namorado. Relaxa! Você não está fazendo nada de errado." Aliás, um encontro com o único ex-namorado que teve. Porque na vida de Anna só existiram Antonio e Armando.

Detestava depilar as axilas com o depilador. Respirou fundo e, olhando-se no espelho, começou. Depois de tirar todo o pelo de seu corpo, abriu a água quente e entrou debaixo do chuveiro. Usou um sabonete com extrato de camomila. Ele gostava do cheiro de seu xampu infantil, o qual nunca tinha trocado. "Quem sabe Antonio reconhece esse cheiro? Quer parar com isso, Anna? Que coisa mais brega!" Condicionador nas pontas. Saiu do chuveiro e se secou.

Aproximou o rosto do espelho e forçou um sorriso para ver os pés de galinha. Sim, definitivamente, o botox estava fazendo efeito. Olhou-se no espelho completamente nua. Viu que ainda era bonita, apesar dos quase cinquenta anos. Mas pela primeira vez achou seus seios exagerados. O implante de silicone de quatrocentos e quarenta mililitros que tinha colocado havia cinco anos agora parecia ridículo. Sabia que isso não tinha nada a ver com o pescador de sua juventude. Com certeza, Antonio não ia gostar...

— Chega, chega, chega, Anna. Pare de pensar nessas coisas! — disse a si mesma em voz alta.

O pior desse implante é que ela não tinha colocado por vontade própria, e sim pelo narcisista do marido, que olhava para seu corpo de vez em quando. Enquanto tocava seus seios, pensou nele. Anna não o desejava sexualmente. Fazia anos que não se tocavam, e Anna não se importava. Aliás, era melhor que ele não insistisse. Sua vida sexual era praticamente nula. Anna só precisava dos abraços de Armando, para se sentir protegida, valorizada e amada. Que ele dissesse que a amava de vez em quando. Havia anos ele não dizia. Nem se lembrava da última vez que a tinha abraçado. Jamais confessaria isso a alguém, mas fazia mais de quatro anos que não tinha relações sexuais com Armando.

Na verdade, com exceção de Cuca, suas amigas do Clube Náutico mal tinham relações com os maridos. Suas amigas da alta sociedade não precisavam de muito álcool para contar suas intimidades. Em um jantar, Francisca, a mais atrevida de todas, confessou:

— Na verdade, como eu sei que o coitado fica feliz..., eu dou uma transadinha de cinco minutos com ele uma vez por mês.

Todas racharam de rir. A vida sexual de Cuca apenas confirmava que a das outras deixava muito a desejar.

Já Anna achava que sua falta de apetite sexual era totalmente normal. "Acontece com todas as mulheres casadas", dizia a si mesma, "relaxa". Mas havia uma pequena diferença entre ela e suas amigas do Clube Náutico. Suas amigas passeavam todos os finais de semana acompanhadas dos maridos, de mãos dadas com os filhos, como faziam as famílias normais. Porém, Anna passava os finais de semana com sua filha gorducha, justificando sua solidão por meio dos investimentos panamenhos de Armando. Claro, os maridos de suas amigas bajulavam o empresário maiorquino que acumulava sua fortuna no exterior. Enquanto suas amigas sentiam pena dela. "O que adianta ter tantos milhões se ela passa o tempo todo sozinha?", cochichavam entre elas.

Bem, pelo menos os verões eram sagrados para a família García Vega. Armando sempre passava os meses de julho e agosto na Espanha com a mulher, a filha e todo aquele pessoal da alta sociedade que queria passear em seu iate de trinta metros de comprimento. Anna subia em sua embarcação, bronzeada, usando suas saídas de praia caras, exibindo sua magreza, com seu marido e sua filha gorducha. Sentia-se orgulhosa por estar em família. Gostava dessa imagem que os três passavam ao mundo nesses meses de calor. Mas, no verão de 2005, Armando disse que teria que ficar trabalhando no Panamá. Iria em junho e voltaria só em setembro. Anna sugeriu que os três fossem para o Panamá, já que Anita não tinha que ir à escola, mas ele deu o pretexto de que a América Latina não era um lugar seguro para uma menina de dez anos.

Anna e Anita passaram esses quatro meses sozinhas. Armando ligava poucas vezes e, como sempre, mencionava o urubu como sua substituta. Sempre perguntava pelas aulas de reforço da filha, que tinha reprovado em matemática, religião e ciências. Ela faria a prova de recuperação no mês de setembro. "Fora isso, tudo bem, Anna?" "Sim", ela respondia. Mas o que ele queria dizer com isso? A primeira vez que Anna se atreveu a dizer que se sentia sozinha, ele a interrompeu.

"Não lhe falta nada. Você tem o cartão de crédito para gastar com o que quiser e é só ligar para a minha mãe se você se sente sozinha. Não reclama, Anna, quem está sozinho sou eu."

Era um cínico. Nasceu assim ou o urubu o criou assim.

Durante esses quatro meses, Anna procurou companhia em suas amigas do clube e encontrou. Os proprietários de iates adoravam ter convidados... Qual a graça de navegar em um barco de três milhões de euros sozinho?

Principalmente nesses meses, ficou mais íntima de Cuca. Ela era desbocada, muito diferente de Anna e sempre a fazia rir. Cuca aconselhou a amiga a deixar de lado esse seu jeito de mosca morta. Senão seu marido procuraria outra, isso se já não tivesse encontrado e, finalmente, a abandonaria. (Sem que ninguém tivesse dito a Cuca, ela sabia muito bem que um homem como Armando, que exalava sucesso por cada poro do seu corpo, devia ter várias amantes no Panamá. O que não imaginava é que o idiota se apaixonaria cegamente por uma delas.) Cuca disse claramente a Anna: primeiro o sexo, depois os beijos, os abraços e todas essas coisas fofinhas que as mulheres gostam (ela não se considerava uma dessas mulheres).

— Os homens precisam trepar, Anna. Não se esqueça. Se não trepa com você, vai trepar com outra.

Talvez Cuca tivesse razão e, sim, ela deveria se esforçar e fazer amor com Armando de vez em quando, mesmo sem vontade. Não entendia por que Cuca sempre utilizava a palavra "trepar", era uma palavra grosseira, de pessoas sem classe, vulgares, era tão bonito dizer "fazer amor".

Anna estava ciente de que tinha certa culpa por essa falta de sexo do casal. Foi ela quem começou a desprezá-lo. Dez anos fazendo amor com o único propósito de conceber Anita. Durante a fase de amamentação, sua libido estava praticamente nula. Depois alegou uma episiotomia mal curada, cansaço e dores de cabeça, e o marido também não insistia muito. Armando não era muito romântico (foi apenas no começo), nem tentava seduzi-la. Além disso, atravessava o oceano uma vez por mês para encontrar sua ambiciosa amante, e depois de cheirarem um grama de cocaína, eles transavam até altas horas da madrugada.

— Pense em outro quando estiver fazendo amor — disse Cuca com um sorriso cúmplice. — Feche os olhos. Ele não vai saber. Eu penso em um advogado, amigo do meu marido, que me excita muito — concluiu, piscando um dos olhos.

(Cuca era muito sortuda, conseguia se excitar com todo tipo de homem: desde um falsário tântrico cheirando a patchuli até um advogado sem escrúpulos vestido de Armani, cheirando a perfume francês.)

Anna olhou para a amiga como se ela fosse de Marte. Cuca tocou os dois seios murchos da amiga.

— Daqui a quanto tempo o Armando volta? — perguntou ela.

— Daqui a dois meses — respondeu Anna.

— Faça uma surpresa para quando ele voltar.

Ela se deixou convencer e a surpresa foi implantada. Quatrocentos e quarenta mililitros de silicone em cada seio. Permitiu que um cirurgião plástico fizesse uma incisão nas auréolas de cada mamilo para introduzir essa massa transparente que faria com que recuperasse o marido. Foi mais difícil do que imaginava. Ninguém lhe contou sobre o pós-operatório. Ninguém lhe contou como os seios ficavam inchados. Ninguém lhe contou sobre a dor da ferida na aréola. Passou um mês choramingando na companhia de Imelda, quem lhe fazia curativos com iodo no mamilo e lhe dava dois ibuprofenos por dia.

Porém, depois de dois meses, os seios murchos se tornaram firmes, bonitos e se destacavam em seu pequeno corpo.

Armando voltou no fim de setembro. Ela foi buscá-lo no aeroporto. Nessa mesma manhã fez um tratamento de queratina nos cabelos, comprou maquiagem nova para a ocasião. Usava um decote. Olhou-se no espelho e se sentiu satisfeita antes de sair para o aeroporto. Anita, como sempre, acompanhou-a vestindo seu moletom. Armando saiu pela porta de embarque e deu um beijo rápido em sua boca. "Como vai, Anna?". Não percebeu nada.

Os três jantaram e colocaram Anita para dormir. Armando desceu as escadas e se deitou na *chaise longue* de pele de leopardo. Pegou o controle remoto e ficou mudando de canal. Já no andar de cima, Anna preparava-se no quarto para fazer amor com o marido. Vestiu uma camisola verde de alcinha que tinha comprado em uma loja chique no centro de Palma. Olhou-se no espelho novamente, sorriu ao ver que estava tão bonita. Abriu a porta do quarto e o chamou. Armando respondeu desanimado.

— Suba, por favor — insistiu.

Armando subiu sem vontade e entrou no quarto. Anna o esperava sentada na beirada da cama. Uma alcinha da camisola caiu pelo seu ombro. Sorriu, quase envergonhada; tinha a sensação de que estava se desnudando pela primeira vez em sua frente.

Armando ficou na porta. Surpreso.

Anna se aproximou do marido com carinho. Baixou a outra alça da camisola e mostrou seus seios.

— Você gostou? — perguntou tímida.

Armando olhou aqueles seios voluptuosos.

— Anna, o que você fez? — disse segurando com as mãos aqueles peitos que não pareciam ser de sua recatada mulher.

Tirou sua camisola, deixando que caísse no chão, Anna ficou completamente nua. Olhou novamente para os seios operados da esposa.

— Sim, gostei, Anna — disse esfregando-os.

Sim. Ele gostou e muito. Armando aproximou a boca do corpo de Anna, chupou um seio, o mordiscou. Anna, ao contrário do que havia imaginado, quando Armando o chupou, ficou apreensiva e se lembrou do bisturi cortando seu mamilo. Armando continuava vestido com a roupa que tinha viajado do Panamá. Rapidamente, beijou a boca de sua mulher nua.

— Espere um segundo.

Entrou no banheiro. Ajustou uma carreira de cocaína com o cartão de crédito e cheirou. Saiu.

Foi até sua mulher, que o esperava deitada na cama, sem conseguir deixar de lado a menina tímida que sempre foi e sempre seria.

— Você ainda é bem gostosa, Anna — disse Armando.

Anna sorriu com timidez. Tinha conseguido seu objetivo. Fechou os olhos e beijou sua boca suavemente, enquanto acariciava suas costas. Armando, com um movimento brusco, virou-a, fazendo com que ficasse de costas para ele.

— Fica de quatro — sussurrou Armando em seu ouvido.

Anna não fez nada porque não entendeu o que ele disse.

— Fica de joelhos, meu amor...

Anna obedeceu. Ficou de joelhos na cama e Armando, com a mão, inclinou o corpo da mulher para a frente. Essa posição, que Armando tinha aprendido em suas noites panamenhas, fazia com que se sentisse poderoso. Em seguida, a ereção. Abriu rapidamente o zíper da calça, deixando-a cair no chão em cima de seus sapatos. Tirou o pênis ereto de dentro de sua cueca Calvin Klein e ficou de joelhos atrás dela. Antes de penetrar, colocou as mãos nas nádegas de Anna e as apertou. Separou os glúteos enquanto olhava seu pau pronto para entrar em ação. Gostava de ver como ele crescia... foi o que fez antes de penetrar. Entrou em sua mulher sem cerimônia. Anna sentiu como se uma faca a partisse ao meio. Ela gritou de dor, e Armando interpretou o som como um gemido de prazer, e isso o excitou ainda mais. Olhou para seu pinto duro.

Acelerou o ritmo. Observava o pênis que saía e entrava do corpo de sua mulher, por trás. Ela estava muda. Poder. Domínio. Mordeu os lábios. Um minuto. Dois. Três, entrando e saindo. "Um pouco mais rápido, Armando", disse a si mesmo. A cocaína permitia que aguentasse mais tempo. Ele adorava essa longa duração que a droga lhe proporcionava. Acelerou assim que começou a ouvir os próprios gemidos de prazer. Estava cada vez mais rápido. Viu Anna tão frágil, entregando-se por completo, ali, nua, de costas. Sem olhar para ele. Anna agarrou com força o cobertor que estava na cama. Só sentia dor.

Armando sempre gostou do corpinho magro e frágil de sua mulher, assim como todos os rapazes do Clube Náutico, mas foi ele quem ficou com a loirinha tímida e frágil que todos queriam. "Olha só, aquela menininha frágil e tímida do clube. Quem diria, parece mais uma puta." Armando sempre sentiu orgulho por saber que o corpinho de sua mulher não tinha experimentado outro pau além do seu.

Ele mesmo se surpreendeu com a velocidade com que começava a penetrar no corpo de Anna, já que estavam acostumados ao corriqueiro papai e mamãe de sempre. Sua mulher o estava excitando como nunca. Agarrou seus seios e os largou. Deu-lhe uma palmada de leve, do jeito que a panamenha gostava. Anna emitiu um som estranho. "Ela gosta", foi o que pensou. Fechou os olhos para recordar a frase dita por sua amante panamenha, havia pouco tempo, na mesma posição: "Eu adoro que você me coma… mas não vá gozar ainda, meu macho gostoso." Essa frase o deixava excitado e se lembrar dela também. Faltava pouco para gozar. Armando não era daqueles que gozavam antes, claro, as damas primeiro. Dar prazer a uma mulher era só para os vencedores.

— Toque-se — ele mandou.

Ela fingiu obedecer e escondeu sua mão entre as pernas magras, também simulou alguns gemidos de prazer para combinar com a cena.

Armando suspirou de prazer ao ouvir sua mulher gemer e continuou a comendo, como nunca tinha feito em todos os anos de casamento. Fechou os olhos. Mais um tapa. Seu pênis parecia um taco de baseball. Olhou para ele orgulhoso segundos antes de gozar. Colocou as mãos nos glúteos da mulher. Afastou-os. Levantou a mão direita. Deu o último tapa e meteu com força. Enquanto uma lágrima escorria pela bochecha de sua esposa, ele gozou feito um animal.

Não desligou o motor da moto nem tirou o capacete. Levantou a viseira e sorriu.

— Vamos um pouco longe — disse Antonio, entregando-lhe o capacete que estava pendurado em seu braço.

Anna prendeu o cabelo em uma trança, como sempre fazia quando ele a buscava na porta do colégio. Ele a ajudou a colocar o capacete e, sem pensar duas vezes, sabendo o que ele faria em seguida, ela levantou o pescoço. Antonio ajustou a correia, como fazia trinta anos antes.

— Anna, você não mudou nada — disse dando um sorrisinho, olhando para o casaco fino que ela estava usando.

Tirou sua jaqueta de couro e a estendeu em sua direção.

— Estou bem, Antonio. Não se preocupe.

Ele colocou a jaqueta em seus ombros, sem lhe dar ouvidos, e ela, como tinha feito tantas vezes, vestiu-a. Sentiu seu calor e, sem querer admitir, gostou.

Anna subiu na moto e segurou na alça traseira. Antonio passou a marcha lentamente, sairiam do centro de Palma.

A Kawasaki preta passou discretamente pelos carros até chegar à estrada MA-11. Acelerou. Ele gostava de correr de moto. Anna sabia muito bem disso. Lembrou-se das poucas discussões que tiveram em sua juventude, sempre por causa da maldita moto.

— Deixe pra correr quando eu não estiver com você! Caramba, Antonio, eu tenho medo — dizia furiosa quando eram jovens, assim que descia da moto.

— Acontece que você é tão magrinha que eu esqueço que está atrás de mim. Agarra na minha cintura para que eu não esqueça — respondia com seu jeito travesso, dando-lhe um beijo e os colocando em perigo todos os dias.

Que mania de correr! E, claro, a Kawasaki que pilotava nesse momento corria muito mais que a velha moto Rieju que tinha quando era jovem. "Ele também não mudou", pensou. Ela continuava rígida atrás dele e, consciente disso, ele acelerou. Ao perceber que ele aumentou a velocidade, ela sorriu, sem olhar para ele. Com certeza, estava recordando as discussões que tiveram pelas voltas de moto havia três décadas antes. Anna sabia perfeitamente o que tinha que fazer para que diminuísse a velocidade. Inclinou-se para a frente, apoiando-se nele, igual fazia aos dezessete anos. Colocou a cabeça de lado e agarrou-o pela cintura. Ele sorriu e diminuiu a velocidade.

De: mathiaschneider@gmail.com
Data: 8 de fevereiro de 2010 (três horas atrás)
Para: marinavega@gmail.com

Marina, preciso parar. Descansar. Não sabe como tem sido devastador estar aqui. A Cruz Vermelha já contabilizou quarenta e cinco mil mortos. Quinze funcionários da ONU continuam desaparecidos. Estão procurando embaixo dos escombros. Os mortos estão amontoados pelas ruas. Não temos pessoas suficientes para ajudar. Talvez o fato de você não estar aqui torne tudo mais difícil. Não sei. Ontem à noite estava voltando para o acampamento com Sigfried. Encontramos um cara da nossa idade chorando, sentado na calçada. Estava sozinho. As pessoas choram muito aqui. Mas eu senti tanta pena desse homem... tanta. Falava crioulo e um pouco de espanhol. Pude me comunicar com ele com meu espanhol básico. As ruínas atrás de nós eram sua casa, e certamente sua mulher e sua bebê estavam embaixo daquilo tudo. O homem não conseguia parar de chorar. Ele nos abraçou e em seguida o levamos para que fosse atendido pela Cruz Vermelha. Mais tarde, depois de tomar umas cervejas a mais, chorei no ombro de Sigfried. (É óbvio que ele me chamou de maricas e me fez uma proposta indecente. Mas arrancou o meu primeiro sorriso do dia. Aliás, ele se apaixonou loucamente por um enfermeiro local.) Mal dormi essa noite. Eu pensei muito. Muito mesmo. Não posso demorar, temos no máximo dez minutos de conexão. Marina, sei que já conversamos sobre isso em algum momento. Mas dessa vez é sério. Eu quero formar um lar com você. Eu preciso. Preciso ter um lugar para ficar. Para descansar. Um lugar onde eu possa esquecer esse mundo estranho em que vivemos. Há cinco anos estamos dando voltas pelo mundo. Claro que quero continuar trabalhando com o MSF. Não me vejo fazendo outra coisa. Mas quero voltar para minha casa. Não quero voltar para a casa dos meus pais, por mais incríveis que eles sejam. Quero que tenhamos a nossa casa. Não sei por que lhe dei ouvidos... perdemos aquele apartamento excelente na Alemanha.

 Sei que você não quer vir para o Haiti, se vier é por mim. Então, por que não me espera? Em junho, estarei ao seu lado e podemos ficar alguns meses na casa que você herdou, e assim decidirmos juntos onde vamos procurar nossa casa. Eu preciso e quero ter um lugar. Um lugar com você. Quero um lugar com você para sempre.

T'estim,

De: marinavega@gmail.com
Data: 8 de fevereiro de 2010
Para: mathiaschneider@gmail.com

Mathias, me liga pelo Thuraya.[32] Não sei a que horas você está no acampamento. Minha vizinha de Valldemossa é alemã, se chama Úrsula. Ligue para a casa dela.

---

32. Thuraya: telefone via satélite utilizado pelos voluntários em locais onde a comunicação por telefone convencional não existe ou foi interrompida. (N. T.)

Pode ser das cinco da manhã às três da tarde ou à noite a partir das oito. O número do telefone é + 34 971 22.

Apertou a tecla "Enviar" sem se despedir.

Olhou para dentro da pequena e acolhedora sala do Petit Hotel de Valldemossa. Viu Gabriel ajoelhado em frente à lareira. Tirava lenha de pinho e de amêndoa de dentro de um cesto de vime, em seguida a colocava cuidadosamente dentro da lareira, onde pequenos ramos de oliveira formavam a base. Colocou jornal velho por baixo. Tirou uma caixa de fósforos do bolso de sua calça de veludo. Pegou um palito de fósforo, acendeu-o e jogou nos ramos de oliveira. O pinho começou a queimar e, em seguida, a amêndoa. Com um fole artesanal, atiçou o fogo. Como todas as tardes, sentou-se ao lado do fogo em frente à janela de sua casa para cumprir seu ritual diário: admirar o sol de inverno se escondendo atrás da serra de Tramuntana.

— Você é feliz?

— Nossa, não sei o que responder — disse Anna bebendo um gole de vinho branco.

Tinham ido para Sóller. Do restaurante pequeno e simples que Antonio tinha escolhido, dava para ouvir as ondas do mar. As toalhas quadriculadas de vermelho e branco eram velhas. Havia peixe fresco e vinho branco da ilha, bem gelado. Era um lugar que servia jantar para pescadores de bom gosto.

— E você? Você é feliz?

— Você passou a bola pra mim — respondeu Antonio, sorrindo. — Olho para trás e posso dizer que fiz tudo o que queria. Vi o mundo. Tive uma filha e, agora que voltei para cá, posso dizer que sim. — Fez uma pausa. — Sou feliz ou, pelo menos, estou tranquilo. Aos cinquenta anos de idade, isso é muito importante.

Antonio pegou a taça de vinho e tomou um gole. Colocou-a de volta na mesa.

— Por que você não respondeu minhas cartas? — continuou Antonio, olhando em seus olhos.

Anna enrubesceu e colocou os talheres no prato.

— Que cartas, Antonio? — perguntou baixando o tom de voz.

— Escrevi toda semana. Toda semana, Anna. Durante três meses. Não me diga que não recebeu minhas cartas. Primeiro enviei os postais que havia comprado em cada porto em que paramos antes de atravessar o Atlântico, depois escrevi páginas e mais páginas que você nunca respondeu.

— Nunca recebi nada, Antonio. Eu juro — disse com franqueza.

— Rua Albenya, número trinta e três, bairro Son Vida. Passaram-se anos, e eu ainda me lembro.

Anna concordou. Era o endereço de sua casa. A casa de sua avó Nerea, depois de seus pais, agora sua. Onde continuava morando com o marido e a filha. Ela nunca tinha se mudado daquele lugar.

— Não recebi nenhuma carta. Eu juro... me senti muito impotente. Eu não sabia para onde escrever. Acredite em mim. Por favor.

Anna baixou o olhar por um segundo, recordando a dor que sentiu naquele ano sem Antonio. Sem saber nada dele.

— Para onde eu poderia escrever? Passei com meu pai em frente a S'Estaca, mas não me atrevi a pedir que parasse. Podia ter perguntado para seus pais, mas imaginei que estivessem decepcionados comigo. Não sei...

Antonio permanecia calado. Um pouco incrédulo. Afinal de contas, foi uma história de amor impossível entre um humilde marinheiro apaixonado e uma moça de classe alta. E com a ausência de resposta, chegou a se convencer de que esse tinha sido o motivo do término.

— Foi minha mãe, com certeza — disse Anna, com certo rancor e olhando para o mar que estava à sua frente. — Não acredito que meu pai faria algo assim.

Não valia a pena tentar descobrir quem tinha escondido as cartas trinta anos atrás. Mas ela estava com a razão. Foi sua mãe quem escondeu as cartas. Ana de Vilallonga sabia muito bem o tipo de futuro que queria para sua filha. E um pescador pobretão não fazia parte do mundo que havia planejado.

— Fui covarde — disse Anna com sinceridade, liberando a mãe dessa culpa. Estava sendo honesta consigo mesma e com ele. Porque ela foi a única culpada por não ter subido naquele barco e ter acabado para sempre com aquela relação.

— Eu fui egoísta — respondeu Antonio, inesperadamente. Como se tivesse chegado àquela conclusão depois de pensar por muito tempo.

— Por que está dizendo isso?

— Era o meu sonho, Anna. Era eu quem queria conhecer o mundo e no fundo também tinha medo de fazer isso sozinho. Sabia que você estava apaixonada por mim e eu a convenci, mesmo sabendo que você não seria feliz. Bem, na verdade aos vinte anos eu não pensei que você não seria feliz. Claro que eu fiquei bravo com você, mas... com o tempo, entendi a situação.

Antonio pegou a garrafa de vinho branco, serviu a taça de Anna, depois a sua e continuou:

— Quando subi no veleiro sem você, eu estava de coração partido e por isso a odiei. — Antonio quase sentiu vergonha de dizer essa palavra e em seguida, levou a conversa para outro lado. — Eu não lhe contei tudo quando estávamos no caminhão. Senti muito medo no barco. Muito, Anna. Tivemos muito azar. Porque esperamos no veleiro em Cabo Verde até que as condições meteorológicas estivessem favoráveis. Esperamos quinze dias antes de zarpar. — Suspirou recordando a situação. — Juro que pensei que fosse morrer, foi quando eu percebi que tinha sido um egoísta, que você teria me odiado por tê-la obrigado a passar por aquilo. Duas semanas no meio do nada. Em um oceano plano sem vento. Quarenta nós em duas semanas. As pessoas acham que o perigo está nas tempestades do Atlântico. Mas não, é na calmaria, na falta de vento. Pensei que morreríamos ali porque a comida e a água estavam acabando. Para piorar, a mulher do inglês começou a ficar nervosa, histérica. Ela estava lá porque ele a havia convencido. E eu, no meio de suas discussões em um barco de seis metros de comprimento. Bem, eu e dois marinheiros de Cabo Verde. Me senti muito sozinho, porque falavam em português entre eles e também não me davam muita bola.

Bebeu um gole de vinho.

— Isso não foi tudo, de repente, a tempestade, o furacão. — Antonio ficou em silêncio por um segundo, recordando o pesadelo que foi essa travessia. — Ondas de quinze metros que nunca tinha visto em minha vida. Fiquei pele e osso. E depois, quando chegamos à República Dominicana, as coisas foram relativamente simples. No porto havia murais com anúncios escritos à mão por marinheiros que queriam dividir quarto. E foi o que fiz. A vida lá é bem barata. Trabalhei durante um ano e meio em embarcações turísticas. E lhe escrevi várias cartas.

— É sério, Antonio... eu nunca recebi uma carta sua.

— Inclusive, juntei dinheiro para comprar uma passagem de avião para que você fosse me visitar. E esperei pacientemente suas cartas durante um ano. Até que um dia abriram um salão de beleza embaixo da minha casa. Fui cortar o cabelo e acabei procurando consolo nos braços da cabeleireira. Depois de um tempo nos casamos. — Sorriu com certa tristeza. — A vida é estranha, não é?

Eles se olharam por alguns segundos, sentindo ternura, tristeza, nostalgia, dúvidas. Encontraram-se um no outro; talvez, lá no fundo, houvesse um resquício desse amor escondido.

— Eu levava uns dois dias para escrever cinco linhas e, quando terminava, eu relia, e aquelas palavras pareciam tão... — riu e deu de ombros — tão infantis que eu rasgava o papel e começava tudo de novo. — Sorriu novamente. — Não tem ideia de como era difícil para mim escrever aquelas míseras linhas. Cheguei a achar mais fácil atravessar o Atlântico do que escrever.

Eles se olharam em silêncio. Tentando imaginar a vida que não tiveram.

———

— Marina! — gritou Úrsula da rua.

Marina olhou pela janela do quarto.

— Ligação do Mathias.

Sem fechar a janela, desceu rapidamente a escada, passou pela padaria e saiu. Úrsula a aguardava na porta de casa. Fez um gesto indicando que entrasse. Marina entrou na sala e pegou o telefone fixo em cima de uma mesinha ao lado da máquina de escrever quebrada. Úrsula sorriu ao sair, ia dar um passeio com Névoa. Fechou a porta e deixou a nova vizinha em sua casa.

Ouvir a voz de Mathias, como sempre, trouxe a ela uma sensação de paz. E essa sensação era mútua.

— Como vai, meu amor?

Foram as primeiras palavras que ele disse. Disse em espanhol. Era sempre tão carinhoso e tão generoso com as palavras de amor que dizia a Marina! Devia ser a tal tradição do romantismo alemão herdada de Goethe. Ou talvez algumas palavras como: meu amor, quando são ditas em outro idioma, perdem um pouco da carga emocional. Mas Marina estava equivocada. Mathias dizia *te adoro* ou *te amo*, em espanhol, porque achava o som mais bonito do que o *Ich liebe dich* de sua língua materna. Ele dizia com muita sinceridade. Marina gostava de ouvir essas palavras, já que nunca conseguia pronunciá-las.

— Bem. Está tudo bem — respondeu. — E você, como está?

Apesar de raramente dizer algo romântico, era capaz de amar como qualquer outra mulher. Mas para Marina, era muito mais fácil se despedir com um *I love you* do que dizer *te adoro* ou *te amo*. Não se lembrava de ter pronunciado essas palavras em seu idioma nem uma vez nos seus quarenta e cinco anos de vida.

Marina ouviu Mathias contar o horror que presenciava a cada dia. Mais de um milhão de pessoas sem suas casas. As linhas de telefone estavam fora de serviço. Mesmo pelo Thuraya, tinham poucos minutos para se comunicar.

— Marina, não posso falar muito. No início de junho eu posso estar aí. O que você acha? Hein? Me espere. Eu adoraria estar ao seu lado agora para conversarmos com calma — disse Mathias. — Já vou, dois minutos! — gritou para Sigfried, que fazia gestos de dentro do jipe. — Vieram me buscar, Marina. Olha, eu a conheço e sei que não quer vir para o Haiti. Me espere aí. Eu vou para a Espanha. O que me diz?

— Mathias... tudo bem. Eu o espero aqui — disse sem pensar.

— Não estou ouvindo, Marina.

— Sim, vou esperá-lo. Enquanto isso, talvez eu consiga descobrir mais alguma coisa sobre...

A linha caiu. Marina permaneceu com o fone grudado na orelha.

Voltou assustada para a casa da falecida padeira. Entrou na padaria e foi em direção ao andar de cima. Observou o cômodo que era, ao mesmo tempo, sala e cozinha. Achou o lugar ainda mais sem graça e frio que nos dias anteriores. O sofá, mais desgastado. O velho armário, mais sujo. Olhou para o chão em que pisava, tão diferente daquele piso de madeira cor de mel que rangia a cada passo na aconchegante casa da vizinha.

A fachada de pedra de ambas as casas era igual. A disposição dos quartos também. As claraboias e as janelas amplas de sua vizinha iluminavam a casa. Já a de María Dolores era escura.

Subiu para o quarto. A colcha africana dava o seu toque. Levantou a pesada cama de ferro e a colocou de frente para a janela, assim, logo que abrisse os olhos daria de cara com as montanhas e o mar de longe. Olhou as vigas de pinho que desciam sobre sua cabeça seguindo o formato do telhado. Tirou os sapatos e se sentou na cama. Puxou as pernas em direção ao peito e as abraçou.

Outra vez, por algum motivo que não conseguia compreender, enquanto o vento batia na janela, sentiu-se segura naquele quarto. Sentiu-se acolhida por aquelas velhas paredes.

Ouviu sua filha Anita gritar. Abriu um olho e em seguida sentiu uma leve dor de cabeça pelo vinho branco que tomou na noite anterior. Olhou para o despertador da mesa de cabeceira. Oito e meia da manhã! Tentou não fazer barulho para não acordar Armando. Se bem que, com a quantidade de Tranxilium que estava tomando havia duas semanas, era improvável que ouvisse.

Anna saiu do quarto de camisola e foi até a beira da escada.

— Eu perdi a hora, querida... preciso de uns minutos.

— Porra, mãe! Espero você no carro.

Anna entrou novamente em seu quarto e observou Armando, que roncava de boca aberta. Pensou como estava sendo difícil para ele ter perdido tanto poder. Anna não estava sofrendo por isso. Os dois gostavam de dinheiro. Quem não gosta? Claro que ela sentia falta de entrar nas boutiques da moda, como fazia anos antes, sem olhar o preço de nada. Comprar os lindos vestidos em Cortana, onde havia modelos exclusivos para ela, desenhados por uma jovem estilista maiorquina. Ela sempre era a mulher mais bonita das festas do Clube Náutico. Também já não comprava maquiagens da marca Shiseido, nem sapatos italianos, e, lógico, sentiria falta de passar o mês de agosto tomando sol em cima do iate de trinta metros de comprimento. Mas Anna era consciente de que continuavam morando nessa mansão no bairro de Son Vida, com uma vista maravilhosa para a baía de Palma, porque, por sorte, estava em seu nome e no de Marina. Anna sabia aproveitar o sol que saía a cada manhã e as águas do Mediterrâneo, que banhavam sua vida. Independentemente do que acontecesse, isso nunca mudaria.

Já seu marido, estava se transformando em outro homem. Em alguns dias, irritável e orgulhoso, saía de casa disposto a resolver a situação econômica em que se encontravam. Em outros, perambulava pela casa de roupão, fumando, navegando pela internet.

Certa manhã, Anna o viu levantando o roupão e coçando a virilha sem nenhum pudor. Tinha cortado a cabeleira grisalha no dia anterior. Ia se arrastando em direção ao banheiro. Anna se lembrou de uma história da Bíblia; a de Sansão e Dalila, contada pela professora de literatura do San Cayetano. Sansão era um herói extremamente forte, temido pelos filisteus e desejado pelas mulheres mais lindas. A força de Sansão estava em sua longa cabeleira, e esse segredo era guardado debaixo de sete chaves, até que uma linda filisteia chamada Dalila apareceu em sua vida. Dalila conquistou seu amor, e ele, louco de paixão, revelou seu segredo. Naquela noite, enquanto Sansão dormia, Dalila cortou sua cabeleira e a entregou aos filisteus. Armando, assim como Sansão, já não era um homem poderoso, admirado por todos; agora parecia um Sansão derrotado pedindo clemência. Anna sentiu pena do marido. Sentiu lástima, apesar de tudo. O que Anna não imaginava era que a personagem feminina dessa história bíblica também existia na vida de Armando.

— SE TIVESSE ME DADO UMA MOTO, não teria que levantar — disse Anita, sintonizando o rádio do BMW.

— Suas notas já saíram?

— Eu tenho dinheiro suficiente para comprar uma moto usada. O dinheiro é meu. É o dinheiro que você me dava de Natal. O dinheiro que ganhei da minha avó.

Logo que conseguiu sintonizar, ouviu "Party in the USA", de Miley Cyrus.

— Não suporto essa garota — disse Anita, referindo-se à cantora norte-americana e ignorando as perguntas da mãe.

Procurou outra estação. Notícias em maiorquim, *reggaeton*, música clássica... Anita suspirou e desligou o rádio.

— Como estão suas notas, filha?

— Eu não entendo por que você é tão paranoica com as motos. Se eu tiver cuidado, não tem perigo. Chegaria ao colégio em quinze minutos.

— Aprovou em matemática?

— Em quinze minutos, mãe. Assim você não teria que bancar a motorista todos os dias.

— Para mim é uma honra — disse Anna, buzinando para um carro que a ultrapassou de maneira imprudente.

— Eu já sou bem grandinha para você me levar ao colégio, sabia?

— Moto é perigoso, filha.

— É perigoso se correr pra cacete e for imprudente.

Anna suspirou e se calou, sem vontade de discutir. "Meu Deus do céu, como minha filha é boca suja! É melhor eu ficar quieta, senão brigamos de novo", pensou mordendo a língua.

— Tirei notas boas em castelhano, ciências, religião, latim e artes — disse rapidamente olhando pela janela do carro —, mas fui reprovada em física, química e matemática.

— Não é possível — disse Anna, de um jeito tranquilo, um pouco desesperada pelas reprovações da filha.

Anna olhou para sua Anita, que continuava com o olhar perdido pela janela. Era uma adolescente estranha, mas que se preocupava com suas notas. Bem, não se importava especificamente com suas notas. Se aprovasse já era o suficiente. O fato de ter que estudar de novo o mesmo assunto era um pé no saco e repetir de ano não fazia parte dos seus planos.

— Não podemos continuar pagando o professor particular. Não sei o que faremos. Vou falar com a sua tutora.

— Não! Você não vai falar com ninguém!

Anita abriu a janela do BMW.

— Não sei por que diabos tenho que aprender o que é uma equação de segundo grau ou uma raiz quadrada. Me diz, mãe... os adultos usam raiz quadrada para alguma coisa nesta vida?

Anna olhou para a filha, que esperava uma resposta. Não suportava o seu jeito de falar. Era um palavrão em cada frase. Ela quase nunca falava daquele jeito. Bem, é claro... falava em situações extremas, como no dia em que ficou largada na estrada pela pane em seu carro.

— Bem, que eu saiba, não. As pessoas que conheço não utilizam em sua rotina. Mas alguém deve usar. Devem servir para alguma coisa, e por favor, cuidado com o jeito que fala.

— E para que tenho que memorizar aquela porra de tabela periódica?

— O pessoal da Nasa — disse Anna.

Anita olhou para a mãe.

— Quê? — perguntou sem entender.

— O pessoal da Nasa deve utilizar raízes quadradas — disse Anna, séria.

— O pessoal da Nasa — repetiu a filha sem acreditar na mãe.

— Sim, talvez os astronautas... talvez seja útil para as linhas do universo...

— É sério, mãe... eu tenho certeza de que você fuma uns baseados escondida.

— Você diz cada coisa, minha filha... se eu falasse assim com minha mãe, não sei o que ela teria feito comigo.

O fato de Anna não ter aumentado o tom de voz surpreendeu a filha. Anita podia ser muito solitária, mas surda ela não era. Tinha escutado as garotas de sua sala comentando as discussões que tinham aos gritos com suas mães. Já a sua, pouquíssimas vezes tinha aumentado o tom de voz, e isso a surpreendia.

— Eu posso tentar ajudá-la em matemática — disse Anna, sem muita convicção no que dizia. Afinal de contas, ela foi uma péssima aluna e também nunca tinha entendido para que serviam todas aquelas equações que enchiam a lousa do San Cayetano.

— Você? — perguntou Anita. — Mas você se confunde com a conta do supermercado.

Chegaram à rua da escola. Anita viu algumas de suas colegas entrando sorridentes. Observou as saias exageradamente curtas que usavam e inconscientemente cobriu seus joelhos com a saia do uniforme. Detestava esse uniforme brega para meninas que usava desde os três anos.

— Caso esteja interessada, tirei excelentes notas em alemão e inglês — disse abrindo a porta do carro.

Anna sorriu enquanto encostava o carro a poucos metros da entrada do colégio.

— Que bom, filha! Meus parabéns — disse com um sorriso sincero. — Você é capaz.

Nesse instante, umas dez colegas de sala passaram a poucos metros do BMW. Nenhuma parou para esperá-la. Ela as seguiu com o olhar por um segundo e voltou a encarar a mãe.

— É a única coisa que me interessa... estudar um idioma para sair desta porcaria de lugar em que nasci.

Anna olhou para a filha. Pela primeira vez em toda sua vida, notou que a olhava de um jeito diferente. Era a segunda vez em tão pouco tempo que ela dizia que queria sair da ilha, fugir para sempre. Talvez tenha sido o reencontro com Antonio que fez com que Anna ouvisse as palavras da filha de um jeito diferente. Não viu uma menina fazendo birra. Não viu uma adolescente rebelde. Viu uma mulher expressando seu desejo. Viu uma mulher com vida própria, e não a continuação de sua mãe. Pensou que se Anita pudesse subir naquele mesmo instante no *Lord Black* para atravessar o Atlântico, ela faria isso de olhos fechados. Não teria a menor dúvida. Não seria covarde como ela foi. Percebeu que não era só fisicamente tão diferente da filha, mas psicologicamente também. Conhecia Anita de verdade? Bem, a conhecia como filha, mas a conhecia como mulher?

Percebeu que não se abalou quando as colegas de classe passaram por ela, ignorando-a. Talvez já fosse hora de observá-la como uma mulher de quinze anos com seus próprios desejos, seus próprios sonhos. Uma mulher que devia começar a respeitar, e não só amá-la e protegê-la como havia feito até agora. Uma mulher que desejava de verdade sair daquela ilha.

— Filha, eu não tenho condições, mas se você prometer que vai tomar cuidado, você pode comprar a moto com seu dinheiro.

— Sério? — perguntou incrédula.

— Muito cuidado.

— Mãe... eu vou tentar passar em ciências... olha, quando o professor me explica em casa, eu entendo. Mas chega na hora da prova, eu vou lá e tiro quatro. — Deu de ombros, sem entender.

— Eu sei, filha. Sei que você estuda. Ande, vá indo. O sinal já vai tocar.

Anita fechou a porta do carro sem bater. Afastou-se e foi em direção à porta do colégio. Anna sempre a esperava entrar, não por medo de que não entrasse, mas por segurança. Anita chegou até a porta e, pela primeira vez em toda sua adolescência, olhou para a mãe, levantou a mão, acenou para se despedir e sorriu.

ANNA TIROU SEU CELULAR DO BOLSO e se sentou na *chaise longue* de pele de leopardo. Ouviu o marido dando descarga no banheiro do quarto. Um pouco insegura, apertou a tecla menu. Depois agenda. Procurou o número de Antonio. Escreveu a mensagem:

> Olá, Antonio! Eu me diverti muito ontem à noite. Mas insisto que deveria ter pagado. Escrevo a você porque minha filha quer uma moto. Nada caro, uma moto usada. Me avise se tiver algum cliente da oficina interessado em vender. Obrigada... um beijo.

Voltou para o começo da mensagem e apagou o ponto de exclamação. Muito infantil. Releu a mensagem. Foi para o fim da mensagem e apagou as reticências. Ele poderia pensar bobagem. Releu a mensagem. A palavra "beijo" também não era necessária. Só "obrigada" e pronto. Pousou o dedo na tecla enviar. Escreveu "beijo" de novo. Estava sendo fria escrevendo só "obrigada". Não tinha problema mandar um beijo. Pensou por uns segundos e finalmente escreveu: "A gente se vê." Suspirou e apagou de novo. Escreveu: "Um abraço." Muito intenso. Apagou. Achou que era melhor escrever beijo no plural. Escreveu "Beijos". Apagou o "s". Só beijo e pronto. Os três pontos também não significam nada.

Ouviu o marido sair do quarto. Apertou a tecla enviar. O que tinha escrito? Beijos, beijo ou abraço? Releu a mensagem. Beijos.

Escondeu o celular no bolso da calça e deu uma olhadinha discreta em direção à escada. O telefone tocou. Era quase impossível que fosse Antonio. Anna tirou o celular do bolso. Na tela, o nome de Antonio. De novo, olhou para a escada. Não tinha ninguém por perto. "Olhe só, Anna, não é nada demais, é uma ligação do mecânico. Se tiver alguém por perto ou não, é irrelevante", disse a si mesma, tentando se convencer de que não era nada, apesar de sentir o coração bater acelerado.

— Olá, Antonio — atendeu, calculando com precisão um tom de voz ao estilo: *não é nada demais.*

Entrou na cozinha e fechou a porta.

— Olá, Anna. Li sua mensagem. Tenho dois clientes que querem vender a moto. Uma tem dez anos de uso, é uma Yamaha e custa quinhentos euros; a outra é uma Vespa, que deve ter uns vinte anos... essa custa trezentos.

— Que bom! E você os conhece? São de confiança?

— Sim, são clientes da oficina. Não se preocupe com isso. Se não fossem confiáveis, eu nem os indicaria.

— Perfeito, eu vou falar com a minha filha e lhe aviso.

— Combinado. Você me liga? — perguntou Antonio.

— Ligo, sim. Ela sai do colégio às cinco, eu falo com ela e ligo para você.

— Combinado.

Ficaram em silêncio por alguns segundos. Nenhum dos dois queria desligar.

— Então... bom dia pra você — disse ela, por fim.

— Pra você também, Anna. Eu também me diverti muito ontem.

Os dois queriam outro encontro, mas ninguém falou nada. Esperaram em silêncio.

— Bem, então... — disse Anna. — Eu ligo mais tarde para combinarmos.

— MARINA!

— Oi, Laura! Como vai?

— Bem, e você? O pessoal do setor de Recursos Humanos me procurou hoje perguntando se eu tinha notícias suas.

— É por isso que estou ligando. Vou ficar aqui até setembro. Avise a eles que estou deixando meu cargo na Etiópia... por enquanto — esclareceu, não tão convencida.

Marina explicou tudo que tinha acontecido naquelas semanas. Como tudo tinha tomado um rumo inesperado. Laura, como sempre, analisando tudo que ouvia, notou certo entusiasmo na maneira com que Marina falava daquela casa de pedra no meio da serra de Tramuntana. Talvez a amiga, como tinha-lhe recomendado, finalmente estivesse de volta às origens.

— Tinha planos de viajar com minha filha para o povoado dos meus pais — disse Laura —, mas, enfim... era só para sair de casa.

— Venha, Laura. Por favor. Há espaço na casa.

— Irei para o seu aniversário. Combinado? Ficarei duas semanas com minha filha. Que delícia! Marina, temos um novo operador logístico aqui que é muito careca e muito gordo, mas eu gosto dele. Aliás, ele está me chamando para uma reunião. Tenho que desligar.

— Agora eu fiquei curiosa — disse Marina. — Vamos, me conte tudo!

— Depois eu lhe conto com calma. Eu te amo, amiga.

— Espero você aqui em agosto. Um beijo — respondeu sua gentil e introvertida melhor amiga.

NESSE MESMO DIA, ANTES DO pôr do sol, Anita já teria comprado sua moto. Não teria mais que buscá-la no colégio. Anna comentou com a filha as duas opções que tinha encontrado com um mecânico de Palma e a fez prometer que juntas tentariam estudar matemática, física e química. Anita concordou com tudo e escolheu a Vespa de trezentos euros. Teria um pouco mais de liberdade.

Foram para casa. Anita subiu para o seu quarto e pegou a metade do dinheiro que tinha guardado. Anna ligou para Antonio, que demorou um pouquinho para atender. Ele passou o número e o endereço do conhecido que estava vendendo a Vespa.

Foi uma conversa rápida. Anna estava na frente da filha, e Antonio, na frente de seu chefe.

Em quinze minutos chegaram à casa do tal conhecido, e vinte minutos depois, Anita seguia o carro da mãe pelas ruas de Maiorca. Caramba, como sua filha tinha aprendido a dirigir uma moto? Suspirou. Enfim, era óbvio que a filha fazia coisas escondidas. Mas ela mesma não tinha escondido absolutamente tudo de sua mãe? "Confie, Anna. Calma. Sua filha está se tornando uma mulher."

Naquela noite, as duas jantaram na cozinha tranquilamente, como não faziam havia muito tempo. Imelda não estava. Era seu dia de folga e às vezes ela ficava na casa de uma prima. Anita fez um comentário muito empático, algo que sua mãe nunca tinha parado para pensar durante todo o tempo em que essa mulher asiática tinha convivido com elas e que certamente teriam que despedir:

— Imagina, mãe, se você tivesse me deixado aqui com a vovó e tivesse ido morar... na Rússia, por exemplo, para cuidar da filha de outra pessoa?

Anna se surpreendeu com a pergunta e parou para pensar. Tentou imaginar como teria se sentido se, após quatro anos do nascimento de sua filha, tivesse sido obrigada a abandoná-la nos braços de sua sogra. Ela ficou toda arrepiada.

— Essas senhoras asiáticas deveriam ser recebidas com tapete vermelho quando descessem do avião — disse folheando a edição do mês anterior da revista *¡Hola!* que estava em cima da mesa da cozinha, na qual publicaram os melhores vestidos de gala do Oscar de 2010.

Mudaram de assunto, de Imelda foram para a péssima situação financeira em que se encontravam.

— Seu pai nunca achou que ela não fosse vender. Na verdade, nem eu. Esse dinheiro teria nos ajudado muito, nossa condição financeira está péssima. Mas tanto o moinho como esta casa são de nós duas.

— Esta casa também é dela?

— Sim, filha. Esta casa meu pai deixou para nós duas. Por isso não posso fazer muita coisa em relação à venda. Porque tudo é de nós duas.

— Bem, você poderia ficar com esta casa, e ela que fique com tudo em Valldemossa. Podemos vender esta casa... é muito grande para nós três.

— O que está dizendo, filha? É a casa de minha avó, minha mãe, meu pai. E vai ser sua no futuro.

— Mãe... eu sei que você não me leva a sério, mas eu não vou ficar em Maiorca. Tenho certeza disso. Faça o que for necessário.

Sua filha sabia muito bem o que queria para seu futuro. Observou-a com admiração. Aos catorze anos, ela vivia grudada à barra da saia de sua mãe. Vestia-se com os vestidos que sua mãe comprava. Comia o que sua mãe cozinhava. Usava a mesma colônia que ela e era, inclusive, sua mãe quem escovava seus cabelos todas as noites. Sim, era outra época, mas como era diferente a relação que tinha com sua filha.

— Não ficaria triste por deixar esta casa?

— Eu? De jeito nenhum — disse, colocando o prato na pia.

Anna se sentia muito segura dentro daquela casa, mesmo sabendo que não era feliz, mas àquela altura da vida... não importava. Não. Anna não queria abrir mão da casa de sua família. Era sua casa. Seu porto seguro. Nesse momento, ouviram a porta da frente abrir.

No mesmo instante, uma olhou para a outra. Armando tinha se tornado um homem totalmente imprevisível a partir do momento em que a venda do moinho, que aliviaria suas dívidas, não foi concretizada. Talvez entrasse e as cumprimentasse tranquilamente. Talvez estivesse mal-humorado. Nesta noite nem olhou para elas. Subiu direto para o quarto.

— Eu não sei como você aguenta, mãe.

Teste de Matemática. 2º Colegial. Terceiro trimestre

Fórmula:

$$ax^2 + bx + c = 0$$

$$x = \frac{-b \pm \sqrt{b^2 - 4ac}}{2a}$$

Problema (2 pontos cada)

1. Um retângulo tem um lado com o dobro do tamanho do outro. Se o maior aumentar em duas unidades e o menor diminuir em duas unidades, o retângulo obtido tem 4 m² de área a mais que o primeiro retângulo.

2. Calcule o comprimento dos lados de um triângulo isósceles sabendo que seu perímetro é de 55 cm e que o lado desigual é 5 cm menor que um dos lados iguais.

Resolva:

$2 + (2x+3)(x-2) = (2x+1)(x-4) + 18$

$\dfrac{x-3}{2x-5} = \dfrac{3x+1}{6x+1}$

$\dfrac{1}{1-x} = \dfrac{1}{x-x^2}$

$\sqrt{2}(x-3)\left(x+\dfrac{1}{2}\right) = 0$

$x^2 - \sqrt{2}x - \sqrt{3} = 0$

$\dfrac{a-x}{a} = \dfrac{-2a}{x-a}$

$9a^2x^2 - 12ax - 12 = 0$

Anna olhou para a prova da filha como se fosse um hieróglifo aramaico.

— Vamos lá — disse pegando papel e lápis —, se um retângulo tem um lado que é o dobro do outro...

Anna desenhou um retângulo. Anita também desenhou um em seu caderno.

— ... e o maior aumentar em duas unidades...

Leu a frase de novo devagarzinho. Fez um retângulo com uma base duas vezes maior. Pegou o papel em suas mãos.

— Você tem certeza de que temos que seguir esta fórmula, certo?

— Bem, certeza absoluta... eu não tenho — respondeu Anita dando uma mordida num sanduíche de presunto serrano.

Releu o problema de novo. Desenhou. Leu de novo. Passaram aproximadamente quarenta minutos sem conseguirem resolver nenhum problema.

— Estou de saco cheio dessas equações de segundo grau e raízes quadradas.

— Olha a boca, meu amor, por favor.

— Vamos tentar outra vez.

Começaram de novo. Depois de algumas tentativas fracassadas, o celular de Anna tocou anunciando uma mensagem. Olhou para a tela: Antonio. Disfarçou e se levantou da cadeira. Enquanto seu coração batia a mil por hora, leu:

> Em breve, Maria del Mar Bonet fará um show. Eu adoraria que você me acompanhasse.

As malas de Imelda estavam na porta de entrada. Dispensaram seus serviços depois de catorze anos de trabalho como doméstica na casa da família García Vega. Despediu-se de Anita antes de ela sair para a escola. Esperava na cozinha com os olhos marejados. Sentia-se muito triste por deixar a Espanha, principalmente pela patroa. Porque, apesar da hierarquia que existia entre ambas, também existia um carinho imenso. Empregada e patroa fizeram companhia uma à outra durante todos aqueles anos. Tinham dividido a criação de Anita, as ausências de Armando, as doenças de uma e de outra. Ao sair pela porta, Imelda lembrou-se da vez em que teve bronquite e ficou de cama por três semanas, e a patroa cuidou dela como se fosse sua irmã. Acompanhou-a ao médico. Pagou os medicamentos do próprio bolso. Permitiu que ligasse de sua casa para Manila, para que pudesse falar com a filha, sem que precisasse ir às cabines telefônicas do tal paquistanês.

Imelda poderia ter procurado outro emprego como doméstica, mas decidiu voltar para Manila. Já tinha completado cinquenta e cinco anos, e desejava estar ao lado de sua filha, que na verdade mal conhecia. E, apesar de todas as dificuldades, essa menina tinha recebido a melhor educação que uma pessoa do subúrbio de Manila poderia receber. Como prêmio por esse sacrifício de ter se separado da filha de apenas quatro anos, Imelda tinha o sonho de vê-la cursar a faculdade de enfermagem que ficava no prestigioso City College, onde ela gostaria de ter estudado.

Os patrões lhe deviam três meses de salário e prometeram fazer uma transferência bancária assim que possível. Ela confiava neles. Nunca deixaram de pagá-la.

A balsa para Barcelona saía à uma da tarde e de lá iria para o aeroporto, onde finalmente pegaria o voo de volta para casa. Dessa vez para sempre.

O BMW ACELERAVA AFASTANDO-SE DO CAIS de Peraires. Catorze anos com a mesma empregada. Sentia tristeza ao ver essa filipina partir, afinal passaram tanto tempo juntas. Cuca, Francisca e as outras amigas costumavam trocar de empregada a cada quatro anos. Diziam que as empregadas depois de certo tempo em uma casa se acomodavam e se tornavam preguiçosas e exigentes. Além disso, na ilha chegavam jovens equatorianas que trabalhavam quase pela metade do salário das filipinas, e por não terem visto de trabalho, era muito mais barato "contratá-las". Mas Anna nunca quis deixar Imelda. Preferiu dar entrada em sua documentação e pagar pelos seus direitos, o que, é claro, gerava mais gastos. Mas não se importou, porque queria que a mulher ficasse com ela e sua família. É verdade que Imelda já não tirava o pó com tanto cuidado como fazia nos primeiros anos, que também limpava os vidros das janelas só de vez em quando. Ah, além disso, a patroa também já a tinha visto pegando umas moedas de Armando, mas nada disso importava. Para Anna, essa mulher asiática já fazia parte da família e tinha se acostumado com ela em casa, com o seu jeito silencioso. Era sua companheira. Seu sorriso era sincero e inocente. Pensou quanto tempo demoraria para limpar os quinhentos metros quadrados da casa onde moravam. Não seria um problema para ela, nem para a filha. Anita era independente, arrumava seu quarto diariamente, lavava sua roupa e tinha aprendido a cozinhar. Sua filha se acostumaria rápido. O problema era Armando, que nunca tinha lavado um prato na vida. Saiu da casa da mãe e foi morar com Anna e a filipina. Pensou no montão de roupa que Imelda passava meticulosamente. Nesta casa, todas as roupas eram passadas, inclusive roupa íntima, lençóis e toalhas. Sentiu uma preguiça enorme quando pensou nisso e também por todas as vasilhas de comida que o urubu começaria a mandar.

Foi para Valldemossa. Não avisou a Marina que iria. Mas estava com vontade de vê-la. Cuca, Francisca e as amigas do clube tinham combinado de almoçar. Mas ela não estava a fim nem tinha dinheiro. Queria ver sua irmã caçula. Queria contar sobre Antonio... "Que bobagem", pensou. Não tinha acontecido nada entre eles. Queria vê-la, só isso. E talvez pudesse pedir ajuda para o teste de matemática da filha. Estacionou na entrada do povoado e andou até a padaria. Desceu em direção à rua Rosa. Viu o velho moinho e, sentadas em um banco de madeira, sob o sol de inverno, estavam três mulheres. Uma cadela velha estava deitada ao lado delas. Em seguida, percebeu que uma dessas mulheres era sua irmã.

— Com licença, vocês estão almoçando? Não queria atrapalhar — disse Anna ao se aproximar delas.

— Você não está atrapalhando. É minha irmã — esclareceu Marina à Catalina e Úrsula. — Algum problema?

— Nada importante. Anita e suas recuperações. Se você tiver tempo, preciso que a ajude. Depois eu lhe conto.

— *Seu amb noltros que on mengen tres mengen quatre.*[33] Você entende maiorquim, não é mesmo? — perguntou Catalina esticando a mão gorducha e suja com restos de linguiça para cumprimentá-la.

— Muito prazer — disse Úrsula, estendendo-lhe a mão. — Desculpe por não levantar, mas como pode ver estou bem velha.

Como todos os anos naquela época, Tomeu deu de presente algumas linguiças picantes feitas após a matança de porcos na fazenda de sua mulher. Estavam saboreando essa delícia com o pão integral que tinham assado pela manhã.

Estavam conversando, tentando descobrir o que tinham feito de errado em sua primeira tentativa ao preparar o bolo de limão com sementes de papoula. Tinha ficado uma coisa horrorosa, extremamente doce, por isso tiveram que jogar no lixo. Anna e Marina recordaram que sua avó Nerea colocava algum ingrediente a mais nesse bolo, além dos limões e das sementes de papoula... alguns dias amêndoas; outros, extrato de baunilha; outros, canela.

Catalina esclareceu que Lola era uma mulher metódica e organizada, então ao exercer seu trabalho como padeira, seguia tudo à risca: se eram cem gramas de açúcar, eram cem, nem mais, nem menos. Deviam ser fiéis à receita escrita por ela. Marina ficou surpresa com o comentário e perguntou em seguida:

---

33. "Senta aqui com a gente, onde comem três, comem quatro." (N. T.)

— Lola era uma mulher organizada?

Catalina concordou.

— Muito organizada. Antes de amassar o pão ou bater o bolo, ela colocava todos os ingredientes em cima da mesa. Olhava-os por alguns segundos. Eu não podia tocar em nada, nem sequer falar. — Catalina fez uma careta simpática. — *Per coure pa se necessita temps, amor i silenci.*[34] Essa era sua frase favorita. Às vezes eu ria dela. Das cinco às sete da manhã, ela ficava em silêncio absoluto com as mãos no trigo. Para Lola, amassar era como... — Catalina pensou um segundo — como uma religião.

Catalina cruzou as mãos no colo, estava falando além da conta, mas sentia falta da amiga. Muitos anos juntas passando calor em Can Molí. Olhou para o céu e falou com ela, sua amiga morta, em seus pensamentos... *Xerro massa, Lola. Però estigues tranquila, que no parlo més.*[35]

Marina continuou fazendo perguntas, porque a bagunça e o descuido que encontrou no primeiro dia na casa de Lola não batia com a descrição de Catalina. Mas Catalina era esperta, saiu pela tangente, começou a contar as fofocas de seu povoado. Falou do amor platônico do padre por uma viúva de Valldemossa. Comentou que a mulher do Tomeu vivia limpando aquele balcão com a cara emburrada. Disse também que ela e Lola não gostavam dessa fulana por uma briga que tiveram no passado, mas Catalina não quis comentar o assunto. Falou da cabeleireira que sofria com a psoríase e ainda assim continuava cortando o cabelo de todos. Comentou sobre a horrível gripe que tinha atacado oitenta por cento dos habitantes de Valldemossa em 2008 e o problema que isso causou pela falta de médicos no povoado. Só tinha um posto de saúde que abria às terças e quintas, das nove às duas, para as doenças mais comuns, é claro. Se tivessem um problema grave, teriam que ir para os hospitais de Palma.

— Se algum dia precisar, pode contar comigo, sou médica.

— *Ets metge tu?* — perguntou Catalina, surpresa. — Não se atreva a dizer que você é médica nesse povoado, senão eles vão passar o dia inteiro fazendo perguntas — avisou-a, enquanto baforava em seus óculos e os limpava no avental.

Úrsula fez café para as quatro, e elas continuaram conversando até que o sol começou a se esconder e o frio deu por encerrado aquele almoço agradável e improvisado.

---

34. "Para assar pão, é necessário tempo, amor e silêncio." (N. T.)

35. "Eu falo muito, Lola. Mas fique tranquila, não vou falar mais nada." (N. T.)

Finalmente as duas irmãs ficaram sozinhas. Entraram na padaria e subiram para o quarto. Até o momento, era o lugar mais aconchegante da casa.

— Como você está? — perguntou Anna primeiro.

— Se tivessem me dito cinco meses atrás que eu acabaria amassando pão, não teria acreditado.

Sorriram.

— Anna, eu pensei em ligar para você — continuou Marina. — Eu decidi ficar até o fim de agosto. Meu namorado vem e...

Anna mordeu o lábio inferior. Assustada pelas consequências desse ato.

— Marina, você disse começo de março. Agora agosto. Temos outro comprador alemão que está interessado. — Passou as mãos pelo rosto. — Armando vai surtar.

Marina olhou de um jeito severo para a irmã. Anna sabia perfeitamente o que Marina estava pensando. Mas não quis tocar no assunto.

— Ontem minha filha, que é mais esperta que eu, me sugeriu que você ficasse com esse lugar e nós com a casa. A nossa situação está péssima, Marina. Precisamos de dinheiro.

Marina engoliu em seco. Seria a decisão lógica, mas não soube por que ficou incomodada. Essa casa do bairro de Son Vida continuava sendo sua. A casa de sua infância. A casa para a qual desejou voltar durante toda a adolescência. Aquela casa, na qual não morava havia mais de trinta anos, fazia parte do seu passado.

Permaneceram em silêncio. Para nenhuma das duas era uma opção convincente.

— Pode ser. Faz sentido — respondeu Marina. — Podemos fazer uma separação dos bens. Mas você pretende vender a casa?

— Não sei. Mas nós realmente precisamos do dinheiro. Tenho vontade de chorar quando penso nisso. Quando a vovó Nerea a comprou?

— Na década de 1930 — respondeu Marina.

— Talvez essa seja a solução para não irmos à falência. Não sei.

— Anna, a casa é sua. O dinheiro é seu. A ambição de seu marido fez com que vocês perdessem tudo. A culpa é dele, não sua.

— Nós perdemos o edifício que tínhamos. Vendemos o iate. Não entendo o que aconteceu no Panamá. Ele foi enganado.

— Isso é problema dele. Se você quiser, eu assino. Mas se vender a casa, vai ficar sem nada. E se estou disposta a fazer isso, é por você, Anna. Porque está me pedindo. Não é pelo seu marido. Nem pelo risco de irem à falência.

Caminharam até a entrada do povoado com Névoa atrás delas. Anna quis andar de braços dados com a irmã. Apoiou por um segundo a cabeça em seu ombro e se levantou de novo. Marina olhou para sua irmã mais velha, sempre carinhosa, e sorriu. A cadela, que andava lentamente com seus setenta anos, se enfiou no meio das duas e elas quase caíram no chão. Era uma cadela velha e boba, mas Marina estava se afeiçoando a ela. Chegaram ao carro.

— Anna, pergunte ao Armando se ele levou alguma coisa daqui. Foi ele quem entrou na casa. É estranho eu não ter encontrado nada, nem fotos, nem contas, nenhum tipo de correspondência. E quando eu entrei, estava tudo jogado no chão.

— Pode deixar — afirmou Anna um pouco insegura, sabendo que o marido responderia o que fosse conveniente para ele.

— Diz também que eu quero a carta que María Dolores escreveu para o tabelião.

Armando, e sua falta de escrúpulos, fez com que Curro tivesse redigido um documento com a separação de bens das irmãs em apenas uma semana. A casa onde moravam com certeza valia o dobro da propriedade de Valldemossa. Marina, com muita tristeza, diante desse ser desprezível que a irmã tinha como marido, assinou a renúncia da casa de sua infância, tornando-se a única proprietária de todos os bens de María Dolores Molí.

> Pelo presente documento, eu, María Dolores Molí Carmona, manifesto minha vontade neste testamento, nomeando como herdeiras de todos meus bens: Marina Vega de Vilallonga e Anna Vega de Vilallonga.
>
> María Dolores Molí Carmona
> Palma de Maiorca, 10 de janeiro de 1984.

Marina colocou a pasta em cima da cama. Abriu a gaveta da mesa de cabeceira, pegou o caderninho, abriu-o e tirou de dentro dele a receita do bolo de limão com sementes de papoula. Colocou uma folha ao lado da outra. A assinatura e a letra infantil da receita foram escritas pela mesma pessoa. Era a prova de que a falecida padeira tinha escrito a receita que tinha sido supostamente criada por sua avó.

Leu novamente. O sobrenome Molí era um sobrenome maiorquim muito comum. Seu segundo sobrenome, Carmona, já era comum no sul da Espanha. Lembrou que em Sevilla havia um município com o mesmo nome. Talvez a mãe de Lola fosse andaluza.

Continuou lendo com atenção essa pequena carta de tão poucas linhas.

Achou estranho que seu nome estivesse escrito antes do da irmã. A vida inteira, por ser a caçula, seu nome sempre aparecia em segundo lugar. Anna e Marina isso, Anna e Marina aquilo, enfim... era sempre Anna e Marina. No San Cayetano, nas aulas de catecismo, nas aulas de costura ou quando a mãe, o pai, a avó as chamavam. Talvez fosse uma bobagem, mas isso chamou sua atenção.

— 1984? — releu a data em voz alta.

María Dolores morreu em janeiro de 2010, aos sessenta e três anos. Fez o seu testamento em vida no ano de 1984, assinou-o aos trinta e sete anos. Em 1984, ela tinha dezenove anos. Anna, vinte e um.

— Por que você decidiu nos deixar tudo isso vinte e seis anos antes de morrer? O que nos une, Lola? — questionou Marina, olhando o mar pela janela de seu quarto.

ÚRSULA E MARINA LERAM ATENTAMENTE a ficha amarelada com a receita do bolo de limão com sementes de papoula, que já tinham tentado preparar no dia anterior.

— Olha, eu tenho certeza de que foi fermento. Precisamos de fermento químico. Porque esse que nós temos não cresce o suficiente.

— Acho que deixamos muito tempo no forno... e exageramos no açúcar — respondeu Marina.

— Ah, está bem, está bem, vou ajudar vocês — disse Catalina.

Em silêncio, as três começaram a elaboração desse complicado bolo de limão com sementes de papoula. Úrsula ralou os limões enquanto Catalina batia os ovos e Marina peneirava o trigo e o fermento. Misturaram os ingredientes aos poucos, e quando a massa ficou homogênea cada uma pegou um punhado de sementes de papoula e despejou ao mesmo tempo, observando como caíam. Conforme Lola fazia, como se aquilo fosse um verdadeiro ritual.

Marina quebrou o silêncio...

— A Lola assinou o testamento aos trinta e sete anos. Você sabia disso, Cati?

Cati suspirou e franziu a testa.

— Por que você não deixa a Lola descansar em paz? — retrucou sem se atrever a olhar Marina nos olhos.

Marina não esperava essas palavras tão duras e diretas. Catalina tinha conversado sobre Lola no dia anterior com muita naturalidade.

— Você faria o mesmo se estivesse em meu lugar — respondeu Marina com um tom de voz conciliador.

— É verdade, Cati. Imagine se fosse com você. Não é todo dia que uma casa como essa cai dos céus — apoiou Úrsula.

Catalina olhou para Marina e com um tom de voz triste respondeu:

— Sou uma mulher de palavra — disse a padeira, pegando um pano de prato e saindo.

Úrsula olhou para Marina e deu de ombros. Era óbvio que essa mulher não seria de grande ajuda e, pelo que tinha acabado de dizer, ela sabia de algo, mas não diria nada. Colocaram a massa no forno... e tiraram quinze minutos antes em relação ao dia anterior. Estava com uma cara boa, provaram e acharam delicioso.

Da porta da frente, ouviram a voz do padre.

— *Bon dia, pare Jesús* — disse Catalina pegando seu pão integral e seu pedacinho de bolo de limão.

Neste momento, chegou a viúva e, como todas as manhãs, os dois enrubesceram, o padre se despediu com um *Adéu, fins demà*[36], e saiu pela porta da padaria. Em seguida, Tomeu, como todas as manhãs, comprou cinquenta pães para os lanches de seu restaurante e, claro, pegou seu pedacinho de bolo de limão. Depois, foi a vez da cabeleireira com psoríase, que chegou com seus cinco filhos. Compraram pão e cada um ganhou um pedacinho de bolo de limão que foram comendo calmamente dentro do carro a caminho da escola. Quando eles saíram, entrou o guarda municipal do povoado, que fazia vista grossa pela quantidade de crianças que entravam todas as manhãs no Renault da cabeleireira, motivo pelo qual uma vez a cada três meses ela cortava o cabelo dele de graça com navalha.

A cabeleireira também não cobrava de Catalina seu corte de cabelo anual, já que pagava vinte centavos a menos pelo pão integral. (Foi uma decisão que Lola e Catalina tomaram ao ver que essa pobre mulher e o marido mal conseguiam pagar as contas do mês. Ele era caminhoneiro e passava mais horas sentado na boleia de seu caminhão rodando pelas estradas europeias do que no sofá de casa cercado pelos cinco filhos...)

Às oito e meia, apareceu o prefeito, bocejando e de mau humor como sempre, devido aos seus problemas de insônia. Também chegaram os funcionários

---

36. "Tchau, até amanhã." (N. T.)

dispensáveis da prefeitura, que bajulavam o prefeito e combinavam suas férias de Semana Santa. Várias Catalinas, muitos Tomeus, diversas pessoas do povoado foram passando pela padaria até o meio-dia, quando a clientela foi diminuindo.

O curioso foi que, apesar de estarem gratos por saborearem novamente o bolo de limão, todos deram sua opinião. Disseram que o sabor do bolo de Lola era diferente, era um pouco mais doce ou tinha menos limão e mais papoula, ou tinha mais trigo ou tinha um ovo a menos.

As padeiras combinaram o horário de trabalho que cumpririam diariamente. As três juntas começariam todos os dias às cinco da manhã para a primeira fornada. Úrsula ajudaria até as onze. Catalina acabaria seu trabalho à uma da tarde. Catalina se desculpou, pediu que um dos oito irmãos fosse dar o almoço à sua velha mãe, durante essa semana, para que Marina e Úrsula aprendessem o serviço de padeira, mas nenhum deles tinha tempo. Catalina decidiu que nunca mais pediria um favor a eles, afinal as cunhadas eram umas imbecis, seus sobrinhos, repugnantes, e seus irmãos, inúteis. Então, já que era assim, Marina ficaria sozinha atendendo os clientes até as duas.

A padaria continuaria aberta no mesmo horário de sempre. No inverno, de segunda a domingo das sete às duas. No verão, das sete às nove, de terça a domingo.

Quando o sino da igreja do povoado soou, à uma da tarde, e Catalina saiu pela porta, Marina não pôde deixar de sorrir pelo seu primeiro dia sozinha atrás do balcão da Can Molí.

———

Um carteiro com cara de quem comeu e não gostou entrou na padaria. Cumprimentou secamente e saiu. Marina finalmente recebeu a carta do Registro de Imóveis. Quando ia abri-la, Gabriel chegou com dois copos de plástico cheios de café fumegante.

— Bom dia, Marina... — cumprimentou-a com um sorriso. — Foi como eu disse, é difícil chegar neste povoado, mas depois que chega, você não sai.

Gabriel lhe deu o café que tinha comprado para ela no bar do Tomeu. Encontrou com Catalina no caminho, e ela comentou que Marina estava sozinha pela primeira vez atrás do balcão.

— Venha, vamos tomar um pouco de sol, até a chegada do próximo cliente — disse Gabriel dando um gole no café.

Saíram para se sentar no banquinho perto da entrada da padaria. Névoa, como sempre, estava deitada perto da porta.

— Não sente falta de ação?

Marina ficou pensativa por alguns segundos.

— Pra falar a verdade, um pouco. Mas, sabe... acho que me fez bem diminuir aquele ritmo.

— Sim, chega um momento na vida que percebemos que passamos muito tempo correndo — respondeu Gabriel.

— Eu não sei se já cheguei a esse ponto. Acho que não — disse com um sorriso sincero. — Ainda tenho vontade de correr. Estou aqui para descobrir por que ganhei este presente.

— É um ótimo presente — disse Gabriel olhando o imponente moinho que havia ali. — Sempre achei uma pena este moinho estar sem uso.

Conversaram tranquilamente sobre a vida. Gabriel contou que seus dois filhos estudavam na Universidade Complutense de Madri e que não queriam saber da ilha. "Quando pararem de correr, eles voltam", disse convencido. Marina falou de seu companheiro, de sua profissão, de sua irmã. E não soube exatamente como ou por que acabou contando sobre a chegada de Naomi ao mundo.

CARTÓRIO DE REGISTRO DE PALMA DE MAIORCA

Data de emissão: 24 de fevereiro de 2010.

NOTA INFORMATIVA   I34577782289

Informamos a todos os interessados que o esclarecimento dos livros por meio desta Nota informativa é feito para fins expressos baseados no artigo 332 do Regulamento Hipotecário, uma vez que somente a Certificação credita a liberação ou oneração de bens imóveis, conforme previsto no artigo 225 da lei hipotecária.

-------------------**DESCRIÇÃO DA PROPRIEDADE**-------------------
Natureza da propriedade: RURAL
Moinho de trigo. Local comercial. Moradia.
Endereço: Rua Rosa, número quatro.
Referência Cadastral: 3343409VK09845
Área construída: Noventa metros de moradia, setenta metros de área comercial.

-------------------------**PROPRIETÁRIAS**-------------------------
DOCUMENTO LIVRO DE REGISTRO
María Dolores Molí Carmona (90%)   2345908-P   12 - 1
Nerea Vega Arroyo   (10%)   56748932-L   04 - 59

-----------------------------**DÍVIDAS**-----------------------------
Nenhuma

Marina jogou o último pedaço de pão para Névoa, que, apesar de velha, era bem rápida, e o pegou no ar. Atordoada, leu novamente o nome de sua avó no documento de propriedade. Dez por cento dessa casa tinha pertencido à sua avó? Achou muito estranho. Então por que nunca souberam dessa padaria em Valldemossa? E por que seu pai não tinha ficado com esses dez por cento quando a avó faleceu?

Suspirou e durante um segundo sua mente viajou à cozinha da casa de Son Vida, onde a avó amassava pão com ela e a irmã todas as tardes. Mas... por que ela não contou que tinha uma padaria? Por que nunca as trouxe para Valldemossa?

Desceu as escadas com o documento na mão. Névoa foi atrás dela. Foram até a prefeitura. Ela entrou, e Névoa ficou esperando na porta. Pediu informações a um funcionário que folheava o jornal e depois de quinze minutos estava sentada na sala do prefeito.

— Pois não, Marina. Em que posso ajudar?

Marina fez algumas perguntas enquanto mostrava o documento de registro.

— Estou procurando respostas, senhor prefeito.

— Me chame de Tomeu, por favor.

— A senhora que aparece embaixo do nome da María Dolores é minha avó. Eu nem imaginava. Será que o senhor teria o histórico da propriedade? Posso voltar ao cartório de registros também. Mas para não perder mais tempo, talvez o senhor possa me ajudar. Qualquer informação que possa averiguar, quem foram os compradores... enfim, qualquer informação. O que for.

— Sim, eu posso lhe ajudar. Mas vai demorar algumas semanas. A funcionária responsável por esse arquivo está de licença. Não sei o que acontece com os funcionários de Valldemossa, que vivem doentes...

Nessas semanas de espera, Marina seguiu a rotina diária da padaria. A cada dia aprendia mais sobre a arte de se fazer um bom pão. Além disso, descobriu o prazer dos passeios ao lado da velha cadela, que já era considerada sua. Em uma dessas caminhadas, Marina se lembrou da bronca que Catalina levou do padre, por não conseguir o sabor ideal do bolo de limão. Aliás, o povoado inteiro reclamava. Por que nesses trinta dias em que estavam juntas, nem Úrsula, nem Catalina, nem Marina tinham conseguido alcançar o sabor delicioso e único do tal bolo que Lola fazia. Não conseguiam descobrir o segredo daquele sabor delicado, daquela textura incrível, por mais que seguissem a receita escrita naquela ficha amarelada. Além disso, depois da primeira mordida, cada morador do povoado dava sua opinião a respeito: vocês tiraram antes do tempo do forno, muitas sementes, poucas sementes, pouco trigo, muito trigo, muito limão...

Como o rumo de sua vida tinha mudado em um mês.

"Lola, eu não vou embora, enquanto não descobrir por que você me deu sua vida de presente: sua casa e todas essas pessoas tão gentis que sempre a acompanharam."

NA SEGUNDA SEMANA DE MARÇO, UMA inesperada nevasca caiu na ilha, cobrindo a areia com uma manta branca que, acompanhada pelo azul do mar, deu aos maiorquinos uma paisagem inusitada. Fazendo com que todos fossem à praia de jaqueta e botas. Os cinco filhos da cabeleireira fizeram um boneco de neve em frente ao Mediterrâneo.

Numa tarde, quando ainda estava nevando, a filha mais velha da cabeleireira entrou assustada pela porta da padaria.

— Meu irmão mais novo pegou um resfriado ontem e está muito doente. Minha mãe também está de cama e perguntou se você pode ir até lá.

Marina subiu de dois em dois degraus a escada que dava para o seu quarto. Abriu a gaveta da mesa de cabeceira e pegou o estetoscópio de seu pai. Desceu as escadas o mais rápido que pôde, e elas saíram juntas da padaria.

A casa ficava em um beco que dava na rua Rosa. A porta da casa estava semiaberta. Os três filhos do meio da cabeleireira, de quatro, seis e oito anos, estavam de pijama, deitados no sofá a um metro de distância da televisão assistindo a um desenho japonês dublado em catalão. Subiram as escadas e entraram no quarto da cabeleireira, que estava lá com o filho pequeno, cujos olhinhos lacrimejavam. O menino tomava uma mamadeira de leite quente e estava coberto com muitas colchas.

Marina se sentou ao seu lado e tocou sua testa. Estava muito quente.

— Você tem um termômetro?

— O nariz dele está escorrendo muito — disse a cabeleireira —, ele disse que está sentindo frio, mas está queimando de febre. Eu dei paracetamol e o remédio que o doutor Hidalgo receitou, mas a febre não baixa. Talvez eu devesse levá-lo até Palma.

A filha mais velha em seguida tirou o termômetro de dentro da caixinha e o chacoalhou. Entregou-o à doutora, que colocou sob a axila da criança. Pegou a mão da mãe e a colocou sobre o braço do filho.

Abriu os botões do pijama do menino e ele nem reclamou, de tão mal que se sentia.

Colocou as olivas do estetoscópio nos ouvidos e o diafragma no peito da criança. Os pulmões estavam cheios de muco. Tirou o termômetro, 40,1 graus.

— Ajude-me a tirar a roupa dele — disse à cabeleireira. — Encha a banheira com água fria — pediu Marina à filha mais velha.

Marina e a mãe desnudaram o menino, que parecia estar em outra dimensão. O coitadinho nem abria a boca.

— Nós ainda não nos apresentamos. Me chamo Marina.

— Me chamo Catalina — respondeu a cabeleireira.

"Claro, já era de esperar", pensou Marina pegando o filho da cabeleireira no colo.

— E qual o nome desse meninão?

— Tomeu.

Marina entrou no banheiro com o menino nos braços e, rapidamente sem que ele pudesse se manifestar, colocou-o na banheira. O menino ficou apavorado ao sentir a água tão fria em seu corpo. Chutou com os pezinhos e chorou desconsolado chamando pela mãe.

Marina o segurou em seus braços, ficando ensopada também, enrolou-o em uma toalha e o devolveu para a mãe. Ele não queria mais saber da tal padeira. Pediu que a filha mais velha trocasse os lençóis e vestisse o menino com um pijama limpo.

O menino continuava chorando e sua mãe colocou novamente a mamadeira de leite quente em sua boca.

— Pare de dar a mamadeira. O leite produz muco.

— Como?

— O pediatra não lhe disse?

— Não. Ao contrário. Disse para dar leite quentinho com mel. Foi o que fiz com todos meus filhos.

Cada médico tinha suas teorias, e evidentemente cada um achava que sua maneira de exercer a profissão era a correta. Desde pequena ouvia essa história de que leite com mel melhora e reduz o catarro. Com certeza, ela também tinha tomado. Marina tinha algo que seus companheiros de profissão não tinham: a experiência de ter praticado sua profissão nos cinco continentes. Tinha visto médicos chineses curarem com chá de lótus, xamãs latino-americanos melhorarem a saúde daqueles que os procuravam com uma planta que crescia na Floresta Amazônica chamada ayahuasca. Conhecia muito bem a medicina tradicional africana, que utilizava alcaparras, alfarroba, raízes de baobá... e, lógico, sabia do abuso de medicamentos no Ocidente impulsionado pelas indústrias farmacêuticas norte-americanas.

— Chá. Você tem chá verde? — perguntou Marina.

— Quer que dê chá para o menino? Eu não tenho chá, mas eu posso dar café.

— Não, café não. Eu disse chá — respondeu Marina.

— Não tenho.

— Então água quente. Ferva a água e quando achar que está em uma temperatura que possa beber, dê a ele. Com um canudinho. A água vai tirando o muco pelo nariz e pelas fezes.

Ela aprendeu isso com os tibetanos que conheceu na China.

A filha mais velha (que também se chamava Catalina) voltou com lençóis limpos e um pijama recém-lavado. Sua mãe, cética com as indicações da doutora-padeira, foi ferver a água. Antes de entrar na cozinha, gritou com os outros três filhos, que continuavam assistindo ao desenho absortos, agora a noventa e três centímetros da televisão. Assistiam a um menino japonês com os olhos excessivamente redondos, enfiando uma lança no coração de um gigante esverdeado que vomitava as crianças vivas que tinha comido no episódio anterior.

— Desliguem essa televisão! Faz mais de duas horas que estão aí! Vocês vão ficar com os olhos quadrados — disse, enchendo uma leiteira com água da torneira.

É óbvio que não deram ouvidos à mãe. Ela já esperava por isso.

No andar de cima, a menina de nove anos vestia o irmãozinho mais novo, que tinha parado de chorar e olhava receoso para Marina. Ela estendeu os lençóis limpos sobre a cama. O menino, com medo de voltar para os braços da doutora, agarrou-se ao pescoço da irmã. A menina o colocou na cama e o cobriu novamente com a imensa quantidade de colchas que estava na cadeira.

— Cubra-o somente com um lençol. Senão, a febre vai subir de novo.

Marina pegou o termômetro, levantou o bracinho do menino, que choramingou, e colocou-o novamente em sua axila.

— Eu só quero cuidar de você — explicou Marina, com um tom de voz bem suave.

— Água fria, não — respondeu o menino assustado.

— Chega de água fria. Mas me deixa colocar o termômetro outra vez.

A temperatura havia baixado para trinta e oito graus. Sua mãe voltou com uma mamadeira de água quente e se sentou ao lado do filho.

— Você tem que tomar tudo — disse a doutora ao menino. Em seguida, disse para a mãe: — Muita água! Se a febre subir de novo, você manda me chamar. Vá molhando a testa dele com panos de água fria e vamos esperar. Fique tranquila, se precisar iremos para o hospital. Eu a acompanho. Nada de leite... só mamadeiras de água.

Ao colocar o bico da mamadeira na boca e chupar a água, o menino se sentiu melhor e tomou tudinho. Marina acariciou sua bochecha.

— Amanhã eu volto, e se sua mãe disser que você tomou seis mamadeiras de água, eu lhe dou bolo de limão.

O menino tirou o bico da mamadeira da boca e respondeu:

— *Tá* bom. Mas eu quero o outro bolo de limão, que nem a Lola fazia.

Como o filho da cabeleireira se curou da bronquite aguda em dois dias, graças aos conselhos da padeira, isso gerou um rebuliço no povoado.

Além disso, Marina ensinou a cabeleireira como se curar de sua psoríase utilizando babosa. E a babosa, que crescia em alguns lugares da ilha, milagrosamente também tinha dado certo. Então, para cada cliente que ia cortar ou pintar o cabelo, a cabeleireira ensinava os sábios conselhos da padeira-doutora, elogiando-a como se ela tivesse feito uma verdadeira mágica.

Agora os habitantes de Valldemossa chegavam à Can Moli para pedir seu pão integral, seu pedaço de bolo de limão de cada dia, e um conselho para suas dores.

Para melhorar a insônia do prefeito, ela o aconselhou a jantar salada, sem pão integral, nem embutidos, e sim, com um bom azeite de oliva. E para acompanhar o jantar: chá de papoula.

Para a mãe de Catalina (a padeira), que sempre teve os pés inchados pela má circulação sanguínea, ela aconselhou que colocasse dois travesseiros para que apoiasse os pés, e lhe deu uma sandália anatômica para que pudesse caminhar três vezes ao dia. Afinal de contas, como a maioria dos maiorquinos, a senhora usava sapatos de couro com cadarços, que incomodavam na hora de caminhar e enchiam os pés de calos. Finalmente, a senhora pôde sair de casa graças às suas sandálias alemãs. As velhinhas do povoado, vendo a mãe de Catalina com suas sandálias, pediram que seus filhos comprassem uma igual... e durante a semana faziam seus passeios, juntas, de braços dados.

Para Tomeu, ela receitou tomilho para combater a gota, um suco de limão adoçado com stevia para baixar os níveis de ácido úrico no sangue e, claro, deveria deixar de comer aquela quantidade absurda de linguiça diariamente. Para o motorista de ônibus, chá com folhas de eucalipto para o diabetes.

Todas as pequenas mudanças alimentares que sugeria aos habitantes do povoado funcionavam depois de uma semana. O humor do prefeito melhorou graças às suas oito horas seguidas de sono após tomar o chá da tal flor selvagem que crescia pela ilha. Tomeu percebeu uma melhora ao tomar seu chá de tomilho no café da manhã, mas chegou a dizer que era viciado em linguiça e que um café da manhã sem linguiça não era um café da manhã de verdade... então passou a vida sentindo dor. Além disso, as crianças do povoado que jogavam bola descobriram que curar os joelhos ensanguentados na padaria com água e sabão era bem menos dolorido e tão eficiente quanto o álcool e a água oxigenada que as mães usavam para limpar seus ferimentos. Marina aproveitava cada consulta para perguntar por Lola. Mas, apesar das tentativas, os maiorquinos não falavam muito sobre isso. Não descobriu nada que já não soubesse. Simples. *Molt treballadora*. Sempre com um sorriso nos lábios. A melhor padeira da serra de Tramuntana.

— Tenia uns ulls negres..., uns ulls que tornaven boig[37] — Tomeu se atreveu a confessar.

O que não era de se esperar é que Marina, com seus conselhos médicos, ofendesse o médico que atendia a população de Valldemossa uma vez por semana. Ao ouvir pela cabeleireira a frase que Marina tinha lhe dito: "A febre é boa para o seu filho", o doutor Hidalgo considerou a padeira uma curandeira de quinta categoria. E por quê? Para ele, era normal aplicar uma injeção de cinco mililitros de paracetamol, mesmo que a temperatura estivesse em apenas 37,2 graus.

Quando o doutor Hidalgo soube das ervas e das estranhas pomadas que a padeira aconselhava, advertiu o prefeito que ela estava colocando em perigo a vida dos habitantes de Valldemossa, e que se as coisas não voltassem a ser como antes, ele pediria para ser transferido a outro centro hospitalar. Isso daria um baita trabalho porque o doutor Hidalgo atendia no hospital beneficente de Valldemossa havia dez anos. Ele estava ciente do calendário de vacinação das crianças, conhecia o histórico médico de todos os habitantes, prescrevia receitas e, claro, havia doenças que Marina não poderia diagnosticar trabalhando na padaria.

O prefeito não se atreveu a contar que Marina lhe receitou chá de papoulas, algo que lhe fazia muito bem, apenas prometeu resolver aquela situação o mais rápido possível.

Nesta mesma manhã, cabisbaixo, com seu pão integral embaixo do braço, pediu a Marina que saísse da padaria para conversar com ele um segundo. Marina saiu de trás do balcão achando que o prefeito lhe entregaria o documento que havia pedido.

Primeiro ele disse que a funcionária continuava de licença. Agora ele disse que estava resfriada. Culpa da neve.

— Continua tendo problemas de insônia?

— Não, imagina — respondeu o prefeito sem se atrever a olhar em seus olhos. — Quem diria que uma flor selvagem que cresce ao lado da minha casa fosse mudar a minha vida.

---

37. "Tinha uns olhos pretos... uns olhos que enlouqueciam qualquer um." (N. T.)

Ficaram em silêncio e o prefeito pigarreou.

— Bem, como eu posso dizer isso...? — continuou falando para si mesmo, passando as mãos na nuca. — Bem, é que...

Marina levantou as sobrancelhas e esperou que falasse.

— Bem, é que... — repetiu nervoso. — O doutor Hidalgo está se sentindo ofendido.

Marina olhou surpresa.

— Por quê?

— Ele não gostou de você ter nos receitado ervas. Acredita que contradiz as indicações que ele dá aos pacientes...

— Eu vou falar com ele. Não se preocupe.

— Você o conhece?

— Não. Mas não se preocupe. Eu me apresento.

— Ele tem um gênio difícil.

— Mas eu não — respondeu Marina com um sorriso.

Ela pediu que Úrsula a substituísse e, dez minutos depois, foi para o centro hospitalar de Valldemossa. Primeiro se desculparia e, se realmente fosse causar um problema, deixaria de aconselhar os clientes da padaria. Bateu na porta.

— Entre! — disse o doutor.

Marina entrou no consultório do doutor Hidalgo.

Podemos nos esquecer dos companheiros de faculdade, dos companheiros de trabalho, de pessoas que conhecemos em um jantar, mas nunca, nunca mesmo, daqueles com quem dividimos a nossa infância. Por algum motivo, as redes neurais que tecem o cérebro infantil e continuam na juventude são capazes de reter a fisionomia daqueles que fizeram parte daquela etapa inicial da vida, e foi o que aconteceu com Marina, apesar de nunca mais ter visto aquele estudante com o rosto cheio de espinhas, alto e magricela que uma vez, em frente ao moinho de Palma, interpretou o personagem de Dom Quixote. Ela o reconheceu assim que entrou pela porta do centro hospitalar.

— Miguel?

— Marina?! — disse se levantando, surpreso. — Quanto tempo!

— Trinta e um anos... mais ou menos — respondeu aproximando-se dele.

Deram dois beijos. O doutor ficou feliz por reencontrar essa amiga de infância. Tocou em seu braço com carinho.

— Você está igual — disse o doutor Hidalgo com um sorriso sincero.

— Como posso estar igual, Miguel?

— Eu fiquei sem cabelo — disse mostrando a careca, fazendo uma careta engraçada.

Observaram um ao outro por alguns segundos. Os dois estavam comovidos por esse encontro.

— Vamos, me conte... o que tem feito da vida? Você mora aqui? A última coisa que soube de você é que tinha ido para um superinternato norte-americano.

Marina concordou.

— A sala inteira sentiu inveja de você, as outras meninas teriam feito qualquer coisa para estar no seu lugar... principalmente a Cuca, que tentou convencer os pais como uma louca. Lembra da Cuca?

— Sim. Continua sendo amiga de minha irmã.

— Eu vi sua irmã uma vez... Ela me disse que você tinha estudado medicina na Faculdade de Perelman. — Fez um gesto de admiração.

Ele sabia que era uma das melhores universidades de medicina do mundo e que só a elite conseguia entrar lá.

Todos no San Cayetano, alunos e professores, sabiam que Marina teria um futuro brilhante. Mesmo com tantos certificados de honra ao mérito, era quietinha e discreta. Não chamava a atenção, mas sempre foi a melhor aluna da turma.

— Fico muito feliz em vê-la. Mas, me diga, Marina... eu imagino que não tenha vindo me cumprimentar. Posso ajudá-la em algo?

Marina baixou o olhar um segundo. Preferia que o médico fosse um desconhecido e não um companheiro, com quem estudou dos três aos catorze anos e que, apesar de não terem sido grandes amigos, passaram muitas horas juntos no mesmo espaço. Marina olhou em seus olhos e dando de ombros com um sorriso, disse:

— Eu sou a curandeira de quinta categoria.

―――

Llevant, xaloc i migjorn, llebeig, ponent i
mestral, tramuntana i gregal. Vet aquí es
vuit vents del món.
Una dona marinera sempre mira d'on ve es
vent, tan si es llevant com ponent es bon
temps sempre l'espera.[38]

―――

38. *Levante, siroco, austro, / garbino, ponente, mistral, / tramuntana e gregal. / Esses são os oito ventos do mundo. / Uma marinheira / sempre olha de onde vem o vento, / não importa se vem de Leste ou Oeste, / o tempo bom sempre a espera.* (N. T.)

Deitados na areia das praias de Maiorca, eles cantaram essa música várias vezes, enquanto dividiam os fones de ouvido do walkman de Antonio. Assim como não esquecemos o rosto das pessoas que conhecemos na juventude, também não esquecemos as músicas que ouvíamos nessa época. Antonio aproximou sua mão da de Anna e, inseguro, a tocou de leve. Anna correspondeu, e assim deram as mãos. Juntos, olhando para o palco, acompanharam Maria del Mar Bonet, palavra por palavra, nos últimos versos de sua canção.

> *Qui s'enamora no es cansa si viu*
> *emb l'opinió que després d'una*
> *maror sol venir una bonança.*[39]

FINALMENTE, O PREFEITO TROUXE o documento do histórico da propriedade. Nele constava que o moinho de trigo tinha sido construído em 1492 e a casa onde ficava a padaria, quatro anos mais tarde. Esse documento constatava que, desde o início, a padaria e o moinho tinham passado de geração em geração na família Molí. Nunca tinha pertencido a outra família que não fosse a de María Dolores. Os dez por cento de Nerea Vega não faziam sentido.

A única hipótese que passou pela sua mente foi que, quando Lola herdou a propriedade, não tivesse condições de bancar os impostos, que custam em torno de dez por cento em Maiorca, e talvez tivesse pedido o dinheiro para sua avó.

Talvez, talvez, talvez... só Nerea e Lola sabiam a verdade, e evidentemente Catalina, que não pretendia falar nada.

Marina continuou perguntando sutilmente aos moradores do povoado. A viúva contou algo que a deixou surpresa. Contou que Lola participava do *ball de bot*,[40] e que quando ela enviuvou, Lola fez questão de ensiná-la a dançar, porque dizia que dançar e cantar amenizavam a tristeza. Será que era por isso que ela achava as duas amigas tão parecidas? Marina sempre associou o físico da míope e gorda Catalina ao de Lola. Só não conseguia imaginar Catalina saltando e erguendo os braços em um círculo de homens e mulheres. E o restante dos habitantes sempre respondia o que ela já sabia: que Lola era

---

39. *Quem se apaixona não se cansa / acredita que / a calmaria sempre chega / depois da tempestade.* (N. T.)

40. Baile tradicional de Maiorca. (N. T.)

sorridente, que era muito trabalhadora, que era a melhor padeira da região. Nada que ajudasse a descobrir o motivo daquilo tudo.

— *No la deixaràs en pau, eh?* — disse Catalina resmungando uma manhã.

— Não, Catalina. Eu não vou deixá-la em paz — traduziu Marina, que já entendia quase tudo.

— Ela cuidou de sua avó, a dona Nerea. Aos quinze anos, foi trabalhar na casa dos senhores Vega de Vilallonga... na sua casa.

— E qual o problema de Lola ter cuidado da minha avó? Por que você só me contou isso agora, Catalina? Minha avó devia gostar muito da Lola. Pagou os impostos desse lugar. Era muito dinheiro.

— Não sei se elas se gostavam ou não. Eu já lhe contei tudo que sei — respondeu Catalina pegando uma bandeja de pão integral, colocando-o na vitrine —, e agora, por favor, pare de ficar remexendo o passado.

E assim os dias se passavam... amassando pão durante a manhã e dando passeios à tarde com sua cadela, pelas montanhas da serra de Tramuntana.

Além disso, Marina, que era uma mulher de exatas, que lia apenas as leituras obrigatórias do colégio e os livros de especialização em medicina, passou a desfrutar do prazer da leitura. Úrsula soube como apresentá-la aos poucos, os livros de suas mestras, com quem aprendeu e continuava aprendendo. Primeiro *Jane Eyre*, de Charlotte Brontë, *O amante*, de Marguerite Duras, *A casa dos espíritos*, de Isabel Allende, *Como água para chocolate*, de Laura Esquivel, e outro que Úrsula sabia que ela iria adorar: *Mulher em guerra*, de Maruja Torres.

E os meses foram passando calmamente, entre trigo e literatura, ao mesmo tempo que crescia uma bonita amizade entre essas três mulheres solitárias perdidas nas montanhas de Tramuntana.

Uma tarde, um pouco depois de ter falado com o prefeito, Marina ligou para Anna e contou o que havia descoberto. Contou sobre os dez por cento que pertenciam à avó. Mas Anna ouviu o que a irmã tinha a dizer, sem dar muita importância. Antes de desligar, prometeu ir a Valldemossa naquela semana com Anita. Talvez pudessem começar as aulas particulares de matemática e química.

A<small>NNA E</small> A<small>NTONIO TROCARAM ALGUMAS</small> mensagens pelo celular. Ele se insinuava sutilmente. Ela, reprimindo seus desejos mais profundos, respondia com certa doçura, talvez um pouco mais atrevida do que deveria. Nada além disso, era uma mulher casada e Maiorca era uma ilha muito pequena.

Anita levou as aulas particulares a sério. Estava no último trimestre escolar e, se conseguisse passar de ano direto, seria a primeira vez em quatro anos que passaria o verão inteiro sem fazer tarefas, sem abrir um livro ou decifrar um problema matemático. Essa ideia parecia quase impossível, mas a animava e ela se esforçou para conseguir. Anita gostou desse novo membro da família desde o primeiro dia em que a viu. Desde o primeiro instante a olhou com outros olhos, porque ela fez algo que Anita amou: Marina era a única pessoa no mundo que a chamava pelo seu nome e não se dirigia a ela com aquele diminutivo brega que seus pais tinham escolhido para sua vida: "Anita." As professoras, suas colegas de sala, a equipe de natação, a avó paterna, as amigas de sua mãe do Clube Náutico sempre a chamavam assim. Ela detestava aquele diminutivo de menina doce e indefesa.

Como sempre, Anita não tinha o que fazer aos sábados, então decidiu montar em sua Vespa e ir para Valldemossa. Marina se surpreendeu ao vê-la por lá às nove da manhã. Anita precisava de um lugar para estudar tranquilamente durante o dia inteiro, prometeu não incomodar e foi para o andar de cima. Então, enquanto Catalina, Úrsula e Marina amassavam o pão, ela se entregava às complicadas operações, frações, áreas, volumes, que não teriam nenhuma utilidade em sua vida, mas que eram muito importantes para o tal relatório Pisa: Programa Internacional de Avaliação de Alunos.

Então, um sábado após o outro, tia e sobrinha saíam para passear com a cadela durante a tarde. Anita ouvia Marina falar dessa vida apaixonante da qual fazia parte como voluntária e começou a sentir uma profunda admiração por ela. Ao mesmo tempo, a tia percebia que a sobrinha tinha uma vontade imensa de voar, de se sentir livre, de sair daquele pedaço de terra onde havia nascido, sair daquela ilha, para ser ela mesma. E assim, naturalmente e pouco a pouco, foram recuperando esses catorze anos que passaram longe uma da outra.

No último sábado de maio, Anna decidiu acompanhar Anita à padaria para agradecer à irmã pela ajuda que estava dando à sua filha. Ela a tinha acompanhado somente no primeiro dia, depois Anita quis ir sozinha. Para Anita, essa padaria começava a ser um espaço próprio e sua mãe entendeu e respeitou. Anita deu a desculpa de que a mãe iria distraí-la e que ela tinha muitos problemas para resolver. Então, insistiu em ir sozinha.

Apesar da relação entre mãe e filha ter melhorado, Anita continuava sendo imprevisível. Alguns dias jantava sem falar muito, de uma maneira tranquila com sua mãe. Outros, se ouvisse um não, saía batendo a porta e se trancava no quarto, ou pior ainda, pegava a Vespa e sumia durante horas. Ah, os hormônios descontrolados da adolescência...

— Só vou ficar uma hora, Anita. Ah, meu amor... eu volto em seguida.

Depois de um: "porra, mãe", Anita subiu na Vespa e a mãe a seguiu com seu BMW.

— Que bom que você veio, Anna — disse Marina vendo a irmã entrar na padaria. — Por que demorou tanto para voltar?

Marina se aproximou, e Anna a abraçou. Anita pegou um pedaço de bolo de limão da vitrine e subiu mal-humorada para a casa. Pelo jeito que a sobrinha a cumprimentou, Marina percebeu que tinham discutido. Foram atrás dela. Anita preparou café. Anna observou o lugar, que continuava sem graça, o sofá desgastado, o armário de comida vazio... Achou estranho o fato de Marina não ter feito nenhuma decoração, por menor que fosse. Fazia quase quatro meses que estava naquela casa. Esperaram que o café ficasse pronto, e Anna sugeriu que o tomassem no banquinho em frente à padaria para não incomodar Anita. As duas irmãs desceram e saíram para tomar o café.

Anna se desculpou por não ter ido nenhum dia a Valldemossa. Não tinha voltado à padaria desde a primeira aula particular que Marina tinha dado à sua filha, porque sabia que ela preferia vir sozinha para se sentir independente. Além disso, ela tinha respeitado essa decisão.

Também contou, quase orgulhosa, a discussão que teve com Armando quando disse que se negava a vender a casa de Son Vida. Pela primeira vez em seu casamento, teve coragem de enfrentá-lo. É verdade que Curro já tinha comentado com ambos que vender a mansão onde moravam não era um bom negócio. Quitariam apenas uma parte da dívida e teriam que pagar aluguel. Essa casa estava a salvo porque estava registrada somente no nome de Anna. Por isso, não havia perigo de perdê-la. Anna revelou à Marina que Armando tinha uma pequena quantia de dinheiro não declarado em um banco suíço. Ele estava trazendo um pouco por mês para os gastos. Para não ter que declarar na aduana como a lei espanhola exige, Anna explicou que ele só podia entrar com dez mil euros em dinheiro vivo. Contou que Armando estava tão paranoico que, para não levantar suspeitas nos aeroportos, voava em diferentes companhias até Genebra. Além disso, para que passassem despercebidos, Armando quis que ela viajasse junto. Já tinha comprado um voo para a esposa para o mês de junho.

— Cuidado para vocês dois não acabarem presos — disse Marina assustada.

Anna não estava muito preocupada. Uma grande parte da elite de Maiorca tinha contas no HSBC de Genebra. Viajaram em várias ocasiões com Cuca, Curro, Francisca e seu marido e, em cada viagem tinham se encontrado com políticos e empresários de toda a Espanha. Todos iam para a Suíça fazer a mesma coisa.

— Sabe o mais estranho de tudo isso, Marina? O mais estranho de tudo é ver o meu marido, que sempre foi um narcisista metido a besta, se transformando em um farrapo humano. A cada dia que passa, ele está mais desanimado. Primeiro começou a comer feito um louco e engordou, agora fuma um cigarro atrás do outro e está magro e envelhecido.

— Nunca vou conseguir entender por que você continua com ele.

— Não vou abandoná-lo agora. Além disso, eu viveria de quê? — concluiu resignada.

Marina suspirou. Jamais conseguiria entendê-la.

Foram de novo para o andar de cima, onde Anita continuava estudando a tabela periódica.

— Você vai passar em tudo, Ana, vai ver — disse Marina à sobrinha, sentando-se ao seu lado. Anna se sentou em frente à filha.

— Sim, Anita, você vai passar em tudo. Tenho certeza. Você nunca estudou tanto — disse, incentivando-a, ao mesmo tempo passou a mão pela bochecha dela.

Ao sentir a carícia de sua mãe, Anita afastou o rosto bruscamente. Marina fingiu não ter visto esse gesto hostil, que, por menor que fosse, considerou cruel. Anna, humilhada, baixou o olhar. Ela estava acostumada com essas grosserias, mas não conseguia entender a adolescência. Por mais artigos que tivesse lido sobre o vaivém hormonal nesta etapa, considerava sua filha uma pessoa desagradável e difícil.

— Bem, eu já vou. Estude bastante — disse Anna se levantando.

Quando Anna desapareceu atrás da porta, tia e sobrinha se olharam. Não foi necessário dizer nada. Anita notou a decepção no olhar de sua tia, que não esperava esse gesto tão ofensivo em relação à sua mãe. Uma mãe bondosa, que se preocupava com ela, que cuidava dela e a amava acima de tudo. É verdade que ela podia ser um pouco boba e ingênua, mas era uma boa mãe.

— Nunca mais trate sua mãe dessa maneira, Ana. Pelo menos, não na minha frente nem na minha casa.

HAVIA UMA MULHER NO POVOADO COM QUEM Marina nunca tinha conversado, Josefa, a esposa de Tomeu. Pelas manhãs, ela servia cafés e sanduíches ao lado do marido e, durante as tardes, café com licor aos aposentados que jogavam dominó. Nesses quatro meses em que Marina estava em Valldemossa, essa senhora não tinha ido à padaria nem um dia sequer. Lembrou que Catalina já tinha comentado sobre ela com certo desprezo. Mas como sempre, Catalina não quis dar muitas explicações. Marina a encontrou uma vez na mercearia. Josefa a observou com certa arrogância sem se apresentar. E pelo jeito que tinha tratado a balconista, deu para perceber que era uma mulher seca e arisca.

Devia ter a mesma idade de Catalina. Marina planejou meticulosamente sua ida ao bar, sabia que Josefa estaria sozinha, já que Tomeu tirava sua sesta das quinze para as quatro às quinze para as cinco. Entrou. Não havia nenhum cliente. Ela estava sozinha limpando as mesas. Marina se sentou no balcão.

— Pode me servir um café, por favor? — pediu Marina.

Josefa foi até a cafeteira sem falar com ela. Serviu o café em uma xícara e a colocou em cima do balcão.

— Me chamo Marina.

— Josefa — respondeu secamente. — Açúcar?

— Sim, por favor.

Josefa lhe entregou um envelopezinho de açúcar. Marina abriu-o e colocou no café. Pegou a colherzinha e, enquanto mexia o café, pensava como deveria falar com essa senhora.

— A senhora... conhecia Lola?

Josefa olhou para ela desconfiada.

— Este povoado é muito pequeno — disse, pegando um pano. — É claro que eu a conhecia.

Continuou limpando o balcão. Marina tomou um gole do café e esperou. Ela tinha aprendido isso com Laura. Esperar que o interlocutor falasse primeiro.

— Aqui se faz, aqui se paga.

Marina quase engasgou com o café.

— Josefa... como... pode falar isso? O que acabou de dizer é severo — recriminou-a, pegando um guardanapo para limpar a boca.

— Você está tentando descobrir quem ela era, não está? — respondeu friamente. — Era uma forasteira qualquer, uma mulher muito fácil.

Josefa tirou os olhos do pano e olhou para Marina.

— E quer saber de uma coisa? Nós estaríamos mais tranquilos se a padaria tivesse fechado. Ela pediu dinheiro para o Tomeu. Eu não permiti que ele lhe desse um centavo. Vai saber como ela conseguiu.

— *Què has de dir tu! Xerres massa, Josefa. Calla, collons. No saps res*[41] — disse Tomeu histérico entrando pela porta atrás do balcão.

— *A mi no em cridis, Tomeu. Jo nomes dic lo que me demanen*[42] — respondeu séria, saindo pela mesma porta a qual o marido havia entrado.

---

41. "Você diz cada coisa! Você fala muito, Josefa. Cale a boca! Você não sabe de nada." (N. T.)

42. "Não grite comigo, Tomeu. Eu apenas respondi o que me perguntaram." (N. T.)

Marina, atordoada, pagou, saiu do bar de Tomeu e voltou para casa. Essa informação não combinava nem um pouco com a imagem que tinha formado de Lola.

Andou até a padaria. Úrsula a esperava sentada no banquinho.

— Finalmente limpei minhas estantes. Olhe só o que eu trouxe — disse Úrsula fazendo gesto com uma das mãos para que Marina se sentasse ao seu lado e com a outra segurava a tal revista japonesa.

Marina se sentou no banco. Pegou a revista. Na capa uma modelo asiática e algumas palavras em japonês. Abriu a revista apressada, era a que Catalina tinha comentado meses atrás. Virou as páginas ansiosa, procurando o rosto de María Dolores Molí. Encontrou uma foto de Catalina amassando pão ao lado de uma mulher de aspecto saudável, bonita, de pele bronzeada e forte: Lola. Observou-a com atenção. Em silêncio. Supôs que tinha uns cinquenta anos naquela foto. Seu cabelo era bem preto e estava preso com um coque baixo. Tinha curvas generosas. Vestia uma blusa decotada que deixava os seios um pouco à mostra. Intensos olhos pretos, acentuados com delineador e rímel. Tinha uma beleza típica. Fazia lembrar uma cigana. Do sul.

Olhou seu rosto com atenção... tinha imaginado ela tão diferente. Tomeu já tinha comentado: *"Tinha uns ulls negres que te tornaven boig."* Olhou bem para o seu sorriso, aproximando a foto dos olhos.

Essa mulher sem dúvida era como a chamavam no passado, a bela Lola.

6

A TRIBO OU AS RABANADAS DE SANTA TERESA

RABANADAS DE SANTA TERESA

INGREDIENTES:

- 8 pães amanhecidos
- 1/2 taça de vinho tinto
- 1 litro de leite
- 2 paus de canela
- 3 ovos
- 3 colheres de açúcar
- Azeite de oliva virgem

MODO DE PREPARO:

Ferva o leite com os paus de canela e o açúcar. Depois de fervido, retire os paus e despeje a taça de vinho. Corte os pães em fatias de um centímetro. Banhe na mistura de leite. Bata os ovos e passe as fatias no ovo batido. Por último, frite em um bom azeite de oliva virgem.

De: mathiaschneider@gmail.com
Data: 30 de maio de 2010 (um dia atrás)
Para: marinavega@gmail.com

Já estou com minha passagem para a Espanha. Chego no dia 15 de junho. Sigfried perguntou se pode dormir no moinho, caso vá à ilha para o seu aniversário. Ficarei em Maiorca até setembro, já comuniquei à sede do MSF. Não sei como vão reconstruir este lugar, vão demorar anos... conto tudo quando chegar. Conexão limitada como sempre.

Quero dormir em seus braços,

Mathias.

O AVIÃO DE MATHIAS ATERRISSARIA ÀS DEZ da noite. Marina estava nua e se olhou no espelho do guarda-roupa. Seu cabelo chegava até a cintura. Samala tinha cortado as pontinhas quando estava na Etiópia, dias antes do nascimento de Naomi. Observou suas pernas, suas axilas... Parecia uma *hippie* de Woodstock. Sabia que Mathias não se importava e, evidentemente, já a tinha visto em pior estado. Trançou o cabelo, vestiu a calça jeans e foi para o salão de beleza.

A cabeleireira, ao vê-la entrar pela primeira vez em seu salão, ficou muito feliz.

— Um segundo — disse a cabeleireira abrindo sua agenda.

Ligou para o policial, que ia cortar o cabelo com navalha, e remarcou seu horário. Pegou a agenda de novo e ligou para cancelar a tintura da viúva.

— Como eu queria dar um jeito nessa cabeleira — confessou Catalina vestindo um avental cor-de-rosa.

Lavou o cabelo com um xampu que tinha cheirinho de frutas. Cortou as pontinhas. Depilou-a inteira. (Queria fazer uma depilação à brasileira em sua virilha, mas Marina se negou categoricamente.) Convenceu-a a limpar um pouco as sobrancelhas. Marina nunca tinha tirado as sobrancelhas em sua vida, mas achou que seria uma grosseria dizer não, então permitiu. A cabeleireira quis maquiá-la, mas ela não permitiu.

— Vamos lá, mulher, o seu marido vai adorar. O Manolo adora quando uso maquiagem e passo batom vermelho-carmim nos lábios e esmalte combinando, ui! — disse piscando um dos olhos.

Mas Manolo, seu querido caminhoneiro e pai de seus cinco filhos, não tinha nada a ver com Mathias.

Pegou um esmalte da cor *rouge noir* e o agitou.

— As unhas, pelo menos.

Marina educadamente disse que as padeiras não podem pintar as unhas, mas a cabeleireira estava tão emocionada que ela permitiu que pintasse suas unhas dos pés.

— Cabelo solto.

— Uma trança baixa como sempre.

A cabeleireira não quis cobrar nada.

Quando ia caminhando pela rua, Marina encontrou Gabriel, que tinha saído para buscar um grupo de japoneses que se hospedaria no hotel.

— *You should make a photo now* — disse ao grupo apontando para Marina. — *This is the typical beautiful woman from Spain.*[43]

Marina fez uma careta simpática, e os japoneses aproveitaram para observá-la por um momento.

⚊⚊

Fizeram amor lentamente, um pensando no outro. Mathias conhecia cada parte do corpo de Marina. Acariciou-a sem pressa esperando paciente para que gozassem juntos. Ela continuava de olhos fechados sentindo prazer depois de tantos meses e ele aproximou os lábios de sua boca e disse baixinho: "Eu te amo."

— *Ich liebe dich auch, Mathias.*

Depois de quase vinte e quatro horas de voo saindo da América Central com escalas nos aeroportos de Miami, Frankfurt e Madri, finalmente se aconchegou nos braços de sua mulher e dormiu.

⚊⚊

Como sempre, Marina se levantou às cinco da manhã. Vestiu-se em silêncio para que ele não acordasse, e em seguida desceu para amassar pão.

Mathias saiu da cama às duas da tarde. Andou pelo quarto até chegar à janela fechada, que impedia a entrada da luz, e, ao abri-la, deparou-se com a beleza da paisagem maiorquina, o agradável sol de verão, a brisa que vinha suavemente do mar, o verde da serra, e tudo isso acompanhado pelo canto constante das cigarras, que voltavam no mês de junho. Bastou abrir a janela para que se apaixonasse por Maiorca. Era o primeiro dia do ano em que ele não tinha pressa de nada. Sentou-se no peitoril da janela, sentindo todos aqueles prazeres da ilha. Sem querer, começou a pensar no Haiti. Voltar para o Ocidente sempre foi sinônimo de paz e descanso, mas era impossível esquecer tudo que tinha deixado para trás. Pensou nas centenas de pessoas que passariam anos tentando apenas sobreviver neste mundo estranho.

Observou o quarto onde haviam passado a noite: as paredes amareladas, os móveis velhos. Na noite anterior observou a cozinha, sem graça e fria que,

---

43. "Vocês deveriam tirar uma foto. [...] Essa é a típica beleza da Espanha." (N. T.)

ao mesmo tempo, era sala de estar. As bolsas de roupas da falecida padeira ainda estavam na despensa... Sua mulher era assim.

Mathias se vestiu e desceu para a padaria. Marina estava sozinha, misturando trigo e água na mesa de madeira. Estava de costas e não o ouviu chegando. Ele se aproximou dela e passou os braços ao redor de seu corpo. Ela olhou para ele e, sem parar de amassar, o beijou. Mathias colocou suas mãos em cima das dela.

— Marina, este lugar é... maravilhoso — disse beijando-a no rosto.

— Tem que amassar com os dedos pouco a pouco.

— Me ensina.

Amassaram juntos em silêncio. Ele deslizou seus dedos por entre os de Marina, enchendo-os de trigo e água. Beijaram-se nas bochechas, no pescoço e no ombro... e continuaram a amassar mais um pouco, fechando os olhos e se deixando levar.

Juntos, colocaram as lenhas de carvalho e de amêndoas no forno. Marina acendeu um fósforo e jogou lá dentro... depois de cinco minutos havia uma labareda imensa. Ver o forno arder em chamas pela primeira vez era impactante, e Mathias ficou absorto diante dele, enquanto Marina preparava o bolo de limão.

— Eu estive pensando... — disse Mathias. — Vou ter que arrumar o que fazer durante todos esses meses. Não me imagino indo todos os dias à praia, nem ficar deitado sem fazer nada.

Era verdade. Nas ocasiões em que viajaram para a casa de seus pais, em Berlim, Mathias arranjava qualquer coisa para fazer para se manter distraído, desde consertar uma torradeira, tirar o cupim de um móvel antigo de sua mãe, ajudar o irmão a montar os móveis de sua casa nova pós-divórcio ou até mesmo brincar de Lego com o sobrinho... qualquer coisa. Ela nunca o viu assistindo à televisão ou sentado no sofá lendo um livro tranquilamente. O que Marina não podia imaginar é que ele não gostaria de ficar de pernas para o ar em qualquer praia maiorquina, como seus conterrâneos faziam por toda a ilha.

— Você pode nos ajudar na padaria. Em breve, a ilha vai estar cheia de turistas e a quantidade de trabalho vai dobrar.

— Sabe o que estive pensando? Se você não se importar, eu gostaria de arrumar a casa para a chegada de Laura e Sigfried... Posso?

— Mathias, você pode fazer o que quiser — respondeu beijando seus lábios.

Colocaram o pão integral e o bolo de limão no forno, enquanto Mathias pensava nas reformas que podiam fazer na casa. Achou que não fazia nenhum sentido manter aquela despensa, considerou que naquele espaço poderiam fazer um escritório ou mais um quarto. Poderiam colocar tudo que estava na despensa no armário da cozinha, que estava cheio de porcarias inúteis. Ou até mesmo tirar o armário, que ocupava muito espaço. As paredes pintadas de branco ficariam bem bonitas com as vigas de madeira...

Tomeu entrou para buscar os pães da tarde.

— Bom dia.

Marina apresentou-lhe Mathias.

— Catalina tinha dito que seu marido ia chegar — disse Tomeu.

— É meu companheiro — respondeu Marina.

— Como assim companheiro? Vocês trabalham juntos?

— Sim, também... Ele é meu namorado.

— Ah, então você não está casada.

— Não, não estamos casados.

Tomeu deu umas batidinhas toscas, mas gentis nas costas de Mathias e, em um tom de voz mais alto, disse:

— Olá, meu jovem! Bem-vindo a Valldemossa!

(Tomeu, assim como Catalina, era o tipo de pessoa que achava que se falasse em espanhol bem alto com os estrangeiros, eles entenderiam.)

A cabeleireira entrou na padaria, mais por curiosidade que qualquer outra coisa.

— Por favor... por favor, por favor — exclamou a cabeleireira fingindo não olhar para Mathias, falando com Marina. — Este é o seu marido? Ele não entende espanhol?

— Um pouco — respondeu Marina.

— Ele é um pedaço de mau caminho — disse sussurrando para Marina.

A simpática cabeleireira se aproximou de Mathias, apresentando-se também aumentando o tom de voz. Voltou a falar com Marina.

— Imagina o Manolo ao lado desse homem. Ele deve ser uns dois palmos mais alto que ele. É, as pessoas exageram nesse lance de amante latino.

Marina sorriu. Mais uma vez teve que esclarecer que não estavam casados. O prefeito entrou e esclareceram de novo, e na quarta vez, quando perceberam que essa história de serem apenas namorados não era muito bem-vista nos povoados, pararam de dar explicações e se declararam marido e mulher.

— Mathias, vou um segundo lá no quarto. Você fica aqui, caso chegue algum cliente? O pão integral custa um euro. O bolo — disse apontando para o bolo de limão — é por conta da casa para os clientes de sempre.

Marina subiu para se trocar. Notou que estava começando aquela semana infernal na qual todas as mulheres do mundo sofrem uma vez por mês. Em uma ocasião, em um campo de refugiados no Sudão, com a temperatura de quarenta e oito graus, ela sentiu a cólica que precedia à menstruação. Em seguida, calculou os mil novecentos e vinte dias que todas as mulheres passariam menstruadas ao longo da vida, e achou aquilo um absurdo.

Mathias se sentou em uma banqueta esperando a entrada de algum cliente. Pouco tempo depois, o padre apareceu.

— *Bon* dia!

— *Bon* dia — respondeu Mathias.

— Você *ser* marido de Marina?

(O padre era dos que acreditavam que se falasse aumentando o tom de voz e como índio, os estrangeiros entenderiam melhor.)

Mathias saiu de trás do balcão.

— Sim, eu *ser* marido de Marina — disse estendendo a mão para o padre.

— Muito prazer, senhor.

— Eu *querer* um pão integral e um pedaço de bolo de limão.

Mathias pegou o bolo de limão com um pegador e o colocou em um guardanapo. Entregou-o ao padre, que se despediu gentilmente. Assim que pegou o bolo, como sempre fazia, deu a primeira mordida. E antes mesmo de sair da padaria...

— Hum...

Deu outra mordida. Mastigou lentamente, emitindo gemidos de prazer, sorrindo para Mathias, que, incrédulo, observava o padre espanhol emitir aquele gemido estranho.

— Sim, finalmente — murmurou para si mesmo, em seguida aumentando o tom de voz, concluiu: — O autêntico sabor do bolo de limão com sementes de papoula.

Saiu pela porta sem se despedir. Marina desceu.

— Esse padre é meio estranho, hein? — comentou Mathias.

— Ele é apaixonado por uma viúva.

Saíram para se sentar no banquinho em frente à padaria. Névoa, aos seus pés, levantou-se e abanou o rabo para receber as primeiras carícias do novo morador da casa. Mathias contemplou sua mulher, depois a serra e o mar a distância. Passou o braço pelos ombros de Marina. Ela segurou sua mão e se olharam. Aproximou seus lábios dos dela. "Eu senti tanto a sua falta."

O vozeirão de sua sobrinha acabou com o momento de intimidade do casal. Estava acompanhada de Anna. Anita correu em direção à tia. Marina, um pouco surpresa, levantou-se e, em seguida, Anita se atirou em seus braços.

— Eu passei em tudo, tia! Passei raspando, mas passei.

Anna, que esperava atrás dela, disse baixinho: "Obrigada."

— Você conseguiu sozinha, Ana. Eu apenas expliquei a matéria.

— Não, tia. Sem você eu não teria conseguido. Muito obrigada.

Anita olhou para sua mãe e sorriu. Esse gesto foi mais para que Marina visse do que por vontade própria. Mas pelo menos ela sorriu. Aproximou-se da mãe e fez algo que não fazia havia vários anos: abraçou-a.

<hr>

MATHIAS SUBIU NA GARUPA DA Vespa de Anita e foram para a sessão de decoração do supermercado em busca de todo o material necessário para transformar aquela casa escura que sua mulher havia herdado em algo mais acolhedor. Tintas, baldes, rolos, fitas, broxas, massa, pincéis.

As irmãs ficaram na padaria.

— Quero mostrar uma coisa a você. Vamos lá em cima.

Subiram para o quarto. Anna se sentou na cama, Marina abriu a gaveta da mesa de cabeceira e pegou a revista japonesa.

— É ela.

Anna olhou com atenção.

— Essa senhora tinha quinze anos quando foi trabalhar na casa de nossos pais. Se soubesse exatamente quanto tempo ela trabalhou lá... mas a Catalina não quer me contar — disse Marina se aproximando da irmã e olhando a foto. — O rosto dela lhe diz alguma coisa? Porque... me diz algo.

— Eu nunca vi essa senhora em toda minha vida — respondeu.

Continuaram olhando a foto até que o celular de Anna tocou. Devolveu a revista à Marina, que olhou mais uma vez para o rosto da falecida padeira.

Anna abriu a bolsa e pegou o celular. Na tela estava o nome de Antonio. Abriu a mensagem.

> Fui contratado por uns árabes para navegar até a Grécia. Estarei fora julho e agosto. Anna, quando voltar, em setembro, não quero mais mensagens pelo celular. Venho para lhe buscar...

Por que uma simples mensagem de texto de trinta palavras conseguia deixá-la naquele estado? Cada mensagem que ela recebia de Antonio lhe dava a impressão de que seu corpo estivesse entrando em combustão pouco a pouco, enchendo-a de prazer. Começava pelo seio e descia pelo ventre até chegar às suas partes íntimas. Eram apenas palavras. Respirou tentando evitar essa sensação que invadia seu corpo, irritava-se com ela mesma por essa falta de controle.

— Anna, está tudo bem?

— Temos que ligar para o fornecedor de trigo. Nosso estoque está acabando. No verão, temos que duplicar a quantidade de sacos — disse Catalina.

— Para onde devo ligar?

— Lola guardava uma pasta bordô, bem velha, em sua mesa de cabeceira. Nela estavam os números de todos os fornecedores.

— Não tinha nenhuma pasta lá. Nenhum papel. Não tinha nada — respondeu Marina.

— Então deve estar no guarda-roupa.

— No guarda-roupa também não tinha nada.

— Assim como seu marido, que vive juntando um monte de sacos, você deve ter jogado fora.

— Nós ainda não jogamos nada fora. Todos os sacos estão dentro da despensa, mas não tem nenhum papel.

Marina tinha certeza de que não tinha nenhuma pasta bordô naquela casa, nenhuma agenda telefônica, nem cadernos, nem fotos, nem contas. Mas não ia perder essa oportunidade para tentar descobrir alguma coisa, por menor que fosse.

— Venha, vamos procurar juntas — disse Marina, subindo as escadas da casa.

Catalina a seguiu. Chegaram ao andar de cima. Névoa se aproximou da padeira balançando o rabo. Mathias estava lavando as xícaras do café da manhã.

— *Ay, quins records*[44] — disse Catalina com nostalgia, suspirando ao ver a cozinha de sua amiga.

— *Bon dia*, Cati — disse Mathias em maiorquim.

— *Bon dia*, Mathias. Você dormir bem hoje, hein? Aqui em Valldemossa dormimos muito bem, não é mesmo, bonitão? — gritou Catalina.

— Sim, o bonitão dormir muito bem hoje — respondeu Mathias, pegando a vassoura.

— Esses alemães são muito hábeis — disse Catalina olhando para Marina. — Olhe só, ele aí numa boa com a vassoura, o esfregão e os produtos de limpeza. Como se fosse a coisa mais normal...

Mathias olhou em direção à Marina para que fizesse a tradução simultânea. Não conhecia as palavras "hábeis" e "esfregão". Marina fez uma careta que significava: *Não é nada importante*.

---

44. "Ai, quantas lembranças." (N. T.)

— Os homens maiorquinos até sabem o que é uma vassoura, mas um esfregão... — disse Catalina, abrindo a gaveta do guarda-roupa. — Era aqui que ela guardava as contas — disse olhando a gaveta vazia.

— Nunca vi nada aí dentro. Eu já disse.

Catalina, admirada, seguiu Marina até o quarto.

Abriu a gaveta da mesa de cabeceira. Dentro, estavam apenas o estetoscópio e o caderninho.

— Ela guardava a pasta aqui.

— Tinha mais alguma coisa?

Catalina levantou as sobrancelhas... sua amiga estava xeretando de novo. Que mulher mais teimosa.

— Ela guardava um álbum pequeno com as fotos de família e as fotos da festa da Beata.[45] Era uma das principais dançarinas, e o pessoal do comitê de festas sempre tirava fotos dela.

Catalina esperou alguns segundos, pensativa.

— Também não entendo como tudo desapareceu. Afinal, Lola morreu de uma hora para outra, sem aviso. Ela não imaginava que ia morrer. Quando nos despedimos, ela estava perfeitamente bem. No dia seguinte, Névoa apareceu latindo na porta de minha casa. Viemos correndo e aqui a encontramos bem serena com os olhos fechados. Estava tudo igual. Enfim, alguém deve ter entrado. Pergunte para sua irmã. Bem... não importa. Eu tenho o número do fornecedor em casa. Vou ligar hoje à tarde.

Voltaram para o andar de baixo. Mathias estava levando todos os sacos de lixo para fora.

Catalina viu o casaquinho vermelho que sua amiga usava nas noites de verão, quando o vento tramuntana passava por Valldemossa.

— Você se importaria se eu ficasse com ele? — perguntou tirando-o do saco de lixo.

— Pode ficar com o que quiser, Cati.

Não quis pegar mais nada e observou, com tristeza, Mathias afastando-se pela rua, com sete sacos de lixo cheios de frigideiras, panelas, cacarecos antigos, blusas, saias e alpargatas. Sacos cheios com as coisas de Lola.

---

45. No dia 28 de julho, comemora-se a festa tradicional em homenagem à Santa Catalina Tomás, religiosa e escritora, nascida em Valldemossa no começo do século XVI. (N. T.)

MARINA E MATHIAS FORAM ATÉ UMA LOJA para comprar um sofá-cama, um guarda-roupa e um abajur para o quarto onde Laura dormiria com a filha. Além de um colchonete para Sigfried.

Mathias começou a trabalhar em seguida, seguindo à risca o manual de instruções, no qual tinha desenhado um bonequinho sorridente segurando uma chave inglesa, ao lado das explicações. Seis horas mais tarde, depois de falar um monte de palavrões, conseguiu montar o guarda-roupa e o sofá-cama do quartinho de visitas.

— Estou morto — disse se jogando no sofá, às onze da noite.

— É que você não para um segundo. Olhe, Mathias, não sei se vale a pena arrumar tanto essa casa. É sério.

— Não podíamos deixá-las dormindo na despensa sem dar uma pintura na parede e colocar uma cama decente. Além disso, nós estamos valorizando a propriedade.

— Isso é verdade — respondeu Marina.

— Você está muito bem aqui — disse Mathias pegando a mão dela.

— Eu me senti bem desde o primeiro dia em que cheguei. Assim que saí do táxi. Esse povoado tem algo de especial... Sabe, não paro de pensar na tal pasta. Tenho certeza de que Armando a levou.

— Quando o Sigfried chegar, podemos assustá-lo um pouco — disse bancando o machão com um sorriso malicioso. — Como se diz *arshloch* em espanhol?

— Idiota — respondeu Marina rapidamente. — Sei que há algo mais, Mathias. E ele deve saber o quê. Essa casa esconde algo que não consigo descobrir. É óbvio que Lola precisou do dinheiro para pagar os impostos. Afinal, ela pediu dinheiro a Tomeu, e pelo que pude perceber pelo comentário de sua mulher, pediu para outras pessoas em Valldemossa. Até chegar à minha avó. Mas é estranho.

— Não acho estranho que uma mulher como sua avó, que tinha dinheiro, ajudasse sua enfermeira. Ou sua cuidadora, bem, o que fosse. Há milionários que deserdam seus filhos ou deixam tudo para os Médicos Sem Fronteiras, não é mesmo? Ou podem deixar para a mulher gentil que cuidou deles em seus últimos anos de vida. Bem, Nerea ajudou Lola. Além disso, ela não deu o dinheiro. Nerea se tornou sócia.

Marina não respondeu. Mas sabia muito bem que deveria enfrentar o cunhado e descobrir se tinha levado algo da casa. Ela precisava fazer isso sozinha.

— Na verdade — continuou Mathias —, essa bondosa mulher deixou um presente incrível para você. Estou há dois dias neste lugar e posso entender por que os alemães estão colonizando a sua ilha. Não é um lugar ruim para se aposentar.

Marina riu. Mathias olhou para ela e a beijou nos lábios. Acariciou seu rosto e a beijou novamente. Entre beijos e carícias, ela comentou gargalhando que imaginou Mathias e Sigfried dando uma surra no cunhado. Ele riu com ela, beijou-a novamente e soltou sua trança.

— Mas você não disse que estava cansado?

Primeira semana de julho. Um bando de turistas chegou à Maiorca. Quando deixavam as praias ao cair da tarde, passeavam calmamente arrastando seus chinelos pelas ruas de Valldemossa. Compravam artesanato, estatuazinhas flamencas *made in China*, licores de ervas maiorquinas, pulseirinhas *hippie* e cinzeiros com frases do tipo "Amo Maiorca". Também faziam a visita quase obrigatória à ilha Cartuja: o ninho de amor de Chopin e sua arrogante escritora francesa, e a última parada antes do descanso: a padaria Can Molí. Mathias fez alguns bancos com troncos de madeira, e ali os turistas se sentavam para saborear o bolinho de batata, uma salada e, às vezes, quando Catalina estava de bom humor, um pedacinho do bolo de limão com sementes de papoula.

É necessário fazer uma observação antes de continuar contando sobre o mês de julho em Valldemossa… Talvez o leitor esteja pensando que finalmente as padeiras tinham acertado a receita do bolo de limão. Mas isso está muito longe de se tornar realidade. Para a tristeza de Marina, tanto o padre como o resto do povoado tinham voltado a reclamar do sabor do bolo no dia seguinte.

Precisavam de ajuda na Can Molí. Marina perguntou à sobrinha se ela queria ganhar um dinheirinho. No dia seguinte, a jovem apareceu pontualmente às cinco da manhã na porta da padaria. Enquanto Úrsula lhe ensinava como amassar o pão, sua neta Pippa ligou, dizendo que chegaria à ilha no dia seguinte e também trabalharia na padaria pelas manhãs.

— Acho que vão se divertir juntas — disse a velha argentina. — Vocês vão se dar bem.

Anita sabia que as pessoas geralmente não iam com sua cara e não mostrou nenhum interesse em conhecê-la.

No dia seguinte, como a avó tinha dito, a segunda ajudante da padaria entrou pela porta. Pippa era uma adolescente ruiva de cabelo comprido até a cintura, grandalhona, tinha um metro e oitenta e cinco, e o mesmo olhar sincero de sua avó.

— *Hi ha molta feina avui, jove.* Temos muito trabalho no dia de hoje, mocinha — disse Catalina para Pippa, aumentando o tom de voz e entregando-lhe um avental.

— Ana, por que você não explica a ela como tudo funciona? — disse Úrsula a Anita. — Sim, vá até lá. Assim você pratica alemão, e ela, espanhol.

Pippa olhou para Anita e em seguida para a avó. Tinha entendido mais ou menos o que a avó tinha dito à adolescente espanhola e, ao ver que a tal garota não parecia nem um pouco entusiasmada, disse:

— *Oma, bitte. Lass sie en Ruhe.*[46]

— *Oma* significa avó, não é mesmo? — perguntou Anita.

Pippa olhou novamente para Anita e concordou com um sorriso.

— Pega uma espátula e faça o que estou fazendo. *Mach wie ich mache*[47] — disse Anita, cortando a massa e fazendo bolas com as mãos.

Pippa, ao ouvir essa mescla castelhana-alemã saindo da boca dessa mocinha robusta de sua idade, sorriu e a imitou. E a partir desse momento não deu mais bola para a avó o verão inteiro. As adolescentes são muito estranhas. Se você sugerir algo, elas dirão não com toda má vontade. Mas, na maioria das vezes, se outra adolescente disser a mesma coisa, pode ter certeza de que elas acharão incrível.

O AMBIENTE CHEIRAVA A TABACO. As cortinas estavam fechadas para impedir a entrada dos raios de sol. O vento mal soprava. A casa de sua infância parecia mais escura que nunca. Marina seguiu Anna até a sala.

— O que houve, Marina? Por que você veio sem avisar? Por que quer falar com o Armando? Ele está lá em cima. Vou pedir para ele descer — disse Anna com a voz assustada, temendo pelo encontro da irmã com seu marido.

— Sim, por favor.

Anna subiu as escadas rapidamente sem conseguir disfarçar seu nervosismo. "Por que ela não me ligou antes de vir?"

Marina se sentou no sofá. Não quis avisar à irmã porque preferia pegá-lo desprevenido para que pudesse observar sua reação. Olhou ao redor da sala, reconhecendo novamente a decoração de sua mãe: exagerada em estilo rococó. Realmente a irmã era muito parecida com a mãe, a diferença é que ela era uma mulher bondosa. Na parte de cima da lareira ainda estava a foto

---

46. "Vovó, por favor. Deixe-a em paz." (N. T.)

47. "Faça o que estou fazendo." (N. T.)

de Anna, posando ao estilo Lady Di, sendo beijada pelo seu jovem marido. Olhou para a cômoda, o piso frio de mármore. Pensou que fez o correto em dar sua parte para Anna, essa casa não tinha mais nada a ver com ela.

Armando desceu fumando um cigarro, soltando todo seu peso nos degraus da escada. Marina olhou para ele. Anna já tinha comentado que o marido estava muito mal, mas quando o viu teve a impressão de que ele tinha envelhecido dez anos em poucos meses. Anna caminhava invisível atrás dele.

— Olá, Marina!

— Olá, Armando!

Nenhum dos dois tomou a iniciativa de se cumprimentarem com um beijo.

— Estou ocupado, fale — disse sem convidá-la para se sentar.

— Você foi o primeiro a entrar na casa, certo?

Armando concordou sem falar nada.

— Mais alguém entrou?

— Eu. No dia seguinte — respondeu Anna de um jeito inseguro.

— Sei que havia uma pasta com algumas contas e vários álbuns de fotos.

— Não peguei nada. Eu já disse isso para a Anna — afirmou.

— Tem certeza?

Armando concordou mais uma vez sem falar nada. Marina sentiu uma pressão no peito. Sentiu que estava enrubescendo, sabia que tinha que enfrentá-lo. Criou coragem e decidiu ser direta.

— Você está mentindo, Armando.

Marina conhecia muito bem o olhar do cunhado... sentiu a raiva transbordar por suas pupilas.

— Quando eu digo não, é não. Sabe qual é o seu problema, Marina? Você se acha muito esperta. A grande doutora que se formou na América, mas no fundo, minha querida, você não passa de uma infeliz sem vida própria. Mandaram você para bem longe aos catorze anos para que não enchesse mais o saco de ninguém. Você incomoda, Marina. — Sorriu levemente e acrescentou: — Nem sua própria mãe te aguentava.

Foi um golpe baixo que Marina não esperava e não sabia como responder. Sentiu seus olhos se encherem d'água enquanto o cunhado a encarava. Fez o impossível para engolir o choro e conseguiu. Porém, pela primeira vez na vida em seus vinte e cinco anos de casada, sua invisível irmã reagiu.

— Como pode ser tão cruel, Armando?

— Não se meta.

— Eu vou me meter, sim. Se você pegou alguma coisa, faça o favor de devolver. Tudo que havia dentro daquela casa é dela.

— Me deixa em paz — disse em um tom de desprezo, dando meia-volta e saindo da sala.

MARINA NÃO CONTOU PARA MATHIAS AS palavras exatas ditas pelo cunhado, contou pouca coisa, e pelo jeito que ela estava inquieta ele soube que não tinha sido uma conversa agradável. Depois de Mathias soltar vários palavrões em alemão por causa desse homem que nunca tinha encontrado em sua vida, e esperava nunca encontrar, aconselhou-a a parar de procurar respostas. Se, depois de sete meses tentando descobrir algo, não obteve sucesso, era melhor deixar isso de lado.

— Lola quis recompensar sua avó pelo dinheiro que ela tinha dado para o pagamento dos impostos. Como sua avó já tinha morrido, ela deixou tudo para vocês duas. É isso, Marina. Meu amor, você está obcecada por essa história. Esquece.

Úrsula os chamou da rua. Mathias saiu na janela. Era Anna no telefone. Marina foi atender com má vontade. Sua irmã mais velha chorou, arrasada, pedindo desculpas. De novo.

LAURA E A FILHA FINALMENTE CHEGARAM. Em seguida, se acomodaram no quarto novo. Poucas horas depois, os cinco filhos da cabeleireira foram chamá-las para irem ao jardim, onde passaram o mês de agosto fazendo guerrinha de balões de água, brincando de esconde-esconde ou *churro media manga o mangotero*.[48]

Sigfried alugou um jipe no aeroporto de Palma e chegou a Valldemossa se achando o Indiana Jones com seu chapéu de couro e disposto a encontrar as praias escondidas da ilha. Eram poucas, mas eles encontrariam. Boas *paellas*, bom vinho, o Mediterrâneo e o sol. A família de amigos de Marina não precisava de mais nada.

Em uma manhã de agosto, Anna montou na garupa da Vespa da filha. Seu BMW estava de novo na oficina mecânica. Ao chegar à padaria, Anita foi para a mesa de madeira com Pippa, e Anna subiu para ver Marina.

Ao entrar, encontrou os amigos pitorescos de sua irmã mais nova, que não tinham nada a ver com os seus. Dessa vez, Mathias estava sem barba, com o cabelo molhado e usando um pareô africano que ia da cintura aos pés, enfim,

---

48. Brincadeira infantojuvenil composta por dois times, de quatro a oito jogadores cada um. (N. T.)

estava com o peito nu e passava as mãos pelos cabelos de Marina. Riam e conversavam em inglês como uma extravagante família. Laura conversava com um loiro, que, além de mal-arrumado, usava um chapéu horroroso. Ele carregava no colo uma menina que devia ser sua filha. Uma loirinha de marias-chiquinhas com o rosto todo sujo de Nutella. O sujeito loiro estava pintando as unhas dela de rosa com o esmalte que a menina tinha ganhado de presente da filha da cabeleireira. Deitada em um canto estava Névoa. Como a vida delas era diferente. Nessa casinha de pedra perdida no meio das montanhas, tudo parecia ter vida. A escassos quilômetros em sua mansão de mármore, tudo parecia estar morto.

Névoa latiu. Marina viu a irmã e se levantou abrindo um sorriso. Apresentou-a a seus amigos. Estavam quase terminando o café da manhã. A filha de Laura queria ir à praia. Todos subiram no jipe e foram até lá, deixando as irmãs sozinhas.

— Como vai?

— Amassando pão o dia inteiro e me divertindo com esses amigos escandalosos.

— Sinto muito pelo...

Marina a interrompeu. Não queria lembrar o que tinha acontecido com seu cunhado.

— Está tudo bem, Anna. Vamos esquecer isso, por favor.

— Sim. Tem razão.

Anna olhou a casa. Parecia diferente. Cheia. Alegre. As janelas estavam abertas e entrava uma brisa agradável. Uma colcha africana trazida por Laura cobria o sofá, havia livros infantis e guaches coloridos em cima da bancada, pares de sapato tamanho quarenta e quatro espalhados, tabaco de enrolar...

— A casa está ficando muito bonita.

— Você acha? — perguntou Marina sem acreditar muito nas palavras da irmã, ao mesmo tempo que observava sua sala-cozinha totalmente bagunçada.

— Marina, eu vim para lhe agradecer de novo.

Marina se sentou ao seu lado.

— Você não tem pelo que me agradecer.

— Você pode achar uma bobagem, mas Anita está tão diferente desde que começou a vir aqui. Sua personalidade, seu jeito de se vestir. Não sei o que você disse a ela...

— Anna, eu apenas ouço o que ela tem a dizer. Só isso.

— Ela pediu que a levasse ao meu cabeleireiro e que a acompanhasse para comprar roupa. Um ano atrás isso seria impossível. Mas agora, desde que tem vindo para cá, se veste de uma maneira mais feminina. Bem — sorriu dando de ombros —, um pouquinho.

— Eu não tenho nada a ver com isso — disse sorrindo e mostrando sua roupa diária de trabalho: bermudas e camiseta branca.

Anna riu. Mas era verdade. Sua filha estava mudando. Anita continuava usando suas calças largas de moletom compradas no supermercado que cobriam suas pernas robustas e continuava usando uns sutiãs esportivos que praticamente anulavam seus seios que ela tanto detestava, mas em vez de camisetas largas até o pescoço, ela passou a usar blusinhas de alças mais femininas. Além disso, neste verão, Anita descobriu em frente ao espelho seus lindos olhos cor de avelã herdados do avô Nestor, os mesmos de sua mãe e sua tia Marina. Mudou o penteado, tirando a franja da testa e, pela primeira vez em toda sua vida, se achou bonita.

— Minhas amigas do Clube Náutico, Cuca e companhia contam que suas filhas só acordam na hora do almoço, só querem saber de festas e que não param de pedir dinheiro. A filha de Cuca, apesar de parecer uma santinha, entrou em coma alcoólico na semana passada e foi parar no hospital.

Anna olhou para o chão. Era difícil desabafar.

— Anita sempre foi a estranha. Ouvi por aí que ela tinha jeito de homem. E pela primeira vez em todos esses anos, digo com orgulho às minhas amigas que ela está trabalhando por vontade própria de segunda a domingo, e faz um ano que não me pede um centavo. Todas me ouvem, sentindo certa inveja.

Anna olhou para a irmã com carinho e continuou:

— E tudo isso é graças a você.

Marina segurou sua mão.

— Você é uma mãe maravilhosa, e sua filha é tão maravilhosa quanto você. Eu não fiz nada.

— Por favor, se eu puder fazer algo por você... me fale, Marina.

— Pode deixar. Vamos — disse se levantando, sem soltar a mão da irmã —, quero que veja como funciona tudo isso. Era você quem deveria ter virado padeira, não eu. Nossa avó dizia que você levava jeito.

Foram até a mesa de madeira e lá estavam a avó argentina, Pippa, Cati e Anita amassando pão... todas morrendo de calor. O termômetro marcava trinta e nove graus e os ramos de oliveira dentro do forno pareciam queimar com mais força que nunca.

Úrsula discutia com sua neta, evidentemente em alemão, ninguém entendia nada, mas podiam imaginar que a convivência diária entre essas duas mulheres ruivas, de gênio forte e com uma diferença de quase sessenta anos, nem sempre era fácil. Além disso, elas estavam juntas havia mais de um mês.

— Anna, você vai nos ajudar hoje? — perguntou Úrsula de forma inesperada.

— Bem... eu vim para olhar — respondeu Anna surpresa.

— Que olhar que nada... vamos trabalhar! — disse piscando para Anna.

Úrsula sabia muito bem a história das duas irmãs, sabia que tinham sido separadas. Talvez já fosse hora de isso começar a mudar de vez. E, na verdade, tudo o que Úrsula precisava naquele momento era que sua neta rebelde lhe desse um pouco de sossego.

— Olhem só, vocês duas podem ir à praia. Nós temos uma substituta — disse para Anita e Pippa. — Vou dar um dia de folga para vocês duas. Sabem por quê? Já estou cansada de vocês duas.

— Eu não tenho nada com isso — disse Anita simpática, imitando seu sotaque.

— Tem sim, estou cansada de você também. Fora daqui vocês duas.

Anita tirou o avental e o colocou em sua mãe. Ela e a adolescente alemã saíram rapidinho, antes que mudassem de ideia.

Entraram na casa de Úrsula e subiram para o quarto de Pippa. Estava uma bagunça, cheio de roupas jogadas pelo chão, copos vazios e gibis. Nesse momento, Anita entendeu qual era o motivo de tantas brigas com a avó. Vestiram seus trajes de banho. Pippa pegou toda a roupa jogada no chão e fez uma trouxa em seus braços.

— Abra o guarda-roupa pra mim, Ana?

Jogou a trouxa de qualquer jeito dentro do armário. Desde que a roupa não ficasse jogada no chão, a avó já ficaria satisfeita. Pegou os cinco copos vazios e saíram de lá. Antes de fechar a porta deu uma última olhada, viu que ainda tinha mais uma coisa para arrumar... chutou todos os gibis espalhados pelo chão para debaixo da cama.

— Pronto, vamos!

Assim como todas as tardes em que saíam da padaria com as mãos ainda sujas de trigo, montaram na Vespa em busca de diversão. Procurando praias. Escalando as pedras. Escondendo-se entre elas. Debochando das outras adolescentes que balançavam os cabelos enquanto paqueravam os rapazes. Ouvindo Patti Smith, Janis Joplin, Nina Simone... passando as horas ao lado do Mediterrâneo e dentro dele. Pippa passou os dois meses tentando aprender a nadar estilo borboleta. Anita lhe ensinava pacientemente todos os movimentos. Pippa quase se afogava de tanto que ria enquanto tentava praticar os movimentos. Sim, elas riam de tudo. Elas riam muito juntas. Era uma risada despreocupada que Anita não tinha conhecido antes. E com o passar dos dias foi surgindo um estranho sentimento em relação à ruiva alemã, ao mesmo tempo que não fugia mais do espelho e passava a gostar um pouco mais de si mesma. Porém, ao mesmo tempo que Anita se sentia muito bem pelas noites quando estava sozinha em seu quarto, ela se sentia confusa. Deitada em sua cama e com a palma das mãos apoiando sua cabeça, ela se perguntava se esse sentimento era o mesmo que suas colegas do San Cayetano já tinham experimentado. Porque era um sentimento lindo, misturado com o desejo de estar o dia inteiro ao seu lado.

Nessa noite, Anita levou Pippa até uma praia virgem perdida no extremo sul da serra de Tramuntana. Demoraram quase quarenta e cinco minutos para chegar à praia Cala en Basset, um lugar secreto protegido por falésias que só os maiorquinos conhecem. Já passava das onze da noite. Estava deserta. Ao chegar, Pippa tirou a roupa, o traje de banho e correu nua até o mar. Anita a observou. Sentiu um pouco de vergonha, mas como estava escuro, também tirou seu traje de banho e correu para o mar. Pippa parecia uma sereia com sua cabeleira ruiva lhe cobrindo os seios... linda. Levantou-se, de forma que a água chegasse apenas à sua cintura. Olhou em direção ao céu e dançou nua, brincando com o mar. Anita a olhava submersa na água.

— Eu gostaria de ficar aqui o ano inteiro... sinto tanta falta deste paraíso no inverno!

— Se morasse aqui, eu garanto que não diria isso.

— O que mais você quer? Sol, mar, uma comida deliciosa, esta paisagem... — disse olhando para o penhasco acima delas.

— Eu detesto esta ilha. Se eu pudesse, iria embora amanhã mesmo.

— O que mais você quer? — repetiu Pippa, já sabendo do desprezo que a amiga espanhola sentia pelo próprio país.

— Não sei... acho que são as pessoas que moram aqui. São todas iguais. Tudo farinha do mesmo saco... caipiras com dinheiro — estalou os lábios —, metidos, esnobes.

— Os oitocentos mil habitantes? Sério?

Anita sorriu levemente. Ela costumava generalizar.

— Você teria que morar aqui um ano inteiro para entender. Me sinto esquisita aqui. Uma pessoa estranha. Diferente.

— E qual o problema de ser diferente, Ana? Tudo bem ser diferente.

— Na Alemanha, talvez sim. Nessa maldita ilha, não.

Como sempre, conversaram o tempo todo mesclando inglês, alemão e espanhol. Mas, depois de um verão juntas, já tinham um código com o qual se entendiam perfeitamente. Pippa se aproximou da amiga ao notar sua tristeza, segurou sua mão, chamando-a para sair da água. Anita timidamente se levantou, olhando para baixo. Sentiu-se como realmente estava: completamente nua. Nua pela primeira vez na frente de outra pessoa.

— Você podia me visitar em Heidelberg. É uma cidade linda e não faz tanto frio como no resto da Alemanha.

— Claro.

— Não me diga que vai para depois nem dar as caras.

— Irei. Prometo.

— Tem uma discoteca chamada Cave 54. Todos que frequentam lá são esquisitos, então você vai se sentir bem. É um porão frequentado por estudantes e *geeks*, com uma música muito legal. Sei que vai adorar. Tenho uma amiga que falsifica identidades, eu já tenho a minha e vou pedir uma pra você. Só é permitida a entrada de maiores de dezoito anos.

Saíram do mar planejando tudo que poderiam fazer nessa viagem para o sul da Alemanha.

Chegaram à margem e se sentaram. Pippa abraçou os joelhos com os braços e Anita a imitou. Permaneceram em silêncio, sozinhas, as duas, com a lua e o vaivém das ondas.

Pippa se deitou, segurando a mão da amiga. A jovem ruiva aproximou seu corpo do de Anita. Elas se olharam com timidez. Pippa ajeitou o cabelo da amiga por trás da orelha. Anita sentiu algo subir pelo seu corpo. Pippa se aproximou um pouco mais e, insegura, aproximou seus lábios dos dela. Afastou-se um pouco de Anita, e viu que ela estava de olhos fechados, serena, suspirando tranquilamente. Beijou seus lábios de novo, suas línguas se tocaram timidamente e o cabelo ruivo de Pippa se espalhou sobre o seio de sua amiga espanhola, e assim, enquanto as pequenas ondas batiam contra seus corpos virgens, elas fizeram amor lentamente.

— Minha filha já passa o dia inteiro com ela. Agora você também.

— E o que você tem a ver com isso?

— Tenho tudo a ver com isso. Vocês são a minha família. Não dela.

— Nós passamos quase a vida inteira afastadas, Armando.

— Já vai começar a fazer drama. Não quero que você vá.

— Os amigos dela prepararam um jantar. É aniversário dela.

— Eu fui convidado?

— Você quer mesmo discutir.

— A Anita também vai?

— Sim, Ana também vai. Aliás, ela já está lá.

— Ah, que se dane. Façam o que quiserem.

Quando o sol se pôs, Mathias e Sigfried levaram a mesa de madeira para fora. Anita e Pippa estenderam uma enorme toalha branca em cima dela.

Anna colocou dois vasos com grandes papoulas que tinha colhido naquela mesma tarde nos campos perto da estrada de Valldemossa. O mesmo pelo qual trinta anos antes corria com sua irmã, enquanto seu pai tirava fotos.

— *Quants som? Vint, trenta?*[49] — conversavam Catalina e a viúva enquanto arrumavam os talheres.

Depois de discutir com a esposa, que evidentemente não tinha sido convidada por Catalina, Tomeu foi até lá para participar da festa e ficou responsável pela churrasqueira e o carvão. Úrsula estava emocionada por estar em um churrasco, afinal fazia anos que não participava de um e fez questão de ajudar com a carne. O doutor Hidalgo e sua esposa, também ex-aluna do San Cayetano, prepararam *tumbet*: a típica salada maiorquina, feita com verduras cortadas bem fininhas e que combinaria muito bem com o churrasco. O padre prometeu surpreender com a sobremesa. O prefeito chegou com seu violão e algumas ervas de Maiorca. A cabeleireira chegou com seus cinco filhos e seu marido, que finalmente pararia de dirigir o caminhão por três semanas. Eles não queriam dar trabalho, por isso levaram macarronada para as crianças. Gabriel e Isabel levaram vinho, muito vinho.

Todos estavam vestidos para a ocasião. Catalina usava uma saia comprida de verão e o casaquinho vermelho de sua amiga que estava bem apertado. Úrsula, elegante como sempre, usava um vestido preto e pequenos brincos de esmeralda nas orelhas. Mathias e Sigfried usavam calça jeans e camiseta branca. Anita se vestiu com uma roupa de Pippa. Os homens maiorquinos usavam bermuda e camiseta branca.

Marina olhou pela janela de seu quarto. Já estava anoitecendo e os postes iluminavam as ruas. Observou seus amigos e vizinhos em silêncio. Tomeu discutia com Úrsula, que queria colocar a costela na churrasqueira. Sigfried e Mathias tentavam se comunicar com o prefeito e com Gabriel, fazendo vários gestos. Sentadas em uma cadeira, Catalina, Isabel e a viúva observavam as crianças desenharem na calçada com giz colorido. Pippa e Anita estavam de olho em seus celulares e não paravam de dar risada. A cabeleireira estava segurando a mão de Laura, olhando suas unhas e fazendo um sinal negativo com a cabeça. Marina abriu um sorriso.

— E o que você vai vestir? — perguntou Anna na porta do quarto.

Marina se virou em sua direção.

— Eu... não tenho nada de diferente. Vou vestir o mesmo de todos os dias — disse sem dar importância.

---

49. "Quantos somos? Vinte, trinta?" (N. T.)

— Olhe só... sua irmãzinha, que a conhece muito bem, passou na loja Zara hoje cedo.

— Mas, Anna. Não precisava.

Anna abriu a sacola que estava em sua mão e pegou um vestido vermelho comprido e simples. Era simples e lindo, mas Marina achou estranho a irmã escolher um modelo assim. Não era seu estilo. Na verdade, Marina não usava um vestido desde que tinha se formado na Faculdade de Perelman. Quando tinha que se vestir elegantemente nas festas de Natal na casa dos pais de Mathias, ela usava uma calça preta e uma camisa branca.

— Confie em mim — disse Anna olhando para a irmã.

Desnudou-se sem ter certeza de que deveria vestir aquela roupa. Mesmo assim, decidiu colocar o vestido. Anna sorriu ao vê-la vestida. Marina abriu o guarda-roupa e viu sua imagem refletida no espelho pendurado na porta. Sentiu-se diferente.

— Sente-se — disse Anna colocando a cadeira de vime em frente ao espelho. Marina obedeceu, sem parar de se olhar no espelho. Anna abriu sua bolsa e pegou seu *nécessaire* de maquiagem.

— Só os olhos.

— Já sei, sua chata.

Anna pintou a parte de baixo e de cima com lápis e passou um pouco de rímel nos cílios da irmã. Foi para trás dela, assim as duas ficaram refletidas no espelho. Desfez sua trança. "Hoje, você vai ficar de cabelo solto, Marina." Pegou uma escova do *nécessaire* e passou pelo cabelo da irmã com cuidado, sem pressa.

Refletida no espelho, Marina observou sua irmã mais velha, com seus quase cinquenta anos, ela escovava seus cabelos como fazia na infância. Enquanto as mãos da irmã passavam por seu cabelo, sem querer, ela se emocionou.

Saiu da padaria. Seu cabelo enorme e preto caía por sua pele morena, ressaltando o vermelho do vestido.

Os convidados emudeceram quando a viram. Mathias viu que sua mulher estava mais bonita que nunca. Porque Marina, com seus quarenta e seis anos, era uma mulher simplesmente maravilhosa, tanto por dentro como por fora.

Foi um festival de carne, se empanturraram com aquela comida deliciosa, acompanhada de vinhos feitos de uvas maiorquinas. As crianças, que já tinham acabado de comer, tiraram a camiseta e brincaram de pintar o corpo com o giz colorido, contando com a ajuda de Pippa e Anita. Úrsula estrategicamente colocou o padre sentado ao lado da viúva, que timidamente elogiava seu estilo elegante. Laura e a cabeleireira se esforçavam para entender todos aqueles idiomas. Sigfried e o prefeito conversavam sobre Rafa Nadal, Boris

Becker, Michael Schumacher e Fernando Alonso. Mathias desenhava o moinho em um guardanapo sob o olhar atento de Gabriel. Isabel enchia as taças de vinho sem parar...

Assim que o jantar acabou, o padre pediu para que todos se sentassem, e foi para a padaria com Catalina. Ele fez questão de preparar a sobremesa, que tinha sido feita à base de pão, leite, vinho e canela. Era a sobremesa que sua mãe, que também tinha enviuvado jovem, lhe preparava todos os domingos para aproveitar o pão velho que sobrava da semana. Distribuíram quarenta e seis velas, uma em cada pedaço de rabanada e começaram a cantar parabéns. Marina fez um pedido, soprou as velas, e o padre, tal como tinha prometido, repartiu essa delícia entre os convidados como se fosse a hóstia sagrada. Abençoou cada um deles, agradecendo a Deus por poder fazer parte dessa enorme família de amigos.

Úrsula pediu para Tomeu abrir uma garrafa de champanhe, em seguida chamou a atenção de todos batendo o garfo em uma taça. Os convidados se calaram.

— Vamos brindar à Marina — disse Úrsula se levantando da cadeira —, por ter reunido todos nós neste verão, aqui neste pequeno povoado. Quero que saiba, querida amiga, que foi um imenso prazer conhecê-la e me sinto muito feliz por Lola ter deixado este lugar para você. Esta velha argentina-alemã de oitenta anos está dizendo tudo isso de coração.

Marina sorriu pelas belas palavras de sua vizinha, enquanto os convidados brindavam e pediam que dissesse algumas palavras.

Apesar de ser uma pessoa muito tímida, Marina se levantou:

— Eu quero brindar à Lola — pegou sua taça de champanhe e continuou —, porque ela é a responsável por todos nós estarmos aqui hoje. Ela me deu sua casa, sua padaria, seus amigos. — Sorriu olhando para todos. — Enfim, sua vida. Graças a Lola, eu também recuperei minha irmã, Anna, e minha sobrinha. — Ergueu a taça em direção a elas.

Os olhos de Anna se encheram de lágrimas e sua sobrinha enrubesceu.

— E também graças a Lola estou tendo um verão maravilhoso, como nunca tive antes, ao lado de meus amigos Sigfried e Laura — olhou para Mathias e concluiu —, e ao lado de meu marido.

Inesperadamente, quando estavam brindando mais uma vez, Catalina começou a chorar.

— *Ai, Catalina, com l'enyores.*[50]

---

50. "Ai, Catalina, você sente falta dela." (N. T.)

— *I tu, Tomeu, què..., tu l'enyores més que ningú... Brindem, que no vull plorar*[51] — disse tirando os óculos e secando uma lágrima que lhe escorria pela bochecha.

— Marina, esta é em sua homenagem — disse Tomeu, o do bar, terminando sua quinta taça de vinho. Em seguida disse para o prefeito Tomeu: — *Tomeu, fota-li a la guitarra. Já saps quina.*[52]

O prefeito dedilhou as cordas do violão, afinou-o e começaram os primeiros acordes de uma velha canção que todos os maiorquinos ali presentes reconheceram em seguida. Tomeu entrelaçou seus braços com os de sua amiga Catalina, que agora secava suas lágrimas com um guardanapo.

— *Começo jo i seguiu la tornada*[53] — disse Tomeu gritando e pigarreando em seguida, apenas esperando o momento certo... e depois de cinco taças de vinho, sem sentir um pingo de vergonha, começou...

Después de un año de no ver tierra
porque la guerra me lo impidió
me fui al puerto donde se hallaba
la que adoraba mi corazón.
Cuando en la playa... la bella Lola
su larga cola luciendo va
los marineros se vuelven locos
y hasta el piloto pierde el compás.[54]

A cabeleireira, o marido da cabeleireira, Cati, Úrsula, o padre, sua amada viúva, Anna, Anita, Gabriel e Isabel se uniram a Tomeu para cantarem juntos a velha canção. Sigfried, com uma papoula atrás da orelha, batia palmas tentando seguir o ritmo com a filha de Laura em seu colo.

---

51. "E você, Tomeu... você é a pessoa que mais sente falta dela... Brindemos, que não quero chorar." (N. T.)

52. "Tomeu, manda ver com esse violão. Você já sabe qual." (N. T.)

53. "Eu começo e vocês me acompanham no refrão." (N. T.)

54. "Depois de um ano sem ver terra firme / porque a guerra me impediu / fui ao porto onde estava / aquela que meu coração adorava." (N. T.) / "Ao chegar à praia... estava a linda Lola / com seus longos cabelos / que enlouqueciam os marinheiros / e faziam até o comandante perder o rumo." (N. T.)

Ay, qué placer sentía yo
cuando en la playa sacó el pañuelo y me saludó.
Luego después se acercó a mí,
me dio un abrazo y en aquel acto creí morir.
Mi bella Lola, qué hago yo aquí sin ti...[55]

Todos riram pela última frase inventada por Tomeu... e a canção começou de novo... e as cinco crianças maiorquinas com seus corpinhos bronzeados e pintados de giz correram para perto do prefeito e dançaram ao redor de seu violão.

Marina sorria, sentindo uma imensa gratidão por esse aniversário tão inesperado. Parecia impossível que todas aquelas pessoas que cantavam na sua frente fizessem parte de sua vida havia apenas sete meses. Enquanto pensava nisso, Mathias passou o braço por seus ombros, aproximou-se dela e sussurrou em seu ouvido:

— Quero fazer parte desta tribo.

ESPANHOL	ALEMÃO	MAIORQUIM
ESTROPAJO	TOPFKRATZER	FREGALL
CABRÓN	ARSCHLOCH	CABRÓ
FORASTERO	FREMDER	FORASTER
EXTRANJERO	AUSLÄNDER	EXTRANJER
ABRAZO	UNARMUNG	ABRAÇADA
LIMÓN	ZITRONEN	LLIMONA
AMAPOLA	MOHN	ROSELLA
BRINDIS	TOAST	BRINDIS
VINO	WEIN	VI
CANCIÓN DE MARINERO	SEEMANSLIED	CAN O MARINERA
PUEBLO	DORF NOLK	POBLE
AÑORAR	SEHNSUCHT	ENYORANÇA

---

55. "Ah, que alegria senti / quando cheguei à praia, e ela me cumprimentou com seu lenço. / Depois se aproximou de mim, / me deu um abraço e naquele momento eu achei que ia morrer./ Minha linda Lola, o que eu faço aqui sem você." (N. T.)

— Marina, temos que decidir.

— Você já sabe para onde quero ir, Mathias.

— Eu não quero voltar para a Etiópia.

— Eu sei. Mas eu preciso me despedir do país. Tem uma vaga de três meses em um projeto materno-infantil na capital.

— Você estava fazendo planos sem me consultar — respondeu Mathias, decepcionado.

— Foi Laura quem me contou antes de ir embora.

— Estão precisando de voluntários naquele projeto do Paquistão.

— Você também estava fazendo planos sem me consultar — respondeu Marina carinhosamente.

Mathias suspirou. Conversaram várias vezes sobre esse assunto. Marina sabia que, assim como ela, Mathias exercia sua profissão por vocação e se entregava de corpo e alma. Mas aos trinta e cinco anos, continuava tendo a necessidade de ver, conhecer e tocar o mundo. A relação deles era baseada no amor e no respeito mútuo. Ele tinha concordado em ficar com ela na Etiópia por três anos. Talvez fosse ela quem tivesse que ceder. Marina olhou para ele e acariciou seu rosto em silêncio, entendendo que esses dez anos de diferença entre eles talvez estivessem começando a pesar.

— Três meses, Mathias. Até dezembro. Preciso me despedir da Etiópia. Saí de lá achando que voltaria em uma semana e... sinto que tenho que encerrar meu ciclo lá.

Mathias não respondeu.

— No Natal, vamos para Berlim, como todos os anos, e aí escolhemos outro destino — acrescentou.

Ela se aproximou dele, beijou seus lábios e encostou em seu peito.

— Você já decidiu o que vai fazer com esta casa? — perguntou Mathias.

— Você gostaria mesmo de morar aqui?

— Ontem eu já tinha dito que sim. Eu gosto deste lugar, das pessoas — disse Mathias sem muito entusiasmo.

— Se nós a vendermos, podemos comprar uma cobertura enorme em Prenzlauer Berg.

— Nem me lembre, Marina. Perdemos uma oportunidade maravilhosa lá.

O que aconteceu foi que eles quase compraram uma cobertura nesse bairro de Berlim que tanto adoravam. Era algo que Mathias desejava. Sua própria casa. Um lugar só para os dois. Houve um mês de agosto que os pais de Mathias foram para a Tailândia e eles puderam ficar um mês sozinhos na capital alemã. Foram semanas tranquilas, as quais desfrutaram uma intimidade que nunca tinham tido antes. Eles aproveitaram esse mês de calor na cidade alemã como todos os outros berlinenses, que saíam com suas bicicletas antigas para passear nos parques e frequentar os *biergärten*[56] às margens do rio que corre pela cidade. Encontravam-se quase todos os dias com os amigos da escola e da Faculdade de Medicina de Mathias. Algumas noites ficavam em casa e jantavam no terraço tranquilamente. Quase todas as noites faziam amor, lentamente, sem pensar em mais nada, além deles dois. Outras noites, em companhia do irmão de Mathias e sua nova namorada turca, frequentavam alguns shows de música espalhados por aquela imensa cidade. Quando estavam voltando para a África, no voo para Addis Abeba, Marina disse a Mathias que adorava Berlim, e ele respondeu: "Se quiser, podemos comprar um apartamento juntos, para nossa vida, para sempre." Marina deu um sorriso. Achou que talvez fosse possível. Que talvez pudesse ter seu lar. O lar que não tinha e talvez pudesse criá-lo em Berlim ao lado de Mathias. No primeiro domingo que tiveram de folga, eles se sentaram em frente ao computador da sede e procuraram sites imobiliários. Viram centenas de fotos, até que encontraram uma cobertura em Prenzlauer Berg e pediram que o irmão de Mathias fosse conhecê-la. Era um apartamento amplo, com pé-direito alto e janelas bem grandes. Logo de cara, Mathias disse sim, mas Marina começou a colocar empecilhos nessa primeira tentativa de encontrar um lar. Depois, encontraram mais dois apartamentos. Não tão bonitos como o primeiro, mas que despertaram certo interesse. Marina encontrou defeitos em ambos. Chegaram a ver um *studio* no bairro de Born, em Barcelona, que Laura havia encontrado. Também não. E assim, pouco a pouco, a ideia romântica de encontrarem juntos um lar foi ficando de lado.

— Vendendo ou não, eu quero resolver bem essa questão da padaria. Talvez haja uma maneira de vender a propriedade, mas que mantenham a Cati. De qualquer forma, até dezembro ela não vai dar conta sozinha. Minha sobrinha volta para o colégio na semana que vem. A Úrsula disse que virá todas as manhãs, mas sua artrose está piorando a cada dia.

— E a Anna?

— Anna nunca trabalhou em toda sua vida. Não sei se é uma boa ideia. Se bem que minha avó sempre disse que ela seria uma boa padeira. Eu posso perguntar.

---

56. Restaurantes/cafés ao ar livre onde vendem comidas e bebidas típicas da região. (N. T.)

— Eu estou tendo uma ideia... por que em vez de comemorarmos o Natal a menos vinte graus, não chamamos meus pais para virem para cá?

— Por mim, tudo bem. Mas você acha que eles vão querer?

— Eles vão adorar sair daquele frio. Talvez meu irmão possa vir também. Aliás, ele engravidou a namorada turca. Eu não entendo o meu irmão. Afinal de contas, ele mal dá conta de um filho.

Mathias apagou a luz do quarto, fechou os olhos e passou os braços em volta da cintura de Marina.

— Você realmente moraria aqui pelo resto da vida? — perguntou ela. — Olhe só, se nós vendermos, podemos comprar algo menor aqui e outro em Berlim. Dois milhões de euros é muito dinheiro. — Marina parou de falar esperando a resposta de Mathias, mas ele não disse nada. — Na verdade, eu não tenho muita certeza do que estou dizendo.

— Calma, meu amor, calma. Pense melhor, e depois nós decidimos — disse Mathias.

Essas palavras carregadas de apreensão que saíam da boca de Mathias eram de fato um assunto mal resolvido entre o casal. Dois anos antes, quinze minutos depois de terem desistido da compra do *studio* em Barcelona, aproveitando a ausência da namorada, Mathias perguntou a Laura por que Marina via problemas em todos os apartamentos que visitavam, evitando sempre encontrar um lar para os dois. Laura, na tentativa de ajudá-lo a entender sua companheira, respondeu:

— Quando o expulsam de sua própria casa aos catorze anos, você passa a vida inteira tentando procurar o lugar que lhe roubaram. Porém, esse lugar não existe mais.

MINHA VIDA SEM VOCÊ E UM PEDAÇO DE PÃO

PÃO SIMPLES SEM SOVA

INGREDIENTES:
- 500 g de farinha de trigo
- 300 ml de água
- 5 g de fermento seco
- 3 g de sal
- 10 ml de azeite de oliva

MODO DE PREPARO:
Coloque todos os ingredientes em uma vasilha. Misture-os bem com uma espátula. Cubra com um pano e deixe descansando a noite inteira. Se ao descobrir a massa, ela ainda estiver um pouco mole, acrescente farinha de trigo até alcançar a textura adequada. Dobre-a várias vezes, dando a forma desejada. Leve a massa ao forno aquecido a duzentos e vinte graus por quarenta minutos. Tire--a do forno. Vire o pão, colocando a parte de baixo para cima e asse por mais dez minutos. Ao retirar o pão, dê leves batidinhas nele, se ouvir um som oco, é porque já está pronto.

Kaleb os esperava de braços abertos no aeroporto. Ao vê-los, saiu correndo para recebê-los. Sempre tinha palavras gentis para seus voluntários favoritos. Não permitiu que Marina carregasse sua mochila. Tirou-a de seus ombros e foram andando até o carro. Em seguida, contou-lhes tudo que tinha acontecido. O Aritz e a Ona tinham voltado para Mundaka, Manolo e a piegas voluntária francesa dividiram o mesmo quarto durante os três meses que moraram na casa do MSF. Samala era avó pela décima vez.

Marina olhava através da janela empoeirada do jipe a barulhenta Addis Abeba. Aquela paisagem colorida que conhecia tão bem. Tinha feito o mesmo trajeto nove meses antes com uma bebê nos braços. Como será que Naomi estava? Talvez tivesse tido sorte e já estivesse nos braços de uma mãe adotiva. Talvez não.

—ARRIBES TARD[57] — DISSE CATALINA jogando um fósforo dentro do forno.

Anna olhou para o seu relógio de pulso, que marcava cinco e trinta e um. Um minuto atrasada. Não respondeu e vestiu o avental. Foi difícil convencer Armando para que ele permitisse que ela trabalhasse como padeira, pelo simples fato de que a padaria pertencia à sua irmã. Armando ameaçou deixá-la sem mesada, esta que já tinha sido reduzida a quinhentos euros. Se começasse a ganhar um salário, não tinha por que lhe dar mais dinheiro. Anna criou coragem mais uma vez e disse: "Faça o quiser, Armando. Eu não me importo. Mas saiba que não pretendo voltar à Suíça." E com essa frase saiu de casa aos seus quase cinquenta anos de idade rumo ao seu primeiro trabalho.

— Cati… relaxa um pouco — disse Úrsula entrando.

A rotina de sempre: amassar, fermentar e assar.

Era setembro, pouco a pouco a padaria voltava à normalidade e ao horário de inverno: das oito da manhã às duas da tarde. O sino tocou à uma hora.

— Tem certeza de que pode ficar sozinha? — perguntou Cati mal-humorada para Anna.

— Caramba, pode confiar em mim, Catalina… afinal de contas, não é tão complicado.

Resmungando em maiorquim, Cati saiu pela porta. Gostava mais de Marina. Mas fazer o quê?

Assim que Anna ficou sozinha atrás do balcão da padaria, deu um sorriso.

Não pensou na responsabilidade profissional que tinha pela primeira vez em sua vida, mas teve certeza de que se sentia muito bem. Simples assim. Limpou dentro do forno cuidadosamente, como Catalina tinha ensinado. Quando terminou de limpar a mesa, saiu para se sentar no banco de pedra. Névoa, como sempre, estava deitada, esparramada sob o sol. Úrsula tinha voltado a tomar conta dela. A cadela se levantou e encostou o focinho no ban-

---

57. "Chegou tarde." (N. T.)

co. Anna olhou para a velha cadela e, apesar de estar sentindo um pouquinho de nojo, fez carinho em sua orelha com o dedo indicador.

Marina já não se lembrava como os dias na África passavam rápido. O trabalho era tão intenso que dava a sensação de que as horas passavam como segundos. Podia atender a cem mulheres e crianças por dia. E, apesar da jornada de nove horas de trabalho, era incapaz de ir para casa sem atender a todas as pessoas que pediam ajuda. Havia mulheres que esperavam com seus filhos, sem reclamar, por até seis horas. E novamente, ela voltou a dormir poucas horas pelas noites. Sempre procurando soluções impossíveis para as doenças de seu querido povo etíope.

Depois de sete dias, chegou o domingo, seu primeiro dia de descanso.

— Este não é o caminho do orfanato? — perguntou Marina observando os campos de cereais que achou ter visto nove meses antes.

— Sim, eu acho que sim.

— Talvez a Naomi ainda esteja lá.

— Se quiser, podemos ir até lá.

Andaram por cinco minutos até que encontraram a casinha cor-de-rosa onde deixaram a menina. Aproximaram-se da porta de entrada. Como na vez anterior, estava semiaberta, Marina bateu e deu uma olhada.

— *Ëndemën aderu* — disse Marina aumentando o tom de voz.

Em seguida, aproximou-se uma mulher de olhos bondosos, dando mamadeira para um recém-nascido que estava em seus braços.

— Olá — respondeu a mulher etíope em inglês.

Marina a reconheceu.

— Lembra-se de nós?

Ela os observou um segundo em silêncio. Não iam muitas pessoas brancas ao orfanato. Os pais que adotavam iam buscar as crianças nas casas de acolhimento do Estado.

— Sim, eu me lembro. Vocês trouxeram a Naomi, não é mesmo?

— Sim.

O recém-nascido que estava em seus braços começou a chorar.

— Ela ainda está aqui?

— Sim, no mesmo lugar em que você a deixou. No mesmo berço. Vá até lá. Esse bebê em meu colo chegou hoje, vou tentar fazê-lo dormir.

Marina e Mathias caminharam pelo corredor estreito. Nos quartos, várias cuidadoras davam mamadeira aos órfãos. Inconscientemente, Marina desejava que Naomi a reconhecesse. Chegou em seu berço.

Naomi, sentada, segurava as barras de ferro com suas mãozinhas, olhando em direção à porta de saída, por onde a luz entrava.

— Olá, minha linda — disse com carinho aproximando-se dela.

Naomi não olhou para ela e nem se moveu. Continuava olhando para os raios de sol que entravam pela porta. Marina esticou os braços em sua direção e a tirou do berço.

— Olá, Naomi — repetiu com um tom de voz suave.

A menina passou as pernas pela cintura de Marina. Silenciosa, sem emitir nenhum som e sem olhar para ela.

— *Hallo, schönes Mädchen*[58] — disse Mathias acariciando sua bochecha.

Cada um continuou falando com ela em seu idioma, igual faziam quando essa menina chegou a suas vidas. Mas Naomi parecia não reagir a nenhuma daquelas palavras. Não olhava para eles. Não fazia nenhum gesto. Nada.

A cuidadora se aproximou.

— Quer dar a mamadeira para ela?

— Sim. Eu adoraria.

A cuidadora lhe entregou uma das quatro mamadeiras que segurava nas mãos.

— Eu posso dar lá fora?

Os três saíram e se sentaram em um banco de ferro que tinha em frente à fachada.

Naomi abriu a boquinha esperando a pequena dose de leite que recebia a cada manhã. Sem olhar um único instante para Marina. Nem quando ela colocou a mamadeira em sua boca. Bebeu o leite devagarinho. Seu corpo não precisava só de comida, precisava também desses escassos minutos de colo, o esperado momento em que outro ser humano tocava seu corpo. Inconscientemente, tinha aprendido a mamar devagar, já que a única companhia que teria até a próxima mamada seriam as barras de ferro de seu berço.

— Naomi — disse Marina baixinho.

— É estranho que ela não reaja. Será que não ouve? — perguntou Mathias.

Ela ouvia sim, e aquilo não era estranho. Ninguém olhava para essas crianças, e elas não olhavam para ninguém. Suas cuidadoras não podiam se

---

58. "Olá, menina linda!" (N. T.)

dedicar como desejavam e acabavam dando as mamadeiras apenas como uma necessidade vital, sem o tempo e o carinho de que todo ser humano precisa.

— Vou caminhar um pouco com ela. Tudo bem se eu for sozinha? — Marina perguntou a Mathias.

Marina se levantou e a apoiou em seu peito. Deu tapinhas em suas costas para que arrotasse e foi passear pelo mesmo caminho por onde chegaram. Com certeza a menina nunca tinha se afastado tanto das portas do orfanato. Marina percebeu como Naomi apoiava a cabecinha em seu ombro e continuou andando com ela até próximo ao campo de cereais. Chegando lá, ela parou e se lembrou das palavras de Laura: "Mesmo que sejam recém-nascidas, as crianças devem ouvir o som da voz de um adulto em um tom suave. Elas se acostumam com esse tom de voz e, ao ouvir esse mesmo tom todos os dias, passam a sentir segurança e bem-estar. Não importa o que seja dito…".

— Sabe, Naomi, lá onde eu nasci, em Maiorca, nós também temos campos de cereais, igual a esse que está à nossa frente, só que lá os campos são de trigo. E às vezes ao lado desse trigo nascem umas flores lindas, selvagens, de um vermelho muito intenso. Elas se chamam papoulas.

Percebeu que Naomi se movia. Parecia querer mudar de posição. Marina a apoiou em seu quadril e ela passou as perninhas por sua cintura. Mas continuou sem olhar para Marina.

— Naomi… olhe pra mim, minha menina, por favor.

Achou que talvez ela estivesse assustada. Mas não era o que parecia. Gostaria de saber o que acontecia com aquela bebê de oito meses, a bebê mais triste que já tinha visto em toda sua vida. Não sabia mais o que dizer. Apenas sentia uma tristeza imensa. Começava a escurecer, talvez fosse melhor levá-la para dormir em seu bercinho. Andou devagar, e como tinha feito em seus primeiros dias de vida no deserto de Afar, cantou bem baixinho em seu ouvido: *Nana, neném, nana, neném. Minha menina está com sono, abençoada seja.*

Pela primeira vez, Naomi levantou sua cabecinha e olhou para ela, reconhecendo a canção de ninar que ouviu em seus primeiros dias de vida. Seus olhinhos marrons se encheram de tristeza e, como tinha aprendido a fazer durante esses oito meses de vida… chorou em silêncio.

NA SEGUNDA-FEIRA, ANNA CHEGOU ÀS cinco e quinze. Abriu a porta da padaria e foi direto para o local de trabalho. Nesse dia, ela quem colocaria os ramos de oliveira, a lenha de carvalho e amêndoa dentro do forno. Esperou que queimassem. Catalina entrou pela porta às cinco e meia em ponto. Surpreendeu-se ao ver que já estava tudo funcionando, mas não disse nada. Anna deu um sorriso simpático e, depois de cumprimentar cordialmente essa mulher rabugenta, começou a amassar em sua segunda semana como padeira. Já sabia os nomes dos habitantes do povoado, do padre, do prefeito, da cabeleireira e de seus cinco filhos. Todos sentiam falta de Marina e seus sábios conselhos, os quais tinham melhorado a vida daquelas pessoas da serra de Tramuntana. E, como sempre, Anna sentia orgulho de ser irmã dessa mulher que todos elogiavam.

À uma da tarde, Catalina foi embora. Como sempre, ao vê-la se afastar pela ruazinha, Névoa entrou na padaria. Com carinho, Anna a colocava para fora, dando-lhe um pedaço de pão velho. As duas ficaram amigas rapidamente. Anna entrou de novo e começou a limpar o local. Ouviu o barulho da porta abrindo. Achou estranho. Limpou as mãos sujas de trigo no avental e saiu para ver quem era. Assim que o viu naquele momento, se esqueceu daqueles trinta anos que tinham se afastado um do outro.

Antonio foi até ela, segurou seu rosto com suas mãos fortes e, sem esperar sua aprovação, beijou-a com fervor. Sentou-a na mesa de madeira e tirou seu avental.

— Antonio, eu...

— Quieta — disse em voz baixa enquanto abria seu sutiã.

Beijaram-se apaixonadamente. Antonio parou e comprovou o desejo nos olhos de Anna. Ela baixou o olhar com timidez, sem saber o que dizer. Fechou os olhos e permitiu que a beijasse e assumisse as rédeas da situação. Ela não se atreveria. Beijou seu pescoço, depois os ombros, lambeu seus seios sentindo os mamilos enrijecerem pouco a pouco, igual à primeira vez que os tocou. Riu de seus seios operados, mas só por um instante. Sentiu seu pênis ereto, mas esperou. Anna se excitava e sentia que seu coração estava batendo muito rápido. Antonio acariciou suas coxas enquanto levantava sua saia. Deitou-a na mesa, que ainda estava cheia de trigo e, com cuidado, levantou suas pernas. Deixou-a só de calcinha e acariciou sua virilha. Anna gemia baixinho de olhos fechados. Sabia que ele a observava e era um sentimento estranho, de prazer e de vergonha, mas desejava seguir em frente. Sentiu um imenso prazer percorrendo o corpo. Antonio beijou seus joelhos e foi lambendo a parte interna de suas coxas até chegar a suas partes íntimas. Brincou com sua calcinha, com sua língua e suas mãos, excitando Anna cada vez mais. Às vezes fazia uma pausa... e ela parava de gemer; então começava tudo de novo. Anna se retorcia de prazer.

— E você? — perguntou timidamente.

Antonio não respondeu e tirou sua calcinha. Percebeu que Anna estava úmida e pedia mais. Lambeu-a ouvindo seus gemidos de prazer. Antonio se levantou. Ele a viu nua em sua frente, pela primeira vez. Abriu a calça e aproximou seu corpo do dela, em seguida a penetrou, exalando todo o desejo que havia reprimido desde a juventude. Anna gemeu de prazer e abraçou esse homem que tanto tinha amado e que naquele momento teve certeza de que ainda o amava.

— Eu desejei tanto este momento — disse Antonio baixinho em seu ouvido, enquanto deslizava as mãos por suas costas. — Anna, olhe pra mim, por favor.

Anna olhou para ele, e Antonio afundou-se dentro dela mais uma vez, só que agora lentamente.

— Eu nunca esqueci você, Anna.

Anna baixou o olhar por um segundo. Ele aproximou as mãos de seu rosto, a acariciou e a beijou.

— Olhe pra mim. Nunca mesmo, Anna.

— Eu também não lhe...

Beijou-a sem que ela terminasse a frase. Eles se desejavam e esperaram pacientemente por tantos anos, porque nenhum dos dois acreditou que esse amor tivesse acabado na juventude. Cada um deles seguiu o rumo de sua vida, porém em algum momento acreditavam na possibilidade daquele reencontro. Mesmo parecendo um sonho impossível. Talvez mais para Anna que para Antonio. Porque todas as vezes que ele voltava para a ilha imaginava como seria se a reencontrasse novamente. Não foi por falta de amor que se separaram, e sim pelo destino.

Antonio estava cada vez mais excitado, fechou os olhos e tentou esperar Anna, mas não conseguiu. Abraçou-a com força e terminou. Ainda sentindo os últimos segundos de prazer, saiu do corpo de Anna. Beijou-a na boca, no pescoço e a deitou com toda a delicadeza na mesa. Beijou sua barriga e desceu mais uma vez até suas partes íntimas.

— Não vou deixá-la aqui, Mathias. Não posso. Eu não dormi a noite inteira. Não posso.

— Calma, Marina. O que está dizendo? — perguntou Mathias esfregando os olhos, ainda embaixo dos lençóis, olhando para o seu relógio de pulso.

Marina se sentou ao lado dele segurando uma xícara de chá. Eram cinco da manhã. Tinha esperado até esse horário para acordá-lo.

— Eu... — suspirou. — Nunca senti a necessidade de ser mãe, Mathias. Nunca. Nós já conversamos sobre isso. Além disso, eu tenho quarenta e seis anos. Mas sinto que essa menina faz parte de mim. Me sinto culpada por tê-la trazido para essa merda de mundo em que vivemos.

Mathias se levantou sem querer entender as palavras que sua mulher dizia.

— Não fale assim.

— Mas é verdade. Que tipo de vida a espera? Ontem eu teria ficado com ela a noite inteira, queria trazê-la para cá. Me senti péssima quando a deixei dormindo naquele berço. Ela estaria melhor se estivesse morta nos braços da mãe. Quantos milhares de órfãos há neste país? E quantos mais haverá? É tão difícil impedir isso? Não vou deixá-la aqui.

— Mas o que você pretende, Marina?

— Não sei, Mathias. Adotá-la.

— Adotá-la? — repetiu Mathias, surpreso.

Marina o encarou.

— Sim.

Mathias se levantou. Demorou alguns segundos para responder.

— Eu não estou entendendo nada e não sei o que dizer.

— Você não precisa falar nada.

— Certo, mas nós somos um casal, Marina. E de um dia para outro você está me propondo algo que eu não queria.

Mathias olhou para Marina. Ele a conhecia tão bem e sabia que, mesmo que ficasse em silêncio, deveria abraçá-la. E, apesar de não concordar com nada do que ela disse, abraçou-a.

Quando sentiu que os braços de Mathias a protegiam, mesmo sem saber muito bem o porquê, Marina desabou e chorou.

— Mas nós já vimos milhares de crianças em condições piores. O que houve? — perguntou ele, secando suas lágrimas.

— Em condições piores, sim. Mas nunca tão sozinhas. Não sei o que está acontecendo comigo, Mathias. Talvez seja… não sei.

Não se atreveu a dizer o motivo. Sentia-se envergonhada, egoísta… recordando o sentimento de solidão de sua adolescência. Sozinha, chorando em silêncio a oito mil quilômetros de sua família. É verdade que seu coração se estilhaçou em mil pedaços ao se separar deles para sempre, mas até seus catorze anos ela recebeu as carícias de sua avó, os abraços de seu pai e teve a companhia de sua irmã. Sabia que não tinha recebido o amor da mãe, mas apesar disso carregava em seu coração, em sua memória, aqueles anos ao lado das pessoas que tanto amava. E seu coração se partiu ao pensar que a tal menina que tinha trazido ao mundo não teria nada disso por sua culpa, nem ao menos aqueles catorze anos de consolo.

Todos os dias até a chegada do mês de dezembro ela foi ao orfanato dar a última mamadeira da menina. Começava a trabalhar às sete da manhã, e às quatro da tarde Kaleb a levava até lá. Falou com as cuidadoras, e elas ficaram felizes por terem alguém para ajudar. Também pediu autorização para o funcionário que administrava o orfanato local. Aliás, Marina o viu somente três vezes durante todo aquele tempo. Era um sujeito magricela de meia-idade, vaidoso e educado, que facilitava as coisas para a médica europeia que vinha ajudar naquelas tardes. O funcionário lhe explicou o procedimento de adoção, o qual Marina devia seguir à risca. Seria complicado por ser uma mulher europeia, já que deveria fazer todo o processo de adoção por meio da Espanha. Mathias a acompanhava todos os domingos sem levar realmente a sério os desejos de sua companheira.

Depois de dois dias, Naomi já reconhecia Marina, e, só de ouvir sua voz, olhava para ela. Após uma semana, levantava do berço apoiando suas mãozinhas na grade, flexionando as pernas para que Marina a pegasse no colo. Depois de três semanas, chorava quando era deixada no berço, então Marina voltava, pegava-a novamente no colo e iam passear mais uma vez pelos campos de cereais.

Eram amantes. Foi fácil esconder essa relação. Tinham a casa em cima da padaria e Marina só voltaria no final de dezembro. Todos os dias, Antonio saía da oficina às duas da tarde, colocava o capacete e partia a toda velocidade. Às duas e quinze, chegava a Valldemossa, cumprimentava rapidamente o guarda municipal, que também era motoqueiro e fazia vista grossa para o excesso de velocidade da moto de Antonio. Nesse povoado apenas os turistas eram multados e ponto-final. Anna sempre o esperava com a comida preparada. Comiam tranquilamente quando Antonio queria, claro. Porque ele continuava com o mesmo vigor de seus dezenove anos. Sim. Como descrevê-lo de uma maneira que não pareça vulgar...? Era um safado, mas no bom sentido da palavra. Era aquele tipo de homem que, enquanto você está comendo tranquilamente sua sobremesa, do nada enfia a mão dentro de seu decote, agarra seu seio, levanta você da cadeira, leva até a parede mais próxima devorando sua boca, em seguida abaixa sua calcinha da maneira mais selvagem e penetra com tudo. Mas não podemos esquecer de um detalhe... ele faz de tudo para que esse sexo selvagem excite tanto você quanto a ele. Mais ou menos o que ele fez com Anna no primeiro dia, sobre a mesa coberta de trigo, mas aumentando a intensidade a cada dia. Já quebraram pratos, uma garrafa de vinho e quase quebraram a janela um dia desses.

Não foi difícil enganar Armando. Anna disse que ficaria na padaria preparando a massa dos pães do dia seguinte e, como a fermentação era importante, ela deveria ficar de olho para ver se a massa estava crescendo corretamente. Armando não estava nem aí.

Sem dúvidas, setembro, outubro, novembro e dezembro foram os meses mais divertidos e mais apaixonados da vida de Anna. Com certeza.

Marina e Mathias voltariam para a ilha no dia 22 de dezembro.

— E agora, Anna? Vou ficar um mês sem ver você? O que vai fazer na noite de fim de ano? Comer uvas com seu maridinho, como se nada estivesse acontecendo, e desejar-lhe um feliz 2011? — perguntou Antonio. — Isso me deixa muito puto, Anna.

Anna não respondeu. Tinham evitado o assunto e passavam seus dias dentro dessa casa como se fossem um casal normal.

— Você transa com ele?

Anna se irritou. Tinham acabado de fazer amor. Não era hora de fazer essas perguntas. Levantou-se e olhou em seus olhos.

— Não, Antonio. Eu não transo com meu marido. Eu já lhe disse. Nunca — disse de um jeito sincero, olhando em seus olhos, que pela primeira vez pareciam inseguros.

E não mentia, não tinha nenhuma relação com o marido. Houve aquela tentativa nefasta que durou alguns meses, mas ao contrário do que imaginou, em vez de se sentir mais próxima dele, Anna começou a sentir nojo... e então, nunca mais.

— Eu não transo com ele há anos. Acredite em mim, por favor.

E Antonio acreditava, mas, com o passar do tempo, o simples fato de ela dividir a cama com o marido o incomodava.

— Quero... quero estar com você para sempre, Anna.

Ficaram em silêncio. Anna também o desejava. Mas o que ela podia fazer? Antonio não era a única pessoa em sua vida. Ela tinha Anita também. Anita em busca de sua identidade, porque desde que as aulas haviam começado, ela tinha voltado a ser aquela menina quieta e solitária de sempre, alguns dias estava bem, outros, estava mal, outros se isolava, outros gritava, outros conversava.

— O que quer que eu faça, Antonio? Quer que eu expulse meu marido de casa e você venha morar com a gente? Nesse momento, ele não tem onde cair morto.

— Venha morar comigo. Eu sei que minha casa é pequena e úmida, mas é suficiente para nós.

— E minha filha? Ela é um mulherão, mais alta que eu. Ela não vai querer morar com a gente. Não tem a menor condição.

— A única coisa que sei é que não quero continuar escondendo minha relação com você. Não quero, Anna. Não temos mais idade para isso, nem você, nem eu. Mais uma coisa, você tem que aprender a pensar por si mesma.

Tem que aprender a tomar suas próprias decisões. Não pode ter medo do que as pessoas dirão. Que se dane o que as suas amigas do Clube Náutico pensam — disse firme e com certa rispidez, sem aumentar o tom de voz.

Anna não sabia o que responder. Estava ciente de que ele tinha razão, mas, afinal, manter as aparências era algo que tinha aprendido desde que era criança.

— Desculpe, eu não queria falar desse jeito — disse Antonio, aproximando-se dela e beijando seus lábios. — Mas pense nisso, por favor. Entendo que minha proposta não seja nada fácil para você. Sei que o Natal está se aproximando e você tem que ficar com sua família. Eu também tenho que passar com meus primos, com os filhos deles e meus tios. Vão ter todos aqueles almoços, jantares, presentes, enfim… como na casa de qualquer família. Se minha filha estivesse aqui, eu também gostaria de estar com ela, mas… Anna — disse, beijando-a —, mesmo que seja difícil e pareça um sonho estarmos juntos… vamos passar a festa de fim de ano juntos, com meus amigos e vizinhos. Vamos dormir juntos pela primeira vez em minha casa, sem pressa e sem nos esconder. No dia seguinte, nós podemos assar sardinhas frescas. Afinal de contas, depois de tudo que passamos… nós merecemos, Anna. Você não acha?

— Cuca e Curro organizaram uma festa de fim de ano na casa deles — disse Armando no dia 25 de dezembro, no almoço de Natal, enquanto cortava um pedaço de peru.

Anna não respondeu. Armando também não esperava uma resposta. Eles iriam e pronto.

— Já arrumou a sua mala? — Anna perguntou a Anita.

— Sim — disse Anita sorrindo. — Pai, eu preciso de dinheiro.

— Eu não tenho — respondeu Armando sem olhar para a filha.

— Eu tenho um pouco de dinheiro guardado. Não se preocupe — Anna respondeu e continuou: — Nós viajamos muitas vezes com o seu pai, mas nunca fomos para a Alemanha.

— A Pippa me disse que Heidelberg é uma das cidades mais bonitas do país — comentou Anita entusiasmada.

— Estou orgulhosa de você. Na sua idade, eu não me atrevia a dar uma volta na esquina — disse Anna acariciando o cabelo da filha. — O seu corte de cabelo ficou muito bonito.

A primeira coisa que Marina fez ao entrar em seu quarto de Valldemossa foi colocar em um porta-retrato a foto que Kaleb tinha tirado dos três.

Nela, Mathias passava seu braço pelo ombro de Marina, que estava com Naomi no colo.

Os pais de Mathias, assim como seu irmão com a namorada turca e o filho que teve com sua ex-mulher, voariam de Berlim a Maiorca no dia 26 de dezembro para ficarem em Valldemossa até o dia 6 de janeiro. Os pais de Mathias se hospedariam no hotel de Gabriel e Isabel, e seu irmão com a namorada e o filho ficariam na despensa que foi transformada em quarto.

Foi um dezembro agradável, o sol saiu todos os dias e a temperatura mínima foi de doze graus. A família de Mathias estava muito emocionada por comemorar a virada do ano participando da tradição espanhola das uvas. A princípio pensaram em comemorar em casa, mas Marina pensou melhor e achou que se divertiriam muito mais no bar do Tomeu ao lado dos habitantes de Valldemossa, engolindo as doze uvas enquanto ouviam pela televisão as doze badaladas da Puerta del Sol em Madri. Antes da virada, assim como todas as famílias espanholas, ficariam discutindo se deveriam tirar a casca das uvas ou não, se deveriam comer com caroço ou não, se já tinha dado a hora ou não, se as crianças já deveriam calar a boca porque as badaladas já iam começar ou não.

Dia 31 de dezembro é sempre bom comemorar entre amigos, ou claro, com o verdadeiro amor de sua vida.

Dia 31 de dezembro chegou... e com ele a festa de Cuca e Curro.

Armando estava dando o nó em sua gravata. Anna colocou um vestido preto justo com as costas de fora que tinha comprado em Cortana. E, apesar de não ser um vestido novo, estava em ótimo estado e a deixava muito bonita. Foi para o banheiro. Fechou a porta, se olhou no espelho e respirou fundo. Antonio iria esperá-la dali uma hora na praça de Palma e de lá iriam para S'Estaca.

Não se atreveu a dizer ao marido que não participaria da festa de seus amigos. Seria melhor deixar para a última hora. Durante a semana anterior, pensou em mil mentiras que pudesse contar a Armando, até que encontrou a melhor de todas.

— Vamos, Anna, senão vamos nos atrasar — disse Armando batendo na porta do banheiro.

Anna sentiu o coração disparar. Ocultar sua relação em silêncio era uma coisa, mentir era outra. Anna abriu a porta do banheiro e forçou um sorriso para o marido. Armando pegou a chave do carro, e juntos saíram do quarto. Desceram as escadas. Armando foi apagando as luzes por onde passava. Pegaram os casacos e colocaram em seus ombros.

— Vamos no seu carro. Vai ter blitz em cada esquina.

— Armando...

Ele olhou para a esposa.

— Eu não vou.

— Como assim não vai? O que está dizendo?

— Eu não vou à festa de Cuca e Curro.

— O que está dizendo? — perguntou Armando em um tom desdenhoso.

— Eu vou passar o fim de ano com a minha irmã em Valldemossa.

— Quê?

— Sim. Ela me convidou para passar na casa dela, e você também pode ir se quiser — disse Anna insegura, baixando o olhar.

Armando riu ironicamente.

— Para de falar bobagem e entra no carro.

— Eu sabia que você ia ficar bravo. Ela me convidou ontem e foi por isso que eu não disse nada antes.

— Olha, Anna. Você vai comigo à festa e depois que comer as uvas, pode ir aonde quiser — disse, aumentando o tom de voz.

— Não. Eu sinto muito — respondeu Anna baixinho.

— Anna, por favor, entra no carro — disse sem paciência.

Armando abriu as portas de seu carro. Anna não o seguiu.

— Entra, Anna.

— Tudo bem. Mas eu vou embora depois das uvas. Então vamos em dois carros — respondeu Anna tirando as chaves do BMW da bolsa.

— Então vamos em dois carros e depois decidimos se você vai mesmo ou não — disse Armando entrando em seu carro e batendo a porta.

Anna entrou em seu BMW. Nervosa, dirigiu atrás do marido, odiando a si mesma. Chegaram à mansão de Cuca e Curro. Havia mais de vinte carros no jardim. A fachada da mansão tinha sido decorada com luzes em neon vermelho que diziam *Happy New Year*.

Armando estacionou e desceu. Anna estacionou atrás dele. Apagou as luzes do carro. Observou Armando cumprimentar Francisca e seu marido, que estavam acompanhados do professor de ioga de Cuca e sua nova namorada, uma jovem estrangeira vestida com um sári laranja, a qual ela teve a impressão de já ter visto antes.

Anna colocou a mão no contato disposta a tirar a chave. Imaginou que Antonio já estivesse esperando por ela na praça de Palma. Sentiu raiva de si mesma. Lamentou por ser covarde, assim como foi durante toda sua vida. Olhou de novo para o marido. Ele gesticulava sorridente de maneira exagerada, tentando dissimular seu estado de ansiedade, era evidente que todos na ilha já sabiam pelo que estava passando. Armando e Francisca fizeram um gesto para que Anna saísse do carro. E então, ela viu aquele sorriso falso do marido e o cinismo no gesto de sua amiga.

"Depois de tudo que passamos... nós merecemos, Anna. Você não acha?" As palavras de Antonio vieram com tudo à sua mente.

Ela deu ré. Suspirou e pisou no acelerador. O carro derrapou e, sem pensar duas vezes, ela girou o volante e saiu da casa de seus amigos. Antonio a esperava havia quinze minutos. Acelerou o máximo que pôde até chegar à praça Espanha, onde tinham combinado de se encontrar. Lá estava ele, sentado em sua moto, olhando para o relógio de pulso. Anna buzinou. Ele sorriu ao vê-la. Anna estacionou o BMW atrás da moto. Desceu sem desligar o carro, deixando a porta aberta e em seguida se atirou em seus braços. E dessa vez foi ela quem devorou sua boca, afinal não estava nem aí para os olhares das outras pessoas.

— MARINA, EU NÃO QUERO SER PAI. Não tenho vontade. Muito menos de um bebê que não é meu — ele desabafou. — Sabe, eu me sinto um cretino, porque sei que não se trata de você e sim da Naomi. Mas eu preciso ser sincero. Eu não quero. Sinto muito.

Marina tinha ligado para o Instituto de Assuntos Sociais de Maiorca para se informar sobre o processo de adoção internacional. Deu seu nome para participar da primeira palestra explicativa que aconteceria em meados de janeiro em Palma.

— O que quer que eu faça? Quer que eu fique aqui em Maiorca e acompanhe você à palestra sobre adoção? Eu não serei feliz. Não serei. Eu gosto da vida que temos, Marina. Gosto da minha profissão. E ela é incompatível com a criação de um filho. Você tem certeza de sua decisão? Vai deixar o MSF?

Marina concordou. Ela tinha certeza absoluta. Nunca teve tanta certeza em sua vida. E, honestamente, o que ela mais queria nesse momento era estar passando as festas de fim de ano naquele humilde orfanato ao lado de Naomi, em vez de estar em Maiorca com seus amigos de Valldemossa e com a família de Mathias.

Essa foi a primeira crise que tiveram que enfrentar como casal, e ela teria que tomar uma difícil decisão. Eles formavam uma boa dupla. Se amavam. Se respeitavam. Mas a vida os estava pondo à prova. Depois de muita conversa, decidiram manter a relação, mas Mathias voltaria para o seu trabalho como voluntário e Marina começaria como mãe solteira o processo de adoção dessa menina etíope que tinha trazido ao mundo.

ANNA ABRIU OS OLHOS. ANTONIO CONTINUAVA dormindo sem se incomodar com o sol que invadia sua humilde casinha de pescador ou o barulho das ondas quebrando a poucos metros de onde dormiam. Ela ficou olhando para ele... apaixonada.

Sua bolsa estava no chão. Ela a abriu e pegou o celular que estava no modo silencioso. Nem sinal de seu marido, apenas uma mensagem de Anita:

> Feliz Ano-Novo, mãe. Obrigada por me deixar vir à Alemanha. Adoro este país. Eu te amo muito.

"Eu te amo muito"... foi o que sua filha escreveu. Ela nunca tinha dito essas palavras, as quais Anna considerou um lindo presente de Ano-Novo.

Os braços de Antonio estavam ao redor de seu corpo.

— Você não vai escapar daqui nunca mais — ameaçou-a carinhosamente, beijando suas costas já excitado (afinal, esse era o estado natural de Antonio, e nós já sabemos disso).

— Hoje eu mando — disse Anna carinhosamente, virando em sua direção, beijando-o na boca. — Hoje será lentamente... afinal, eu também gosto desse jeito.

E no dia 1º de janeiro de 2011 fizeram amor lentamente, se desejaram, se abraçaram, se olharam nos olhos, se amaram um pouco mais a cada segundo... e juraram amor eterno.

Mas a vida nem sempre é como desejamos, e às vezes ela pode ser uma tremenda filha da puta. E foi nesse dia que Antonio, ao acariciar o seio de Anna, encontrou o pedacinho da morte que a levaria para sempre, um ano mais tarde.

A PALESTRA INFORMATIVA SOBRE ADOÇÃO aconteceria no Instituto de Assuntos Sociais de Maiorca, localizado no mesmo edifício do Cartório de Registro de Maiorca. Marina entrou decidida com sua identidade em mãos, entregando-a para o mesmo segurança com cara de bobo da vez anterior.

Na pequena sala de espera, também estava um casal insosso e uma mulher sozinha, que exalava tristeza por cada poro de sua pele. Cumprimentou-os rapidamente e ouviu um murmúrio de boas-vindas em resposta, mas todos evitaram a troca de olhares.

Apareceu uma funcionária que se apresentou rapidamente e os levou para uma sala pequena e funcional com dez carteiras individuais arrumadas em formato de círculo, uma lousa branca, uma mesa de escritório e um projetor.

A funcionária se chamava Marta. Era psicóloga, pedagoga e fazia dez anos que era a responsável pelo Instituto de Assuntos Sociais de Maiorca, portanto, era a responsável pelas adoções na ilha. Ela os acompanharia durante todo o processo de adoção, avisando-os de que seria um longo processo.

Ela já tinha dado a mesma palestra umas cem vezes, desde que tinha se tornado funcionária da Prefeitura de Palma. E de maneira gentil foi clara e objetiva. Aproximou-se da lousa, pegou uma caneta e escreveu:

- *Adoção internacional*
- *Adoção nacional*
- *Adoção especial*

Marta explicou que eram três processos de adoção muito diferentes e perguntou às famílias qual tipo de adoção desejavam. O casal insosso queria adotar um bebê estrangeiro, de preferência da China, esclareceu a mulher. A mãe solteira gordinha disse que não se importaria se o filho tivesse necessidades especiais, estava disposta à adoção especial. Marina, sem dar explicações de sua relação com Naomi, disse que adotaria na Etiópia.

— Se vocês têm certeza de que querem adotar na Etiópia ou na China, podem escolher somente um país. Mas vocês têm o direito de escolher dois países. Eu, particularmente aconselho que escolham dois.

Olhou para a mulher casada e continuou:

— O governo chinês está sem mulheres há uma geração, as que foram dadas em massa para adoção foi há dez anos, eles não estão facilitando há muito tempo.

Marta falou um pouco sobre os vinte e seis países com os quais a Espanha tinha acordo de adoção. Um processo de adoção de uma criança chinesa era muito diferente do processo de adoção de uma criança etíope.

Pegou a caneta novamente e escreveu na lousa:

Documentação necessária:

Pedido de adoção.
Escolha do país de adoção.
Cópia do último contracheque.
Declaração de renda.
Atestado de saúde física e psíquica.
Antecedentes penais (Ministério da Justiça de Palma).

Quando Marta colocou um ponto final depois das palavras "antecedentes penais", Marina e os demais participantes se surpreenderam. Porém, ninguém se atreveu a perguntar, e esperaram o esclarecimento da psicóloga.

Marta explicou em ordem os temas escritos na lousa. Informou o valor mínimo econômico exigido pelo governo espanhol para o processo de adoção: os casais sem filhos deveriam ganhar vinte e quatro mil euros líquidos por ano; os casais com um filho, vinte e oito mil euros; com dois filhos, trinta e dois mil euros líquidos e as famílias monoparentais, dezoito mil euros. Marina ganhava este valor. Sentiu-se aliviada.

Deveriam ir à instituição indicada para fazer um check-up físico e psíquico. Por último, para conseguir o atestado de antecedentes criminais, deveriam ir ao Ministério da Justiça e pedir o formulário Modelo 790. Ninguém perguntou nada. Obedeceriam e ponto-final. Se era necessária a confirmação de que não eram delinquentes, confirmariam e pronto.

— Assim que me entregarem toda a documentação, começaremos o curso de formação em grupo para pais adotivos. Em seguida, passaremos as instruções de maneira individual e uma última entrevista será feita na casa onde o filho será hospedado. Logo que terminarmos o curso, será elaborado o atestado de idoneidade. Esse processo leva em média nove meses.

Marta bebeu um gole de água de sua garrafinha de plástico.

— Se a equipe psicossocial de Maiorca considerar que são idôneos para a adoção...

Marta parou de falar por um segundo, sabia que as próximas palavras seriam difíceis para as quatro pessoas que estavam à sua frente.

— Assim que receberem o atestado de idoneidade com uma resposta positiva... você deve esperar de dois a nove anos para ter o seu filho em casa.

Marina sentiu como se tivesse levado um soco na boca do estômago. Não olhou para nenhum dos participantes, mas tinha certeza de que todos sentiam a mesma angústia que ela. De dois a nove anos? Aquilo não fazia nenhum sentido. Se tivesse muita sorte, somente em 2014 Naomi estaria em Maiorca. O que a menina faria durante todo esse tempo naquele humilde orfanato? Sentiu uma tristeza imensa.

— Eu tenho que ser sincera. Não posso enganá-los — disse gentilmente.

Marta entregou um envelope marrom aos quatro participantes.

— Neste envelope vocês encontrarão o pedido e os demais documentos de que precisamos antes de começar o curso de adoção.

Às quatro da tarde, despediu-se de todos e saiu rapidamente pela porta. Sua filha biológica sairia da creche em vinte minutos. Marta estava com azar. Entrou apressada no elevador, ao mesmo tempo que o tal segurança de colete laranja com cara de bobo saía, tomando café em um copo de plástico. A trombada que os dois funcionários deram fez com que o segurança derramasse o café no blazer de Marta. Ela olhou para sua roupa e em seguida com um olhar assassino, disse ao funcionário: *"Tu ets imbécil o què? Has vist quina taca m'has fet!"*.[59]

SENTOU-SE NA CAMA E ACOMODOU AS ALMOFADAS. Abriu o envelope marrom que a psicóloga havia entregado e tirou as cem páginas que estavam dentro dele. Na primeira delas estava escrito:

```
PEDIDO DE ADOÇÃO INTERNACIONAL

País 1_____

País 2 _____
```

Lembrou-se da frase da psicóloga: "Aconselho que escolham dois países para a adoção."

Em outra folha estavam listados por ordem alfabética os vinte e seis países com os quais o governo espanhol tinha um acordo de adoção: Bolívia, Bulgária, Brasil, Colômbia, Costa do Marfim, China, El Salvador, Equador, Etiópia, Filipinas, Honduras, Índia, Cazaquistão, Madagascar, Mali, México, Nicarágua, Peru, Polônia, República Dominicana, Romênia, Rússia, Senegal, Sri Lanka, Tailândia e Vietnã.

Revisou os requisitos de cada país. Nem todos permitiam que mães solteiras adotassem. Como família monoparental, era possível a adoção na Rússia, na China e no Peru. Parou de olhar aquela lista. Para que estava fazendo isso? Sua única intenção era ser mãe dessa menina que ela trouxe ao mundo.

Pegou uma caneta e escreveu:

```
PEDIDO DE ADOÇÃO INTERNACIONAL

País 1 Etiópia_____

País 2 _____XXXXXXX_____
```

---

59. "Por acaso você é imbecil? Olha a mancha que deixou na minha roupa!" (N. T.)

Na última folha grampeada constava em detalhes o valor que deveria ser pago aos países de origem. Para adotar uma criança russa deveria ser pago ao governo russo o valor de trinta mil euros. Uma criança chinesa, cinco mil. Os países latino-americanos oscilavam entre sete e nove mil euros. Marina deveria pagar à Etiópia dez mil euros. Barato e caro... esses dois adjetivos passaram pela sua mente, e ela achou tudo aquilo um absurdo. Enfim, a triste realidade era a seguinte: adotar uma criança russa era três vezes mais caro que adotar uma criança etíope e seis vezes mais caro que adotar uma criança chinesa.

Ela terminou de preencher todas aquelas páginas e em seguida as colocou de volta no envelope marrom. Abriu a gaveta da mesa de cabeceira e o deixou em cima do caderninho e do estetoscópio.

Deitou-se na cama e cobriu-se com as cobertas de Lola; apagou a luz do abajur e olhou através da janela. Nuvens atravessavam a lua. De dois a nove anos. Seria tão fácil pegar um voo para Addis Abeba e, em três dias, Naomi estaria em seus braços.

O COMPRESSOR PRESSIONOU A MAMA direita. A prótese de silicone dificultava a visibilidade da glândula mamária. A enfermeira retirou o seio por um instante. Em seguida recolocou-o, esticando a mama como se quisesse arrancá-la de seu corpo, baixando o compressor mais uma vez. Anna sentiu dor.

— Prenda a respiração, por favor.

MARINA ENTROU NO EDIFÍCIO DO MINISTÉRIO da Justiça de Palma. Havia oito funcionários teclando em seus computadores. Apenas um deles estava atendendo uma pessoa. Marina se aproximou do policial sentado atrás de um balcão.

— Bom dia. Eu vim pedir — inconscientemente baixou o tom de voz — o documento de antecedentes penais.

— Sua identidade, por favor.

Marina tirou a identidade do bolso e entregou ao policial.

O policial digitou em seu computador. Esperou e lhe entregou um papelzinho com um número impresso.

— Aguarde na sala.

Marina se sentou na sala de espera. Apenas um segundo depois seu número apareceu em um painel. Sentou-se em frente a uma funcionária e explicou brevemente sua história. A funcionária digitou algo em seu computador e leu em silêncio.

— Aqui consta que a senhora morou nos Estados Unidos durante um período de quinze anos.
— Sim.
— Então, a senhora deve ir à Embaixada americana em Madri e pedir que nos envie seu atestado de antecedentes criminais desses anos. Daqui nós não podemos fazer nada.

―――

Ela estava sozinha limpando os restos de trigo que tinham ficado na mesa. Sentia-se incomodada, brava, achando que era um processo absurdo. Devia viajar a Madri. O processo de adoção não tinha nem começado, e ela já estava começando a perder a paciência. O que significavam todos aqueles papéis que estavam pedindo? Eles não precisavam apenas do atestado de antecedentes penais, precisavam de um relatório psiquiátrico, também deveria informar as doenças que havia tido em toda sua vida, os euros que tinha no banco. Por acaso perguntavam aquilo tudo às mães que concebiam seus filhos em seus ventres? Ela era ginecologista e podia jurar que tinha tirado crianças do ventre de algumas mulheres que não estavam aptas a ser mães. Aquilo era uma invasão de privacidade que não esperava. Marina não imaginava até que ponto o Instituto de Assuntos Sociais de Maiorca invadiria sua privacidade para proteger a vida de Naomi.

— Olá? — ouviu alguém chamando na porta de entrada.
— Anna? — disse Marina reconhecendo a voz de sua irmã.

Tinham conversado pelo telefone no dia 2 de fevereiro. Anna ligou para a casa de Úrsula para desejar um feliz 2011 à irmã. Elas passaram meia hora conversando sobre a vida. Mas dessa vez foi Marina quem não parou de falar sobre sua futura maternidade e seus planos de, talvez, ficar morando em Maiorca.

Anna entrou. Marina se aproximou dela e a beijou.
— A Anita já voltou?
— Sim. Já está fazendo planos de ir para Berlim o verão inteiro para aprender alemão e voltou com umas ideias bem esquisitas... disse que quer ser DJ e que já pesquisou alguns cursos na Alemanha. Não para de falar nisso. — Anna levantou as sobrancelhas e continuou: — Já imaginou se disséssemos para a mamãe que queríamos estudar para ser DJ?
— Não consigo nem imaginar — respondeu, notando que sua irmã estava falando rápido e além do normal.
— Você está bem?
— Podemos subir para conversar com calma?

Anna gostou de voltar para aquela sala. Sentaram-se no sofá.

— Pode falar — disse Marina preocupada.

Anna tirou as mamografias da bolsa. Marina as reconheceu imediatamente e notou a alteração.

— Farão uma biópsia depois de amanhã.

Marina pegou a mamografia e em seguida viu o ponto branco.

— Pode ser um cisto. Fique calma. Espere para ver os resultados — respondeu.

Marina olhou para sua irmã mais velha. Sempre foi assim... era o papel que desempenhavam nessa relação de irmãs. Entendeu suas palavras sem que Anna as dissesse... Cuide de mim, se for algo grave, por favor.

— Talvez não seja nada, Anna. Fique calma. Espere para ver o que acontece.

— *Hello!* — Ouviram uma voz masculina vindo da padaria. Marina olhou a hora.

— São duas e cinco. A padaria está fechada, não temos por que descer.

— *Hello! Anyone?* Loula! Cata! Oulá! *Are you there?*

— Vamos. Eu não tenho mais nada a dizer. Pode deixar que eu atendo. Estou sentindo falta do meu trabalho como padeira... e os turistas sempre me fazem rir.

— Olha, Anna, você pode vir nos ajudar. Eu nunca disse para que não viesse.

As duas se levantaram. Marina passou o braço pelos ombros de sua irmã.

— Estou aqui para o que precisar. Mas não sofra antecipadamente, espere os resultados.

— Obrigada, Marina... — disse Anna baixando o olhar, outra vez.

— *Hello! Anyone there?* Maruia Doloures! Catalina! *Houla, Houla. Are you there?*

— Deve ser algum turista mala sem alça da costa leste — afirmou Marina reconhecendo o sotaque do cliente.

Quando viram o norte-americano que estava na padaria ficaram mudas. Estupefatas. Atônitas. Atordoadas e ambas enrubesceram.

— *Houla*, amigas, eu buscar *Loula* e Catalina. As senhoras não trabalhar mais aqui? — disse o protagonista de *Instinto selvagem* às duas irmãs.

Demoraram alguns segundos para reagir porque a única coisa que vinha à mente das irmãs Vega de Vilallonga nesse momento era esse senhor devorando com os olhos a sexy Sharon Stone sentada em uma sala de interrogatório, abrindo as pernas sem calcinha na frente dele.

Anna engoliu em seco e esqueceu por um instante a mamografia.

— María Dolores faleceu — respondeu Marina.

— *I am sorry* — disse, surpreso. — Eu não *saber* de nada. *Loula* era jovem. Vocês são filhas de *Loula*? Filhas de Catalina?

— Não, nós não somos suas filhas.

Anna continuava extasiada com o mito erótico de sua juventude. A ilha inteira sabia que Michael Douglas e Diandra, sua primeira mulher, passavam os verões em uma mansão em Maiorca. A ilha inteira ficou sabendo de seu divórcio amistoso, da chegada de Catherine à vida de Michael, e do ciúme de Catherine pelo bom relacionamento que tinha com a ex (é um absurdo querer dividir a casa das férias com sua ex-mulher). As pessoas sabiam dessa fofoca de cor e salteado, mas quase nenhum maiorquino tinha conseguido encontrá-lo. Não se sabe como, mas ele sempre dava um jeitinho de passar despercebido durante os meses em que ficava na ilha.

— Podemos ajudá-lo em algo? — Anna se atreveu a dizer.

— Eu *querer* pão integral. Eu *ser* cliente amigo de *Loula*, também *querer* um pedaço de bolo de *lemmon and...* Como se fala *poppy seeds*? Ah, *yeah...* papoula, por favor — disse Michael.

Anna deu meia-volta e com um pegador foi até uma bandeja e pegou um pão integral. Marina fez o mesmo movimento com o pegador, e tirou um pedaço de bolo de limão. Ambas, de costas para Michael, se olharam e Anna fez um gesto ridículo e engraçado passando a língua pelos lábios. Marina sorriu. Ambas foram até ele e entregaram seu pedido embrulhado em um papel.

Michael deixou dois euros em cima da mesa, desembrulhou o bolo de limão com sementes de papoula e deu uma mordida. Mastigou lentamente em busca do sabor de todos os seus verões. Elas olhavam para ele, ansiosas.

— O sabor do bolo de *lemmon* está diferente — disse dando outra mordida no bolo.

Deu um sorriso sedutor e, ao sair pela porta, disse uma frase que tinha aprendido com seu amigo Arnold Schwarzenegger no filme *O Exterminador do futuro 2*:

— *Hasta la vista, babies.*

ELA FEZ DE TUDO PARA QUE A EMBAIXADA mandasse os documentos de que precisava pelo correio, mas não teve jeito. Uma semana depois pegou um voo para Madri e foi direto para a Embaixada. Tinha marcado um horário com o secretário do embaixador. Um mês perdido para receber o maldito papel norte-americano que certificava que Marina não era uma criminosa. Durante esse mês, juntou as últimas declarações de imposto de renda, sua certidão de bens, onde constava que era proprietária de um moinho de trigo, uma casa em Valldemossa e um comércio (a padaria), além do extrato bancário, onde constavam seu rendimento anual e seu último contracheque. Fez um check-up médico no local indicado pela psicóloga e passou pelo psiquiatra recomendado, para que atestasse que ela era uma pessoa psiquicamente estável.

Depois de um mês, conseguiu juntar todos os documentos, colocou-os no mesmo envelope que tinha recebido da funcionária no dia da palestra e o levou ao Conselho de Maiorca.

Agora, mais uma vez, só restava esperar.

De: marinavega@gmail.com
Data: 27 de janeiro de 2011
Para: mathiascheneider@gmail.com

Olá, Mathias!

Estou escrevendo do computador de casa! Na semana passada, fui com a esposa do Gabriel ao centro e compramos um computador de mesa enorme e, hoje de manhã, o pessoal da companhia telefônica esteve aqui.

O número é: (34) 971 456723. Me ligue assim que puder, por favor.

Como você está? Me conte sobre o projeto na Palestina. A Ona e o Aritz estão com você? Aqui está tudo na mesma... pão integral, bolo de limão, papoulas. Continuo dando meus passeios com a Úrsula. A Névoa está enxergando cada vez menos, ontem a coitadinha deu de cara com um poste, acho que terei que levá-la ao veterinário.

Não sei por que, Mathias... sinto que você está distante. Mais distante que nunca. Parece uma eternidade esperar até julho para ver você.

I love you,
Marina.

ANNA SE SENTOU DE FRENTE PARA O MAR. Ao entardecer. Sozinha. Fazia pouco menos de uma hora que a oncologista havia confirmado os resultados negativos da biópsia. O vento soprava com força, fazendo seu cabelo cobrir o rosto. Ela o colocou atrás da orelha. Sentiu um arrepio. Vestiu o casaco e olhou as ondas que o vento formava no Mediterrâneo.

O celular tocou. Abriu a bolsa e o pegou, leu o nome de Antonio na tela. Deixou tocar.

Só conseguia pensar em sua filha de quinze anos. Pensou como seria o dia a dia de Armando e Anita sem ela. Imaginou-os jantando cabisbaixos, sem nem conversar. Certamente, a sogra se mudaria para sua casa, e os três jantariam juntos todas as noites. Essa imagem encheu seu coração de angústia. Ela tinha aguentado a mãe de seu marido por muitos anos, e não a queria perto de sua filha. Não podia permitir que isso acontecesse.

Imaginou que poderia ser ainda pior... e se depois de sua morte Armando resolvesse vender a casa para mitigar parte da dívida? Alugariam um apartamento? Não. Armando não iria com sua filha adolescente para um apartamento. Não sabia por onde começar. Essa opção era impossível. Teve certeza de que se algum dia Armando vendesse a casa, sua filha Anita iria morar com a sogra, e sabe-se lá para onde ele iria. Ou talvez os três acabariam na casa da sogra. Angustiava-se cada segundo ao pensar no futuro de sua filha. Respirou fundo. "O câncer pode ser curado, Anna. Fica calma. Respira. Espera."

Esperar o quê, Anna? A sua morte? Você passou a vida inteira vivendo do jeito que as pessoas queriam. Viveu como sua mãe, Ana de Vilallonga, esperava. Viveu como seu marido, Armando García, esperava. Viveu como sua sogra esperava. Que decisão você tomou?

Enquanto sua mente a castigava por tudo aquilo que não tinha feito em seus quase cinquenta anos, agora ainda tinha um câncer que estava passando por cima dela. Finalmente, Anna soube o que devia fazer.

— EM RELAÇÃO À ORIGEM DA CRIANÇA adotada. À família de origem. À cultura de origem. Em relação à raça — Marta repetia tudo aquilo mil vezes, parecia uma eterna ladainha.

Marina suspirou ouvindo a funcionária.

— Nossa prioridade são eles, e não vocês. E uma adoção não pode significar preencher um vazio em nossa vida. Sei que todos vocês desejam ser pais, mas antes de qualquer coisa existe uma criança que precisa de uma família idônea para que possa se tornar um adulto são.

Marta pegou um copo de plástico e bebeu o café. Tinha dormido pouco naquela noite. Sua filha estava com uma bronquite aguda.

— Independentemente do que aconteça, serão seus filhos para o resto da vida. Para o resto da vida — repetiu incisiva. — Saibam que algumas crianças são devolvidas. Mais crianças do que imaginam — disse justificando o tom de suas palavras. — Independentemente do que aconteça, serão os filhos de vocês, e temos que ter certeza de que serão capazes de cuidar deles.

Os quatro participantes a ouviam, sentindo-se ofendidos e incomodados. Nenhum deles se achava capaz de devolver um filho. Como se Marta pudesse ler a mente deles, respondeu:

— Há adolescentes biológicos que alguns pais até devolveriam se pudessem, mas não os devolvem porque são seus filhos de sangue... e os adotados também não deveriam passar por isso. Mas acontece, principalmente na adolescência, que é quando eles os trazem até aqui, neste mesmo edifício. A última vez em que essa situação aconteceu, o pai adotivo justificou: "Você não fez uma boa escolha", e nós o entregamos quando ele tinha três anos de idade. É um menino russo que agora tem dezesseis anos e mora em um lar temporário. Fui eu quem dei a esse casal o atestado de idoneidade.

Marina teve a sensação de que a psicóloga pretendia assustá-los e fazê-los duvidar daquele nobre desejo que todos os presentes naquela sala fria sentiam. Cada frase dessa senhora, de uma maneira sutil, doía.

Depois da conversa, ela passou um documentário, no qual adultos que tinham sido adotados davam seu ponto de vista sobre o processo de adoção. A maioria comentava sobre sua condição de adotado sem problemas, outros recriminavam levemente a atitude passiva de seus pais quanto à sua origem. Foi interessante ouvir todos eles. Mas houve algo que chamou a atenção de Marina. De alguma forma, todos os entrevistados que apareceram naquele documentário demonstraram certa rejeição pelo fato de terem que se sentir eternamente gratos aos pais por tê-los adotados. Era um peso que todos eles carregavam. Uma das mulheres adotadas concluiu: "Os filhos biológicos sentem esse agradecimento por terem sido criados por seus pais? Eles devem agradecer eternamente, todos os dias, por tê-los trazido ao mundo?."

Saiu da reunião com bibliografia suficiente para o ano inteiro. Livros escritos por mulheres de todo o mundo que tinham passado pelo processo de adoção e contavam sua experiência como mães adotivas. Histórias contadas por adultos adotados. Um romance gráfico chamado *Piel color miel*, uma autobiografia feita pelo próprio desenhista, um sul-coreano adotado por uma família belga nos anos 1960. Marina o comprou e leu inteirinho em uma noite. Foi a primeira história em quadrinhos que comprou em toda sua vida e nunca imaginou que alguns desenhos pudessem emocioná-la daquela forma. Eram cinco da manhã. Ela apagou a luz e se lembrou das palavras de sua amiga Laura quando colocou a mão em seu ventre anos atrás:

— Você é capaz de amar um filho. Nunca duvide disso.

— Vou começar a quimioterapia daqui a algumas semanas — disse Anna com um tom de voz firme à Cuca.

— Como? — respondeu assustada.

— Tenho câncer no seio — explicou friamente.

Cuca, sem pensar, segurou a mão da amiga.

— Não vim atrás de compaixão, e sim de ajuda.

— Claro, Anna. Ajudo em tudo o que precisar — respondeu Cuca rapidamente.

— Preciso vender a minha casa. Encontrar um comprador. O melhor, e sei que seu marido sabe como fazer isso.

— Mas, Anna... o que o Armando disse sobre isso?

— A opinião do Armando não me importa nem um pouco. Peço, por favor, que não comente nem uma palavra sobre essa conversa. É um assunto entre nós duas. Entendeu?

— Sim, Anna.

— Olhe nos meus olhos e jure que não vai contar isso a ninguém.

— Dou a minha palavra — respondeu Cuca com sinceridade. — Mas onde você pretende morar?

— Com o dinheiro que vou receber pela venda, pretendo comprar um apartamento pequeno de uns oitenta metros no centro de Palma, é mais que suficiente. Quero que tenha vista para o mar e três quartos. O dinheiro que sobrar da venda da casa eu vou colocar em uma conta bancária em nome da minha filha, a qual somente minha irmã terá acesso até que ela complete dezoito anos. Quero saber o que preciso entregar a Curro.

Cuca estava assustada, processando a informação que tinha acabado de ouvir dessa mulher que conhecia havia quarenta anos. E nesse instante passou a considerá-la a mulher mais íntegra que conheceu em toda sua vida.

— Fotos da casa e a avaliação do imóvel feita pelo banco. Você tem?

— Posso mandar as fotos a você ainda hoje. Já os documentos da casa, com certeza estão no cofre de Armando.

— Não se preocupe. Curro deve ter uma cópia de tudo. Eu vou procurar em seu escritório.

— Não vou começar a quimioterapia enquanto não tiver vendido minha casa e tiver um apartamento para mim e minha filha. Não sei se posso chamar você de amiga, Cuca. Mas peço que você me ajude em nome de todos esses anos de convivência.

— Anna, eu vou ajudá-la em tudo que precisar. Conte comigo. Mas, por favor, acalme-se, o câncer de mama pode ser curado.

Anna se levantou da cadeira do bar onde estavam, deixou cinco euros para pagar as bebidas das duas e respondeu:

— Espero que sim.

De: marinavega@gmail.com
Data: 15 de fevereiro de 2011
Para: mathiascheneider@gmail.com

Olá, Mathias!
Não sei se você leu meu e-mail. A Laura me disse que a conexão com a Palestina é muito difícil e que você está bem. Me escreva ou me ligue pelo Thuraya, por favor. Preciso saber de você.
O curso acaba no fim de março. Terei duas semanas livres até as entrevistas individuais com a psicóloga. Irei à Etiópia para ver a Naomi.
Sua, Marina.

CUCA ESTAVA FAZENDO TODO O POSSÍVEL para ajudar. Agiu como se fosse algo pessoal e utilizou todos os contatos de Curro para procurar o melhor comprador. Curro já tinha em mente vários alemães que pudessem estar interessados. Mas Cuca queria mais que isso, deixou o mercado alemão de lado, ela sabia que eles costumavam pechinchar. Então, foi atrás do mercado russo. Em apenas duas semanas encontrou um tal Dimitri Bulgakóv, que estava em octogésimo segundo na lista da Forbes e, além de ter comprado um time de futebol europeu, acumulou milhões com um produto farmacêutico de origem duvidosa. A mulher de Dimitri viajaria até a ilha para ver a casa, e se ela gostasse fecharia negócio na mesma hora.

De certa forma, Cuca era uma boa amiga, do seu jeito, mas era.

O passo seguinte era falar com o marido. Quando Anita saiu pela porta para ir ao colégio, Anna a abraçou e disse que estava muito orgulhosa dela. Anita olhou para a mãe, achando aquilo estranho. Colocou o capacete, montou na Vespa e acelerou. Anna observou a filha se afastar e, quando desapareceu de sua vista, fechou a porta de seu aquário de cristal. Olhou para sua casa. Suspirou. A conversa que teria com o marido não seria nada fácil.

Esvaziou o cinzeiro lotado de bitucas. Abriu as cortinas, permitindo que o sol entrasse. Olhou a foto de seu casamento como se os noivos fossem dois estranhos. Ouviu Armando descer pelas escadas. Olhou em sua direção.

— Bom dia — disse Armando com má vontade.

— Bom dia. Você pode vir aqui um instante, por favor? Temos que conversar.

— Vou fazer um café.

Armando entrou na cozinha e Anna se sentou no sofá, esperando que ele voltasse. Estava assustada só de pensar no que poderia acontecer em poucos segundos. Devia ser rápida e ir direto ao assunto. Armando saiu tomando café em uma xícara minúscula. Sentou-se ao seu lado no sofá.

— Fale — disse acendendo um cigarro. — Por que você abriu as cortinas? Entra muito sol.

Anna respirou fundo e disse:

— Quero o divórcio.

— Como?

— Quero o divórcio, Armando — repetiu baixando o tom de voz.

Armando sorriu com ironia. Demorou alguns segundos para responder.

— Vocês são todas iguais. Poder. Tudo se resume a isso. Quando a pessoa não tem mais poder, ela não vale mais nada.

— O que está dizendo, Armando? — interrompeu Anna.

— O que estou dizendo? A verdade. Quando há bons hotéis, boas refeições, passeios de iate, cartões de crédito, ninguém quer saber de divórcio. Agora que eu perdi tudo e não tenho onde cair morto, acabou. Agora, sim. Vocês são todas iguais — disse lembrando-se de sua jovem amante panamenha, que depois de ter lhe arrancado seu último euro, não pensou duas vezes em lhe dar um pé na bunda. — Todas iguais. — E com um sussurro concluiu: — Filhas da puta.

— Armando, nossa relação já está acabada há muitos anos.

— Olhe, querida, fique sabendo que eu não quero o divórcio — respondeu violentamente.

— Você não pode fazer isso.

— Posso, sim. Se você quer guerra, tudo bem. Não vai ser tão fácil. Esta casa é de nós dois. É tão sua quanto minha — disse esmagando a bituca contra o cinzeiro. Em seguida se levantou e deu a conversa por encerrada.

Armando se afastou em direção à escada, deixando sua mulher falando sozinha. Anna olhava para ele furiosa sentada no sofá.

— Armando...

— Me deixe em paz.

— Olhe para mim, por favor.

Armando olhou para ela com desprezo. Ela detestou esse olhar, o tal olhar que ela conhecia muito bem, e que sempre fazia com que ela se sentisse inferior. Sem esperar por compaixão, disse em um tom de voz bem firme:

— Estou com câncer.

— Como você é idiota! — disse Imelda à sua filha com rispidez ao ver o tamanho de sua barriga quando chegou ao aeroporto de Manila.

A filha havia escondido a gravidez. Não porque estivesse sozinha ou a criança não tivesse pai. Quando descobriu que estava grávida, casou-se discretamente com o rapaz que amava. Um vendedor ambulante que passava as tardes vendendo pão de sal de bicicleta pelas ruas de Manila.

Mas não foi para isso que sua mãe tinha passado catorze anos se sacrificando na Espanha. Não. Não foi para continuarem naquela merda de lugar onde haviam nascido. Naquele lugar horrível, lotado de barracos. Imelda tinha planos melhores para sua filha. Tinha imaginado uma vida longe desse bairro onde toda sua família havia nascido. Imelda sacrificou sua maternidade para ver a filha estudando na Universidade de Manila, tornando-se a mulher que ela não pôde ser.

Mas, como já foi dito, a vida nem sempre é como esperamos, e esses eram seus planos, não os de sua filha. Ela estava apaixonada pelo simpático vendedor ambulante e estava conformada com a vida que teria ao seu lado. Além disso, a filha de Imelda tinha certeza de que jamais abandonaria a filha que estava carregando em seu ventre, como sua mãe tinha feito. Afinal, foi dessa forma que ela tinha vivido... longe da mãe. Ela preferia alimentar sua filha com pão de sal e ovos pelo resto da vida a ter que abandoná-la aos quatro anos, deixando-a aos cuidados de outra pessoa. Por mais que essa pessoa fosse sua avó.

Imelda estava de joelhos, às margens do rio, lavando a roupa de sua futura neta, roupa que a sua filha tinha usado quando era bebê. Ela guardou todas as roupinhas em uma caixa de plástico no barraco onde moravam. Não foi fácil se adaptar novamente ao estilo de vida das filipinas. Não foram apenas as comodidades que tinha deixado para trás no Ocidente. Na casa dos patrões, ela tinha seu próprio quarto, seu banheiro com água quente, sua televisão, enfim... seu espaço. Agora ela dividia o quarto com sua mãe. Sua filha e o marido dela dormiam no outro quarto da casa. Não demorou muito para que Imelda percebesse que sua filha não precisava dela para mais nada. Ela a tinha deixado aos quatro anos. E o que ela podia esperar depois de tanto tempo? Sua filha não pedia sua opinião para nada, sempre pedia ajuda para a avó, quem cuidou dela durante toda sua vida. Inclusive, chegou a sentir que isso a incomodava.

Olhou a hora em seu relógio de pulso, o relógio que ela tinha comprado do tal paquistanês dono da lan house onde costumava usar as cabines telefônicas. Calculou as seis horas a menos que eram na Espanha. A patroa estaria sozinha em casa naquele momento. Eles ainda não tinham pagado os três salários que lhe deviam. Ela tinha falado algumas vezes com o seu Armando, que sempre prometia fazer o depósito, mas depois de um ano ele ainda não tinha feito. Torceu para que dona Anna atendesse o telefone.

Torceu a roupa, esticou-a no varal do barraco e foi até o Kawali Manila Bar, localizado no bairro onde moravam. Era lá onde chegavam todas as cartas e onde recebiam as ligações de todos os vizinhos.

— Dona Anna!
— Imelda!
— Como a senhora está?
— Bem, Imelda. E você?
— Está tudo bem. Não posso falar muito porque é caro.
— Pois não, Imelda?
— Seu marido ainda não me pagou.
— Como assim? Ele disse que já tinha enviado seu dinheiro.

Em sua última viagem à Suíça, Armando disse que faria uma transferência de sua conta do HSBC para Manila.

— Pode deixar que eu vou cuidar disso, Imelda. Me desculpe.
— Sim, por favor, dona Anna. A minha neta vai nascer daqui a um mês. Eu queria que ela nascesse em um hospital, e não em casa. Além disso, o ultrassom é muito caro.
— Não se preocupe. Vou resolver isso hoje mesmo.
— Obrigada, dona Anna.
— De nada, Imelda. Espero que esteja tudo bem.

Anna não sabia bem o porquê, mas sentiu uma vontade imensa de chorar e desabafar com a mulher asiática que tinha lhe feito companhia durante anos.

— Cuide-se, Imelda — disse com um tom de voz triste ao se despedir dela.
— A senhora também! Dona Anna...
— O que foi?

Nem ela mesma soube o porquê dessas palavras. Mas era algo que estava passando pela sua mente desde que tinha voltado à sua cidade natal.

— Se souber de alguma amiga que precisa de uma doméstica, me avise. A minha filha já é maior de idade. E está sendo bem cuidada aqui.

ANNA FOI PROCURAR ANTONIO EM SUA CASA. Ela não tinha atendido o telefone a semana inteira. "Ligo assim que puder", escreveu Anna por SMS. Quando Antonio abriu a porta, abraçou-a como um desesperado.

— Não faça isso de novo, Anna. Não faça isso comigo — disse sem soltá-la, ao mesmo tempo que seus olhos se enchiam de lágrimas.

— Eu sinto muito — respondeu Anna. — Ah, para de chorar, seu bobo — disse secando suas lágrimas. — Eu achei que você não soubesse chorar.

Antonio riu enquanto se desculpava, afinal, nem ele mesmo sabia que teria essa reação ao ver a mulher que amava desde sua juventude.

— Eu ainda não estou morta. Talvez eu possa me curar.

— Claro que você vai se curar. Acontece que faz sete dias que não sei nada de você. Não faça isso de novo.

Anna beijou seus lábios. "Que alegria ter um homem que me ama de verdade", pensou enquanto o beijava.

— Me leve para dar uma volta de moto. Me leve ao lugar mais bonito. Onde você quiser.

Subiram na moto. Decidiram não colocar capacete para que pudessem curtir o vento, o sol, o mar. Passearam pela costa, sem pressa. Anna envolveu seus braços ao redor de Antonio.

Chegaram ao penhasco em que tinham se sentado mais de trinta anos antes, onde haviam percorrido o mundo deslizando os dedos sobre um mapa. Desceram da moto e deram as mãos. Caminharam. Os dois sabiam muito bem onde iam se sentar. Chegaram até o ponto mais afastado do penhasco. Só os dois. Sentaram-se na pedra e ficaram balançando os pés. Anna acariciou sua mão e brincou com seus dedos. Ele beijou seu cabelo e passou o braço ao redor dela. Ela apoiou a cabeça em seu ombro.

— Se no próximo verão eu já estiver curada, gostaria de fazer uma viagem com você. Claro, se você quiser. Quero viajar durante um mês, só nós dois.

— Sério? — disse Antonio surpreso.

— Sim. É sério. Podemos ir à República Dominicana, se você quiser. Assim nós podemos visitar sua filha... e depois podemos passear pela ilha, sozinhos. Depois podemos ir para Cuba. Tenho muita vontade de conhecer Cuba.

— Não vá se arrepender do que está dizendo... você sabe que levo essas coisas a sério.

— Não. Eu prometo que desta vez, não...

Antonio a beijou.

— Só uma coisa — continuou Anna.

— Viu? Você já está colocando condições.

— Eu vou de avião. Se quiser ir de barco, eu espero você lá.

— Pode ser. Talvez eu possa ir um mês antes e assim teremos dinheiro para os gastos.

Antonio a beijou quatro vezes seguidas acompanhando cada beijo com um "eu te amo".

Passaram mais de uma hora sentados de frente para o mar. Antonio contou-lhe com muito entusiasmo como eram os lugares que visitariam: a praia de Bayahibe, a de Macao, a Baía das Águias...

Quando anoiteceu, voltaram para a casa de Antonio. Anna não precisou dizer nada, e eles fizeram amor do jeito que ela gostava... lentamente, olhando nos olhos e pela última vez.

De: mathiascheneider@gmail.com
Data: 17 de fevereiro de 2011
Para: marinavega@gmail.com

Olá, Marina!
Não tinha tido a oportunidade de ler seus e-mails. Me desculpe. Houve um ataque das forças israelenses. O Thuraya cai com frequência e é impossível fazer uma ligação que dure mais que trinta segundos.

Estou confuso, Marina. Sinto sua falta, mas também sinto que você está distante. Você tomou uma decisão sozinha.

Sei que conversamos e combinamos que você adotaria sozinha e nós seguiríamos com nossa relação. Mas ao chegar aqui percebi que não sei se é bem isso que eu quero. Sinto muito a sua falta e quero que você esteja comigo. Quero que continuemos praticando a nossa profissão juntos como sempre fizemos. Não quero viver assim. Não quero vê-la apenas três vezes por ano. Pense bem, por favor. Em junho estarei em Maiorca e conversaremos com calma.

Cuide-se, Mathias.

"Cuide-se"... ela não gostou muito dessa palavra.

Sem responder, desligou o computador e subiu para o seu quarto. Deitou na cama e pegou o porta-retrato, em que estava a foto que Kaleb tinha tirado dos três no orfanato, poucos dias antes de sua volta. Passou a ponta dos dedos sobre o rosto de Mathias... depois sobre o rosto de Naomi.

A GENÉTICA DE UMA CRIANÇA ADOTADA, a incerteza ante as doenças desse código genético desconhecido, as consequências psíquicas do abandono, os problemas do apego precoce, a resiliência parental, os maus hábitos adquiridos, o TDAH, a impulsividade, a baixa autoestima, as dificuldades para interagir em ambientes institucionais, a desorientação dos pais afetivos, os conflitos do casal etc...

No fim de março, quando o intenso curso de formação em grupo para pais adotivos foi finalizado, cada um dos participantes tinha a sensação de que sua cabeça ia explodir.

Os quatro futuros pais adotivos desceram juntos pelo elevador do instituto. E lá estavam eles, trancados dentro daquele cubículo de metal. De repente, o único homem presente teve coragem de falar:

— Eu não sei vocês, mas essa psicóloga me deixa muito nervoso.

Marina não se sentia nervosa, a única coisa que ela desejava era sair daquele belo edifício do governo onde estavam e pegar o avião para a caótica Addis Abeba.

KALEB A LEVOU DIRETAMENTE AO ORFANATO. Ela tinha uma entrevista agendada com o funcionário. Assim que entrou, viu Naomi no berço de ferro, como sempre, olhando para o mesmo lugar... olhava para o sol que entrava pela porta do orfanato.

— Me perdoe, meu amor... me perdoe — disse Marina segurando-a em seus braços —, vou ficar ao seu lado por duas semanas.

Com Naomi em seu colo, sentou-se no escritório do funcionário etíope. Ele falava um pouco de inglês e, com a ajuda de Kaleb, conseguiram se comunicar. Ele a informou de que deveria entregar seu atestado de idoneidade no escritório do Ministério da Mulher em Addis Abeba e que deveria deixar uma cópia com ele também. Depois, Marina teria que contratar um advogado etíope para a audiência que aconteceria meses depois.

— E ela não pode ser adotada por outra família?

— Não. Sou eu quem assino as adoções internacionais. Tudo passa por mim.

Marina lhe informou que conhecia dois advogados etíopes que tratavam de todos os assuntos do MSF, mas o funcionário sugeriu profissionais que eram especialistas em adoção internacional. Marina sabia muito bem como as coisas funcionavam no país africano, então não pensou duas vezes antes de aceitar o advogado que estava sendo recomendado pelo funcionário.

Hospedou-se em um hotel funcional de duas estrelas perto do orfanato. Levantava-se às sete horas todas as manhãs para dar a primeira mamadeira e passava o dia inteiro ao lado de Naomi. Cada dia que passava ao seu lado, via menos sentido naquele processo de adoção tão demorado ao qual foi obrigada a se submeter.

Os catorze dias passaram rápido. Kaleb iria buscá-la diretamente no orfanato. Seu avião saía às nove da noite. Colocaria Naomi para dormir e em seguida iria para o aeroporto. Beijou sua bochecha e ficou com o coração partido ao deixá-la dormindo no berço. Naomi a esperaria no dia seguinte, mas Marina demoraria meses para voltar.

Entrou no carro. Sentiu uma onda de tristeza percorrer seu coração. Kaleb fechou a porta do jipe. Em seguida, o funcionário bateu na janela do carro. Kaleb abriu o vidro. Mais uma vez, despediu-se de Marina em inglês e falou com Kaleb em amárico. Kaleb ouviu atentamente e respondeu. Marina não entendia uma única palavra sobre o que esses dois homens etíopes estavam conversando, mas sentiu pelo tom da conversa que eles estavam discutindo. Kaleb fazia perguntas com um tom de voz alterado e o funcionário respondia de um jeito bem firme e duro. Despediram-se. Kaleb colocou a chave no contato sem falar nada. Ele estava mais sério que o normal. Acelerou.

— Algum problema?

Kaleb, envergonhado, sem olhar em seus olhos, respondeu:

— Ele quer dez mil euros.

A RUSSA ADOROU A DECORAÇÃO ESTILO rococó da mansão: colocaria uma almofada de pele de leopardo na sala para combinar com a *chaise longue* e várias esculturas bizarras e enormes que seriam enviadas de Moscou.

Anna quis apenas um objeto de sua casa, o baú de seu pai. E nem era para ela, e sim para a irmã. Sabia que Marina tinha um carinho enorme por esse objeto antigo cheio de recordações. Ela ficaria feliz em guardá-lo em sua casa de Valldemossa. Aproveitou que Armando estava viajando para a Suíça e ligou para Antonio, que em seguida pediu o furgão de um amigo emprestado e foi para a ostentosa casa de Anna. Os dois colocaram o baú no furgão e apareceram de surpresa na padaria de Valldemossa.

Marina estava embrulhando bolo de limão. Um pedaço para a viúva e outro para o padre. Desde o aniversário de Marina, eles passaram a se encontrar todos os dias pelas manhãs para comprarem o bolo.

— Anna!

— Olá, Marina!

O padre e a viúva saíram fazendo comentários sobre o bolo.

— Você se lembra do Antonio? — continuou Anna. — De S'Estaca.

Marina levou dois segundos para reconhecê-lo.

255

— Claro que eu me lembro! Como vai? Faz uns trinta anos que nos conhecemos. Foi em um 1º de janeiro, não é mesmo?

— Você está igual — cumprimentou-a dando dois beijos.

— Venha — disse Anna segurando a mão da irmã e saindo da padaria.

Antonio abriu o porta-malas do furgão.

— Onde você quer que a gente coloque?

Era surpreendente a sensação que esse objeto lhe causava, só de olhar para ele. Sem abri-lo, pôde visualizar as pulseirinhas feitas de conchas, a estrela-do--mar da praia de Cala Ratjada, a caixa de metal com as fotos desfocadas de sua infância. Sentiu alegria e nostalgia ao rever esse velho baú de seu querido pai.

— Vai ficar bonito no meu quarto, aos pés da cama — respondeu passando o braço ao redor dos ombros de Anna e sussurrou: — Obrigada.

Era muito pesado e muito largo para subi-lo pela escada. Antonio precisou chamar seu amigo motoqueiro, o policial local, para que os ajudasse. Ele pegou um carrinho de mão emprestado no bar de Tomeu, e os três juntos conseguiram carregá-lo na vertical.

Assim que conseguiram subi-lo, Anna pediu a Antonio que a deixasse a sós com sua irmã. Ele, o policial e Tomeu foram bater papo no bar.

— Então está resolvido. Já conseguiu vender a casa? — perguntou Marina.

Anna concordou e baixou o olhar.

— É um tumor maligno de cinco centímetros. Devo operá-lo.

— Anna, desde quando você sabe disso?

— Há um mês.

— Anna, por favor. Você devia ter me contado logo.

— Marina, sei que você queria ir à Etiópia ver a menina e eu não ia ser um empecilho. — Anna suspirou. — Acha que posso me curar?

— Claro — respondeu abraçando-a, sentindo o coração apertado.

Enquanto isso, pensava em sua mãe, que tinha morrido da mesma doença.

ANNA SAIU DA PADARIA E FOI BUSCAR Antonio no bar de Tomeu. Estava com vontade de caminhar, entraram no furgão e foram até a praia Es Trenc. Tiraram os sapatos e passearam descalços pela areia brincando com a água cristalina da praia paradisíaca do sul da ilha. Antonio falava calmamente. Sabia muito bem que estaria ao seu lado durante todo o processo. Nos finais de semana que Anita estivesse com o pai, ele ficaria com ela em seu novo apartamento. Anna ouvia sem contrariar nenhum de seus planos. Concordava sem pronunciar uma palavra, sentindo-se perdida e com medo de tudo que estava prestes a acontecer.

Nesta mesma noite, Anna entrou no quarto da filha. Contou-lhe calmamente e sem fazer drama que tinham encontrado um nódulo em seu seio e ele devia ser removido. Evitou a palavra câncer, mas Anita sabia muito bem que era isso. Falou sobre o divórcio e deu a ela a liberdade de escolher com quem queria morar. Por ora, Armando ficaria na casa da mãe. Ela já tinha encontrado um comprador para a casa e procuraria um apartamento no centro de Palma. Anita a abraçou com todas as suas forças, e com toda a sinceridade disse que preferia morar com ela.

Naquela semana, Anita faltou às primeiras aulas do dia, as de religião, e juntas foram procurar um apartamento. Visitaram oito, até que entraram em uma cobertura com vista para o mar no bairro de Llotja. Vigas de madeira cobriam o teto, a luz refletia nas paredes recém-pintadas de branco. Elas se olharam e, sem precisar falar nada, decidiram. Nesse mesmo fim de semana foram comprar os móveis. Desde que Anita voltou da Alemanha, não tinha parado de assistir a séries e pediu uma boa televisão plana e um DVD novo. Depois de três dias, a nova casa estava mobiliada. Anita tinha se dedicado a montar os móveis sozinha, já que tinha ajudado Mathias a montar os móveis do quarto da casa de Marina. Depois de encostar o sofá na parede e cobri-lo com uma capa branca, sentou-se, sentindo-se esgotada. A mãe fez o mesmo.

Permaneceram em silêncio em sua nova casa. Era uma grande mudança. Cada uma com seus pensamentos. Anna já tinha deixado seu aquário de cristal. A casa de sua vida já não lhe pertencia. Suspirou. Não sentia nenhum tipo de dor. Às vezes esquecia que tinha câncer. Fazia apenas um mês que tinha recebido o diagnóstico. Anna segurou a mão da filha.

— Anita — corrigiu-se logo: — Ana, tenho que fazer mais uma coisa e preciso de você.

Anita olhou para a mãe.

— Venha — disse se levantando, sem soltar a mão da filha.

Entraram no banheiro. Anna tirou uma caixa de papelão de dentro de uma sacola de plástico. Anita não conseguiu entender o que a mãe queria e observou como ela retirava com as unhas a fita adesiva que fechava a caixa.

— O que é isso, mãe?

Abriu a caixa de papelão e tirou de dentro dela uma máquina de cortar cabelo. Olhou assustada para a filha. Anita entendeu o que a mãe estava pedindo e percebeu como ela ficou pálida ao segurar o aparelho. Anita sabia como a mãe era vaidosa, e nesse momento imaginou como ela deveria estar se sentindo triste e humilhada por ter que passar a máquina no cabelo.

Anna segurou a máquina em suas mãos e ligou-a. O barulho do motor desse pequeno aparelho parecia mais uma furadeira para as duas. Anna se olhou no espelho e se sentiu apavorada. Anita pegou a máquina das mãos da mãe e a abraçou.

— Ah, que merda, filha! — disse sussurrando sem deixar de abraçar Anita.

— Nós vamos sair dessa, mamãe. Eu vou lhe ajudar.

Anita olhou para a mãe e em seguida secou a lágrima que escorria por sua bochecha, dando-lhe um pouco de conforto com esse gesto.

— Faça isso por mim, filha — pediu respirando fundo.

Anna se sentou em uma banqueta de frente para o espelho do banheiro. Olhou para o chão e suspirou. A máquina foi ligada mais uma vez. Ela não quis olhar para a frente. Fechou os olhos. Voltou a respirar, tentando conter as lágrimas.

Anita, com a máquina ligada, olhou para sua mãe. Viu que se sentia mais frágil que nunca enquanto segurava suas lágrimas. Anita observou o movimento das lâminas do aparelho. Ouviu um som oco.

— Vamos lá, filha — animou-a, tentando sorrir.

— Vamos nessa — respondeu Anita olhando-se no espelho.

Anita apoiou a máquina em sua própria testa e, pressionando, raspou o cabelo até a nuca.

— Anita! O que está fazendo? — exclamou perplexa, vendo o cabelo de sua filha cair no chão.

Anita sorriu em frente ao espelho e continuou passando a máquina. Afinal de contas, ela sempre quis fazer isso.

— Amanhã, as garotas do San Cayetano vão enlouquecer — disse piscando para sua mãe, que não podia acreditar no que a filha estava fazendo. — Pode apostar que a Miley Cirus vai raspar a cabeça no próximo ano e vai ser uma baita moda.

Os músculos de seu estômago se contraíram. Sentiu a bílis subir pela traqueia e vomitou o nada que tinha dentro de seu corpo. Deveria ter dado ouvidos à oncologista e ter ido acompanhada. Mas ela não quis. Cinquenta anos dependendo dos outros já era o suficiente. Sentou-se em um muro de concreto que sustentava a cerca de metal do estacionamento do hospital. Tirou o celular do bolso e procurou na agenda o número de Antonio.

Ele levou dois segundos para atender.

— Anna. Olá, minha garota. Tudo bem? Vou sair mais cedo do trabalho. Em duas horas no máximo estarei na sua casa.

— Antonio... eu não quero que você venha.

— Como?

— Não quero que me veja assim... estou...

— Não me importa como você está.

— Por favor, Antonio. Eu estou pedindo.

— Eu estarei ao seu lado, Anna. Independentemente do que disser — disse aumentando o tom de voz.

— Eu tenho vergonha, Antonio — respondeu enquanto sentia uma lágrima escorrer pela bochecha. — Eu estou... careca. Por favor, meu amor, me deixe fazer isso do meu jeito. Por favor. Eu te adoro. Eu te amo, Antonio, e quero começar uma vida ao seu lado para sempre. Mas não assim. Permita que eu me cure sozinha. Seis meses. Me espere seis meses. Por favor. Ligo para você assim que puder. Eu te amo muito.

IMELDA VIU A PATROA COM UM lenço verde amarrado na cabeça, com o rosto frágil e o corpo mais magro do que nunca. Sentiu pena dela e abraçou-a como nunca tinha feito.

— Não se preocupe, dona Anna. Eu vou saber cuidar da senhora.

Imelda se retirou e foi para a cozinha preparar um café.

Anna se sentou no sofá e ligou para sua irmã. Marina mais uma vez lhe deu uma bronca por não permitir que a acompanhasse. Insistiu mais uma vez. Ela queria ver a irmã todos os dias depois de fechar a padaria. Mas Anna não permitia. Não queria prejudicar a irmã, transformando-a em sua enfermeira durante esses seis meses. Não queria ser um peso para ninguém. Nem para seu ex-marido. Nem para Antonio. Nem para sua filha. Nem para suas amigas. Nem para sua irmã. Passaria por esse momento nojento sozinha. Sem depender de mais ninguém, além de Imelda, que era paga para cuidar dela.

— Venha almoçar no domingo — disse Anna à Marina. — Anita vai estar aqui e a Imelda vai estar de folga. Podemos ficar tranquilas em minha nova casa. Não quero que você cuide de mim, Marina, só quero curtir a minha irmã.

No domingo, mãe e filha prepararam um cordeiro assado no forno, que acompanhariam com uma salada de batatas que Pippa tinha lhes ensinado a preparar. Assim que Marina perguntou: "Como vai?". Anna respondeu: "Bem". Mas na verdade ela já estava de saco cheio de falar sobre isso.

— Conte pra gente... como é essa menina africana que vai ser sua filha.

— Se vai ser sua filha, então vai ser minha prima — sorriu Anita.

— Claro — respondeu Marina à sua sobrinha —, ela vai ser da família.

Marina desabafou com elas. Contou que estava cansada de esperar. Estava cansada de conversar com Marta, a psicóloga que mal conhecia, mas com quem sempre tinha que se comportar de maneira simpática. Definitivamente, ela era a responsável pelos atestados de idoneidade. Disse, inclusive, que chegou a duvidar se seria uma boa mãe. Pensou que talvez existisse outra mulher neste mundo capaz de ser uma mãe melhor para essa menina órfã.

— Marina, você vai ser uma mãe maravilhosa. Não duvide disso nunca.

Terminaram de almoçar e se sentaram no sofá para tomar um chá filipino que Imelda sempre deixava pronto antes de sair. Anna tirou o lenço. Estava com ele havia mais de duas horas e já estava começando a coçar. Marina olhou e não pôde deixar de sentir certo tipo de tristeza. Marina abriu sua bolsa e pegou um saquinho plástico com algumas folhas verdes. Abriu-o. Sua sobrinha observou-a.

— Tia, por acaso isso é...

— Maconha — respondeu tirando um pouco do saquinho.

Anna olhou para sua irmã sem entender muito bem o que pretendia.

— Onde você arranjou isso? — perguntou sua sobrinha, incrédula.

— Com um amigo caminhoneiro que traz de Amsterdã. Ele me trouxe um inalador também.

— Mas você fuma baseado, tia?

— Vai evitar os vômitos e as náuseas, Anna — disse à sua irmã.

Anna não respondeu.

— Confie em mim.

— Eu posso fumar também? — perguntou Anita na maior cara de pau.

— Não, você não — responderam mãe e tia ao mesmo tempo.

MARÇO, ABRIL, MAIO E JUNHO FORAM meses difíceis para as duas irmãs. Para Anna, é claro, pelo processo de degradação física por que estava passando. A maconha evitou os vômitos, mas ela ficou sem as sobrancelhas e os cílios, as unhas das mãos ficaram pretas e várias unhas dos pés ficaram levantadas: havia micose por todas as partes. Chegou a pesar quarenta e nove quilos. Antonio insistia em vê-la, ligou várias vezes e eles conversavam durante muito tempo pelo telefone, mas Anna nunca concordou em vê-lo. Assim, não.

Marina continuou no curso de formação para pais adotivos durante esses três meses. Marta, a psicóloga, fazia seu trabalho e insistia que poderia ser maravilhoso adotar, ao mesmo tempo compartilhava os casos mais extremos de adoções fracassadas. Teve a sensação de que era colocada à prova em cada entrevista, para que tivesse certeza da decisão que tinha tomado. O grupo de psicólogos apenas estava cuidando da segurança da criança, era o que diziam em cada sessão. Essa frase começava a ressoar em sua mente como uma verdadeira ladainha, afinal, já tinha ouvido isso várias vezes. Marina explicou em uma das sessões individuais como tinha trazido Naomi ao mundo e a relação que as unia.

Enquanto tudo isso acontecia na vida de Marina, Naomi continuava a esperando no berço de ferro e Mathias estava muito ocupado ajudando centenas de palestinos que passavam por suas mãos. Conversaram duas vezes pelo Thuraya, mas as conversas eram interrompidas depois de um minuto, e por isso decidiram escrever e-mails. Marina escrevia sobre os vizinhos do povoado ou a operação de sua irmã, e ele lhe respondia comentando as injustiças que o povo palestino estava sofrendo. Cada um em seu mundo.

MARINA E ANNA SE ENCONTRAVAM TODOS os domingos. Anita voltava cedinho aos domingos quando passava os finais de semana na casa da avó, onde o pai estava morando desde que assinaram os papéis do divórcio.

— Querida, pare de chamar a sua avó de urubu, por favor — disse Anna seriamente à sua filha, que tinha adotado o apelido cada vez que se referia à avó paterna.

— Mas foi você que inventou esse apelido, Anna — disse Marina sorrindo.

— Não. Foi você que inventou — respondeu rapidamente.

— Nada disso, você não se lembra? A Anita ainda era uma recém-nascida, você a estava carregando em seus braços enquanto observava sua sogra pela janela do quarto. Ela estava dando voltas pelo jardim com aquela blusa cinza-escura que ela não tira do corpo... então você disse...

— Ah... não importa quem disse... — disse interrompendo Marina, não querendo admitir que ela realmente tinha inventado o apelido. — Filha, por favor, é sua avó, e você tem que respeitá-la. Eu lhe peço, por favor. Pare de chamá-la assim.

— Tudo bem — respondeu sua filha também muito séria. — Na próxima semana eu vou ficar com o corvo.

Marina teve um ataque de riso. Anna não conseguiu se segurar e Anita também começou a rir no meio de toda aquela fumaça que Anna exalava a cada baforada.

E, apesar de tudo, esses domingos foram bonitos. As irmãs voltaram a exercer o papel de irmãs de verdade, sempre acompanhadas de um bom filme, uma boa música e um cheirinho suave de cannabis.

— VOCÊ JÁ FEZ ALGUM aborto?

Essa foi a pergunta número dez da lista da psicóloga, que, sentada no sofá da casa de Marina, fazia anotações em uma ficha apoiada em suas pernas. Ao lado dela, estava uma assistente social, a qual ela nunca tinha visto.

— Sim — respondeu incomodada, mas sem que Marta pudesse perceber.

— Eu posso saber por quê?

"Não. Você não tem nada a ver com isso. Faz parte do meu passado", pensou. "Mas eu vou responder porque não tenho outra opção."

— Foi há mais de dez anos. Não senti que era o momento, nem a pessoa ideal para se ter um filho.

A psicóloga escreveu em sua ficha. Tudo era importante nesta entrevista, qualquer gesto, a comunicação verbal e não verbal... para que essa mulher pudesse ter o direito à maternidade.

— Durante esses anos, você tentou algum processo de fertilização *in vitro* ou inseminação artificial?

— Não.

— E você nunca quis ter um filho biológico?

— Não.

— Por quê?

— Como você sabe, eu trabalhei dez anos como voluntária e me dediquei completamente ao meu trabalho. Não tinha sentido o desejo de ser mãe até agora.

— E por que agora?

— Eu já expliquei a relação que tenho com essa menina.

— Você se sente culpada por tê-la trazido ao mundo?

Marina demorou alguns segundos para responder.

— Eu fiz o que qualquer médico teria feito na minha situação.

Ambas fizeram anotações.

— E você vai abrir mão de seu trabalho como voluntária para sempre?

— Como médica em áreas de conflito, sim. Quando eu estiver com minha filha... — fez uma pausa e retificou —, com Naomi, eu não serei mais voluntária. Talvez daqui a alguns anos eu possa trabalhar como médica aqui em Maiorca ou em outra ONG que tenha projetos estáveis. Não importa em que parte do mundo. Por ora — sorriu sinceramente —, estou feliz trabalhando como padeira e ganho o suficiente para viver.

— E o que pretende fazer quando ela chegar?

— A padaria fica no andar de baixo. Ela pode ficar comigo as vinte e quatro horas do dia. Até que comece a ir ao colégio.

— Assumir uma maternidade sozinha é difícil. Seus pais vão poder ajudá-la?

— Meus pais faleceram.

"Você quer saber tudo sobre mim, Marta? Então, tudo bem. Lá vai...", pensou Marina antes de continuar:

— Meu pai morreu quando eu tinha dezessete anos... em um acidente de barco. Eu sofri muito. Eu estava estudando nos Estados Unidos, e naquele ano iria voltar para cursar medicina por aqui. Mas quando ele morreu, decidi fazer o que ele sempre quis que eu fizesse: cursar medicina na melhor universidade dos Estados Unidos, onde eu tinha recebido uma bolsa de estudos. E acabei ficando por lá. Minha mãe faleceu cinco anos depois, de câncer.

— Como era a relação com seus pais?

— Eu me dava melhor com meu pai. Com a minha mãe, a relação sempre foi mais difícil.

A assistente fez anotações.

— Por que era mais difícil?

"Comece a mentir, Marina. Não responda a essa senhora o que ela quer ouvir. Ela tem seu atestado de antecedentes criminais, sua declaração de renda, conhece todo seu patrimônio, quanto dinheiro você tem em sua conta bancária, já tem um atestado de idoneidade, sabe seu grupo sanguíneo e todo o histórico médico. Você vai ser uma mãe maravilhosa. Você não amou a sua mãe, e ela também não a amou. Mas isso é politicamente incorreto. Minta!"

— A relação com minha mãe era mais difícil que a relação que eu tinha com meu pai, mas nós nos amávamos. Nos amávamos muito. Com certeza, vocês adoram a mãe de vocês, mas também sabem como são os hormônios femininos — disse sorrindo levemente.

As duas sorriram com sinceridade. É verdade... brigar com a mãe é algo clássico em todas as famílias.

— Então, você não tem ninguém — continuou Marta.

— Sim, tenho minha irmã e minha sobrinha.

A assistente anotou. Marina não mencionou a doença da irmã e disse que ela sempre a ajudaria.

— Marina — a psicóloga desviou o olhar por um segundo —, você sente que está envelhecendo?

— Não — respondeu segura a essa mulher que começava a detestar.

— Não acha que talvez queira preencher um vazio com a chegada dessa menina? Tem certeza de que não tem medo de envelhecer sozinha?

Marina olhou para a psicóloga com certa dureza. Por que estava fazendo essas perguntas? Marina tinha descoberto um espaço novo em seu coração para dar amor a uma menina que precisava do amor de uma mãe. Será que era mesmo necessário invadir sua privacidade daquela maneira?

— Responda, Marina — insistiu Marta —, você tem medo de envelhecer sozinha?

— Não, Marta. Eu não tenho medo nenhum de envelhecer sozinha. Estou sozinha desde os catorze anos. Talvez nessa idade, sim, eu tenha sentido medo de morar tão longe da ilha onde nasci, mas agora lhe garanto que, com meus quarenta e seis anos, não tenho medo nenhum. — Fez uma pausa. — Para ser sincera, eu só tenho medo de uma coisa. Sei que existe uma menina a sete mil quilômetros daqui que está me esperando, e o medo que sinto é que se passem dias, meses, e essa menina se sinta cada vez mais triste, e a ferida causada pelo abandono seja cada vez mais profunda. Esse é o meu único medo.

As duas mulheres fizeram anotações quase sem olhar para Marina, que estava sentada à frente delas. Consideraram-na a mulher mais honrada que tinham entrevistado em todos aqueles anos trabalhando como funcionárias do Instituto.

— Temos que ver a casa. Você pode nos mostrar, por favor?

Primeiro mostrou o futuro quarto de Naomi. A cabeleireira tinha dado o berço de presente, pois seu filho mais novo já dormia na cama. E lá estava aquele bercinho, brega na opinião de Marina, coberto com uma manta africana.

Foram para o quarto de Marina. Deram uma olhada rápida. Marta se aproximou da mesa de cabeceira e pegou o porta-retrato com a foto que Kaleb tinha tirado dela com Mathias e Naomi.

— É a Naomi?

— Sim — respondeu Marina com um sorriso.

— E o rapaz que está com ela em seus braços?

— É meu companheiro... meu namorado. Ele chega daqui a um mês.

Marina as acompanhou até a rua. Viu as duas se afastando pela rua Rosa e fechou a porta atrás de si. Apoiou-se nela e bufou liberando a tensão dessa última entrevista. Em um mês receberia o atestado de idoneidade, o qual lhe abriria as portas para sua maternidade.

O TAMANHO DO TUMOR TINHA se reduzido à metade depois de realizarem a mastectomia. Marina ficou no hospital, apesar de Anna ter dito que estava sendo bem cuidada pelas enfermeiras. Imelda ia todas as manhãs para levar roupa limpa. Anita ia todas as tardes depois do colégio. Marina, sem dar bola para o pedido da irmã, colocou quatro camisetas e algumas peças de roupa íntima dentro da mochila. Ela ficou no hospital até a irmã receber alta. Anna não quis ver nem falar com Armando, que ligou quatro vezes. Também não quis que suas amigas do Clube Náutico a visitassem.

Na última noite, quando o celular de Anna tocou, Marina o pegou e olhou para a tela.

— É o Antonio — disse à irmã.

— Não atende.

— Por quê? É a segunda vez que ele está ligando hoje, e ontem também ligou...

— Porque eu não quero. Eu já disse. Não quero que ele me veja assim.

Mesmo assim, Marina atendeu o telefone.

— Olá, Antonio! Deu tudo certo na operação. Eu vou passar pra ela.

Foi Marina quem segurou a mão de Mathias no táxi. Sabia que era ela quem deveria iniciar a conversa.

— Temos dois meses para nós dois. Sozinhos... Eu te adoro, Mathias.

— Eu também te adoro, Marina. — Baixou o olhar. — Mas eu preciso de você ao meu lado. Não quero um relacionamento a distância.

Marina passou o braço dele ao redor de seu pescoço. Entrelaçou seus dedos entre os dele e apoiou a cabeça em seu peito. Pela janela do táxi que os levava a Valldemossa, observaram a ilha, que ainda estava tranquila pelo início do verão, observaram a calmaria, a brisa, o sol, os campos de oliveiras, de amêndoas, de trigo, de papoulas... Com a ponta dos dedos, Mathias acariciou a palma da mão de sua mulher.

Marina tirou a roupa suja da mochila de Mathias e colocou tudo na lavadora nova que tinha comprado. Subiu para o quarto. Ouviu a água do chuveiro cair. Entrou no banheiro. Mathias deixava a água escorrer por seu corpo de olhos fechados. Marina desnudou-se e entrou na banheira. Ficou na ponta nos pés e aproximou sua boca da dele.

Novamente os turistas, os seiscentos pães integrais, as adolescentes e seus beijos às escondidas. Infelizmente, Laura e a filha não puderam ir para Maiorca, pois foram visitar sua tia-avó que estava doente. Sigfried partiu para uma missão urgente na República Centro-Africana. Aritz e Ona apareceram de surpresa em uma tarde em meados de julho, e claro, eles arrumaram o quarto para que ficassem por uma semana. Mas, tirando isso, eles passaram o restante do verão sozinhos. Conversaram horas sobre sua relação, porque nenhum dos dois imaginava a vida sem o outro. Eles se perguntavam como podiam continuar trabalhando juntos com Naomi em suas vidas. Mathias achou que seria uma boa ideia eles irem morar em Berlim, assim sua mãe podia ajudá-los a cuidar de Naomi, enquanto eles continuavam como voluntários do MSF. Era uma boa opção. Além disso, seu irmão com o filho do primeiro casamento e a nova bebê de sua namorada turca também estavam lá. Era uma opção que Marina não descartou. De qualquer forma, Naomi demoraria de dois a nove anos para chegar.

Era uma tarde quente de agosto e Marina estava sozinha na padaria. Catalina tinha ido dar comida para a mãe, Úrsula estava ajudando Pippa e Anita a prepararem um piquenique para passarem o resto da tarde na praia e Mathias tinha saído com Névoa para dar um passeio pela montanha. Marina amassava pão integral quando ouviu uma batida. Ela foi até a porta e viu o mesmo carteiro com cara de quem comeu e não gostou, de sempre.

— Trouxe uma carta registrada do Instituto de Assuntos Sociais de Maiorca. Assine aqui, por favor — disse, apoiando um recibo de entrega sobre uma prancheta.

Sorriu. Seu coração disparou. Finalmente. Aproximou-se dele, limpando as mãos no avental e assinou, sentindo-se ansiosa. O carteiro se afastou pela rua Rosa. Marina subiu de dois em dois degraus até o seu quarto. Rasgou o envelope. Tinha umas cem páginas. Olhou para as folhas digitadas. Leu rapidamente os formalismos e foi virando as páginas se sentindo nervosa e feliz, até que chegou à frase final, que concluía que Marina Vega de Vilallonga tinha sido declarada não apta para adotar.

A VIDA NÃO ERA JUSTA PARA MUITOS. Marina sabia muito bem disso, afinal, tinha passado dez anos vendo as injustiças do planeta atacando os mais fracos. Esta carta, este atestado de idoneidade que segurava em suas mãos, era uma justiça insignificante comparada ao que seus olhos tinham visto, e ela tinha consciência disso.

Mesmo assim, sentiu uma mistura de raiva, dor e tristeza que poucas vezes tinha sentido.

As fichas estavam cheias de palavras que analisavam exaustivamente sua personalidade. O atestado a definia como uma mulher honesta, inteligente e introvertida. O motivo principal pela não aprovação do atestado de idoneidade era que ela tinha quarenta e seis anos e queria adotar como família monoparental. Marina tinha uma relação sentimental com um homem que não tinha manifestado interesse pela adoção. Além disso, ela mostrava certa dúvida em relação à sua vida profissional, não tinha certeza se queria continuar trabalhando como médica, o que a impediria de cuidar de uma menor, ou se continuaria trabalhando como padeira em Maiorca.

Olhou para a foto que estava no porta-retrato em cima da mesa de cabeceira. Esta fotografia tinha mudado tudo. Sentiu que seu coração estava batendo com força, inspirou o ar e o soltou pouco a pouco. Seu olhar ficou perdido entre as montanhas da serra. Odiou a tal psicóloga, sim, ela mesma, a tal funcionária do Estado, a tal mulher que era obcecada por manchas. Por culpa dela, Marina e Naomi tinham perdido tanto tempo e, evidentemente, ela tinha negado a essas duas pessoas o direito de serem felizes.

Respirou de novo, tentando manter a calma e sossegar seu coração, que parecia que ia sair pela boca. Sentou-se ao lado do baú que estava aos pés da cama.

Sentiu a necessidade de ver seu pai, sua avó... queria se refugiar neles. Como se olhar as fotos que estavam dentro do baú fosse aliviar sua tristeza. Abriu-o. Pegou a caixa de metal. A primeira foto que viu foi uma que tinha tirado de seu pai todo feliz, subindo em seu querido barco. Outra foto da avó Nerea ao lado de seu limoeiro. Ela se sentiria muito melhor naquele dia se essas pessoas ainda estivessem ao seu lado. Elas a teriam confortado e acalmado. Viu as fotos lentamente. Olhando cada detalhe, evitando pensar em outra coisa.

Você não está apta para ser mãe, disse a voz de sua consciência, que ela tanto evitava ouvir. Marina podia se refugiar alguns minutos, algumas horas, nessas velhas fotos. Mas sabia que iria sofrer muito. As chicotadas doeriam muito, os primeiros meses seriam tão horríveis que até a manteriam imóvel na cama. Mas, pouco a pouco, se recuperaria dessa surra injusta que a vida estava lhe dando, e as chicotadas doeriam cada vez menos. Inclusive, algum dia poderia esquecer essa menina que quis adotar. Ou, talvez, não. Talvez essa menina etíope ficaria para sempre em seus pensamentos.

Névoa entrou pela porta do quarto. Aproximou-se de Marina e lambeu sua mão. Mathias entrou e se sentou ao seu lado.

— Olhe a ideia que eu tive — disse Mathias, abrindo a gaveta da mesa de cabeceira.

Mathias pegou o caderninho e um lápis que estava em sua mochila. Fez um esboço do moinho de trigo, e a cada traço ia lhe explicando como pretendia transformá-lo em outra casa.

— Quero vender tudo — respondeu Marina.

— Como?

— Sim — disse, sem olhar para ele. — Não quero mais ficar aqui. Vamos voltar para a nossa vida de voluntários.

Mathias demorou um segundo para entender o que estava acontecendo.

— Você recebeu o ates...

— Sim. Eu não estou apta para ser mãe.

Mathias se aproximou dela e tentou abraçá-la.

— Me deixe, Mathias. Eu preciso ficar sozinha.

Tentou abraçá-la mais uma vez. Ela, de um jeito brusco, se afastou dele.
— Saia, por favor.
— Marina, vamos conversar.
— Dê o fora!

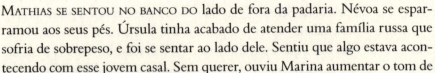

MATHIAS SE SENTOU NO BANCO DO lado de fora da padaria. Névoa se esparramou aos seus pés. Úrsula tinha acabado de atender uma família russa que sofria de sobrepeso, e foi se sentar ao lado dele. Sentiu que algo estava acontecendo com esse jovem casal. Sem querer, ouviu Marina aumentar o tom de voz ao expulsá-lo de seu quarto.
— Vamos passear com a Névoa? —perguntou ela em alemão.
— E a padaria?
— Aqui é um povoado. Depois eles voltam — disse fechando a porta atrás de si.

Andaram por um caminho íngreme entre oliveiras e carvalhos. Névoa caminhava na frente deles, servindo de guia. Mathias não quis contar o que tinha acontecido e, sem muita vontade de conversar, disse que sua mãe era uma grande admiradora de Úrsula, que tinha devorado seus livros. Mais uma vez, a pergunta obrigatória que todos faziam à Úrsula, apesar dos seus oitenta e um anos: "Você não vai escrever outro romance?". E novamente, ela respondia de um jeito bem seguro: "Não tenho mais nada para contar."

Conversaram bastante sobre a vida de cada um deles, até que Mathias sentiu a necessidade de contar tudo. Obviamente, Úrsula sabia detalhes do processo de adoção do qual a amiga estava participando. Sabia que havia sete meses esperava por aquela carta, sabia da invasão de privacidade que tinham feito em relação à sua vida e que ela tinha tentado preservar durante anos. Falaram sobre o sentimento de maternidade... de paternidade.

Úrsula disse que, se dependesse de Günter, certamente não teriam tido filhos. Ele nunca pareceu muito interessado, estava sempre com suas partituras, sonhando em ser o compositor que nunca conseguiu ser. Entraram em um acordo e decidiram ter um filho. Ela não demorou muito para engravidar de sua filha, e assim que ela saiu de seu ventre, Günter se apaixonou. Ele a adorava e a amava mais que a própria vida. Mathias falou de seu irmão e de sua segunda paternidade, que não havia planejado, e talvez por isso as coisas não iam tão bem.

Existia o sonho da paternidade? Se um homem chegasse aos quarenta, aos cinquenta anos sem filho... ele sofreria? Os homens tinham a necessidade de ter filhos?

— Foi o que minha experiência de vida me ensinou, Mathias. Claro que eu posso estar equivocada. Acho que os homens não sentem a necessidade de ter filhos e, do jeito que você tem se comportado até agora em relação a essa menina etíope, acredito que você também não tenha. Acredito que você nunca vá entender a dor que Marina está sentindo no fundo de seu coração.

Andaram alguns segundos em silêncio. Mathias pensava nas palavras dessa velha compatriota. Já Úrsula, pensava em sua cartada final.

— Você deve estar feliz, não é mesmo?

Mathias sentiu que essa frase foi um insulto. Olhou para Úrsula, que continuou:

— Na verdade, você nunca quis adotar a Naomi. Agora, a única coisa que lhe resta é se comportar como um homem e suportar a tempestade que está por vir.

ELE NUNCA TINHA VISTO MARINA tão histérica, até aquele momento.

Ela andava de um lado para o outro. Segurava uma revista japonesa em uma das mãos. Na outra, uma foto antiga. Seu rosto estava banhado em lágrimas. Falava sozinha e em voz alta. O contrato de compra e venda do barco, as fotos de sua infância, o atestado de idoneidade, a receita e o caderninho estavam esparramados no chão de seu quarto.

— Antes de vender este lugar, eu quero saber quem é María Dolores Molí. E eu vou descobrir. Porque eu não estaria passando por essa tristeza se ela não tivesse me dado este moinho, que agora considero o próprio inferno.

Mathias estava parado na porta.

— Eu disse que quero ficar sozinha, Mathias. Me deixe.

Mathias podia ter descido novamente, mas se sentou na cama em silêncio enquanto ela continuava gritando sabe-se lá o que em sua língua materna.

— Está vendo essa foto, Mathias? — Ela lhe mostrou uma foto em preto e branco.

Mathias olhou a foto. Nela estava sua irmã Anna sentada no colo de uma jovem babá vestida com uniforme.

— E agora olhe essa — continuou, mostrando a foto de Lola na revista japonesa. — O que está vendo?

— São a mesma pessoa — respondeu. — Bem, com pelo menos trinta anos de diferença.

— Olhe direito, por favor.

Mathias observou as fotos.

— Com quem esta mulher se parece? — perguntou Marina.

Mathias não se atreveu a responder o que achava, porque o que passou por sua mente naquele momento parecia tão absurdo. Preferiu se calar.

— Não sei — respondeu baixinho.

— Durante todo este ano que estou aqui, a única coisa que eu consegui descobrir foi que a padeira que me deixou este lugar trabalhou na casa dos meus pais. Mas, por mais que minha avó tenha lhe emprestado dinheiro, não acredito que tenha sido motivo suficiente para ela me deixar tudo isso. Eu não acredito. Quero saber a verdade.

Saiu do quarto sem dizer aonde ia. Mathias ficou sentado na cama. Juntou as fotos, colocando-as novamente dentro da maleta. Pegou o atestado de idoneidade e tentou entender o que estava escrito nele.

Marina saiu da padaria andando rapidamente e secando as lágrimas. Estava possessa. Passou por Gabriel e o ignorou. Tomeu também a cumprimentou de dentro de bar, mas ela nem olhou para ele. Chegou à casa de Catalina e bateu na porta. Catalina abriu.

— Vou vender a padaria, Catalina. Antes de fazer isso, gostaria que me explicasse por que Lola me deixou toda a sua vida — disse friamente.

Catalina viu que seus olhos estavam cheios d'água e percebeu que ela estava segurando o choro.

— Eu fiz uma promessa à única amiga de verdade que tive na vida e não pretendo traí-la, Marina. Eu sinto muito. Ela me fez jurar que eu nunca diria nada.

Assim como fez com Mathias, mostrou a foto da revista japonesa e da jovem mulher.

— Com quem esta mulher se parece?

Catalina baixou o olhar.

— Marina, siga em frente com sua vida... em breve a menina africana estará aqui e...

— Ela não virá, Catalina. A menina não virá.

Catalina não entendeu muito bem a última frase, mas Marina disse sentindo tanta tristeza que sua única opção era tentar ajudar sua nova amiga, traindo a antiga. Ela não podia contar nada, sabia que ninguém do povoado contaria, porque ninguém sabia exatamente o que tinha acontecido. As fofocas corriam soltas no bar de Tomeu desde o primeiro dia, quando Marina colocou os pés no povoado. Mas Catalina sabia que só havia uma pessoa que lhe diria a verdade.

— Vá falar com o padre. Talvez ele possa lhe ajudar.

Marina saiu rapidamente sem se despedir. Entrou na igreja. Encontrou-o limpando o altar. Foi até ele. O padre virou em sua direção ao ouvir seus passos.

— *Bon dia*, Marina — disse surpreso.

Era a primeira vez que Marina entrava na paróquia.

— Bon dia, padre.

O padre se aproximou dela e, assim como Catalina, a primeira coisa que viu foram seus olhos chorosos.

— Eu posso ajudá-la em algo?

Marina se sentou de frente para o altar. O padre a acompanhou.

— Estou há quase um ano e meio neste povoado perdido de Maiorca. Durante todo esse tempo, não consegui descobrir quem era María Dolores Molí, quem era essa senhora que todos carinhosamente chamavam de Lola. Catalina se cala, Valldemossa se cala. E eu não entendo o porquê. Nunca perguntei nada para o senhor porque achei que não soubesse de nada.

— O que você tem aí em suas mãos, minha filha?

— São fotos dela.

O padre pegou a foto de Anna sentada no colo de uma jovem Lola. Eles tinham frequentado a mesma escola em Valldemossa. Ele era três anos mais velho que ela. Olhou a foto com carinho. Ele, assim como o restante do povoado, intuiu quem era Marina assim que colocou os pés na padaria.

— Olhe bem para ela, Marina.

Marina segurou a foto em suas mãos e olhou com bastante atenção.

— Olhe bem o sorriso de Lola. Suas covinhas... o formato de seus olhos. Com quem acha que ela se parece?

O padre esperou um instante e insistiu.

— Com quem ela se parece, Marina? Você sabe melhor do que ninguém.

Enquanto as lágrimas escorriam por sua bochecha, Marina respondeu baixinho:

— Comigo.

CATALINA CORRIA PELA AVENIDA BLANQUERNA olhando para o céu e falando em maiorquim com a amiga morta. Gabriel a seguiu com o olhar. Tomeu a observou atônito. "*A les dones, qui les entengui que les compri.*"[60] Catalina entrou na rua da paróquia.

— *Mira, Lola, me sap molt de greu i saps que jo d'amiga ho som molt. No t'he träit mai i mira que els pardals de Valldemossa m'ho han demanat. Però no li puc fer això a la teva fila. T'he vist plorar, dia sí dia també, abocant les tevês llàgrimes al maleït pa amb llavors de rosella... Massa llàgrimes vas abocar tu... I ara no és just que les*

---

60. "As mulheres são muito complicadas." (N. T.)

aboqui la teva filla. Na Marina no té cap culpa de res... I saps què, Lola..., que estic fins els orgues de ses mentides, secrets. I la mare que vos va a parir a tots.[61]

Marina e o padre continuavam sentados de frente para o altar.

— Não sei se consigo entender tudo isso, padre — disse Marina sem olhar para o padre e com os olhos fixos no altar. — E por que vivi essa mentira durante quarenta e seis anos? Por que ninguém nunca me disse nada? Por que me enganaram?

Pensou em seu pai, em sua avó Nerea, na relação conflituosa com aquela mulher cruel, que pensava ser sua mãe. Como puderam mentir durante tantos anos? Por quê?

— Eu não posso responder a essa pergunta, isso é algo que você deve descobrir. Mentir nunca é uma boa ideia. Os segredos... é verdade que todos aqui supunham que você fosse filha de Lola, mas ninguém tinha certeza absoluta. Só a Catalina, e eu posso garantir que lhe perguntaram mil vezes, e ela nunca revelou nada. Isso é o que uma boa amiga faz. Não fique brava com ela, nem com Valldemossa. Você sabe que todos aqui adoram você desde o primeiro dia em que chegou. Provavelmente, lá no fundo, todos sabiam que você era a filha de Lola, e por isso a acolheram como se fizesse parte deste lugar desde sempre. Eu lhe garanto que as pessoas deste povoado são muito fechadas. E não é fácil ser um forasteiro, mas você já faz parte desta grande família do interior de Maiorca.

O padre fez uma pausa.

— Nada pode se comparar a esse segredo que o povoado inteiro soube guardar. Mas... por acaso, você não sabia que o caminhoneiro ganha um dinheiro extra vendendo maconha? Você não sabia que eu sou apaixonado pela viúva e, por isso, poderia ser expulso da Igreja se descobrissem? Você, eu e todos de certa forma nos calamos para protegermos uns aos outros. Sem maldade. Sabe, minha filha, eu não sei se é assim no mundo inteiro, porque eu nasci nesta ilha e nunca saí daqui. Mas eu já ouvi de tudo no confessionário e posso garantir que nos povoados de Maiorca... as mentiras, os segredos... são o pão nosso de cada dia.

---

61. "Olhe, Lola, eu me sinto muito mal. Sou uma boa amiga. Nunca traí você. E olhe que as pessoas de Valldemossa me fizeram perguntas. Mas eu não posso fazer isso com a sua filha. Eu via você chorar todos os dias, derramando suas lágrimas na massa do bolo de limão com sementes de papoula. Você derramou muitas lágrimas. Agora não é justo que sua filha as derrame também. Além disso, Marina não tem culpa de nada. Ah, quer saber? Estou cansada de mentiras, segredos... Ah, vão à merda todos vocês." (N. T.)

No dia 9 de janeiro de 1964, María Dolores Molí completava dezessete anos. Nesse dia, ela brincava com a filhinha dos patrões sentada em seu colo. Fazia dois anos que a família Vega de Vilallonga a havia contratado como empregada doméstica e babá dessa bebê loira e frágil a quem seus pais tinham dado o nome de Anna.

Todos os dias, ela varria e passava pano pelos quinhentos metros dessa mansão de Son Vida. Limpava as janelas, lavava e passava as roupas, arrumava as camas, fazia companhia à mãe do patrão, que morava com eles, e também cuidava da recém-nascida.

Trabalhava de segunda a sábado. O domingo era seu dia de folga, então ela pegava o ônibus até Valldemossa para ajudar seus pais na padaria Can Molí.

Nesse dia 9 de janeiro de 1964, Nestor chegou a sua casa, carregando sua maleta de médico. A casa em que morava com a mãe, a esposa, a filha e essa jovem babá, alegre e saudável, pela qual, sem querer, ele tinha se apaixonado. Uma moça do interior, que mal sabia ler e escrever, mas cuja doçura o fascinou desde o primeiro dia em que ela começou a trabalhar lá.

María Dolores viu o patrão entrar pelo portão do jardim. Ele estava elegante como sempre. Era tão bonito, tão diferente do tipo de homem que ela tinha como referência: seu pai, um padeiro humilde e gordo, cuja vestimenta diária era uma camiseta velha que ele usava por baixo de seu avental branco. Ainda por cima, o pobre homem vivia coberto de trigo da cabeça aos pés.

María Dolores sorriu para Nestor com timidez. Não era certo se apaixonar pelo patrão da casa, mas o patrão também estava apaixonado por ela. Pelo menos foi o que disse na noite anterior, quando finalmente teve coragem de se entregar para ele.

Nestor caminhou pelo jardim e foi até elas. Sentou-se e beijou a filha na bochecha.

— Feliz aniversário, María Dolores.

— Obrigada. Mas eu já disse que não gosto do meu nome. Me chame de Lola, patrão.

— Se você não me chamar mais de patrão e me chamar de Nestor, prometo que vou chamá-la de Lola.

Lola sorriu, e como todas as vezes em que sorria, suas lindas covinhas marcaram o seu rosto. Nestor passou a mão pela sua bochecha. Lola, timidamente, baixou o olhar.

— Se eu pudesse, beijaria você agora — disse Nestor baixinho segurando a mão da moça.

— Sua filhinha está no meu colo, patrão. Vai que ela entende.

Nestor deu uma olhada em direção a casa, para ter certeza de que sua mulher não estava olhando pela janela. Tirou uma máquina fotográfica de sua maleta.

— Temos que fazer algo para registrar esta data tão importante... não é todo dia que se completa dezessete anos... Lola.

María Dolores gostou de ser chamada de Lola por Nestor.

Ele se afastou um pouco de sua filha Anna e de sua jovem amante... essas duas mulheres que eram tudo em sua vida.

Ana de Vilallonga abriu a cortina da janela de seu quarto.

Ver, ouvir e calar. As palavras de sua mãe vieram com tudo à mente de Ana de Vilallonga.

Era uma mulher inteligente. Seu marido sentia algo por essa pobre caipira que cuidava de sua filha todas as tardes. Mas o que Ana de Vilallonga, Nestor e Lola não podiam nem imaginar era que naquele momento uma vida começava a surgir no ventre da babá. Uma vida que os separaria para sempre.

Lola era uma mulher ingênua e não soube associar a falta de sua menstruação a uma gravidez. Até que sua amiga Catalina abriu seus olhos.

— *Mon pare em matarà* — disse Lola assustada à única amiga que tinha na ilha. — *M'has de prometre que guardaras el secret per sempre.*[62]

— *Així ho faré, Lola.*[63]

— *Mira'm als ulls, Catalina.*[64]

— *Som amigues. Confia amb mi.*[65]

— *Jura' m-ho?*[66]

— *No diré mai res. Mai a la vida. Passi el que passi.* — Segurou sua mão. — *T'ho juro.*[67]

---

62. "Meu pai vai me matar. [...] Você tem que me prometer que vai guardar esse segredo para sempre." (N. T.)

63. "É o que farei, Lola." (N. T.)

64. "Olhe nos meus olhos, Catalina." (N. T.)

65. "Somos amigas, confie em mim." (N. T.)

66. "Você jura?" (N. T.)

67. "Eu nunca direi nada. Nunca. Não importa o que aconteça. [...] Eu juro." (N. T.)

Catalina entrou na igreja. O padre e Marina continuavam sentados em frente ao altar. Aproximou-se deles.

— Vou deixar vocês a sós — disse o padre, levantando-se.

Catalina se sentou ao lado de Marina.

— E o Nestor? O Nestor era meu pai? — perguntou Marina assustada, quase sem tirar os olhos do altar.

— Sim, ele era.

— E minha irmã Anna? Ela também era filha de Lola?

— Não. Sua irmã não é filha de Lola. É filha de Nestor e Ana de Vilallonga. Não entendi muito bem por que Lola quis deixar o moinho e a padaria para vocês duas. Eu soube pela sua avó Nerea que desde que você chegou àquela casa, Anna queria se deitar em seu berço todas as noites para que não ficassem longe uma da outra. A sua irmã Anna adora você. Olha, sua mãe Lola cuidou de sua irmã desde que ela era bebê, e quando voltava aos domingos a Valldemossa não parava de falar da menina. Ela a segurou em seus braços com apenas duas horas de vida.

Catalina parou de falar.

— Continue, por favor — pediu Marina, que nunca tinha chorado tanto em toda sua vida.

— Lola amou muito a sua irmã e ela nunca teve irmãs. Suponho que deixou a herança para as duas para que nunca mais se separassem.

Catalina fez uma pausa. Olhou para o altar à sua frente.

— Lola foi uma mulher muito solitária... e não queria o mesmo para você.

— Mas... o que realmente aconteceu? O que meu pai fez?

— Essa é uma pergunta que não poderei lhe responder. Eu só posso lhe dizer o que sua mãe me contou. A história de amor entre seu pai e ela, só os dois sabem. Sua mãe tinha dezessete anos quando engravidou de você, quando engravidou do patrão. Um homem casado, de boa família. Imagina a confusão que isso poderia causar. No quarto mês de gravidez, Lola foi para um centro de acolhida para gestantes solteiras, administrado por algumas freiras e...

Catalina parou um segundo. Será que era mesmo necessário contar toda a verdade?

— Continue e seja sincera, Catalina. Chega de mentiras.

— Uma mãe solteira naquela época, Marina... ainda mais neste povoado. O pai dela era um ignorante. Se ele tivesse descoberto, teria acabado com ela. Lola pensou em entregar você para adoção. As freiras já tinham encontrado um casal poderoso de Maiorca que não podia ter filhos e queria adotar você. Mas ela me contou que você não chorou quando saiu do ventre dela. Ela segurou você no colo e em seguida você sorriu. Ela viu as covinhas em suas bochechas, iguaizinhas às dela, e então foi incapaz de entregá-la para as freiras. Não sei bem o que aconteceu, mas foi sua avó Nerea quem decidiu que você ficaria na casa de Son Vida. A mulher de Nestor, a que você considerava sua mãe, ficou doente de tanta raiva, mas teve que aceitar. Ela fez o seu pai jurar que se você ficasse naquela casa, ele nunca mais veria Lola. E foi o que ele fez.

— E a Lola? Ela nunca mais me viu?

— Sim, ela via você... — continuou a história. — Todos os anos, no dia 15 de agosto.

— No meu aniversário? — perguntou Marina quase sussurrando.

— Sim. Ela se arrumava bem bonita, pintava os olhos e se sentava no ponto de ônibus de Valldemossa para poder vê-la por um segundo, dois... só isso. Ela sabia que Nestor as levava ao porto para buscar o barco. Sei que Lola já tinha andado no barco de seu pai... antes de engravidar de você, é claro. A Lola ficava lá. Sentada, esperando vocês passarem. Vocês três. Sua irmã, você e ele. — Catalina repetiu: — Dois segundos, três. Mais nada. E ela voltava para casa de coração partido.

Marina não conseguia entender nada. Era como se sua mente estivesse paralisada, como se estivesse apenas recebendo informações sem nexo, as quais ela não conseguia conectar.

— Há algo de que me lembro muito bem. Quando ela estava grávida de você, eu fui visitá-la no centro de acolhida. Nós passamos a manhã inteira escolhendo um nome para você, mesmo sabendo que era a família adotiva quem ia decidi-lo. Disse que se pudesse escolher o seu nome, ela escolheria um nome que fosse bem alegre. Não como o dela; como eu já disse, ela não gostava nem um pouco. Ela queria que você tivesse algo dela e pensou em seu primeiro nome, María. Ela pensou em seu pai, Nestor, e depois de muito pensar e fazer algumas combinações, intercalou a primeira letra do nome de seu pai e ficou um nome maravilhoso: Marina, a mulher nascida do mar.

— Como a Lola era?

Catalina quis pensar uns segundos antes de responder. Tentou buscar as palavras corretas. O primeiro adjetivo que a definiria, e que seria ouvido por sua filha pela primeira vez. A melhor frase para amenizar a dor que sentia ante essa cruel verdade que acabava de descobrir. Ela não encontrava a palavra exata. Nenhuma parecia adequada.

— Como a minha mãe era, Cati? — insistiu Marina.

— A sua mãe era...

Segurou sua mão. Marina pela primeira vez olhou sua amiga nos olhos. A única coisa que veio à mente de Catalina foi:

— A sua mãe era um pedaço de pão.

Ele enfrentou todo aquele problema, como o bom homem que era. Marina chorou todas as suas lágrimas em seus braços. Mathias a abraçou com força, sentindo muita culpa. Úrsula lhe contou os motivos pelos quais tinham negado o atestado de idoneidade à Marina, e insistiu ironicamente que Mathias deveria estar feliz pela resolução tomada pelos psicólogos. Sem soltá-la de seus braços, Mathias se ofereceu para conversar com as pessoas que assinavam o tal documento. Deveria existir alguma maneira de resolver isso. De alguma maneira, poderia tentar falar com as funcionárias do Estado. Marina pediu que ficasse em silêncio. Neste momento, estava tentando entender o que tinha acontecido com sua vida.

Tudo parecia uma piada de mau gosto, afinal, a poucos quilômetros dali, dentro de um estacionamento cheirando a gás, Anna também chorava suas lágrimas nos braços de Antonio. Metástases nos pulmões. Três, quatro, cinco meses, disse a oncologista na última consulta.

Mathias quis ficar o mês de setembro em Valldemossa, mas ela pediu que ele voltasse para a Palestina. Era o pior momento de sua vida, e ela precisava ficar sozinha. Naomi sairia de seus pensamentos pouco a pouco. Encontraria o lugar de Lola em sua vida. Mas a única coisa que lhe importava nesse momento era acompanhar sua irmã até a morte.

— Você me ama, Marina? — perguntou-lhe no aeroporto a escassos metros da entrada do controle de passaportes.

— Sim. Assim que puder, irei lhe encontrar — respondeu com tristeza, dando-lhe um beijo na boca.

Andou até a saída e pegou um táxi para a casa de sua irmã. Encontrou-as sentadas tranquilamente naquele bonito apartamento com vista para o mar, onde tinha planejado passar o resto da vida.

— Venha. Sente-se aqui com a gente — disse Anna com um sorriso.

Marina se sentou ao lado de Anita, que estava com o computador em seu colo. Não sabia se Anita estava ciente do diagnóstico de sua mãe. Limitou-se a ficar perto das mulheres de sua família, e, neste instante, as sentiu mais próximas do que nunca. Não tinha lhes contado nada sobre Naomi, nem sobre Lola. A tragédia de Anna deixava tudo em segundo plano.

Anita estava traduzindo a página da Universidade de Artes de Berlim, a universidade alemã especializada em artes e recursos audiovisuais.

— Isso seria um sonho, mãe.

Anna olhou para sua filha com doçura.

— Os sonhos podem se tornar realidade se quisermos, filha. Lute por ele. Você ainda tem tempo antes de ir para a universidade e vai ter que se dedicar ao alemão.

— Vou pedir para a Úrsula me dar aulas.

— Além disso, a universidade fica em Berlim. É onde os pais de Mathias moram — acrescentou Marina.

Continuaram navegando pela internet. Assistiram a vídeos pelo YouTube nos quais estudantes alemães praticavam em estúdios, para se tornarem DJS e futuros técnicos de som em teatros, shows, cinemas, desfiles... Elas passaram horas sentadas no sofá olhando para a tela do computador.

— Mãe! Você não me contou como foi sua consulta. O que o médico disse? — perguntou Anita ansiosa.

— Eles ainda farão alguns exames — respondeu acariciando sua bochecha.

Marina sentiu seu coração partir de novo...

MARINA OBSERVOU ANTONIO TIRAR O capacete e caminhar em direção a elas. Percebeu que ele estava arrasado e perdido. Tão perdido quanto no dia em que ela ligou para comunicar a morte de sua irmã. Elas tinham saído para navegar juntas e Anna faleceu em seus braços enquanto admirava o pôr do sol, a bordo daquele velho barquinho.

— Espere um minuto, querida — disse Marina à Anita, que nesse momento segurava as cinzas de sua mãe com o olhar perdido em direção ao mar.

Marina se levantou e foi até ele. Ele a abraçou e chorou sem um pingo de vergonha. Marina deu a mão para ele e foram juntos até Anita.

Sentaram-se ao lado dela.

— Ana, este é Antonio. Um bom amigo de sua mãe.

Desajeitado, Antonio secava as lágrimas que escorriam sem parar.

— Se sua mãe pudesse vê-los de onde ela está, tenho certeza de que pediria a vocês dois para que a deixassem partir.

Anita não perguntou nada, segurou a mão desse desconhecido e a colocou sobre a urna. Esperaram alguns minutos sem falar nada. O vento tramuntana soprava fraquinho, o mar se fazia presente em sua enorme imensidão. Devagarzinho, sem soltar a mão de Antonio, Anita jogou as cinzas da mãe ao mar.

MARINA INCLINOU A CABEÇA, APOIANDO-A na janela do ônibus. Sentiu o vidro frio em sua testa. Tentou relaxar a mente concentrando-se apenas no que seus olhos pudessem ver através dele. Impossível. Pegou sua mochila, colocou-a no colo e tirou dela uma pasta bordô velha com o elástico puído. Aquela sobre a qual Catalina tinha comentado, aquela que Lola guardava na gaveta da mesa de cabeceira.

Abriu-a e olhou mais uma vez para as fotos de sua mãe biológica. Em algumas, ela estava sozinha. Em outras, com seus pais ou cercada pelos vizinhos de Valldemossa. Ela ficou olhando para essas fotos durante toda a semana e, quanto mais as observava, mais percebia a semelhança física entre ela e sua mãe desconhecida. Além disso, no meio das fotos estava um documento do centro de acolhida de Palma, certificando que María Dolores Molí Carmona tinha dado à luz uma menina de três quilos, quatrocentos e cinquenta e seis gramas no dia 15 de agosto de 1964. Pai desconhecido e com o nome provisório de Marina.

A carta que Anna mandou alguns dias antes de morrer dizia:

> Cuca encontrou esta pasta no escritório de Curro, no meio dos documentos de Armando.
> Marina, as fotos que estão aí dentro vão mudar a sua vida. Eu sei disso.
> Meus olhos veem algo que não me atrevo nem a escrever.
> Ontem eu achei que seria melhor rasgá-las e esquecê-las.
> Porque talvez elas apenas lhe causem dor.
> Mas uma vez você me disse que mentir nunca é uma boa ideia.
> Sabe... enquanto olhava as fotos, lembrei que papai me contou sobre uma história de amor impossível, que ele viveu com uma mulher maiorquina muito mais jovem que ele. Ele não foi muito claro e não quis dar muitas explicações, mas me lembro de seu olhar profundamente triste antes de me abraçar.
> Enfim, eu já sei tudo de que precisava saber sobre essa mulher que papai tanto amou. Afinal, foi ela quem

a trouxe de volta à minha vida e só por isso eu lhe serei eternamente grata.

No final da carta, ela pedia, quase implorava, que, pelo bem de sua filha, ela tentasse ter uma relação cordial com Armando. Definitivamente, mesmo sabendo que se tratava de um cretino, ele era o pai de Anita. "Cuide de minha filha... Guie-a, por favor...", escreveu Anna. "Como a vida é irônica", pensou Marina. Há poucos meses, tinham lhe negado o direito de ser mãe, e agora sua irmã estava pedindo que ela assumisse esse papel na vida de sua sobrinha. Com certeza é o que faria. Claro, se Armando permitisse.

A verdade é que Anita soube cuidar de si mesma. Era uma mulher forte e, apesar dessa estranha adolescência, sabia muito bem o que queria de sua vida. Terminou o ensino médio e conseguiu entrar na Universidade de Artes de Berlim. Pippa e ela terminaram, e ela demorou anos para encontrar o amor de outra mulher. Mas encontrou. Vinte anos depois da morte de Anna, Marina foi ao casamento de Anita em São Francisco. Quando Anita respondeu com um sorriso lindo e doce: "Sim, eu aceito"... Marina olhou para o céu e teve esperanças de que Anna, do lugar onde estivesse, pudesse ver seu único desejo antes de morrer se tornando realidade... finalmente, sua filha estava feliz.

Marina desceu do ônibus. Entardecia. Ela olhou para o ponto de ônibus durante alguns segundos. Foi até lá e se sentou no mesmo lugar em que sua mãe se sentava para vê-la passar a cada 15 de agosto. Sentiu uma tristeza enorme ao pensar nos três segundos que ela conseguia ver dos ocupantes do carro que passava em sua frente.

Caminhou lentamente pelo povoado até Can Molí. Tirou as chaves do bolso e as colocou na fechadura da padaria. Abriu a porta. Névoa se aproximou dela e lambeu sua mão. Marina fez um carinho na cadela e elas subiram juntas para a cozinha. Pegou um copo, abriu a torneira, encheu-o de água e bebeu. Apoiou-se na bancada olhando para Névoa. A única coisa que lhe restava em Valldemossa era essa cadela velha de olhos tristes e cansados. E o fantasma da mulher que a carregou em seu ventre. Inspirou e soltou o ar lentamente. Foi até o computador, nem se sentou para verificar sua conta de e-mail. Estava vazia. Subiu para o seu quarto, tirou a roupa e se deitou na cama. Sabia que a noite seria longa. Uma noite de sofrimento por sua irmã morta. Uma noite cheia de perguntas sem respostas. O que deveria fazer com sua sobrinha? O que deveria fazer com a padaria? O que deveria fazer com seu trabalho como voluntária? O que deveria fazer com sua vida? E, no meio de tantas dúvidas, foi Lola quem mais uma vez invadiu seus pensamentos. E, nesta ocasião, imaginou-se no útero dessa mulher que não tinha conhecido. Visualizou o momento em que atravessava sua pélvis e saía de seu corpo e os primeiros segundos deitada em seu peito...

Conseguiu dormir às quatro da madrugada. Às sete da manhã, o telefone tocou. Abriu os olhos desorientada, olhou a hora e desceu a escada correndo. A essa hora só podia ser Mathias.

— Alô?

— Olá... sou eu — disse Mathias com um tom de voz triste. — Como foi ontem?

— Foi um funeral bonito. Como ela queria. E como você está?

— Marina... não estou bem. É a primeira vez que você precisa de mim ao seu lado, e eu não estou aí.

— Fui eu quem disse para você não voltar — respondeu ela.

— Não importa. Eu simplesmente deveria ter voltado em vez de ter lhe perguntado. Sei que você teria feito isso por mim. Eu sinto muito.

— Não tem problema.

— Marina, eu não durmo há dois dias... não paro de pensar em nossa relação. E...

Mathias se calou por um segundo. Esse segundo fez com que o coração de Marina disparasse. Sabia que Mathias estava cansado de esperá-la. Sentiu um medo que nunca havia sentido nesses seis anos em que eles estavam juntos. Terminar a relação com esse homem era o pior que poderia lhe acontecer naquele momento. Era só o que faltava para se sentir completamente destruída.

— Olha, Marina... eu já lhe disse várias vezes...

Calou-se novamente. Mathias sentia dificuldade em pronunciar cada uma das palavras. Parecia que estava com medo de falar.

— O que houve, Mathias? — perguntou, ansiosa. — Eu irei! Amanhã mesmo eu ligo para a sede do MSF e peço para voltar.

— Eu nunca senti a necessidade de ser pai. Não sei por quê. Com certeza, porque sou um egoísta.

— Mathias, nós já conversamos sobre isso — interrompeu Marina.

— Deixe-me continuar, por favor... Se você quiser — ele parou de falar novamente —, nós podemos adotar a Naomi juntos.

O coração de Marina bateu com força e uma lágrima silenciosa escorreu por sua bochecha. Se pudessem ver um ao outro naquele momento, com certeza os dois sorririam, porque pelo rosto de Mathias também escorria uma lágrima.

— Quero continuar trabalhando como voluntário. Não me imagino em um hospital de Berlim indo todas as manhãs para o mesmo lugar. Não serei feliz assim. Mas se você quiser podemos ficar em Maiorca, e se você permitir, podemos fazer da sua casa a nossa casa, o nosso lar. Para sempre. Eu voltarei a cada três meses para estar ao seu lado.

Os dois choraram. Como eles se amavam...

No final de novembro, chegaram dez caixas de Berlim, e dentro delas estava a vida inteira de Mathias. Roupas, muitos livros de medicina, gibis que sua mãe estava cansada de guardar, sua roupa de mergulho, muitos pares de sapatos gigantescos, uma caixa de ferramentas, uma furadeira. Quando viu os dois carregadores subirem com as dez caixas, Marina ficou boquiaberta. Nessa casa de apenas setenta metros quadrados, não havia espaço para tanta coisa.

Um mês depois, Mathias foi para Maiorca. Entrou em sua casa e se emocionou ao ver os gibis que nunca mais leria ao lado dos livros de medicina nas estantes da sala.

Na semana seguinte, começaram juntos o curso de formação para pais adotivos. De certa forma, Marina se sentiu feliz por Mathias não entender metade do que a psicóloga dizia. Realmente dava vontade de sair correndo. Durante o curso, Marta pôde perceber que a relação desse casal inusitado, que se amava a distância, era dez vezes mais sólida que seu próprio relacionamento. Então, depois de dois meses, deu-lhes o atestado de idoneidade.

Durante esses meses, Mathias conheceu um arquiteto alemão aposentado e amigo de Úrsula, com o qual fez vários planos hipotéticos para a reforma do moinho. Tornaram-se bons amigos. Em uma noite, Úrsula os convidou para jantar e, enquanto elas cozinhavam, Mathias desmontou sua máquina de escrever inteira: tirou os rolos, as fitas, o cilindro. E, teimoso como ele só, conseguiu consertá-la utilizando suas ferramentas.

As AUDIÊNCIAS PARA A POSSÍVEL adoção de Naomi começaram em Addis Abeba, os pagamentos aos advogados etíopes, e a longa espera africana. Depois de muita espera e de pagar mais do que deviam, a vida foi se acomodando pouco a pouco... e, finalmente, no dia 1º de maio de 2014, Naomi chegou a Maiorca.

Entraram na padaria. Ela se soltou das mãos de Marina e correu em direção à mesa de madeira. Mathias e Marina a observaram um pouco inquietos. Era seu primeiro dia em sua nova casa. Naomi encontrou os sacos de trigo e enfiou as mãos dentro deles. Brincou com o trigo e olhou para suas palmas brancas que contrastavam com sua pele negra.

— Aqui nós preparamos pão com esse trigo — disse Marina.

— Pão — repetiu Naomi, enfiando mais uma vez as mãos no saco de trigo.

— Pão, isso mesmo — disse Marina orgulhosa ao ouvir a primeira palavra que sua filha pronunciava em castelhano.

Naomi pegou um punhado de trigo e saiu correndo para fora. Abriu suas mãozinhas e deixou que o vento tramuntana levasse o trigo que estava segurando. O vento de outono havia esparramado centenas de sementes de papoula pelos campos da ilha. E como a cada ano, elas cresciam de uma maneira selvagem.

Naomi apontou em direção a elas.

— Você quer ir até lá?

A menina concordou. Marina beijou Mathias, que estava calado e um pouco assustado, esperando as ordens dela.

— Você prepara alguma coisa pra gente comer?

— Sim, pode deixar — respondeu dando meia-volta.

— Mathias...

Ele olhou em sua direção. Ela sorriu, olhou dentro de seus olhos e, em sua língua materna, finalmente, disse-lhe as palavras que nunca tinha lhe dito...

— Eu te amo.

Naomi segurou a mão de Marina e a arrastou em direção aos campos de papoulas. Soltou-a e correu sozinha pela linda paisagem. A paisagem que faria parte do restante de sua vida.

Corria, pulava e se jogava nos braços de sua mãe.

Mathias observou através da janela da cozinha essas duas mulheres que faziam parte de sua existência. Ele partiria em duas semanas para uma nova missão: seria o chefe da equipe médica que iria para a República Centro-Africana para combater outro surto de ebola. No início de dezembro estaria com elas de novo. Abriu a janela e olhou para a menininha negra que brincava entre as flores vermelhas, ao lado de sua mulher, e, sem querer, ele já começava a sentir saudades.

Essas duas semanas passaram voando. Naomi não dormiu nem um dia em seu quarto. Tentaram algumas noites, mas ela fazia birras horríveis e chegaram à conclusão de que era impossível. Então, ela dormiu todas as noites no meio de seus pais.

No dia de sua partida, os três caminharam pelas ruas de Valldemossa. Mathias carregava Naomi em um de seus braços, apoiando-a em sua cintura, e com o outro braço ele envolvia os ombros de mulher... que observava toda feliz, ao lado de sua família, aquele pedacinho de Mediterrâneo que lhe pertencia.

O PÃO E A MÁQUINA DE ESCREVER

O que a motivou a voltar a escrever foi o tal ingrediente secreto que nunca descobriram.

Úrsula arrastou sua mesa de madeira, colocando-a ao lado da janela da sala. Suas mãos quebradiças e velhas fizeram o máximo de esforço para conseguir.

Acariciou o velho gramofone de seu marido que, letárgico, dormia ao lado de sua velha máquina de escrever. Pegou-a e colocou em cima da mesa. Empurrou a cadeira ergonômica que tinha comprado com Gabriel em uma loja de Palma e se sentou. Suspirou. Sim! Esse era um bom lugar para passar o próximo ano de sua vida. Se fizesse certo esforço... depois dos campos de trigo, passando pelas oliveiras e as amendoeiras, dava para ver lá de longe um pedacinho do mar.

Na semana anterior, ela mal saiu de casa. Fazia muito frio para uma velha com artrose. Para se divertir, procurou refúgio em seus romances já lidos que jaziam na estante. Concluiu que seriam sua melhor companhia. Então deslizou seus dedos pelas centenas de livros até chegar aos romances de sua juventude, e ali estavam as edições antigas de seus mestres latinos que tinha lido durante o exílio.

Ela ainda tinha um assunto pendente para ser resolvido. Ao longo de sua carreira literária havia algo que ela nunca tinha se atrevido a fazer. Nunca tinha ousado brincar com o realismo mágico que tanto havia aprendido. Ela tinha tentado, mas seus genes germânicos, que tanto procuravam pela perfeição, sempre a impediram. Na sua idade, não tinha nada a temer, podia tentar mais uma vez...

Enquanto relia lentamente e fazia anotações em um caderno, ela criava o seu romance. A história aconteceria entre as quatro paredes de uma padaria localizada em uma ilha desconhecida banhada pelas águas do Mediterrâneo. Na padaria, era preparado um bolo que continha um ingrediente mágico que causava um imenso prazer aos moradores daquela ilha. As primeiras linhas do romance seriam dedicadas a ela, à protagonista feminina, uma jovem de pele morena, forte, linda, de seios fartos, cabelo preto e comprido, sempre preso por uma trança. Cada manhã, essa jovem padeira misturava sem pressa: o trigo, o açúcar, o leite, o limão e as sementes de papoula... então, a magia acontecia. Enquanto seus pensamentos viajavam de volta ao passado, ela fechava os olhos e se lembrava daqueles minutos em que segurou sua bebê depois de nascida. E, mesmo sabendo que sentiria uma tristeza enorme pelo resto de sua vida, ela a abandonou. Enquanto esses pensamentos cruzavam sua mente, ela fechava os olhos e as lágrimas escorriam por suas bochechas, caindo na massa. Sabiamente, ela oferecia essa massa transformada em bolo para todos os habitantes de sua pequena ilha, assim, logo após a primeira mordida, eles sentiam todo seu amor ali contido.

Úrsula teria um longo ano pela frente para criar seus personagens, as histórias de amores impossíveis e os acontecimentos inesperados. E, claro, sem perder de vista o final que já estava traçado em sua mente. Um final que encerraria essa história deixando a pequena padaria aos cuidados de uma linda menina de cabelo cacheado e pele cor de chocolate.

Suspirou. Olhou para a máquina de escrever com receio. Quinze anos, sem trégua, castigada. Talvez agora fosse ela que se negasse a colaborar. Tentou se esquivar das inseguranças e das dúvidas que sentiu naqueles primeiros dias. Mas não conseguiu. Seria capaz de escrever mais de trezentas páginas? E será que alguém se interessaria por essas páginas?

Olhou para suas mãos. Fez os malditos exercícios de cada manhã para tentar relaxá-las.

Como sempre, o título seria o primeiro nome que passava por sua cabeça. Depois ela brigaria com as editoras para mantê-lo. Apoiou os dedos com delicadeza sobre as teclas e, aos seus oitenta e cinco anos, começou a escrever aquele que definitivamente, seria seu último romance: *Bolo de limão com sementes de papoula*.

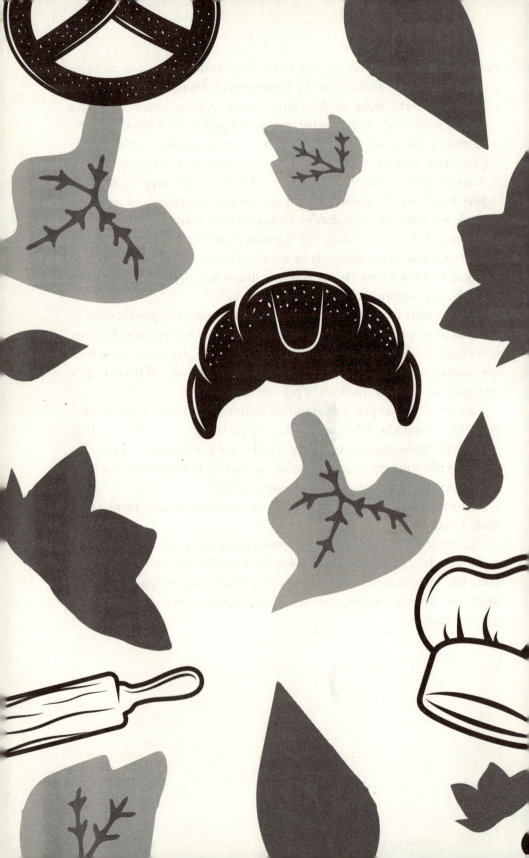